中國語言文字研究輯刊

二四編

許學仁 主編

第2冊

戰國楚簡「同用」現象研究

陳夢兮 著

花木蘭文化事業有限公司

國家圖書館出版品預行編目資料

戰國楚簡「同用」現象研究／陳夢兮 著 -- 初版 -- 新北市：
花木蘭文化事業有限公司，2023〔民 112〕
目 2+268 面；21×29.7 公分
（中國語言文字研究輯刊 二四編；第 2 冊）
ISBN 978-626-344-238-2（精裝）
1.CST：簡牘學 2.CST：研究考訂 3.CST：戰國時代
802.08　　　　　　　　　　　　　　　　　111021971

ISBN-978-626-344-238-2

9 786263 442382

中國語言文字研究輯刊
二四編　第 二 冊　　　　　ISBN：978-626-344-238-2

戰國楚簡「同用」現象研究

作　　者　陳夢兮
主　　編　許學仁
總 編 輯　杜潔祥
副總編輯　楊嘉樂
編輯主任　許郁翎
編　　輯　張雅淋、潘玟靜　美術編輯　陳逸婷
出　　版　花木蘭文化事業有限公司
發 行 人　高小娟
聯絡地址　235 新北市中和區中安街七二號十三樓
　　　　　電話：02-2923-1455／傳真：02-2923-1452
網　　址　http://www.huamulan.tw 信箱 service@huamulans.com
印　　刷　普羅文化出版廣告事業
初　　版　2023 年 3 月
定　　價　二四編 9 冊（精裝）新台幣 30,000 元

戰國楚簡「同用」現象研究

陳夢兮 著

作者簡介

陳夢兮，四川自貢人。湘潭大學文學與新聞學院講師，碩士生導師，兼任湖南省語言學會理事。博士畢業於浙江大學。主要從事古文字方向的研究。發表的學術論文有：《〈石陶文字拓片與王獻唐提拔〉補證》《談遣伯盨銘文中的「匄祈」》《古文字中的「教」和「學」》《以出土文獻重論「苛政」之「苛」》《公、ㄊ及相關字考論》《再議安大簡〈詩經〉的語氣詞「氏」》。主持湖南省社會科學成果評審委員會課題 1 項。

提　要

　　戰國楚簡文字中「同用」現象是楚簡文字意義和功能相似、語法位置相同、在楚簡中可以互換的字詞現象。本文從三個方面對此現象進行研究：異體關係、通假關係和同義關係。戰國楚簡多個字形使用時，有相互替換的情況。如果多個字形對應的是一個詞，那麼它們之間是異體的關係。如果對應的是不同的詞，讀音相關則可能是假借字與本字的關係；如果是詞義相關則可能為同義關係。本文在吸收學界已有研究成果的基礎上進行分類，從而研究楚文字構形和用字的特徵。

　　在研究異體關係時，按產生方式分為以下幾類：1. 增加義符；2. 增加聲符；3. 改變義符；4. 改變聲符；5. 整體改變；6. 改變偏旁位置；7. 省略偏旁；8. 增加飾符。從義符的增減和替換中，可以看出楚簡文字的義符與甲骨、金文以及後世文字的義符相比，其所標識的「總類屬性」更加抽象。楚簡文字的系統性體現在具有強大的類化功能。義符從替換活躍度看，從高往低依次是「心」「攴」「人」「糸」「艸」「竹」「辵」「又」這幾個義符，與人體或人常利用的自然物有關。聲符活躍度整體不如義符，聲符增加、替換例中，頻次較高的有「必」「兌」「今」「予」。

　　對「同用」現象中通假關係的研究，本文分為同諧聲偏旁的通假和非同諧聲偏旁的通假。楚簡文字中有大量同諧聲偏旁的通假字，本文把同諧聲偏旁的通假關係製成表格，易於研究其分佈；並對非同諧聲偏旁的通假關係進行個案研究。結論認為：1.「同用」現象中，通假關係多於其他類型的關係，而其中同諧聲偏旁的通假關係有壓倒性優勢。2. 在所有諧聲系列中，最為活躍的諧聲偏旁是之、爿、青，能作為 5 個以上字的諧聲偏旁。就單字來看，通假形體最多的字依次是「莊」（7 個）、「詩」（6 個）、「務」（6 個）、「志」（5 個）、「作」（5 個）、「鄩」（5 個）、「情」（5 個）、「侮」（5 個）。除「鄩」是地名用字外，其餘都是楚簡中的常用字。

　　對「同用」現象中的意義關係，本文討論了戰國楚簡文字的同義換讀。楚簡中「同用」的字，如果是不同的詞，有時它們是義近或義同關係，這種情況較為常見，比如「行—道」「剛—強」「家—室」「國—方」「伐—敗」「丘—山—茅」「保—寶」「遠—失」「泉—淵」「身—躬」「喪—亡」「處—居」「是—此」「弗—不」等。以上「同用」現象除了與詞義有關，通常還與形或音有聯繫。

目次

凡　例

一、本文使用繁體字。為更直觀地說明問題，古文字釋文將盡量採用嚴式隸
　　定。

二、為行文簡便，正文中所引原字形圖片一律不加雙引號。

三、對於楚簡篇章的徵引，因篇名唯一，故不列冊數。

四、為行文方便，文中姓名後略去先生、老師等尊稱，敬請見諒。

第一章 緒 論

第一節 戰國楚簡共時文字關係研究的重要性

一、共時文字研究的必要性

關於古文字學研究的對象，李學勤指出古文字學就是研究古文字本身的規律以及釋讀古文字〔註1〕。林澐認為古文字學和文字學的研究對象是不同的：「古文字學的研究對象是待識的先秦文字，其任務是識讀未識及誤釋的先秦文字。一般的文字學則是對全部已識的漢字作科學分析，以總結各方面的規律性認識。」〔註2〕黃德寬認為古文字學研究的基礎任務是揭示古文字的形體構造、發展演變及其運用的規律。〔註3〕除了林澐先生認為古文字學是旨在考釋而文字學是研究規律外，其他學者的看法總結起來，古文字學就是研究古文字的性質、結構和規律。

如今隨著越來越多楚簡的公佈，我們對戰國時期的文字形態了解日益深入。但學界的研究還是更多地集中在文字的歷時研究上，因為對文字發展演變的研究有利於對漢字發展史的梳理，更重要的是能為考釋未識字提供依據。但唐蘭

〔註1〕李學勤：《古文字學初階》，中華書局，1985年，第1頁。
〔註2〕林澐：《古文字學簡論》，中華書局，2012年，第6頁。
〔註3〕黃德寬：《古文字學》，上海古籍出版社，2015年，第4頁。

很早就強調，古文字研究「應著眼於時代的區分和地域的別劃」〔註4〕。每個時代的文字都有不同的特徵，斷代文字研究，能夠反映當時文字規律和語言、文化特點。

有些文字結構不出現於戰國時期。如金文中的「旅」字，除了從㫃，有時還寫作從車〔註5〕，如（楷仲簋）。這種從「車」的旅，並不見於戰國楚簡。又如金文中強調質地而增加義符「金」，如「盨」「匜」「壺」，均有增加義符「金」的異體，然而這種現象在楚簡中也並不常見。

有些文字形體祇出現於戰國時期。比如「罷」字，郭店簡公佈之後可知是「一／弍」的另一種寫法。郭店《五行》簡16「弔（淑）人君子，其義（儀）罷也」，同句郭店《緇衣》簡39引作「弔（淑）人君子，其義（儀）弍也。」「罷」和「一／弍」之間，並不是歷時的、傳承的關係，不是古文字和今文字的關係，而是戰國時期二者共存、互換的關係。至於這二者互換的機制是什麼，就是戰國共時文字關係要研究的問題。

以前對楚簡的研究，尤其是異體、通假的研究，往往把共時和歷時的字一起討論，這樣做並不能反映戰國時期文字使用的面貌。比如楚簡中的「剔」作為「傷」的異體字，從人的「傷」字戰國時並未產生，討論「剔」和「傷」的關係，更多涉及的是字的歷時演變。再如上博簡《周易》簡 30：「畜臣妾，吉。」「臣」，帛書本作「僕」。楚簡中的「僕」字有 （郭店《老子》甲簡2）形，下部從臣。可見戰國時「臣」和「僕」意義上確有相關，至於帛書本《周易》把「臣」替換為「僕」，其產生時代是漢初，這種同義換讀也屬於歷時現象。

二、書寫材料的特殊性

簡牘是戰國時期重要的文字材料書寫媒介。戰國時期其他書寫媒介，如青銅器、陶器、石器、貨幣、璽印，不具備大篇幅書寫的條件。就已公佈的楚簡文字材料來看，內容以古書抄寫為主，涉及《尚書》、《周易》、《詩經》、《禮記》、《左傳》、《論語》、《逸周書》、《老子》、《荀子》、《晏子春秋》等諸多古書

〔註4〕唐蘭：《古文字學導論》，齊魯書社，1981 年，第 33 頁。
〔註5〕王蘭：《商周金文形體結構研究》，線裝書局，2013 年，第 137 頁。

中的語句，更有大量未見今本的篇章。而楚簡文字材料相互之間也存在一些異文，這是戰國時期抄書、引書的特徵。

　　與甲骨文的貞人一樣，由於簡牘書寫篇幅大、書寫過程直接，楚簡書寫者對字體和字形的影響也不可忽視。李守奎最早利用包山簡的書寫筆跡對其進行分類。〔註6〕之後很多學者也在考釋文字時，重視書手問題。李松儒集中對上博簡字跡進行研究，在指出已公佈的上博簡中，有些是幾個書手合抄一篇，有些是一個書手抄寫數篇。〔註7〕楚簡所見篇章用字帶有強烈的個人色彩，所以是不容忽視的。以訛混現象為例，楚簡「天」「而」二字偶有互混，李守奎指出「在楚文字範圍內彼此訛混，但在每個書手各自的區別系統中分別清晰」。〔註8〕

第二節　戰國楚簡文字中的「同用」

　　戰國楚簡文字的字際關係、詞際關係已經有較多學者進行研究。但進行系統描寫時，無論是「多字一詞」「一字多詞」還是「一形多音義」「一詞多形」這樣的術語，實際上都是跨層級表述。古人沒有字詞觀念，我們能從出土文獻中直接觀測到的，實際上是字的使用。本文著眼於出土文獻中用法相同的字或詞，將這種意義和功能相似、語法位置相同、在楚簡中可以互換的字詞現象稱為「同用」。論文之所以不使用「戰國楚簡文字『同用』現象研究」，去掉「文字」一詞，是因為該現象裡既有字的現象，也有詞的現象，甚至還有篇章現象。

　　「同用」視角的研究具備絕對的共時性，避免了共時、歷時現象摻雜的問題。利用同時代、同載體的文字材料，結論指向戰國時期楚簡書寫者：如果是多個書寫者都存在的「同用」，那麼就是共識和自覺；如果是個別書寫者才有的「同用」，那麼就只能判定為個別書寫者的師承或書寫習慣。

　　本文從三個方面對此現象進行研究：異體關係、通假關係和意義關係。戰國楚簡多個字形使用時，有相互替換的情況。如果多個字形對應的是一個詞，

〔註6〕李守奎：《包山卜筮文書書跡的分類與書寫的基本狀況》，《中國文字研究》第一輯，大象出版社，2007年，第63～67頁。

〔註7〕李松儒：《戰國簡帛字迹研究：以上博簡為中心》，上海古籍出版社，2015年。

〔註8〕李守奎：《系統釋字法與古文字考釋——以厂、石構形功能的分析為例》，《吉林大學社會科學學報》，2015年，第225～241頁。

那麼它們之間是異體的關係。如果對應的是不同的詞，讀音相關則可能是假借字與本字的關係；如果是詞義相關則可能為同義關係或反義關係。本文在吸收學界已有研究成果的基礎上進行分類，從而研究楚文字構形和用字的特徵。

與本文研究「同用」相接近的術語是「一詞多形」「多字形一音義」「異形同詞」。指的是在文字使用的過程中，多個字形用來表示一個詞。如果多個字形是同一個詞，字形相關的是異體的關係；聲音相關的則是通假關係。如果多字形是不同的詞，詞義相關則是同義關係。「一詞多形」不是單純的字或詞的現象，也是一種文字使用的現象，這種現象在戰國楚簡文字中尤為多見。沈兼士曾對《說文》「重文」現象研究，提出「重文」包括形體變易、同音通借、義同換用三種性質。〔註9〕意識到字形關係可能涉及異體、通假和同義三方面。与此相類似的現象是文獻中的「異文」，陸宗達、王寧指出「異文」包括同源、假借、訛字、異體、同義幾種情況。〔註10〕裘錫圭指出古文字字形與音義關係錯綜複雜，分「一形多音義」和「一詞多形」進行闡述。裘先生指出「一詞多字」有四種情況：一是已有本字的詞又使用假借字。二是同一個詞使用兩個以上不同的假借字。三是一個詞本來已經有文字表示它，後來又為它或它的某種用法造了專門的分化字。四是已有文字表示的詞又使用同義換讀字。〔註11〕李運富指出出土文本異文之間的關係可能是異體字關係、同義字關係、借字跟借字的關係。〔註12〕「一詞多形」表現最為突出的就是異體字。〔註13〕以上是與「同用」內涵相近的術語。但由於我們能直接觀測到的現象是文字的使用，而「一詞多形」「多字形一音義」「異形同詞」是現代字詞觀念產生之後進行的理性分类。若要全面描寫這種現象無所遺漏，從文字使用角度進行研究是比較穩妥的。使用「同用」現象作為切入點，也可以研究「同用」主體也就是書寫者的文字使用替換機制。

〔註9〕詳見史學明《論沈兼士文字訓詁學成就》，浙江大學碩士學位論文，2010 年，第 30 頁。

〔註10〕陸宗達、王寧：《訓詁方法論》，中國社會科學出版社，1983 年，第 63 頁。

〔註11〕裘錫圭：《文字學概要（修訂本）》，商務印書館，2013 年，第 245 頁。

〔註12〕李運富：《論出土文本字詞關係研究的考證與表述》，《古漢語研究》，2005 年第 2 期，第 77 頁。

〔註13〕朱力偉，衣淑艷，郝繼東：《文字學專題研究》，2007 年，黑龍江人民出版社，第 145 頁。

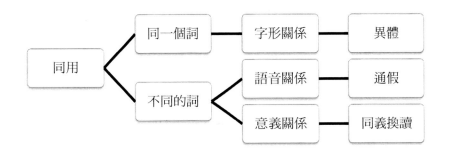

　　本文將從三個方面對「同用」現象進行分析：異體關係、通假關係和同義關係。採用先歸類、後分析的方法，探求在戰國時期，用法相同的字和詞的分佈規律，討論其成因，以便於研究戰國時期書寫者的用字規律。

第三節　戰國楚簡字形——音義關係研究概況

　　湯余惠指出戰國文字異形的成因包括長期以來列國分立、書寫材料豐富、器物銘文多出自下層手工業勞動者、文字使用講究場合。〔註14〕戰國文字形體多變，其中一個顯著的表現的就是字形與音義的不一致。邱修德《上博楚簡〈容成氏〉注釋考證》中「一字多用與數字一用」就討論了字形與音義的複雜關係。〔註15〕李運富提出，出土文獻中涉及的字際關係和詞際關係應該有科學的表述，批評了古文字考釋中一概而論的錯誤做法。〔註16〕陶曲勇也指出古文字字編常常把同形字、假借字、同源字、同義換讀字編排到一起。〔註17〕其實這不僅是字編編纂中出現的問題，也是古文字考釋中存在的問題。王志平、孟蓬生、張潔指出「異文是古籍中同一個語詞的不同寫法。它們之間的關係包含了假借字、異體字、古今字、同義字等」〔註18〕。陳燕在論述漢字形義關係時分為一形一義、一形多音義（包括同形字、引申和假借）和一字多形，其中的「一字多形」祇包括了異體字。〔註19〕陳斯鵬則全面討論了楚簡帛中字形與

〔註14〕湯余惠：《略論戰國文字形體研究中的幾個問題》，《古文字研究》（第十五輯），中華書局，1986 年，第 54～56 頁。

〔註15〕邱修德：《上博楚簡〈容成氏〉注釋考證》，台灣古籍出版有限公司，2003 年。

〔註16〕李運富：《論出土文本字詞關係研究的考證與表述》，《古漢語研究》，2005 年第 2 期，第 74～82 頁。

〔註17〕陶曲勇：《談談古文字編編纂中的幾個問題》，《國學學刊》，2015 年第 3 期，第 22～27 頁。

〔註18〕王志平，孟蓬生，張潔：《出土文獻與先秦兩漢方言地理》，中國社會科學出版社，2014 年 12 月，第 94 頁。

〔註19〕陳燕：《漢字學概說》，天津人民出版社，2013 年，第 153～170 頁。

音義的關係。〔註20〕單育辰在論述戰國楚文字特點時，列舉了「多字形表一詞」和「一字形表多詞」的現象。〔註21〕

　　「一形多音義」就是我們通常說的「同形字」。李崇興在概念上區別了同形字與假借字〔註22〕。陳偉武撰文討論了戰國和秦漢時期的同形字。〔註23〕陳斯鵬專門對楚簡中一字形表多詞現象進行研究，從產生原因上分為五類：由假借造成的一字形表多詞、音義分化和孳乳造成的一字形表多詞、由同義換讀造成的一字形表多詞、由同形或訛混造成的一字形表多詞、由多種原因造成的一字形表多詞。〔註24〕譚生力對楚簡中同形現象進行考察。〔註25〕田穎則專門討論了上博簡中「一形對應多字」的現象。〔註26〕

　　與「一形多音義」相反的是「一詞多形」。除了上文提到的裘錫圭、陳斯鵬等學者提出的分類之外，還有很多學者對這種現象產生的原因進行了闡述。王寧指出「異字同詞」包括異體字、廣義分形字和正俗字等。〔註27〕張玉金、夏中華指出造成「一詞多形」的原因有：異體字、新舊字形、繁簡字、通用字。而通用字包括假借和同義換讀。〔註28〕前三種都屬於異體字範疇。黃艷平提出「同字」的概念——「凡是字音字義完全相同而字形不同的兩個或兩個以上的視覺符號均可釋為同字」，並從異體字、繁簡字、假借字、同形字及同義換讀幾個方面進行分述。〔註29〕但這幾種關係中既包含字際關係，也包含詞際關係，其中也涵蓋了「一詞多形」的現象。劉寶俊研究了楚國出土文獻異形文字的形義關係，分析文字異形原因，提出文字異形還有區別語法意義的作用〔註30〕。田煒針對西周金文字詞關係進行研究，其中就有「一詞多字」

〔註20〕陳斯鵬：《楚系簡帛中字形與音義關係研究》，中國社會科學出版社，2011年。
〔註21〕單育辰：《楚地戰國簡帛與傳世文獻對讀之研究》，中華書局，2014年，第7～8頁。
〔註22〕李崇興：《說「同形字」》，《語言研究》，2006年第4期，第53～55頁。
〔註23〕陳偉武：《戰國秦漢同形字論綱》，《于省吾教授百年誕辰紀念文集》，吉林大學出版社，1996年。
〔註24〕陳斯鵬：《楚簡中的一字形表多詞現象》，《出土文獻與古文字研究》，第2輯，復旦大學出版社，2008年，第195～239頁。
〔註25〕譚生力：《楚文字形近、同形現象源流考》，吉林大學博士學位論文，2014年。
〔註26〕田穎：《上博竹書「一形對應多字」現象研究》，復旦大學碩士學位論文，2010年。
〔註27〕王寧：《訓詁學原理》，中國國際廣播出版社，1996年，第44～45頁。
〔註28〕張玉金，夏中華：《漢字學概論》，廣西教育出版社，2001年，第202～205頁。
〔註29〕黃艷平：《關於「同字」的認定》，《綿陽師範學院學報》，2011年第9期，第81～84頁。
〔註30〕劉寶俊：《楚國出土文獻異形文字形義關係研究》，《語言研究》，2015年第3期，

現象，歸納出其形成原因有異體、假借、文字分化、文字訛誤、多因素共同作用。〔註31〕但異體和假借屬於種類，文字分化、文字訛誤、多因素屬於形成原因，文字分化等原因也可能產生異體或假借。劉傳賓在論述郭店文字特點時專門討論了「多字形表一詞」，指出句末語氣詞「矣」可以寫為「矣」和「态」，「慎」有多種形體，也以「勇」字為例指出專字用法有別。〔註32〕

「同用」中，數量最大的是異體字。已有很多學者對於戰國異體字進行過研究。高開貴指出戰國文字簡化工作的步驟為減少筆畫、改換形符、改換聲符；繁化包括增加筆畫、增加形符、增加聲符、另造形聲字、截取原字部分形體造成新字、沿用古體、使用借字。〔註33〕張靜對郭店楚簡文字進行系統研究，把字形演變分為繁增、省儉、訛變、替換四大類。〔註34〕經過韓同蘭的統計，戰國楚文字材料中異體字的使用是比較多的，字形數達 538 種，並製作出「戰國楚文字異體字表」。〔註35〕羅衛東考察春秋金文的異體字時指出「絕大多數論著都是立足於現行漢字層面對異體字進行分析、研究。而對漢字系統某一歷史層面的異體字進行全面、系統統計與分析的較少」，並把春秋金文的異體字分為結構類型不同和結構類型相同兩類〔註36〕。徐富昌對上博簡《周易》中的一些異體字進行了考察，〔註37〕但其「異體字」是相對於今本用字。劉志基根據古文字異體字形的特點提出了判斷古文字的異體關係三個原則，分別是細化判斷標準、堅持以形為本和依從學術共識。同時也對戰國文字異體字系統狀況進行統計和描述，但其依據是《戰國文字編》，沒有收入新材料。〔註38〕胡志明提出異體字是一種「共時的靜態的字內關係」，而不是字際關係，強調了異體字的共時特性。並指出「避免以後世定型文字為參照來判斷戰國

第 83～91 頁。

〔註31〕田煒：《西周金文字詞關係研究》，上海古籍出版社，2016 年。

〔註32〕劉傳賓：《郭店竹簡文本研究綜論》，上海古籍出版社，2017 年，第 327～331 頁。

〔註33〕高開貴：《略論戰國時期文字的繁化與簡化》，《江漢考古》，1988 年第 4 期，第 104～114 頁。

〔註34〕張靜：《郭店楚簡文字研究》，安徽大學博士學位論文，2002 年。

〔註35〕韓同蘭：《戰國楚文字用字調查》，華東師範大學博士學位論文，2003 年。

〔註36〕羅衛東：《春秋金文異體字考察》，《古文字研究》第 26 輯，中華書局，第 244～249 頁。

〔註37〕徐富昌：《上博楚竹書周易異體字簡考》，《古文字研究》，第二十七輯，中華書局，2007 年，第 455～463 頁。

〔註38〕劉志基：《簡說古文字異體字的發展演變》，《中國文字研究》2009 年第 1 輯，第 36 頁。

文字對異體關係」「避免『異文關係』與『異體關係』的混淆」。提出確定戰國文字異體關係的基本原則是「以字形為主，兼顧字用」，把異體字分為異構字與異寫字。異寫字包括訛混、相同構件的累增、構件相同但位置不同。戰國之所以會產生大量異體字，是因為「處在漢字發展的不可控階段」。〔註39〕蕭毅把楚文字構形規律分為簡化、繁化、異化、同化。〔註40〕張院利論述了戰國楚文字中形聲字的異體構成，但其所謂「異體字」中很大部分仍是歷時範疇的古今字。〔註41〕劉洪濤把戰國文字形體特點歸納為省寫、增羨、變形和其他。〔註42〕孫合肥把筆畫省略分為輪廓性簡化和並劃性簡化，偏旁省略稱為特徵性簡化。省簡偏旁包括省簡義符、省簡聲符、刪減同形。把繁化分為聲符繁化、義符繁化、增添贅旁、同形疊加、裝飾美化。但對戰國文字形體的研究並不是基於共時層面的，而是共時、歷時穿插。〔註43〕在對戰國異體字的研究中仍然存在一些問題，比如以《說文》小篆為本字或正字，許建平就指出「由於清人少見先秦兩漢出土文獻，對於《說文》以前的文字演變不甚了解，因而在考定先秦兩漢文獻用字時，往往以《說文》為標準，以《說文》所載為正字」〔註44〕，這種做法是不可取的。

何丹對通假字與古今字、同源詞、異體字以及詞義引申的關係進行過討論。〔註45〕趙平安也曾將秦漢簡帛中的古文、籀文、繁體、省體、訛體都歸入「通假字」範疇〔註46〕。對戰國楚簡文字通假的研究，有的對象是單一楚簡材料，如《九店楚簡通假字聲母初探》〔註47〕、《郭店楚簡通假字初探》〔註48〕、《郭店楚簡〈老子〉通假字研究》〔註49〕、《上博館藏戰國楚竹書（一）通假字淺

〔註39〕 胡志明：《戰國文字異體現象研究》，福建師範大學博士學位論文，2010年。
〔註40〕 蕭毅：《楚簡文字研究》，武漢大學出版社，2010年。
〔註41〕 張院利：《戰國楚文字之形聲字研究》，華中科技大學博士學位論文，2012年。
〔註42〕 劉洪濤：《論掌握形體特點對戰國文字考釋的重要性》，北京大學博士學位論文，2012年。
〔註43〕 孫合肥：《戰國文字形體研究》，安徽大學博士學位論文，2014年。
〔註44〕 許建平：《異文校勘與文字演變──敦煌經部文獻寫本校勘劄記》，《文史》2019年第4輯，第269頁。
〔註45〕 何丹：《建國以來關於假借理論的探討》，《語文導報》，1986年第8期，第44頁。
〔註46〕 趙平安：《秦漢簡帛通假字的文字學研究》，《河北大學學報》，1991年第4期，第25～30頁。
〔註47〕 韓麗亞：《九店楚簡通假字聲母初探》，《安徽文學》2006年第10期，第77頁。
〔註48〕 張青松：《郭店楚簡通假字初探》，華南師範大學碩士學位論文，2002年。
〔註49〕 聶中慶、李定：《郭店楚簡〈老子〉通假字研究》，《語言研究》，2005年第2期。

析》〔註50〕、《淺析〈上海博物館藏戰國楚竹書（八）中的聲調通假》〔註51〕。也有的對象是所有楚文字材料，如《出土楚文獻語音通轉現象整理與研究》〔註52〕，《頻率視角的楚簡古書類文獻用字通假整理與研究》是從頻率角度對楚簡通假的用字進行研究〔註53〕，《兩周古文字通假用字習慣時代性初探》統計了西周到戰國時期通假字的具體使用頻率，並結合時代變化對通假用字習慣進行研究，其研究對象涵蓋戰國楚簡文字〔註54〕。除此之外，還有白於藍編纂的《戰國秦漢通假字彙纂》、劉信芳編纂的《楚簡帛通假彙釋》，多把異體字、同義詞、訛混字都歸入「通假」之中。洪颺也指出，在古文字考釋中，常常對字形還沒有作出合理的解釋，用通假來講通。〔註55〕對戰國楚簡文字通假研究仍然存在一些問題。沈祖春梳理了假借與引申、古今字、俗字、同源字、訛誤字等傳統術語之間的關係。〔註56〕

對同義換讀的研究較少也較零散，裘錫圭在《文字學概要》中列舉了一些同義換讀的例子。白於藍在《戰國秦漢簡帛古書通假字彙纂》一書中特別標出了「通假」中屬於同義換讀的字。其他偶有同義換讀的情況零星見於楚簡文字考釋文章中。楚簡中的同義換讀現象仍缺乏全面的整理與深入的研究。

總體來說，漢字形義關係研究已經較為成熟，但楚簡文字的形義關係研究卻較分散，缺乏整體性的研究。

第四節　研究方法

本文戰國楚簡文字「同用」的判斷依據有二：一是楚簡中的異文。已公佈的楚簡材料裡不乏同一內容的不同抄本，如郭店簡《性子命出》和上博簡《性情論》、郭店簡《緇衣》和上博簡《緇衣》、上博簡《天子建州》甲乙兩個抄本、

〔註50〕 傅銘：《上博館藏戰國楚竹書（一）通假字淺析》，華南師範大學碩士學位論文，2004年。

〔註51〕 雍宛苡、謝小麗：《淺析〈上海博物館藏戰國楚竹書（八）中的聲調通假》，《科學導刊》，2012年第5期。

〔註52〕 劉波：《出土楚文獻語音通轉現象整理與研究》，吉林大學博士學位論文，2013年。

〔註53〕 何翔玫：《頻率視角的楚簡古書類文獻用字通假整理與研究》，華東師範大學碩士學位論文，2015年。

〔註54〕 朱力偉：《兩周古文字通假用字習慣時代性初探》，吉林大學博士學位論文，2013年。

〔註55〕 洪颺：《古文字考釋通假關係研究》，福建人民出版社，2008年，第119頁。

〔註56〕 沈祖春：《〈馬王堆漢墓帛書（壹）〉假借字研究》，巴蜀書社，2008年，第184～197頁。

上博簡《鄭子家喪》甲乙兩個抄本、上博簡《君人者何必安哉》甲乙兩個抄本、上博簡《凡物流形》甲乙兩個抄本、清華簡《鄭文公問太伯》甲乙兩個抄本。李天虹對郭店《性自命出》和上博《性情論》進行了對比校讀，馮勝君將上博簡和郭店簡文字和文義進行了對比，吳建偉也對比了兩篇的不同用字，指出不同字直接有同音假借、一字異體和繁簡關係。除此之外，不同篇章中也存在異文，如郭店簡《緇衣》簡 14-15「下之事上也，不從其所以命，而從其所行。上好此勿（物）也，下必有甚安者矣」，郭店簡《尊德義》簡 36-37 也有該句：「下之事上也，不從其所命，而從其所行。上好是勿（物）也，下必有甚安者。」再如清華簡《越公其事》和荊州棗紙簡已公佈的部分《吳王夫差起師伐越》中有大量可對讀文句；安大簡《曹沫之陳》與上博簡《曹沫之陳》也可以對讀。另外，一些人名、物名、地名等也存在異文，比如包山簡中同一個人名或同一個地名，往往有兩種以上的寫法。二是學界普遍承認的用法相同的字和詞。

　　本文研究遵循絕對的共時條件，經過歷時演變形成的共字現象不在研究範圍。如禤健聰指出「禁忌」的「禁」楚簡中作「欽」，而義為承尊之器的「禁」楚簡作「鉢」〔註57〕。雖然後世文字均寫作「禁」，但楚簡用字有區別，所以不能算作戰國楚簡中的「同用」，故不在本文研究範圍。

　　研究戰國楚簡文字的音義關係，本文原則上主要以戰國楚簡文字材料作為研究對象。孫玉文研究上古音通假時指出通假的研究要區別始借時代和沿借時代。〔註58〕同樣，異體、同義換讀也可以分為沿用和始用兩種情況。要區分必須對更早的文字和用法進行考量，所以本文偶爾也涉及甲骨文、金文等材料，用於區別沿用和始用。

〔註57〕禤健聰：《楚簡用字習慣與文獻校讀舉例》，《簡帛研究》2016 年春夏卷，廣西師範大學出版社，2016 年，第 10～11 頁。

〔註58〕孫玉文：《上古音論叢》，北京大學出版社，2015 年，第 1 頁。

第二章 「同用」中的異體關係

　　學界對異體字有廣義和狹義之分。裘錫圭對異體字的定義是「彼此音義相同而外形不同的字」，並提出「一般所說的異體字往往包括祇有部分用法相同的字。嚴格意義的異體字可以成為狹義異體字，部分用法相同的字可以成為部分異體字，二者合在一起就是廣義的異體字。」〔註1〕簡言之，就是所有用法完全相同的是狹義異體字。但學界所說的異體字通常都是廣義異體字，如劉志基就指出「（狹義異體字）事實上與人們通常認定的異體字往往有所不符，因為從漢字發展史的角度來看，異體字的『可以相互替代』每每是相對的」〔註2〕。所以本文所說的異體字，就是廣義的異體字。裘先生把異體字分為八類：1. 加不加偏旁的不同；2. 表意、形聲等結構性質的不同；3. 同為表意字而偏旁不同；4. 同為形聲字而偏旁不同；5. 偏旁相同但配置方式不同；6. 省略字形一部分跟不省略的不同；7. 某些比較特殊的簡體跟繁體的不同；8. 寫法略有出入或因訛變而造成不同。〔註3〕劉志基所探討的楚簡中的「用字避複」，就是典型的「同用」中的異體。劉志基把楚簡中的「用字避複」分為增減偏旁、改換偏旁、偏旁異寫、方位變化、羨符異寫、增減點畫、整字異形。〔註4〕徐寶貴在

〔註1〕裘錫圭：《文字學概要》（修訂本），商務印書館，2013年，第198頁。
〔註2〕劉志基：《古文字異體字新輯芻議》，《中國文字研究》，2007年第二輯，第60頁。
〔註3〕裘錫圭：《文字學概要》（修訂本），商務印書館，2013年，第200～201頁。
〔註4〕劉志基：《楚簡「用字避複」芻議》，《古文字研究》第二十九輯，中華書局，2012年，第672～681頁。

分析戰國同系文字的異形情況時分為簡化、繁化、偏旁位置變化、偏旁替換、正寫反寫、正寫倒寫、豎寫橫寫、改變造字方法、筆畫和排列形式變形、分割形體與筆畫、填實與虛廓、偏旁訛混、糅合二字等。〔註 5〕異體字是一個共時的概念，王寧把「異體字」歸入「漢字構形的共時相關關係」下〔註6〕，是非常正確的。

異體與通假的不同，通假需要確認本字。在異體繁多的戰國文字中，確認本字較為困難。過去的做法是以《說文》作為確立本字的標準，顯然是不科學的。比如「詬」字，楚簡中用為口誅筆伐之「誅」，從言、豆聲，可能是其本字；「詬」楚簡中還用為「囑託」之「囑」，從言、豆聲也可能是其本字。又如「敊」，楚簡中可用為「誅」，上博簡《容成氏》中又用為注入的「注」，九店簡中用為動詞「樹」。從攴的字多與動作有關，「敊」可能是「誅」的本字，但書手用為「注」和「樹」時，未必認為是通假字。再如楚簡中的「愬」，因楚簡中「難」字也增加心作「戁」，故有學者認為「愬」是難易之易本字〔註7〕；但上博簡《彭祖》簡6「述惕之心」的「惕」也作「愬」：兩者從「心」都能講通。禤健聰指出「應是分頭造字導致的同形」〔註8〕。這是戰國文字異體字的特點。

另外，我們過去通常認為的異體字，需要放到具體材料中進行驗證。比如動物偏旁的替代，尤其是祭祀犧牲：

　　羘：舉禱大一。（包山簡 237）

　　牗：舉禱大水一。（包山簡 237）

　　牯：賽禱宮侯（后）一。（包山簡 214）

　　豰：孖（厭）於野地主一。（包山簡 207）

從甲骨文時期開始，祭祀犧牲的種類向來區別甚嚴。哪怕同樣的「豕」加點的位置不同，也代表不一樣的犧牲。〔註 9〕所以這裡的祭祀犧牲互相區別，

〔註 5〕徐寶貴：《同系文字中的文字異形現象》，《出土文獻與古文字研究》（第 5 輯），上海古籍出版社，2013 年，第 328～443 頁。

〔註 6〕王寧：《漢字構形學講座》，上海世紀出版社，2002 年，第 80～86 頁。

〔註 7〕陳斯鵬：《楚系簡帛中字形與音義關係研究》，中國社會科學出版社，2011 年，第 304～305 頁。

〔註 8〕禤健聰：《戰國楚系簡帛用字習慣研究》，科學出版社，2017 年，第 226 頁。

〔註 9〕孫亞兵，宋鎮豪：《濟南市大辛莊遺址新出甲骨卜辭探析》，《考古》2004 年第 2 期，第 70 頁。

「犞」和「犢」「粘」和「黏」並不是異體字的關係。〔註10〕

再如「型」與「𣂈」，在使用上也互相區別：楚簡中的「形」「刑」「型」都常寫作「型」，而「𣂈」一般都是用為「荆」，或用為月名、祭祀名，二者不相混。如 ▨（《容成氏》簡26）讀為「荆」，包山簡出現次數非常多的「𣂈层之月」，新蔡簡乙11「𣂈牢」。故「型」和「𣂈」也不屬於異體關係。

有一些字，後世演化為同形，但戰國楚簡中形、義均不同，也不能認為是異體字。這裡舉兩例。一是楚簡裡「重」的反義詞「輕」，多寫作 ▨（郭店簡《緇衣》簡28），从羽、巠聲，可隸定作「翌」。陳偉武提出古人因羽毛輕質，故从羽為輕。〔註11〕楚簡裡也有从車的「輕」，如天星觀簡「監絳絡 ▨ 生絵之綳」。〔註12〕這個「輕」就是《說文》「輕，輕車也」的「輕」。〔註13〕「翌」與「輕」在戰國時期就不能看作一字之異體。二是楚簡中的「湛」與「酖」「𨚵」。「湛」在楚簡中常用為「沈陷」之「沈」（小篆無「沉」，「沉」是「沈」的後起俗字），清華簡中固定用法「余／朕湛（沖）人」（見於《金縢》、《皇門》、《周公之琴舞》、《芮良夫毖》）；而楚簡中的「酖」用為「沈尹」之「沈」；「𨚵」出現在包山簡中，是單字氏「沈」，與雙字氏「沈尹」之「沈」，寫法有別。〔註14〕三種用法雖然後世皆寫作「沈」，但戰國楚簡中卻不相混。所以「湛」與「酖」「𨚵」三字相互之間也不是異體字關係。

在確定了異體字的外延之後，對其進行研究，首先要進行共時的文字形式加以描寫。但楚簡考釋時，習用的術語「異體」有時指的是歷時關係的字。比如說 ▨（郭店《窮達以時》簡8）是「射」的異體，▨ 从弓、从矢，而从寸从身的「射」字是後世從金文之「射」（ ▨ 柞伯簋）訛變而來，這是一個後起

〔註10〕劉興林討論甲骨文中異體專用時指出這類字「儘管構字方法一樣，但字各從其類，使用時各不相混」。金國泰也指出專字不是異體字。詳見劉興林：《甲骨文田獵、畜牧及與動物相關字的異體專用》，《華夏考古》1996年第4期，第103～109頁；金國泰：《論專字的本質及成因》，《北華大學學報（社會科學版）》，2003年第1期，第3頁。

〔註11〕陳偉武：《新出楚系竹簡中的專用字綜議》，《愈愚齋磨牙集》，中西書局，2014年，第232頁。

〔註12〕滕壬生：《楚系簡帛文字編》，湖北教育出版社，2008年，第1181頁。

〔註13〕虞萬里：《上博館藏楚竹書〈緇衣〉綜合研究》，武漢大學出版社，2009年，第123頁。

〔註14〕田成方：《東周時期楚國宗族研究》，武漢大學博士學位論文，2011年，第83～84頁。

字。所以「弡」和「射」是一對古今字。本文僅研究戰國時期楚簡中的異體字，也就是屬於董琨所謂楚簡中的「異體字互用」概念範疇〔註15〕，古今字等歷時傳承關係的字不屬於研究範圍。我們將這些異體字按產生方式分為以下幾類：1. 增加義符；2. 增加聲符；3. 改變義符；4. 改變聲符；5. 整體改變；6. 改變偏旁位置；7. 省略偏旁；8. 增加飾符。

異體字的產生是文字演變的結果。唐蘭指出文字演化有「趨簡」「好繁」「尚同」「別異」的趨向。〔註16〕王鳳陽論述了文字的簡易律和區別律。文字向着學起來容易、用起來方便的方向演進，這個規律叫簡易律；另一方面文字需要有良好的區別性能，則個規律叫區別律。簡易律、區別律互相制約。他指出「戰國以來，漢字數量有很大的膨脹。這種文字的大膨脹是廣泛地應用形聲字比附的造字方法的結果」，一字表數詞或數詞共一字的現象，這樣就使書面交際發生混淆，嚴重違反區別律。「先秦時代，可以看作是區別律占主導地位的時代，是文字數量大膨脹的時代，是構字上大繁複的時代。這一時期字雖然也不斷地簡化，但它不占主導地位。」〔註17〕裘錫圭指出不能把用複雜偏旁取代簡單偏旁直接歸為繁化、把用簡單偏旁取代複雜偏旁直接歸為簡化，有些是為了改善字的功能，故只能看作文字結構的變化。〔註18〕

我們通過對戰國楚簡文字異體字的分析，來具體考量楚簡文字形體演變的內部規律。

第一節　增加義符

文字分化增加偏旁在陸德明《經典釋文》序中已經指出：「豈必飛禽即須安鳥，水族便應著魚，蟲類則要作蟲旁，草類皆從兩中。如此之類，實不可依。今並較量，不從流俗。」〔註19〕指出這是增加偏旁的弊端。

〔註15〕董琨：《楚系簡帛文字形用問題》，《康樂集——曾憲通教授七十壽慶論文集》，中山大學出版社，2006年1月，第263頁。

〔註16〕唐蘭：《中國文字學》，商務印書館，2005年，第103頁。

〔註17〕王鳳陽：《漢字字形發展的辯證法》，《社會科學戰線》，1978年第4期，第328～341頁。

〔註18〕裘錫圭：《〈戰國文字及其文化意義研究〉緒言》，《出土文獻與古文字研究》第6輯，上海古籍出版社，2015年，第219～232頁。

〔註19〕李榮：《文字問題》，商務印書館，1987年，第97頁。

張素鳳指出漢字增加義符和聲符都是因為原始理據的喪失〔註20〕，並指出繁化的原因有象形不象、字形易混、假借求別、詞義發展、字形變化、字形影響〔註21〕。陳楓認為「戰國文字時期，義符的表意功能也有所增加。為了區別假借字和分化字，加註義符產生了大量的形聲字，因而義符的主要功能是區別和標識意義。」〔註22〕

楚簡中有時還增加不同的義符，多個義符不同的字互為異體，為了方便敘述，這些字我們放到「改變義符」一節。

（一）臼

「牙」本身為象形字，古文字「與」從「牙」得聲。戰國時期「與」可簡化為「牙」，字形作 〔註23〕（郭店簡《唐虞之道》簡6）。也可以繁增「臼」以強調其牙形，如 （上博簡《周易》簡23），目的是跟「與」的省形區別開。

劉釗曾指出古文字中的「臼」有三種表現意象，一是「杵臼」之「臼」，二是坎陷之形，三是表示某一窪陷處。〔註24〕如「本」本身為指事字，楚簡增加「臼」的「本」字，如 （郭店簡《成之聞之》簡10）、（清華簡《殷高宗問於三壽》簡27），或者「臼」形挪位作 （清華簡《五紀》簡26），甚至「臼」形位移至字形中段作 （清華簡《厚父》簡11）。這裡的「臼」象坎陷之形，位置的表意作用甚微。楚簡中僅一例作「本」形之字：，上博簡《孔子詩論》簡16「反其本」之「本」。（上博簡《李頌》簡1「亂木曾枝」的「木」作 ，是「木」增飾筆而非「本」。）楚簡中的「本」與增加「臼」的字形統計如下：

本	杲	杳	
1	5	14	1

「臼」形位於「木」之下為強勢字形，「臼」形的位移可能受 （萬）、（若）形的類化影響。

〔註20〕 張素鳳：《古漢字結構變化研究》，中華書局，2008年，第170～172頁。

〔註21〕 王鳳陽：《漢字字形發展的辯證法》，《社會科學戰線》，1978年第4期，第328～341頁。

〔註22〕 陳楓：《漢字義符研究》，中國社會科學出版社，2006年，第39頁。

〔註23〕 隸定即今簡化字「与」。

〔註24〕 劉釗：《舀字源流考》，復旦大學出土文獻與古文字研究中心網站，2014年10月20日。

再如楚簡中「沈」字作（清華簡《皇門》簡 1）。右部「冘」劉釗認為是與「臽」同源字〔註25〕。以上兩列下部所從的「臼」均象坎陷之形。

另外，楚簡「梳」作（仰天湖簡 34），隸定作「臿」，「疋」下為「臼」，故也可象梳篦之形。所以楚簡中臼除可以象杵臼、坎陷形外，還可以象牙形和梳篦之形。

古文字「牙」和「齒」都可以寫作從「臼」的。梳篦和「齒」有形態的相似性，《釋名》：「梳，言其齒疏也。」這種「臼」象形程度較高。而杵臼和坎陷是另一種形態的物體，彼此具有相似性。

（二）肉

「舌」本身是象形字，如（上博簡《志書乃言》簡 1）。也可增加「肉」旁作（郭店簡《語叢四》簡 19）。「舌」是人體器官，故可從「肉」。人體器官增加「肉」旁還見於侯馬盟書，「腹心」的「腹」寫作，與「往復」之「復」相區別。楚簡中「青」凡 3 見，「舌」凡 1 見。在作為構字偏旁時，既有從舌的如（曾侯乙簡 1），也有從青的如（清華簡《楚居》簡 7）。「舌」字增加肉旁可能因為「舌」與「至」時有相訛，如鼄鐘鎛中工匠把「舌」誤刻為了「至」。〔註26〕增加「肉」旁以別義。

「虎」字作（上博簡《周易》簡 25），曾侯乙簡中「虎」增加「肉」作（曾侯乙簡 1）。楚簡「虎」共 30 次，而「肑」共 10 次且全都見於曾侯乙簡。王子揚指出加肉旁的「虎」字是曾國文字的構形特徵。〔註27〕

古文字的「鳧」字形作（禹簋），從隹勹聲〔註28〕。清華簡《尹至》簡 5 中的「鳧」寫作，增加了「肉」旁。動物字不少從肉，如「兔」「象」「熊」「龍」，故「虎」「鳧」亦可從肉。

「尹」楚文字作（上博《緇衣》3），清華簡《良臣》簡 2 作，下部增加肉旁。肙作為「尹」是晉系文字的寫法，劉剛據此指出《良臣》一篇為晉

〔註25〕劉釗：《〈上博五‧融師有成氏〉「耽淫念惟」解》，武漢大學簡帛網，2007 年 7 月 25 日。

〔註26〕李家浩：《鼄鐘銘文考釋》，《著名中年語言學家自選集‧李家浩卷》，安徽教育出版社，2002 年，第 67 頁。

〔註27〕王子揚：《曾國文字研究》，北京師範大學碩士學位論文，2008 年，第 42 頁。

〔註28〕單育辰：《談戰國文字中的「鳧」》，簡帛網，2007 年 5 月 30 日。

系文字風格的抄本。﹝註29﹞同樣作為職官名的「宵」從肉,三體石經古文「宰」也從肉﹝註30﹞,並非個別現象,故此處「尹」增加「肉」旁不宜視作增加飾符。至於職官名為何增加義符「肉」,待考。

以往以後世文字作為研究對象進行義符系統分析的結果是,肉部字義類有五類:一是人與動物的肢體、器官等,二是幼體、後代以及動物的生育,三是肌體肥瘦、病變和特殊氣味,四是有關肉食方面的,五是有關祭祀方面的;也有學者對構字頻度進行統計,指出肉部字高頻構字類型是人體組織、肉的性質、食物相關、疾病﹝註31﹞。

給一個已有的字形疊加義符肉,可能是「肉」偏旁義的凸顯。上面例子比較特殊的用法是獸類、鳥類增加「肉」旁,後世文字一般動物類增加相應的動物義符,比如犬、馬、鳥等。

(三)艸

(郭店簡《窮達以時》簡10)是古文字中的「衰」(《說文》:「衰,艸雨衣」),本來象艸雨衣之形。楚簡中繁增義符「艸」作(郭店簡《語叢四》簡22),強調其材質,季旭昇認為可能是艸雨衣之「衰」的專字。﹝註32﹞我們對楚簡中的「衰」和「蓑」作了如下統計:

楚簡字形	用作「衰」	用作「蓑」
衰	7	2
蓑	2	0

由此可見,是否加「艸」在使用中並沒有區別作用,是書手為了強調其本義而造的字。

「葉」本為象形字,楚簡承襲金文作(清華簡《厚父》簡11),也有的增加義符「艸」作(上博簡《用曰》簡15),強調其本義。

楚簡「秋」字作(郭店《語叢一》49),清華簡《金縢》簡15的「秋」字作,上部增加「艸」作「萩」。九店簡56-54「秋三月」的「秋」字作,

﹝註29﹞ 劉剛:《清華叄〈良臣〉為具有晉系文字風格的抄本補正》,《中國文字學報》第5輯,商務印書館,2014年7月,第102頁。

﹝註30﹞ 李春桃:《古文異體關係整理與研究》,中華書局,2016年10月,第11頁。

﹝註31﹞ 牛會平:《〈說文解字注〉肉部研究》,華中科技大學碩士學位論文,2013年。

﹝註32﹞ 季旭昇:《說文新證》,福建人民出版社,2010年,第689頁。

雖然李家浩直接隸定為「萩」〔註33〕。無疑是「秋」字增加義符所致，因為「春」也從艸作 （清華簡《湯處於湯丘》簡 12）。

「若」金文字形作 （大盂鼎），上部象髮形而非中形。楚簡「若」字作 （郭店簡《老子乙》簡 1），上部有所訛變。也可以增加義符「艸」作 （清華簡《周公之琴舞》簡 9），是類化所致。清華簡《芮良夫毖》簡 3 有 ，簡 5 有 ，前者是「向若」之「若」，後者是「像」義的「若」。清華簡《殷高宗問於三壽》篇 三見， 一見。前三者都用為假若之「若」，後者用為「振若敘（除）慝」之「若」，是名詞。加艸與不加艸在某一些篇章中似乎在意義上有別。

楚簡中的「怒」字有兩種寫法，一作 （郭店《語叢二》25），一作 （郭店《老子甲》34）。馮勝君指出前者是三晉文字的用字習慣，增加艸的是楚系文字的習慣。〔註34〕根據朱力偉的統計，楚簡中「蒃」使用多於「怒」。

楚簡中「草之可食者」義的{菜}通常寫作「采」。而安大簡《詩經》中動詞「採」可寫作 （簡 1）或 （簡 14），動詞{採}作「采」者 10 例，增加義符艸作「菜」形者 8 例。《詩經》篇目《采葛》的「采」，上博簡《孔子詩論》簡 17 也作「菜」。至秦漢簡中，「采」還高頻用作名詞「菜」，如睡虎地秦簡、張家山漢簡中都用「采」字來表「菜」，而「菜」用作五彩之「彩」。楚簡中「菜」用為動詞採，增加義符艸強調採摘的對象。

（四）屮

郭店簡《唐虞之道》簡 16「舜佢（居）於茅=（艸茅）之中」，上博簡《子羔》簡 5「堯之取舜也，從者（諸）卉茅之中」。「屮」增加一「屮」就是「卉」。清華簡《邦道》簡 6「艸木」的「艸」也是作 。

（五）心

金文「圖」從口、從啚，林義光認為其本義是「地圖」。〔註35〕楚簡「圖謀」的「圖」 （上博簡《魯邦大旱》簡 1）承襲金文，但改為形聲字，從

〔註33〕湖北省文物考古研究所，北京大學中文系：《九店楚簡》，中華書局，2000 年，第 51 頁。

〔註34〕馮勝君：《郭店簡與上博簡對比研究》，線裝書局，2007 年，第 311 頁。

〔註35〕林義光：《文源》，中西書局，2012 年，第 361 頁。

口、者聲。戰國楚簡更多的「圖」字是作意，增加「心」旁。因為圖謀是心理活動，故可從心，強調其圖謀義。具體使用上來看，楚簡「意」比「圖」更加常用。「意」楚簡中凡 14 見，而「圖」僅出現 2 次。清華簡《鄭武夫人規孺子》簡 2 的「圖」作 ，在「圖」的基礎上直接繁增「心」旁。

楚簡中的「欲」作 （郭店簡《老子甲》簡 2），也可以增加心作 （上博簡《互先》簡 5）。郭店簡《緇衣》簡 8 省形作 。欲是心之所願，故可從心。

郭店《六德》簡 1「聖智也」，清華簡《殷高宗問於三壽》簡 14「可（何）胃（謂）惡，可（何）胃（謂）智？」後一個「聖」增加了義符「心」。「聖」是亦可訓聰明、才智勝人，是由心精通而引申，故可增加「心」旁。

戰國楚簡中「仁義」之「義」也可以增加「心」作 （郭店簡《語叢一》簡 76）。「義」也是一種意志，故可從心。

「禮」之本字寫作「豊」，字形如 （郭店簡《老子丙》簡 10）。郭店簡《性自命出》的「豊」，除了寫作 （簡 15），也有寫作 （簡 22）。後者增加了義符「心」。《性自命出》一篇中，「豊」與「慧」使用次數的比例是 4：2。禮是意志，所以也可從心。

楚簡中這些與道德相關的詞，如「仁」作「息」，「義」有字形作「悆」，「聖」可作「惡」，都可以從心。仁、義、禮、智、聖中唯有「智」未見從「心」之形，或與其他幾項不同。

甲骨文、金文「勞」字從二火、衣。楚簡均承襲金文作 （郭店簡《尊德義》簡 26），也有的增加義符「心」，如 （郭店簡《六德》簡 16）。或強調心之操勞義，或因「勞」有「憂」義。「勞」的近義詞「務」，楚簡中亦可從心，如上博簡《彭祖》簡 7「多務者多憂」，「務」字作 。與「勞」相近的，清華簡《管仲》簡 22 有個「愈」，字形作 ，辭例為「務而不愈」，「愈」與「務」意義相反，意為怠惰，也是從心的。另外，「惰」（上博簡《仲弓》簡 18）從心也是同樣的道理。

楚簡中的「聰」常作 （郭店簡《五行》簡 15），從耳、兇聲。上博簡《容成氏》中的「聰」在此基礎上增加義符「心」作 （簡 12）。《容成氏》

另有不从心的「聰」。〔註36〕此處加義符心，說明「聰」不僅是聽力方面，詞義引申跟心智的通曉也有關，如郭店簡《五行》簡 26 有「聞君子道，聰也」。

楚簡的「難」可增加義符「心」作「戁」，如郭店《老子甲》簡 12「不貴難得之貨」的「難」作，《老子丙》簡 13「不貴難得之貨」句中的「難」作。同樣，其反義詞「易」楚簡也从心，如郭店簡《老子》甲：「又（有）亡之相生也，戁惕之相成也。」陳斯鵬對增加心旁的「難」和「易」有詳細論述。〔註37〕

楚簡「美」可作（郭店簡《老子甲》簡 15）或（郭店簡《老子甲》簡 15），也可以增加義符「心」，如清華簡《芮良夫毖》簡 25 。「美」增加「心」可能是受「惡」的類化影響。

楚簡中的「新」可讀為「親」，字形作（郭店簡《老子丙》簡 3）。上博簡《昔者君老》簡 3 有「能事其」，「親」字增加義符「心」。楚簡中與「親」意義相反的「疏」也可從心。

楚簡疏通之「疏」作「疋」，如上博簡《舉治王天下》簡 30 的。而上博簡《三德》簡 4「憂懼之間，疏達之次」的「疏」作，從心、疋聲。〔註38〕這裡的「疏」意為通達，是一種心態，故可增加「心」旁。禤健聰指出大概是「疏達」之「疏」的專字。〔註39〕

楚簡中讀為「仇讎」的「仇」作（郭店簡《緇衣》簡 19）。清華簡《越公其事》簡 24 該字左下增加義符「心」作。可能與「親」增加「心」意圖相同。

楚簡中的「病」常寫作从疒、方聲，字形為（上博簡《東大王泊旱》簡 2），也可以增加義符「心」作（上博簡《三德》簡 13）。陳斯鵬認為从「心」的「病」字是為「憂患」義專造的字。〔註40〕從「丙」聲的「病」字也

〔註36〕裘錫圭：《釋古文字中的有些「息」字和从「息」、从「兒」之字》，復旦大學出土文獻與古文字研究中心網站，2008 年 12 月 15 日。

〔註37〕陳斯鵬：《楚系簡帛中字形與音義關係研究》，中國社會科學出版社，2011 年，第 303～305 頁。

〔註38〕從陳偉說，詳見《上博五〈三德〉初讀》，武漢大學簡帛網，2006 年 2 月 19 日。

〔註39〕禤健聰：《戰國楚系簡帛用字習慣研究》，科學出版社，2017 年，第 297 頁。

〔註40〕陳斯鵬：《楚系簡帛中字形與音義關係研究》，中國社會科學出版社，2011 年，第 303 頁。

可增加「心」旁作 （清華簡《筮法》簡2）。

楚簡「哀」字作 （郭店簡《五行》簡17），可增加義符「心」作 （郭店簡《語叢二》簡31）。「哀」是內心之感受，故可增加「心」旁。可能受同義詞「悲」（字形作 ）從心的影響。

上博簡《周易》裡「元吉」的「元」作 ，清華簡《皇門》簡13「元德之行」的「元」增加義符「心」作 ，今本《皇門》作「元」，整理者認為「悬」訓善，黃懷信認為元德就是至德、大德。〔註41〕「元」增加心旁，與楚簡中的「願」（也作「悬」）相同，屬於分頭造字的偶然同形。「元德」之「元」增加「心」，可能是受「德」類化影響。

「外形」的「形」楚簡常借用「型」，郭店簡《語叢一》簡12「有地有形」的「形」字作 ，在「型」之上增加「心」，不知何故。

「盡」字形為 （郭店簡《語叢一》簡90）、 （上博簡《仲弓》簡25），也可增加義符「心」作 （上博簡《中弓》簡20）。「盡」增加義符心，可能與「終」增加心構意相同： （上博簡《周易》簡12）。

「固」字從口或匚、古聲，字形如 （郭店簡《老子甲》簡34）、 （上博簡《從政甲》簡5）。也有的增加義符「心」作 （上博簡《平王問鄭壽》簡2「王固問之」），對比其他作為副詞的「固」：王 命見之（清華簡《繫年》簡28）。

包山簡197、199「尚毋有咎」的「尚」字作 ，是在楚文字原本「尚」的基礎上增加義符「心」。「固」和「尚」都是副詞，楚簡中副詞從心的情況也不少見，如：1. 彌：上博簡《曹沫之陳》簡2「今邦彌小而鐘愈大」，其中「彌」作 ，「愈」作 。均從心。程度副詞，修飾形容詞「大」和「小」。2. 滋：郭店簡《老子》甲簡30「而邦滋昏」的「滋」作 ，字形從心、茲聲，程度副詞，詞義是「更加」。

另外，清華簡《別卦》中的卦名集中體現了增加義符「心」的情況，這裡將之與上博簡《周易》的卦名用字作一個對比：

〔註41〕黃懷信：《清華簡〈皇門〉校讀》，武漢大學簡帛網，2011年3月14日。

今　本	清華簡《別卦》	上博簡《周易》
蒙	悲	尨
咸	慾	欽
革	惑	革
隨	愳	陸
晉	慰	晉
睽	慾	楑
濟	濟	淒
渙	悉	戁

這裡為何大規模增加「心」旁，究竟是裝飾性質的偏旁還是有表意作用，尚待研究。

還有一些從心的字也頗難解釋，如上博簡《凡物流形》（甲）簡26「盜」字作 ，可隸定為「悉」，從心、從人、兆聲。而楚簡中的「賊」都寫作「惻」，如 （上博簡《凡物流形甲》簡26），從心、則聲。但是上博簡《彭祖》簡7有句作「多務者多憂，惻者自賊也」，將「惻」與「則」分開，區分甚明。〔註42〕

除去卦名，以上增加義符「心」共有22組，同時代能成對或成組、或能通過後世文字解釋的有以下幾類：

圖、欲：與後世「思」「慮」可歸為一類。

聖、義、禮：與同時代從心的「仁」、後世「志」可歸為一類。

勞：與同時代從心的「務」、後世的「懈」「惰」「怠」可歸為一類。

聰：與後世「憭」「佼」可歸為一類。

難、易：與後世「慎」（嚴謹）、「慢」（輕慢）可歸為一類。

美：與「惡」可歸為一類。

親、疏、仇：與「愛」可歸為一類。

病、哀：與「憂」「悲」可歸為一類。

難以通過以上方式解釋的字中，「盜—賊」「盡—終」增加心旁是成對的，「固」「尚」作副詞時增加心也是有規律可循的。以上屬於現象可知，原因未明。

「元」「形」增加義符心，沒有規律出現，不排除僅僅是通假，屬於現象未必成立。

〔註42〕陳斯鵬：《卓廬古文字學叢稿》，中西書局，2018年，第180頁。

和副詞增加心旁、卦名增加心旁一樣，過去把這些難以解釋的从心之字全都歸為「通假」是權宜之計。所謂通假，是祇與聲音相關的用字現象。而隨著先秦文獻公佈的日益增多，我們發現以上例子都是成對、成系列出現。即便存在無法解釋的義符繁增，我們此處也將這樣的現象呈現出來。

（六）刀

古文字「宰」作 （包山簡 157），也有大量的「宰」加刀旁作 （上博簡《柬大王泊旱》簡 11）。「宰」為官職名，包山簡有的「宰」加「刀」、有的不加，使用上並無區別。楚簡中「治理」的「治」可从戈，如郭店簡《語叢三》簡 30 的 ，从戈、訇聲，戈強調治理的動作。職官名「令」楚簡中可作「敏」，从攴強調治理義。刀、戈、攴在楚簡文字中是互通的義符（見本章第 3 節），所以這裡「宰」增加的「刀」亦強調其「治理」義。

（七）臣

「僕」早期的字形是 （州子卣），象奴僕之形。春秋時期有了从臣的「僕」如 （鼄鐘），典籍常「臣僕」連言，故楚簡中的「僕」固定下來作 （柬大王泊旱）簡 20）、（上博簡《周易》簡 53），或改換聲符作 （上博簡《命》簡 6）。

楚簡中的「窮」完整寫法作 （郭店簡《唐虞之道》簡 2），从宀（或穴）从身从呂，呂為其聲符；或省呂形作 （郭店簡《窮達以時》簡 11）。個別「窮」字加「臣」旁如 （郭店簡《成之聞之》簡 11），該篇「窮源反本」的「窮」同時又作 （郭店《成之聞之》簡 14）。該篇第一次出現从臣，第二次出現从呂。包山簡 198「躬身」的「躬」作 ，「身」形左部有分離之勢，從臣的「窮」可能是訛變，並非表意。

古文字中作為構字義符的「臣」，最常見的是作為早期目形的遺留，如在 （監）、（臨）；有時也作為聲符，如 （臤）字，臣是其聲符；或作為義符，如 （宦）字，臣是其義符。

（八）木

楚簡中常見的「巢」作 （望山 M1 簡 89），下部从木。上博簡《孔子詩論》中出現了三次「鵲巢」的「巢」均在此基礎上繁增了一個「木」作

（簡 10），強調巢在木上的本義。而安大簡《詩經》「鵲巢」的「巢」作 （簡 21）。

楚簡中常見的「李」寫作 （上博簡《容成氏》簡 29），曾侯乙簡和安大簡《詩經》的「李」字增加木旁分別作 （曾侯乙簡 77）和 （安大簡《詩經》39），因「李」看不出樹木本質，故增加木旁強調李樹樹木性質。

楚簡「戶」除了作 （新蔡簡乙一 028），還可增加義符「木」。如 （九店簡 27）。這種从木的戶還見於陳胎戈 ，也是《說文》「戶」之古文。增加「木」強調其材質。但楚簡中仍以寫作「戶」為主。

以上三例中，「李」和「戶」增加義符應為強調本義。但「樔」是明顯疊加了義符「木」，屬於贅加。

（九）攴

上博簡《孔子詩論》簡 5「又（有）城（成）工者可（何）女（如）？」楚簡中也有繁增攴旁的，如郭店簡《老子》（甲）簡 39 有「攻述（遂）身退」。上博簡《相邦之道》簡 3「百工」的「工」寫作 ，清華簡《說命上》簡 1「百工」的「工」寫作 ，均增加攴旁。另外，戰國兵器「工帀（師）」也常作「攻帀（師）」，亦增加義符攴。

楚簡中的「語」从言、五聲或从言、吾聲，字形為 （上博《君子為禮》1）、（上博《天子建州》甲 11）。郭店簡《六德》簡 36 的「語」字形作 ，單育辰放大字形詳細討論了這個字，指出字形左上是小的「五」形，〔註 43〕甚確。所以應該隸定為「敔」，應視作「語」增加義符「攴」，強調動作義。

清華簡《鄭文公問太伯甲》簡 11、《鄭文公問太伯乙》簡 9「為」字作 ，在「為」上增加義符攴，強調「做、為」之動作。「為」增加「攴」形已見於春秋金文。

清華簡《殷高宗問三壽》簡 20「內基而外比」，上博簡《周易》簡 10「外比之」的「比」作 ，在「比」之上增加「攴」，強調動作。「敚」字已見於春秋金文。

〔註 43〕單育辰：《郭店〈尊德義〉〈成之聞之〉〈六德〉三篇整理與研究》，科學出版社，2015年，第 309～311 頁。

以上 4 例中，「工」「為」增加攴強調的是手部之動作，但「語」「比」增加攴僅強調動作。

（十）又

清華簡《楚居》簡 6「執」字作 ，下部增加義符「又」。曾侯乙簡 1「事人」，即包山二簡 131 的「事人」。曾侯乙簡的「執」字右部雜糅了「丮」和「又」。「丮」原本就與手部有關，是側立人形強調其手部。如「夙」字中的丮旁，西周時期還是象形程度很高的：（史墻盤）；但在戰國時期已經完全不象形：（上博簡《季庚子問於孔子》簡 10）。故楚簡中增加「又」旁強調其手部動作。

常見的「官」字作 （郭店簡《六德》簡 14）、（上博簡《三德》簡 5），清華簡《五紀》中的「官」都增加義符「又」，字形作 （簡 56）。」「官」字從又可能與「執事人」之「執」字、「事」字從又同意。

楚簡中「虞」字形作 （清華簡《厚父》8），清華簡《封許之命》該字下部增加「又」作 （簡 5），文例為「虞恤王家」。蘇建洲指出齊系和晉系文字中「虞」增加「廾」。[註44]

甲骨文、金文「克」字都作 （利簋），楚簡承襲作 （郭店簡《緇衣》簡 19），但中山王器和大部分楚文字都增加「又」作 （上博簡《緇衣》簡 11）。「克」在楚簡中最常見的用法有兩種，一是當能願動詞，「能夠」義；一是動詞，「勝」義。此處增加「又」旁強調動作。

楚文字的「且」作為構字偏旁時可以增加義符「又」，如「組」的兩種寫法：（包山簡 267）、（上博簡《弟子問》簡 15）。楚簡「且」也可增加虍頭作 （郭店簡《緇衣簡》14），也可以再繁增「又」作「虐」，如 （上博簡《孔子詩論》簡 6）。「且」和「虐」增加「又」已見於甲骨文和金文，楚簡文字是沿用，非始用。

恐懼的「懼」完整字形作 （清華簡《繫年》簡 106），從心瞿聲、也可以

〔註44〕蘇建洲：《〈封許之命〉研讀札記（一）》，復旦大學出土文獻與古文字研究中心網站，2015 年 4 月 18 日。

省略義符「心」作瞿，字形如（上博簡《邦人不稱》簡8）。上博簡《史𩵦問於夫子》兩見「懼」，均作，下部增加義符又，強調恐懼之動作。楚簡中的「獲」字作（包山簡94），故「懼」增加「又」旁應是因為類化影響。

以上增加義符「又」例，都是強調動作，與增加「攴」一樣不一定是強調手部動作。與增加「攴」不同，增加「又」一般還伴隨類化，如「虔」「盧」都有虎頭，增加「又」，「懼」受「獲」影響增加「又」。

（十一）止／彳／辵

楚簡中的「來」字可沿襲甲骨、金文作（清華簡《說命》中簡2），但更常見的是增加止旁的「逨」，如（上博簡《周易》簡35），或增加辵旁作（上博簡《吳命》簡4）。清華簡《說命中》鄰簡（簡1和簡2）出現「來」和「逨」，字形分別作（簡2：來各汝說）、（簡1：汝逨隹帝命），用法無別。

楚簡「去」字常用字形為「去」和「迲」，如（郭店簡《老子乙》簡4）、（上博簡《柬大王泊旱》簡12）、（上博簡《弟子問》簡13），也有僅增加止旁的作（上博簡《曹沫之陳》簡43）。後者增加義符辵強調去之動作。同篇中使用此二異體的見於清華簡《四告》篇，見於簡6，辭例為「多侯邦伯率迲不朝」；見於簡23，辭例為「襄去懋疾」——兩個「去」並不相同，前者是離開義，後者是去除義，所以辵旁的增加是分化離開義，具有區別作用。

楚簡中的「走」作（上博簡《吳命》簡1），也可增加彳旁作（清華簡《五紀》簡90）。同篇中，如清華簡《五紀》「走」4見，3次作「走」，1次作「徒」，用法無別，增加彳旁沒有區別意義，僅強調行動義。

「陟」和「降」稍早的字形是（班簋）和（虢叔鐘），右部前者從二正止，後者從二反止。戰國時期「陟」仍然作（清華簡《良臣》簡2），但「降」除了保留原形外，又有了繁增「止」作（郭店簡《五行》簡12）之形。清華簡《五紀》出現「降」4次，其中1次，用為地之號「降魯」之「降」；而3次，均用為動詞「降」。此同篇之中，增加「止」或為區別義符。

與「陟」同義的「陞」，也和「降」一樣，有（包山簡38）和（包

山簡 41）兩種字形。「陞」和「降」字形接近，故上博簡《容成氏》簡 48「乃降文王」的「降」寫作 。（關於此字學界的爭議詳見第 2 章第 6 節）

　　楚簡中「先」徑作「先」，其實春秋金文「先祖」之「先」已有作「」〔註45〕，楚簡有增辵旁的「先」字，如 （上博《周易》18）。新蔡簡中，甲三 99「 之以一璧」，甲三 124 作「 之以一璧」，用法沒有任何區別。然從數量上看，增加義符辵的「先」字少鮮見於楚簡，最常見的還是用「先」。與「先」同義的「前」、反義的「後」也都是從止的。

　　楚簡中「上」可在「上」增加義符「止」作「走」，如清華簡《祭公》簡 4「上」作 ，簡 12 增加止旁作 ，用法無別。清華簡《命訓》中也有相同的情況，「上」4 見，3 例作 ，1 例作 。

　　楚簡中朝見的「朝」大多數承襲金文作「朝」，如上博簡《昔者君老》簡 1「昔者君老，大（太）子朝君，君之母俤（弟）是相」中動詞「朝」字形作 ，與金文 （利簋）一脈相承，左部從二中、日，右部所從尚有爭議。上博簡《成王既邦》簡 7「天子之正道，弗朝而自至」的「朝」字作 ，在「朝」的基礎上增加辵旁，強調朝見的動作。因為楚簡中「朝」除了作「朝見」義講，同時用作「早晨」義，且此義為「朝」本義。增加「辵」旁是為了區別「朝」的兩個意義。

　　「衛」字楚簡除了寫作 （新蔡乙一 016）之外，還常見增加止旁，如 （包山 224）、（清華簡《攝命》簡 5）。「衛」字加「止」最早見於西周早期衛尊，字形作 。楚簡中有「止」旁的「衛」更為常見。

　　巷陌之「巷」楚簡可從「行」，字形作 （包山簡 142）。也可以增加止作 （上博《周易》32），或省「丁」作 （郭店《緇衣》1）。以上兩例均為從行之字增加止旁。行為道路象形，止與行走有關，二者關係密切。

　　包山簡中的地名「鹿邑」的「鹿」簡 175 和簡 190 均作 ，簡 174 作 ，鹿之下增加止旁。

　　楚簡「庶」字習見，從火、從石，字形作 （上博《緇衣》20）。郭店簡《成之聞之》簡 16 該字作 ，增加彳旁。

〔註45〕容庚：《金文編》，中華書局，1985 年，第 618 頁。

　　楚簡「將」字作 （郭店簡《老子甲》簡 10），從酉爿聲，即《說文》「醬」字的古文。楚簡中「牊」出現 197 次，其中 181 次用為「將要」的「將」，13 次用為「將軍」的「將」，3 次用為「醬」。楚簡也有的增加「止」旁或「辵」旁，應為動詞「將」而造，有區別作用。「遉／迊」在楚簡中出現 6 次，其中 5 次都是用為動詞，如清華簡《湯在啻門》簡 18「五以 之」，《封許之命》簡 3「嚴 天命」。但清華簡《繫年》簡 131 有「 軍」，同篇另有 12 個「」，其中 11 個用為「將要」之「將」，1 個用為「將軍」之「將」。以上可見，加「止」「辵」是為了把動詞的「牊」區別開，但實際使用的時候，也會混用。

　　楚簡「發」字作 （郭店簡《老子丙》簡 3），一般用為動詞。增加義符止可強調其動詞義。清華簡《程寤》武王之名「發」用 （簡 3），或增加止作 （簡 1），用法無別。

　　郭店簡《性自命出》簡 43「用力之盡者」，「用」字作 ，可隸定為甬，上博《性情論》簡 36 此字也作「甬」。清華簡《說命》（上）簡 2「滕降用力」的「用」作 ，是在「甬」上增加了義符「止」強調動作。

　　楚簡「皋」字字形作 （上博《容成氏》48）。上博簡《三德》簡 4「救（求）利，戔（殘）其新（親），是胃（謂）」， 即「邊」，「皋」字增加辵。

　　新蔡簡中的「赴」，大多數時候寫如 （甲三 4）。零簡 100 該字增加辵旁作 ，辵可能強調卜筮之動作，與楚簡「筮」字增加義符「卄」意同。

　　楚簡「使」字作 （上博簡《內禮》簡 2），為了強調出使之動作也可增加彳，如 （清華簡《越公其事》簡 9）。這種從彳的「使」也常見於戰國時期的金文中，如 （右使車嗇夫鼎）、（十三茉壺）。

　　以上增加義符「止／辵／彳」的共 17 例，其中 10 例增加「止／辵」是為了強調行走義。在相近的意義聚合中，唯獨「下」沒有增加「止」或「辵」旁之例。5 例僅是強調動作而與行走無關，2 例表道路、城邑。林志強指出中山王鼎的「亡」，壺銘增加辵旁作「迚」，「以示其亡國的動作過程」〔註 46〕，也即此類。

〔註46〕林志強：《漫談「專字」研究》，《古文字研究》第 30 輯，中華書局，2016 年，第 550 頁。

（十二）頁

楚簡習見的「色」作（郭店簡《五行》簡 14），而郭店簡《語叢一》「色」字作（簡 47），增加了義符「頁」。頁象人頭形，楚簡常見「顏色」連言，「色」是臉上的神情、氣色，故從頁強調其義。

（十三）貝

楚簡中「富」可寫作「福」，也可寫作「褔」。也有的繁增貝旁，如上博簡《鬼神之明》簡 2「又（有）天下」，曹錦炎師指出「貝與財富有關，故簡文『富』字構形以『貝』為義旁」。〔註47〕再如（清華簡《治政之道》簡 32），省略的「示」，貝加於字形下方。與小篆不同，楚簡「富」和「貴」都是從貝的。如上博簡《弟子問》簡 6：「貧戔而不約者，吾見之喜（矣）；賏貴而不喬（驕）者，吾睹而口。」因此楚簡中「富」「貴」「貧」「賤」都可從貝。

「府庫」的「府」楚簡可作（上博簡《容成氏》簡 6），從宀付聲。也有的繁增「貝」旁作（上博簡《相邦之道》簡 3）。因府庫所藏大多是珍寶，所以從貝強調「府庫」之「府」本義。

（十四）見（視）

楚簡中的「望」沿襲金文作（上博簡《三德》簡 1），也可省略「月」形作（郭店《窮達以時》簡 4）。有的還增加義符「見（視）」作（郭店簡《緇衣》簡 3）、（清華簡《程寤》簡 3）。「望」是與目視有關的動作，故可從視強調觀望之義。「朔望」義在楚簡中已經不常使用，中的人形亦不明顯，可能是增加義符「見（視）」的原因。

（十五）死／歺

王文耀認為世、枼、葉三字同音同義，是先秦的特有重文。〔註48〕裘錫圭認為「世」（）為截取「葉」（）上部而成的分化字。〔註49〕楚簡承襲金文省形作（郭店簡《唐虞之道》簡 7），也常常在「世」的基礎上增加「死」

〔註47〕曹錦炎：《〈鬼神之明〉釋文》，《上海博物館藏戰國楚竹書（五）》，上海古籍出版社，2005 年，第 312 頁。

〔註48〕王文耀：《先秦文字特有重文例證》，《古文字研究》第五輯，中華書局，1981 年，第 344 頁。

〔註49〕裘錫圭：《文字學概要（修訂本）》，商務印書館，2013 年，第 121 頁。

或「歹」，如 （郭店簡《窮達以時》簡2）〔註50〕和 （上博簡《季庚子問於孔子》簡14），（清華簡《治政之道》簡2）和 （清華簡《廼命一》簡10）。張政烺指出「从歹之字多有死亡意，古人謂一人之身為世」〔註51〕。高佑仁指出《曹沫之陳》「沒身就世」為壽終正寢。〔註52〕

楚簡中的「喪」常省作 （郭店《語叢四》3）形，也可以增加義符「歹」作 （上博《昭王毀室》1），或增「死」作 （上博《民之父母》14）。這與楚簡「葬」作 （包山簡91）、「墓」作 （上博簡《昭王毀室》簡5）情況相同，下部均从死。清華簡《司歲》有 （簡1：凡行水旱火疾兵喪死之道）和 （簡13：三邦乃有喪）兩種「喪」，前者義為人死，後者義為滅亡，詞義稍有不同。

楚簡中的 （包山簡12），即楚文字的「尸」字。故可以增加義符「歹」作 （上博《周易》8）。

（十六）糸

「幣」楚簡常省作 （郭店簡《緇衣》簡33），从巾、采聲。也有的增加義符「糸」如「賓客之用 也」（郭店簡《語叢三》簡55）。「絲」是生產幣帛的材料，故可从糸。「巾」本身是義符，此處疊加義符，為強調幣帛義。

楚簡中「裳」可从巾，字形為 （包山簡214）。九店簡36「衣裳」的「裳」作 ，李家浩隸定作「綿」，並指出是「裳」字繁體。〔註53〕

信陽簡2-18「畫席」「漆畫」的「畫」作 ，簡2「畫縷（履）」的「畫」增加義符糸作 。

曾侯乙簡「朱毛之首」的「朱」用其本字作 （簡86）。包山楚簡中的「朱縞」「朱旌」的「朱」作 （簡269），从糸、朱聲，增加義符糸。安大簡《詩經·揚之水》同簡之中（簡104）表赤色的「朱」作「絑」（）和

〔註50〕釋為「殊」，但讀法有爭議。詳見單育辰《郭店〈尊德義〉〈成之聞之〉〈六德〉三篇整理與研究》，科學出版社，2015年，第45～48頁。

〔註51〕張政烺：《中山王嚳壺及鼎銘考釋》，《古文字研究》第一輯，中華書局，1979年，第245頁。

〔註52〕高佑仁：《談〈曹沫之陣〉的「沒身就世」》，簡帛網，2006年2月20日。

〔註53〕湖北省文物考古研究所，北京大學中文系編：《九店楚簡》，中華書局，2000年，第98頁。

「朱」（）。

（十七）水

金文「泉」字作（子束泉尊），楚簡承襲金文字形作（包山簡86）。吳振武指出「泉」可增加義符「水」。[註54] 郭店簡《成之聞之》簡11：「窮 反本者之貴」，簡14作「窮 反本者之貴」，「漁」用為「源」。1 [註55]

「川」本象水形，戰國楚簡字形為（郭店簡《唐虞之道》簡4）。也可增加義符「水」作洲，如上博簡《舉治王天下》中的「川」均作（簡30）。上博簡《魯邦大旱》簡4「夫川，水以為膚」，可見川、水意義關係密切。《老子》「如冬涉川」，郭店本和傳世本都作「川」，馬王堆帛書乙本和北大簡作「水」。但清華簡《楚居》簡1「逆上水」，李學勤認為「洲水」就是「均水」[註56]，總之不是「川水」，可見「洲」有時也不是「川」的異體。楚簡中「川」使用頻率高，基本都不增加義符水。

金文的「井」字作井（井侯簋），楚簡文字也作井（上博《用曰4》）。上博簡《周易》11例「井」均增加水旁作（簡44）。但是增加水旁的「洴」楚簡中極少見。

金文的「谷」作（格伯簋），楚簡沿襲金文作（郭店《老子甲》10），也可以增加義符水如（郭店《老子甲》2）。安大簡《詩經》山谷的「谷」都寫作。一般認為楚簡「谷」字寫作「浴」是「山谷」之「谷」增加義符，如廖名春[註57]、劉寶俊[註58]。但先秦也有「浴」字，春秋中期偏晚到戰國時期的楚國有自命為「浴缶」的銅器，是一種儲備盥洗用水的缶[註59]，此「浴」

〔註54〕吳振武：《燕國銘刻中的泉字》，《華學》第二輯，中山大學出版社，1996年，第47～51頁。

〔註55〕而形義與「泉」相近的「原」字金文作（雍伯原鼎），劉釗指出从泉厂聲。見《古文字構形學》，福建人民出版社，2006年，第84頁。

〔註56〕李學勤：《論清華簡〈楚居〉中的古史傳說》，《中國史研究》，2011年第1期。

〔註57〕廖名春：《郭店楚簡老子校釋》，清華大學出版社，2003年，第28頁。

〔註58〕劉寶俊：《楚國出土文獻異形文字形義關係研究》，《語言研究》，2015年第3期，第84頁。

〔註59〕陳昭容：《從古文字材料談古代的盥洗用具及相關問題——自淅川下寺春秋楚墓的青銅水器自名說起》，《中研院歷史語言研究所集刊》七十一本四分，2000年，第863～864頁。

即「沐浴」之「浴」。故禤健聰認為「谷」加義符「水」作「浴」和「沐浴」之「浴」是同形字。〔註60〕清華簡《五紀》有「谷」也有「浴」，簡33、76有 ，辭例分別為「劃溉蔽浴」和「蠲、魖、濯、溉、浴、沐」，整理者認為前一「浴」用為山谷之「谷」，後一「浴」為洗滌義；簡129有 ，「民之谷財」讀為「民之裕財」，前文多次寫作「民之㝐財」，此為省形。可見《五紀》中「谷」和「浴」用法不相同，「谷」是「㝐」的省形，常見於楚簡。而「浴」增加義符水表山谷或洗滌義。

（十八）言

楚簡「樂」作 （郭店簡《老子丙》簡4），也可以繁增義符「言」 （郭店《五行》簡29）。郭店簡《五行》多次出現「樂」：

：不安則不樂，不樂則無德。（簡6）

：不安不樂。（簡8）

：不安不樂。（簡21）

：禮樂之所由生也。（簡28）

：和則樂，樂則有德。（簡29）

：聞道而樂者，好德者也。（簡50）

馮勝君指出郭店《五行》篇有大量非楚系文字的因素。〔註61〕與從言的「樂」一樣，同一支簡也有寫法異樣的「家」，字形作 。《五行》中從言的「樂」，詞義都是快樂，郭店簡《成之聞之》「悅」作「說」，睡虎地秦簡《日書甲種》「怡」寫作「詒」，馬王堆帛書《繆和》「欣」作「訢」，也都是以從言之字表快樂義。

（十九）羽

曾侯乙簡中的「斿」可繁增「羽」作 （簡72），也常見義符「扸」與「羽」互換的異體字（詳見本章下節）。

包山簡269「車戟，羽」， 整理者隸定為「戜」，李家浩指出為「侵」

〔註60〕禤健聰：《戰國楚系簡帛用字習慣研究》，科學出版社，2017年，第117頁。
〔註61〕馮勝君：《郭店簡與上博簡對比研究》，線裝書局，2007年，第320～327頁。

字異體，是一種羽毛的名字。〔註62〕天星觀簡有「白羽之▨」〔註63〕，增加義符「羽」。

旗幟、武器字增義符「羽」，皆因羽可作為裝飾。

（二十）火

楚簡沒有从日的「昭」字，往往借「卲」為之，如上博簡《緇衣》《孔子詩論》《邦人不稱》、清華簡《祭公》《楚居》《繫年》《命訓》等多篇均為此用法。清華簡《五紀》始見「昭」增加火旁，強調「明」義，字形作▨（簡7）。因為楚簡文字中的「卲」承擔了多種用法，可用作「昭」「紹」「韶」「超」等〔註64〕，增加「火」旁表「昭」應是為了區別。

（二十一）土

楚簡中的「穴」可在▨（上博簡《容成氏》簡10）的基礎上增加土旁，作▨（郭店簡《窮達以時》簡10）。穴的位置常見於土地，所以从土。清華簡《楚居》簡1有▨，宋華強認為此「穴」讀為「育」或「淯」。〔註65〕

「丘」常作▨（上博簡《孔子詩論》簡21），也有的增加「土」作▨（包山簡237）。清華簡《良臣》中也有從土的「丘」，字形作▨（簡8）；《邦家之政》簡12也有▨。同篇之中使用兩種形態的「丘」見於清華簡《禱辭》，簡5作▨，辭例為「邑有社而鄉有丘」；簡13作▨，辭例為「大丘有祐」，兩個「丘」都是神名，增加「土」用法無別。《說文》「丘」字的古文也作「𡐦」，應以此為來源。丘是地貌，故可從土。

清華簡《筮法》「邦」作▨（簡61），或增加義符「土」作▨（簡30），強調邦域本義。西周金文中「邦」字已經有增加「土」旁之形。但楚簡中以沒有「土」形的「邦」最為常見，增加土旁的僅一見。

从土之字皆與土地有關，如楚簡中的「平」，無一例外全都寫作「坪」。〔註66〕

〔註62〕 李家浩：《包山楚簡研究（五篇）》，《第二屆國際中國古文字學研討會論文集》，香港中文大學中國語言及文學系，1995年，第12～13頁。

〔註63〕 滕壬生：《楚系簡帛文字編》，湖北教育出版社，2008年，第365頁。

〔註64〕 白于藍：《簡帛古書通假字大系》，福建人民出版社，2017年，第193頁。

〔註65〕 宋華強：《清華簡〈楚居〉1-2號與楚人早期歷史傳說》，《古代長江中游社會研究》，上海古籍出版社，2013年，第45頁。

〔註66〕 例詳見曹錦炎師《〈凡物流形〉釋文》，《上海博物館藏戰國楚竹書（七）》，上海古

（二十二）丙

戰國楚簡中的「席」字常從竹、石聲，如 （郭店簡《成之聞之》簡 34）。曾侯乙簡的「席」繁增義符「丙」作 （簡 70）。「丙」甲骨文作 ，象席之形〔註67〕。增加象形的義符，強調「席」字本義。這種字形僅見於曾侯乙簡。金文裡從「丙」的字如「醿」「醯」，楚簡文字從「丙」的字如「宿」「弜」「筵」，其中能確定「丙」為表意偏旁的是「宿」「筵」「弜」〔註68〕，但「宿」和「弜」均為沿用而非始用。此處「席」增加「丙」充分說明，戰國時期文字使用者仍十分清楚「丙」的本義是席。《說文》曰：「丙，舌貌。」至東漢人們已經不清楚「丙」所象之形了。

（二十三）人

「觀」楚簡作 （郭店簡《老子乙》簡 18），從見（視）、雚聲。上博簡《孔子詩論》簡 3 左部加「人」旁作 。「觀」動作發出者是人，故可從人。楚簡「懼」可省隹作 （上博《姑成家父》8），從瞿從心。上博簡《武王踐阼》簡 5 的「懼」作 ，復旦大學讀書會隸定為「偲」〔註69〕，增加義符「人」，但「人」與其中一個「目」合為「見（視）」形。另外，楚簡中常讀為「勸」的「懽」字作 （清華簡《邦道》簡 21），也增加義符「人」作 （清華簡《天卜》簡 6）。

「兄」楚簡作 （郭店《六德》簡 13），也有的增加義符「人」作「倪」，字形如 （上博簡《內禮》簡 4），或作 （清華簡《芮良夫毖》簡 8）。「兄」是人的親戚關係，所以可從人。同樣，「弟」在楚簡中也有兩種寫法： （郭店《唐虞之道》5）和 （上博《民之父母》1），後例增加義符「人」。尤其在《芮良夫毖》中，「兄弟」兩個字都增加義符「人」。

「長」早期字形作 （長日戊鼎），本象人形，舊說象人長髮貌。〔註70〕

籍出版社，2008 年，第 246 頁。

〔註67〕 林澐：《釋筍》，《林澐學術文集》，中國大百科全書出版社，1998 年，第 8～9 頁。

〔註68〕 張新俊認為金文從「丙」之字中丙也表義，見張新俊：《新蔡楚簡零釋》，簡帛網，2010 年 4 月 16 日。徐在國、宋華強認為「醯」中的「丙」表音，見徐在國：《從新蔡葛陵楚簡中的「延」字談起》，《簡帛》第 1 輯，上海古籍出版社，2006 年；宋華強：《新蔡「延」字及從「延」之字辨析》，簡帛網，2006 年 5 月 3 日。

〔註69〕 復旦大學出土文獻與古文字研究中心研究生讀書會：《〈上博七·武王踐阼〉校讀》，復旦大學出土文獻與古文字研究中心網站，2008 年 12 月 30 日。

〔註70〕 季旭昇：《說文新證》，福建人民出版社，2010 年，第 757 頁。

楚簡的「長」可增加義符「人」強調其本義，字形作 （郭店簡《緇衣》簡6）。曾憲通認為「倀」為長短之長，而「朘」為長幼之長，用法有別。[註71] 清華簡《趙簡子》中與「少」對言的「長」作 （簡2），也是從人的。清華簡《治邦之道》中有「長」也有「倀」：簡3 （辭例為「馭眾、治政、臨事、倀官」），簡21 （辭例為「倀乳則畜蕃」）；簡7 （辭例為「草木及百穀茂長繁實」），簡10 （辭例為「毋詐偽，則信長」）。增加義符人，用法無別。

「德」常寫作 （清華《祭公》2），也可增加義符「人」，如 （上博《孔子見季桓子》21）。增加義符人的「德」僅見此一例。

楚簡「愚」字作 （清華簡《治邦之道》簡22），也增加義符「人」作 （清華簡《治邦之道》簡4），兩例均用為「愚者」之「愚」增加義符「人」用法無別。與之相反的「智」無從人的字形。

楚簡的「加」作 （上博《容成氏》44「加圓木於其上」），從力、口。上博簡《鮑叔牙與隰朋之諫》簡3「加之以敬」的「加」作 ，增加義符人（可隸定為伽）。增加人旁的「加」僅見此一例。

以上增加義符「人」例，是為了強調動作、人倫關係或德行的主體是人。但增加義符「人」的異體字使用頻率都不高。

（二十四）口

楚簡「葬」常寫作 （上博簡《容成氏》簡33）、 （清華簡《邦道》簡21），從死、爿聲。有的增加義符「口」作 （清華簡《繫年》簡47）。甲骨文的「葬」有種形體作 ，裘錫圭指出「象人埋於坑中而有爿薦之」。[註72] 楚簡的 會人死後安置於口（坑）中為葬意，同時爿又為其聲符，字形沿襲甲骨文。這種增加口形的「葬」目前僅見於清華簡《繫年》。

（二十五）夬

「射」從弓從矢作 （郭店《窮達以時》簡8），清華簡《赤鵠》簡1作 ，增加義符「夬」。[註73] 趙平安指出夬的形義是指戴在大拇指上、用以鉤弦的扳

[註71] 曾憲通：《長沙楚帛書文字編》，中華書局，1993年，第64～65頁。

[註72] 裘錫圭：《論「歷組卜辭」的時代》，《古文字研究》（第六輯），中華書局，1981年，第263～321頁。

[註73] 以上兩例所從矢形均為倒矢，而「射」也有從正矢的如 （清華簡《祝辭》簡3）。

指〔註74〕，與射箭有關，故「射」可从夬，強調射箭本義。

（二十六）弓

楚簡中的 （清華簡《繫年》簡46），舊釋「幻」，裘錫圭、李家浩指出並不可信，並認為「疑即弦字」。〔註75〕蘇建洲綜合多家意見，確認此字就是「弦」。〔註76〕「弦」還可以增加義符「弓」作 （上博簡《用曰》簡12），強調弓弦本義。清華簡《五紀》星宿名「弧」以此旁為義符作 （簡26）、（簡77）。

楚簡「發」可作 （郭店簡《老子丙》簡3），本義為「癹」，但在戰國楚文字中已全部用為「發」。也可以增加義符「弓」如 （清華簡《芮良夫毖》簡25）、（清華簡《越公其事》簡40）、（清華簡《行稱》簡2）。增加義符弓，可能是為了將本義和假借義區別開。

（二十七）皿

楚簡「益」作 （包山簡106），清華簡《芮良夫毖》「滿溢」的「溢」作 （簡9）。不僅增加「水」旁，而且疊加義符「皿」。「益」造字本義是「水從器中漫出」，引申而有「增益」義，「溢」是為其本義造的字。《芮良夫毖》所寫 ，可能是為強調本義「水從器中漫出」。

楚簡常用「涅」為「盈」，上博簡《用曰》「盈」出現兩次，簡8作 ，辭例為「積盈天之下，而莫之能得」；簡17作 。辭例為「無咎，佳盈」。後一字增加義符皿。「溢」和「盈」都與器皿有關，故可加皿。

（二十八）上

上博簡《東大王泊旱》中人名「子高」的「高」作 （簡7），而清華簡《良臣》簡6「公子高」的「高」作 ，在「高」的基礎上增加義符「上」。「高」與「上」有密切聯繫，二者不僅連用如清華簡《周公之琴舞》簡2「毋曰

〔註74〕趙平安：《夬的形義和它在楚簡中的用法——兼釋其他古文字資料中的夬字》，《新出簡帛與古文字古文獻研究》，商務印書館，2009年，第332~338頁。

〔註75〕裘錫圭、李家浩：《曾侯乙墓竹簡釋文與考釋》，《曾侯乙墓》（下），文物出版社，1989年，第504頁。

〔註76〕見李松儒《清華簡〈繫年〉集釋》第155頁轉引蘇建洲，《清華簡〈繫年〉集釋》，中西書局，2015年。

高高在上」，且「高—下」常常作為一組反義詞使用如郭店簡《老子》「高下相盈」、上博簡《容成氏》簡 49「高下肥毳之力盡知之」，《說文》：「上，高也」。「高」與「上」意義相近，所以增加「上」強調其本義。

璽印中施謝捷釋为「上高」的字：[註77]

（璽匯 1857）　　（璽匯 0919）

（璽匯 1865）

「上高」占一字空間，且「上」有時還位於「高」字形之內。所以可按照《良臣》釋為「高」的異體。[註78]

（二十九）虫

楚簡「它」可用為「蛇」，如郭店《老子甲》的「蛇」字作（簡 33）、上博簡《容成氏》簡 20「蛇」字作形。但戰國時期「它」用法較多，首先可以讀為「施」，這種用法沿襲自金文，如：

因而它（施）彔（祿）安（焉）。（郭店簡《六德》簡 14）

君子丌（其）它（施）也。（郭店簡《忠信之道》簡 7）

它（施）及子孫。（上博簡《民之父母》簡 12）

它（施）及四國。（上博簡《民之父母》簡 13）

另外，「它」在楚簡中還作為旁指代詞，用作定語，如：

終（終）來又（有）它吉。（上博簡《周易》簡 9）

租毋又（有）它。（上博簡《姑成家父》簡 5）

不能以它器得。（上博簡《靈公遂申》簡 3）

幹可（何）它果。（上博簡《邦人不稱》簡 7）

而它方安適。（上博簡《卜書》簡 1）

亦無它色。（上博簡《卜書》簡 7）

所以為了與「它」的「蛇」義與假借義相區別，楚簡在此基礎上增加「虫」。

〔註77〕施謝捷：《古璽印文字叢考》，《引玉集：語言學與文獻學研究論集》，南京師範大學文學院，2000 年，第 331～332 頁。

〔註78〕曹磊：《讀〈戰國文字字形表〉札記》，《中國文字研究》2021 年第 1 期，第 65～70 頁。

如上博八《蘭賦》簡3的。但增加「虫」的「蛇」楚簡中很少見。

楚簡裡的「疥」可作（包山簡114），也可以增加義符「虫」作（上博《競公瘧》1）：「齊景公疥且瘧，踰歲不已。」「瘧」是疥字的繁構，有學者認為「瘧」是被疥虫感染，「疥病以痒為主要症狀」〔註79〕。

上博《孔子詩論》「愛」6見，其中三次作（簡17），从心、旡聲。另外三次作（簡15），增加義符「虫」。

金文中的「慶」作（五祀衛鼎），楚簡沿襲作（包山131），从心、从廌鹿之形。楚簡中也有增加虫的「慶」形，如（郭店《六德》11）。郭永秉認為「此字多出來的那個『虫』形，應是「廌」尾脫離的殘形。」〔註80〕如果推論成立，此條「虫」應釋為訛形。

（三十）車

楚簡中「關市」的「關」作（上博《孔子詩論》4），从門、串聲。《競公瘧》簡8「約夾諸關，縛縷諸市」的「關」作，下部增加「車」。關市有車輛往來，故可从車。

曾侯乙簡1背有「右敏（令）建馭大」，从放、从巾；同簡又作「右敏（令）所乘大」，字即在的基礎上增加義符「車」，此旗常常建於兵車之上，故增加「車」強調與車相關。

（三十一）玉

（上博《魯邦大旱》3）承襲金文的「圭」，但楚簡中的「圭」往往增加「玉」作（上博《魯邦大旱》2）。這種增加義符「玉」的「珪」使用頻率較「圭」高，如上博簡中《魯邦大旱》用「圭」僅一見，而《緇衣》《景公瘧》《鮑叔牙隰朋之諫》都用「珪」；清華簡《繫年》《金縢》《封許之命》《治政之道》都使用「珪」，沒有使用「圭」的。同篇使用兩種字形也僅見於《魯邦大旱》，簡2璧，簡3作璧。增加義符「玉」為強調其材質。《說文》「圭」之古文即作「珪」。

〔註79〕陳惠玲：《上博六〈競公瘧〉釋「疥」及「旬又五公乃出見折」》，武漢大學簡帛網，2007年10月23日。

〔註80〕郭永秉：《說「廌悥」》，復旦大學出土文獻與古文字研究中心網站，2014年1月8日。

（三十二）手

![手]原本是個指事字。楚簡「厷」字作![字形]（上博簡《民之父母》9）、![字形]（清華簡《治政之道》簡 4），也可以增加義符「手」作![字形]（上博簡《周易》51），這種增加手旁的「厷」又見於清華簡《鄭武夫人規孺子》甲、乙篇，字形作![字形]。兩種「厷」形在楚簡中的使用沒有明顯的偏好。「又」本身象手形，增加「手」旁屬疊加義符。

（三十三）子

古文「少」「小」同源，「小」常常寫作「少」，如![少]（上博《從政乙》3）。上博《內禮》簡 10「在小不靜（爭），在大不亂」的「小」作![字形]，增加義符「子」。這種「小」字也見於中山王鼎。金文中「小」的等義詞是「幼」〔註81〕，而楚簡中的「幼」也有從「子」之形，如![字形]（郭店簡《成之聞之》簡 34）。

（三十四）豕

楚簡「家」常常上部增加「爪」作![字形]（郭店《語叢四》26），郭店《六德》簡 20 作![字形]，疊加一個「豕」。〔註82〕

（三十五）口

楚簡「鳥」字形如![字形]（上博簡《周易》簡 56），上博簡《孔子詩論》簡 9 篇名「黃鳥」之「鳥」作![字形]，安大簡《詩經》「鳥」也有寫作「鳴」者（簡 51）。汪維輝指出因鳥類善鳴故加口旁。〔註83〕楚簡中的「鳴」更常見的用法是用作鳴叫的「鳴」，如清華簡《四告》簡 43 的![字形]。「鳥」和「鳴」同現於一篇，見於清華簡《四時》和安大簡《詩經》。《四時》簡 3「徵![字形]北行」，簡 9「以畢飛![字形]」，簡 22「![字形]星躊躇」，簡 38「月周![字形]尾」「徵![字形]藏」「有![字形]夭作於邦」，以上 6 例「鳥」都用為本義；簡 5「![字形]雷之亢」，此 1 例「鳴」用為鳴叫義。安大簡《詩經》1 例「鳥」用作本義，4 例「鳴」用作本義。可見增加義符「口」的「鳥」使用頻率極低。

〔註81〕傅華辰：《兩周金文形容詞研究》，黃山書社，2016 年，第 38 頁。

〔註82〕劉國勝：《郭店竹簡釋字八則》，《武漢大學學報（哲學社會科學版）》，1999 年第 5 期，第 42～44 頁。

〔註83〕汪維輝：《上博楚簡〈孔子詩論〉管窺》，《漢語史學報（總第三輯）》，上海教育出版社，2003 年，第 156 頁。

甲骨文已見「鳴」，用為鳴叫義，但字形右部从雞不从鳥。〔註84〕楚簡中的「鳴」形義均與甲骨文該字不同。

（三十六）鳥

楚簡中的「雀」字作 （郭店簡《緇衣》簡28），而清華簡《說命》簡3「飛雀」的「雀」作 、安大簡《詩經》簡29的「雀」作 ，在原先「雀」的基礎上增加意義相同的義符「鳥」。

古文字「烏」字形如毛公鼎 ，讀作「嗚呼」之「烏」。楚簡承襲「烏」的用法，如 （上博《弟子問》4）、 （上博《緇衣》2），或變形作 （上博《緇衣》17）、 （郭店《老子甲》37）。「於」是「烏」之訛形，楚簡中常用作介詞、疑問代詞，用法與「於」無別。為了與假借義區別開，楚簡「烏鴉」之「烏」增加義符「鳥」起區別作用，如 （上博《逸詩》簡3）、 （清華簡《赤鵠集於湯之屋》簡7）。清華簡《赤鵠集於湯之屋》「於」2見，作為介詞用；「鵒」7見，作為鳥類名用。二者又區別嚴格。

（三十七）网

「刑罰」之「刑」字形作 （清華《皇門》1），常見增加「土」作 （上博《姑成家父》4）。上博簡《柬大王泊旱》中的「刑」增加「网」，字形如 （簡12）。近義詞「罰」也从网。

「束」字楚簡作 （新蔡甲三137）、 （信陽簡1-27），是以糸束木的象形字。曾侯乙簡中的「束」寫作兩束形如 （簡146），「束」作為構字偏旁也常常作「棘」。上博《曹沫之陳》簡54「收而聚之，束而厚之」的「束」作 ，在「束」常見字形之上增加義符网。

以上兩例可見，增加義符「网」，有時是用其本義「籠罩的工具」，有時是用其比喻義。

（三十八）力

「奮」字楚簡常作 （上博《三德》1），與金文 （令鼎）相比省略「隹」。清華簡《子儀》簡10的「奮」增加義符力作 ，因奮與用力相關，

〔註84〕單育辰：《甲骨文「隹」及「鳥」字形研究》，《出土文獻研究》（第十七輯），中西書局，2018年12月，第31頁。

故可增加「力」。與「奮」意義相近的「動」（鄭玄注《周易》《禮記》有「奮，動也」）後世也是從力的。

郭店簡《唐虞之道》、上博簡《顏淵問與孔子》都是假「梟」為「肖」，而上博簡《競建內之》簡9「寡人之不肖」的「肖」作 ，隸定為「㯱」，增加義符「力」。「不肖」在古書中與「賢」義相反，《呂氏春秋》有「故賢者盡其智，不肖者竭其力」。

（三十九）里

「鄰」字楚簡作 （上博《周易》57），而清華簡《鄭武夫人規孺子》簡10「四鄰」之「鄰」作 ，增加義符「里」。古代鄰和里都是行政區劃單位，《周禮·地官·遂人》「五家為里，五里為鄰」，故「鄰」字可增加「里」旁。

（四十）欠

楚簡中有個句末語氣詞，如郭店簡《老子》丙簡13：「慎終若始，則無敗事 」， 可隸定為「壴」，讀為「矣」。郭店簡《唐虞之道》簡3：「聖道備 」，壴的下部增加裝飾符「口」、右部增加義符「欠」，可以隸定為「歖」。這種增加「欠」的語氣詞還見於上博簡《弟子問》，字形作 。但同時，《弟子問》中也有不從「欠」的寫法作 ，用法無別。因「壴」是語氣詞，增加「欠」，與語氣詞「與」後來寫作「歟」同。

楚簡中還有一些無義的繁增偏旁「欠」。如「趹」字見於兆域圖和侯馬盟書，學者多認為是「足」字假借。清華簡《程寤》簡9「愛日不趹」，整理者指出《大開》有「維宿不悉日不足」，《詩·天保》「降爾遐福，維日不足」，簡文「愛日不足」即惜日之短。清華簡《鄭武夫人規孺子》簡10、11也有此字，也用為「足」。「趹」為「足」增加偏旁「欠」，但「欠」的作用尚未可知。〔註85〕清華簡《趙簡子》簡4「宮中三臺是乃多巳」的「多」寫作㪟，從多、從欠。也是在「多」的基礎上增加「欠」旁。清華簡《邦家之政》簡2「其味不齊」的「齊」作「歡」，增加義符「欠」。清華簡《鄭武夫人規孺子》有「歾」字，何有祖認為是「死」增加義符「欠」，仍然釋為「死」。〔註86〕

〔註85〕徐寶貴認為「欠」是聲符，見《同系文字中的文字異形現象》《出土文獻與古文字研究》（第5輯），上海古籍出版社，2013年，第398頁。

〔註86〕何有祖：《讀清華簡（六）札記二則》，武漢大學簡帛網，2017年8月17日。

（四十一）女

楚簡沿襲金文「弔」讀為「叔」「淑」，字形作（上博《用曰》簡 20），或增加裝飾口作（郭店《緇衣》簡 32）。郭店《五行》簡 16「淑人君子」的「淑」增加女旁作。

（四十二）示

文獻中的「太一」的「太」，楚簡中作「大」，如郭店簡《太一生水》的；也可以增加飾符，如望山簡 1-54 作「一」。清華簡中以上兩種字形共現。包山簡 243「太」字增加示旁作「一」。因其為神名，故可增加示。

包山簡中有「舉禱楚先老僮」（如簡 217），「先」是「祖先」之義。新蔡簡甲三 268「就禱楚老童」，「先」增加義符「示」。陳斯鵬指出「祧」是祖先義的專造字。

另外，陳斯鵬還指出「老童」的「童」，楚簡中也有童、僮、穜三種寫法[註 87]。

（四十三）邑

包山簡中屢見「陰侯」，「侯」字簡 51 寫作；而簡 132 和簡 133「陰侯」之「侯」作形，增加邑旁。

西周金文中「鄂」字作（鄂侯簋），作「噩」。楚簡中也沿襲了這種寫法，包山簡 76「鄂侯」的「鄂」作。也有的增加邑，如（包山 164）。

（四十四）帚（寢）

楚簡中的「寐」可作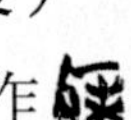（清華《赤鵠》5）、（上博《弟子問》22），从爿、未聲，爿或訛為疒。上博簡《季庚子問於孔子》「寐」兩見：（簡 7）、（簡 10），省去了疒／爿旁，而增加「帚」旁。兩種「寐」的對應關係可從同一成語的不同書寫中體現：上博簡《弟子問》簡 22「夙興夜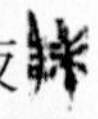」，上博簡《季庚子問於孔子》簡 10「夙興夜」。因楚簡中的「寢」作（包山簡 166），寐、寢義近，增加的「帚」即「寢」省。《詩經》今本「寐」安大簡作「寢」[註 88]，這種歷時的同義換讀也體現了「寢」「寐」密切的關係。

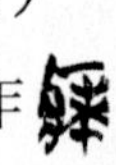

〔註 87〕以上兩例均見於陳斯鵬《楚系簡帛中字形與音義關係研究》，中國社會科學出版社，2011 年，第 308～309 頁。

〔註 88〕徐在國：《安徽大學藏戰國竹簡〈詩經〉詩序與異文》，《文物》2017 年第 9 期。

（四十五）艹

卜筮的「筮」可作 （上博《緇衣》46）、（新蔡甲三 72），從竹、巫、口，口為裝飾符。偶有增加艹的字形如 （新蔡甲三 115），強調卜筮之動作。但義近的「卜」「占」等字均未見從艹之行。

（四十六）雨

甲骨文、金文中的「云」作 、，楚簡沿襲其形作 （郭店簡《緇衣》簡 35）。也可以增加義符「雨」作 [註89]，與今繁體「雲」字同。

（四十七）夕

古文字中「暮」均寫作「莫」，是個會意字，如越王鐘「夙莫不弍」、上博簡《周易》簡 38「莫譽（夜）有戎」（帛書本「莫」作「蓦」）。楚簡中的「莫」也有的增加義符「夕」，如 （包山簡 58）。[註90] 在清華簡《繫年》中「莫」與「蓦」兩個字形都有，「莫」用作否定代詞或「莫敖」之「莫」，「蓦」用作「暮」，有意將二者區別開。

（四十八）耂

楚簡中「故」字均寫作「古」，清華簡《邦家之政》簡 12 有「新則折，者（故）則慱」，此處增加義符「耂」字形作 ，強調古老義。《詩經·小雅·正月》「故」「老」連用：「召彼故老，訊之占夢。」

（四十九）韋

楚簡中「皮」字形作 （郭店《語叢四》簡 6），「皮」或增加義符「韋」作 （上博簡《容成氏》簡 28）、（清華簡《五紀》簡 30）。上面《五紀》的 用作「皮革」之「皮」；《五紀》同篇「皮」，字形作 ，用作遠指代詞「彼」。有意將二者區別《儀禮·聘禮》「君使卿韋弁歸饔餼五牢」，鄭玄注：「有毛則曰皮，去毛熟治則曰韋。本是一物，有毛無毛為異。」是「皮」與「韋」之關係。

以上增加義符例，最多見於上博簡《周易》，其次是安大簡《詩經》和清華簡《五紀》兩篇。

〔註89〕滕壬生：《楚系簡帛文字編》，湖北教育出版社，2008 年，第 822 頁。
〔註90〕禤健聰：《戰國楚系簡帛用字習慣研究》，科學出版社，2017 年，第 225～226 頁。

以上 49 條，大部分是增加義符的字只是偶用，原字形為常用。僅有 4 個字是例外：

一是「本」。楚簡中大部分的「本」是增加「臼」旁，使用原指事造字的「本」形僅有一例作 ▨。古文字中，豎劃常常增加飾筆短橫〔註91〕，如 ▨ 與 ▨、▨ 與 ▨、▨ 與 ▨、▨ 與 ▨，下垂的豎劃常常有裝飾短橫，是沒有區別意義的符號，與指事符號性質完全不同。所以為了避免誤解 ▨ 是 ▨ 增加飾符之形，「本」大部分都寫作複雜的 ▨ 形。

二是「來」。楚簡中大部分的「來」都增加止或辵旁作 ▨，極少單獨用 ▨ 形。這是因為楚簡中「來」構字時常常處在上部，如 ▨、▨、▨、▨、▨、▨ 等，由於這種慣常的構字位置，「來」更常寫作複雜一些的 ▨。

三是「克」。楚簡文字的「克」寫作與金文 ▨ 形相同的很少，大部分「克」都增加義符又作 ▨。這是因為楚簡中不乏與從「又」的「克」相近的字形，如「皮」字作 ▨，「奴」作 ▨。由於相鄰字形的類化，「克」更常寫作複雜一些的 ▨ 形。（「克」在先秦典籍中兩大常用義分別為「勝」和「能夠」，「勝」義可以引申出「能夠」義，由動詞引申為情態動詞〔註92〕。楚簡「克」增加「又」旁似可以解釋為強調動詞義，但常又用為「能夠」義，古人未必知道動詞與情態動詞的引申關係。所以此處解釋為字形類化。）

四是「圭」。與上面三個相比，「圭」是一個語義需求相對不高的詞。但在為數不多的使用裡，除了《魯邦大旱》一例作「圭」，楚簡中均寫作「珪」，增加義符「玉」，與金文 ▨ 不同。董蓮池、畢秀潔認為金文的 ▨ 象兩圭形相疊〔註93〕，而戰國楚簡演變為 ▨ 形，已經很難看出與圭形有什麼關聯，所以楚簡中更常寫作複雜一些的 ▨ 形。

張素鳳指出「表現或強化顯示本義所在詞項是影響和制約漢字結構變化的主要動因。」〔註94〕通過以上分析可見，楚簡文字增加義符有三種動因，一是

〔註91〕李守奎：《漢字學論稿》，人民美術出版社，2016 年，第 114 頁。

〔註92〕巫雪如：《先秦情態動詞研究》，中華書局，2018 年，第 320 頁。

〔註93〕董蓮池、畢秀潔：《商周「圭」字的構形演變及相關問題研究》，《中國文字研究》第 13 輯，大象出版社，2010 年，第 4～10 頁。

〔註94〕張素鳳：《古漢字結構變化研究》，中華書局，2008 年，第 174 頁。

為了強調其義，二是為了區別其用法，三是由於類化。以上最多的是為了強調本義來源而增加義符例。

增加義符用於區別的現象，甲骨文時期就存在，學者稱之為「異體分工」。孫俊〔註95〕、劉釗〔註96〕、張惟捷〔註97〕、王子楊〔註98〕都對此進行過討論。戰國文字中的這種文字現象，陳偉武稱之為「專用字」，陳斯鵬定義為「專造字」：「某詞本已有較為通用的記錄字形，但為了表達或強調它的某種或某些固定義項或語境義，專門造出新的字形，這類字形成為專造字。」〔註99〕比如「悆」是「圖謀」之「圖」的專造字。陳斯鵬也指出專造字在使用上未必專用〔註100〕，正如甲骨文字異體分工具有「不徹底性」〔註101〕。如上文統計，用於區別的專造字，使用時常相混，事實上起不了區別的作用。張為對專字進行分類研究，其中一類即「通過添改部件的方式形成專字」。並定義專字為單義字。〔註102〕但林志強對專字研究進行了梳理，指出「專字」理論上還沒有明晰的界定，且缺乏系統的研究。〔註103〕但「專造字」，是造字理據不同，屬於造字範疇；字是否「專用」，是用字範疇。而異體字的定義都是著眼於用法是否相同（詳見第 2 章第 1 節）。專用字和異體字是從兩個不同的角度對字進行的定義，但有重合的部分。故本文討論異體關係時，包括了不專用的專造字。

另外，增加義符標識本字屬性而成為形聲字，是產生異體字最多的一種形式。甚至有一些繁增了相同義符，如「巢」作「槳」「溢」作「盜」。這種繁複增加義符的現象也見與後世異體造字，如「然」作「燃」，但是是由於詞義的分

〔註95〕孫俊：《殷墟甲骨文賓組卜辭用字情況的初步考察》，北京大學碩士學位論文，2005 年，第 7~21 頁。

〔註96〕劉釗：《古文字構形學》，福建人民出版社，2006 年，第 64~67 頁。

〔註97〕張惟捷：《賓組卜辭文字「異體分工」現象略探》，第二十三屆中國文字學國際學術討論會論文，2011 年。

〔註98〕王子楊：《甲骨文字形類組差異現象研究》，中西書局，2013 年，第 150~170 頁。

〔註99〕陳斯鵬：《楚系簡帛中字形與音義關係研究》，中國社會科學出版社，2011 年，第 300 頁。

〔註100〕陳斯鵬：《楚系簡帛中字形與音義關係研究》，中國社會科學出版社，2011 年，第 311 頁。

〔註101〕王子楊：《甲骨文字形類組差異現象研究》，中西書局，2013 年，第 170 頁。

〔註102〕張為：《楚簡專字整理和研究》，福建師範大學碩士學位論文，2014 年，第 17 頁。

〔註103〕林志強：《漫議「專字」研究》，《古文字研究》第 30 輯，中華書局，2016 年，第 548~553 頁。

化，增加義符是為了區別本義與假借義。楚簡「巢」「溢」本身沒有詞義分化，字形功能單一，卻作「樔」「盜」，可能是字形類化所致。

第二節　增加聲符

劉釗定義古文字「追加聲符」是指「在原本為象形、會意或指事字上累加聲符，以強調字音的音化現象。這是文字在聲化趨勢影響下一種最廣泛的音化形式，在西周金文中這種音化數量較多，其中又可分為分化出新字的分化和不分化出新字的分化兩種。」〔註104〕而「疊加聲符」是「形聲字上再疊加聲符的音化現象」〔註105〕。詹鄞鑫在論述形聲字時，列舉了表意字附加表音符號構成的形聲字、表音字附加表音符號構成的形聲字。〔註106〕本文綜合兩家說法，所論「增加聲符」包括原本為象形、會意、指事、形聲字基礎上增加聲符形成異體字的現象。吳振武列舉了古文字演變過程中產生的注音形聲字。〔註107〕黃德寬指出聲符出現分歧與形符分歧的實質是不同的，「形符分歧往往體現了構形思想的差異，在與概念發生聯繫的方式上、程度上有明顯的差別，而聲符的分歧並不影響它們記錄語音的共同性。」〔註108〕

（一）𡥼

「兄」字作𤰃（清華簡《皇門》簡12）、𠙻（清華簡《邦家之政》簡5），楚簡也很常見在「兄」原本的字形上增加聲符「𡥼」，如（上博簡《逸詩》簡1）。二字在使用上沒有區別，比如包山簡138「父兄弟」，而簡227有「𡥼俤無後者」。這種增加聲符「𡥼」的兄字已見於西周金文，楚簡屬於沿用。「𡥼」是楚文字中「往」字聲符，與「兄」同為陽部字。吳振武指出楚銅器銘文「兄」作「倪」或「偓」。〔註109〕

〔註104〕劉釗：《古文字構形學》，福建人民出版社，2006年，第79頁。
〔註105〕劉釗：《古文字構形學》，福建人民出版社，2006年，第85頁。
〔註106〕詹鄞鑫：《漢字說略》，遼寧教育出版社，1991年，第191～196頁。
〔註107〕吳振武：《古文字中的「注音形聲字」》，《古文字與商周文明》，中央研究院歷史語言研究所，2002年，第223～236頁。
〔註108〕黃德寬：《形聲結構的聲符》，《開啟中華文明的管鑰——漢字的釋讀與探索》，北京師範大學出版社，2011年，第92頁。
〔註109〕吳振武：《古文字中的「注音形聲字」》，《古文字與商周文明》，中央研究院歷史語言研究所，2002年，第230頁。

（二）主

戰國楚簡中从「主」聲的字較多〔註110〕。如金文斗可作 [圖]（秦公簋蓋），曹錦炎師指出楚簡加注聲符「主」作 [圖]（上博《周易》簡51）〔註111〕。另外，楚簡中的「重」可作 [圖]（上博簡《曹沫之陳》簡54），从貝、主聲；或作 [圖]（郭店簡《老子甲》簡5），从石、主聲。清華簡《命訓》簡2有 [圖]，整理者讀為「重」。

地支的「丑」字常見作 [圖]（包山簡20），新蔡簡中地支的「丑」增加聲符「主」作 [圖]（甲三22）。丑和主聲韻俱近。

（三）共

《緇衣》今本的「邛」字，上博《緇衣》作「[圖]」（功），从力、工聲。而郭店簡《緇衣》除了將義符「力」換作「心」之外，還繁增了聲符「共」，作 [圖]（恭）。這種「共」與「工」聲的關係還體現在後世的異體字中，如《廣韻》「誆䀕，大聲。」《集韻》:「吅、哄，訶也。」

（四）于

郭店簡《五行》簡17的「羽」字作「翆」，在「羽」之下增加聲符「于」。清華簡《虞夏殷周之治》簡1有「[圖] [圖]」一詞，范常喜讀「翆」為「羽」〔註112〕。楊建忠疑為楚系獨有，並指出秦漢時期仍然存在。〔註113〕

楚簡中的「雨」常見作 [圖]（郭店簡《緇衣》簡9），上博簡《鮑叔牙與隰朋之諫》簡8「雨平地至膝」的「雨」作 [圖]，季旭昇指出此字增加聲符「于」作「雩」。〔註114〕

「于」是楚簡文字中的常見聲符，如 [圖]、[圖]等字中，「于」就位於字形下方充當聲符。

〔註110〕陳劍:《試說戰國文字中寫法特殊的「兂」和从「兂」諸字》,《戰國竹書論集》,上海古籍出版社,2013年,第321頁。

〔註111〕曹錦炎:《讀上海博物館藏楚竹書劄記（二則)》,《簡帛》第2輯,上海古籍出版社,2007年,第345～348頁。

〔註112〕范常喜:《清華簡〈虞夏殷周之治〉所記夏代樂名小考》,簡帛網,2018年9月24日。

〔註113〕楊建忠:《楚系出土文獻語言文字考論》,浙江大學出版社,2014年,第209頁。

〔註114〕季旭昇:《上博五〈鮑叔牙與隰朋之諫〉試讀》,《楚地簡帛思想研究（三)》,湖北教育出版社,2007年。

（五）虍

唐蘭、孫海波等多位學者指出「且」甲骨文象俎形，是「俎」之本字。到了戰國時期，該字楚簡中可增加聲旁「虍」，作「盧」，如：

且：（郭店簡《唐虞之道》5）　　（上博簡《緇衣》14）

組：（包山簡 259）　　　　　　（仰天湖簡 17）

「且」「盧」還可作為構字偏旁。楚簡中的「祖」和「禮」在某些篇章中似乎用法有別。「詛咒」之「詛」通常寫作「禮」如 （包山簡 211）。李松儒指出上博《彭祖》和《競公瘧》是同一書手所寫，在《彭祖》篇中，「祖」字作 （上博《彭祖》1）。但在上博《競公瘧》簡8「詛為無傷，祝亦無益」中的「詛」作 ，隸定為「禮」，與「祝」同為示旁，解釋為假借似有未安，應該看作「詛」之本字。「詛」和「祝」在古漢語中是一對反義詞，經常對舉使用，如《左傳·襄公十七年》：「宋國區區，而有詛有祝」。「祝」字從甲骨文開始就是从示的字。而楚簡中「詛」的本字也从示不从言。

「怒」字楚簡作 （郭店簡《語叢二》簡 25）或 （郭店簡《老子甲》簡 34）。也可以在字形中間增加聲符「虍」，如 （上博簡《三德》簡 13）。怒為疑母魚部字，虍為曉母魚部字，聲近韻同。

「虍」在楚簡文字中常常作為聲符，如 、、、 等字的構字方式都是「虍」在上部標音魚部字。此聲符來源較早，甲骨文 ，也有的增加聲符「虍」聲。[註115]

（六）相

金文「喪」作 （毛公鼎），戰國楚簡在原「喪」字的基礎上增加聲符「相」作 （新蔡甲三 253）[註116]，辭例為「喪者」。這種增加聲符的「喪」見於新蔡甲三 357、《古璽彙編》0164，都是作為地名。喪、相同為心母陽部字。曹錦炎師指出越王者旨於鐘銘「用之勿相」讀為「用之勿喪」，是其證。[註117]

「相」是楚簡中極少出現的聲符，清華簡《湯在啻門》簡 9 的字 ，从力、

〔註115〕何琳儀：《戰國古文字典》，中華書局，1998 年，第 1010 頁。

〔註116〕徐在國：《楚國璽印中的兩個地名》，《古文字研究》第 24 輯，中華書局，2002 年，第 317～346 頁。

〔註117〕曹錦炎：《越王鐘補釋》，《吳越歷史與考古論叢》，文物出版社，2007 年，第 59 頁。

支，相聲，整理者讀為「壯」。「喪」增加聲符「相」，並不是同時代聲符結構類化，也不是起區別作用。而是通假習慣的影響。

（七）亓

「忌」字楚簡常作（郭店簡《語叢一》簡26）。也可以增加聲符「亓」，如（郭店簡《尊德義》簡1），此字「己」和「亓」有借筆。這種增加「亓」聲的「忌」，可能因為楚簡中的「忌」本身就可以寫作「亓」聲如（清華簡《筮法》簡61）。而且「己」在楚簡中本身就好增加「亓」聲，如安大簡《仲尼》「己不勝其樂」的「己」，寫作。忌是群母之部字，亓是見母之部字，聲近韻同。

楚簡中「己」和「亓」聲音關係密切，《詩經》「彼其之子」的「其」，安大簡作「仉」（簡72）。也是二字關係的體現。

（八）巳

上博簡《周易》卦名「頤」作（簡24），清華簡《別卦》簡2作，隸定為「顊」，「巳」是綴加的聲符。金文有「巸」，作（夆叔匜）。上博簡《吳命》簡8也有，該字又見於九店簡43「居復（復）山之巸，不周之埜（野）」，「巸」本身就是雙聲符字。此屬於沿用金文用字習慣。

（九）求

金文的「柔」作（玗生尊），楚簡承襲字形作（郭店《性自命出》8）。郭店《老子甲》簡33的「柔」字作，字形省「木」並在下部增加「求」作為聲符。「求」是楚簡文字中常見聲符，但構字時一般位於字形的左或右部，如、、，也有位於上部的字如。此處「柔」下部增加「求」聲，顯然也不是同時代聲符結構類化。楚簡中「矛」聲的字常常讀為「務」[註118]，「務」是明母侯部字；而「柔」是日母幽部字，「求」是群母幽部字。韻部來看，「柔」增加「求」聲，應是強調韻部，好與「務」的讀法區別開。

（十）幽

郭店簡《唐虞之道》簡16「艸茅」合文寫作，「艸」即今之「草」。清華

[註118] 白于藍：《簡帛古書通假字大系》，福建人民出版社，2017年，第138～139頁。

簡《越公其事》整理者指出簡17「山林艸莽」的「艸」作 ，從艸、幽聲，如整理者說法成立，則是增加了聲符「幽」。艸為清母幽部字，幽為影母幽部字。

（十一）彔

楚簡中的「鹿」作 （上博《容成氏》41），清華簡《繫年》簡42的地名「五鹿」之「鹿」作 ，從鹿、從彔，增加聲符「彔」。此字又見於上博《孔子詩論》簡23，「鹿鳴」之「鹿」作 ，隸定為「麗」。清華簡《晉文公入於晉》地名「五鹿」的「鹿」寫作 （簡7），也是增加聲符「彔」。「彔」在楚簡中是常見的聲符，如 、 、 、 。

另外，《說文》「麓」的古文作「禁」「麗」的或體作「箓」，鹿和彔都是來母屋部字。

（十二）它

上文提到楚簡中的「舌」字可在下部增加「肉」旁作 （郭店簡《語叢四》簡19），上博簡《用曰》中的「舌」簡10作 ，即增符「肉」的「舌」，簡12作 ，右部再增加「它」。「它」應為增加的聲符。

楚簡中「遟」字可寫作「巨」。「巨」，「尸」字異體，可讀為「遟」。如上博簡《民之父母》簡11「威儀巨=（遟遟）」。上博簡《中弓》簡14有詞「妥遟」，即古書所見之「委蛇」，其中的「遟」字作 ，從它、從巨。它（蛇）、巨聲韻相近，李守奎認為是個雙聲符字。〔註119〕上博簡《民之父母》「威儀遟遟」的「遟」作「巨」，此為增加聲符「它（蛇）」。從它得聲，疑為古書「委蛇」之來源。〔註120〕

「它」在楚簡文字中可作聲符，如「施」字作 （郭店簡《尊德義》簡

〔註119〕 李守奎、曲冰、孫偉龍：《上海博物館藏楚竹書 1-5 文字編》，作家出版社，2007年，第417頁。

〔註120〕 清華簡《子儀》簡5「遟遟可（兮），委蛇可（兮）」的「委蛇」合文作 ，即「為它」讀為「委蛇」。整理者認為是「委委」重文，王寧認為是「委佗」合文。見王寧：《清華簡六〈子儀〉釋文校讀》，復旦大學出土文獻與古文字研究中心網，2016年6月9日。另外，安大簡《詩經》簡31「委蛇」寫作 ，簡87作 ，即「蜲它」。《說文》「逶」之或體正作「蜲」，王筠認為「理所難信」，現在看來確有所據。

37)、（上博簡《季庚子問於孔子》簡 3）；「蛇」字作（上博簡《蘭賦》簡 3）。此字與「虎」一樣，已見於更早的文字。金文中的「匜」或作象形的（宗仲匜西周晚期），或增加「它」聲作（蘇甫人匜西周晚期）。聲符「它」的增加屬於沿用舊的增旁習慣。

（十三）出

包山楚簡有（簡 226），何琳儀指出此字應隸定作「䯏」，「出」是疊加聲符，人名「䯏」又作「嗗」，字形為（簡 249）。〔註 121〕出是昌母微部，嗗是見母物部，韻近。

（十四）必

劉國勝指出、、乃「瑟」之初文，劉國勝指出可增加聲符「必」作（上博《性情論》15）、（包山 260）。〔註 122〕瑟是清母質部字，必是幫母質部字，韻同。

楚簡文字中「必」是常見聲符，如、、、、，同時「必」本身也是一個使用頻度很高的詞。

（十五）予

清華簡《鄭文公問太伯》簡 9-10：「為是牢鼠不能同穴，朝夕鬥閱，亦不逸（失）斬伐。」「鼠」字作和，隸定作「䶈」。因此此處是「鼠」增加聲符「予」。李鵬輝指出此字即「鼠」的異體。〔註 123〕鼠、予聲近韻同。周波指出秦系文字借「鼠」為「予」，也可證此二字聲音相近。〔註 124〕

「予」是「呂」的分化字〔註 125〕，在楚簡文字中是常見聲符，如（豫）之左部。

〔註 121〕何琳儀：《包山楚簡選釋》，《江漢考古》1993 年第 4 期，第 55～63 頁。

〔註 122〕劉國勝：《曾侯乙墓 E61 號漆箱書文字研究——附「瑟」考》，《第三屆國際中國古文字學研討會論文集》，香港中文大學，1997 年，703～704 頁。

〔註 123〕李鵬輝：《清華簡陸筆記二則》，復旦大學出土文獻與古文字研究中心，2016 年 4 月 20 日。

〔註 124〕周波：《戰國時代各系文字間的用字差異現象研究》，復旦大學博士學位論文，2008 年，第 59 頁。

〔註 125〕何琳儀：《戰國古文字典——戰國文字聲系》，「宮」字條、「公」字條，中華書局，1998 年，第 268、第 407～408 頁。

（十六）恵

數字「十」戰國文字承襲甲、金文字形作 ▎（上博簡《從政》簡1）。清華簡《五紀》中出現一個異體作 ＊（簡89）、＊（簡91），增加聲符「恵」。《五紀》篇中「參（三）」「四」「八」「廿」「兩」是正常的數字書寫形式，僅有「十」增加「恵」旁，整理者推測這個「十」是表十進制的專字。李榮《文字問題》討論「形體繁化」時提到一種特殊情況：「數目字是常用字，筆畫簡單。……有些場合，文字的準確無誤比簡便易寫還重要，因此數目字有大寫……升、斗、石也有大寫……」，並指出張參《五經文字》計算每部字數、敦煌契約文書的數目字都使用了大寫。〔註126〕《五紀》的「十」可能是出於相同的原因字形增加聲符繁化。

（十七）今

楚簡中常見的「臨」寫作 ＊（上博簡《柬大王泊旱》簡1），字形沿襲自金文，右上角是人形。此「人」形有些書手寫得特別明確，如清華簡《四告》簡43中的 ＊，不會產生誤解。但安大簡《詩經》中的「臨」右上角「人」形接近「今」，可能即增加的聲符：

（簡52）

（簡54）

這種變「人」為聲符「今」的現象，與古文字「歙」的變化是平行的。臨為來母侵部字，今為見母侵部字，聲近韻同。

以上增加聲符一共17組，數量上遠遠小於增加義符例。加注聲符是最早的形聲字產生的途徑。〔註127〕但通過這種方式產生的形聲字極少〔註128〕，徐寶貴指出「建」字歷時流變過程中，增加聲符「柬」的字形僅僅於毛公鼎中曡

〔註126〕李榮：《文字問題》，商務印書館，1987年，第87頁。

〔註127〕裘錫圭《文字學概要（修訂本）》，商務印書館，2013年，第148頁。

〔註128〕曾昭聰：《形聲字聲符示源功能論述》，黃山書社，2002年，第21頁。

花一現〔註129〕。這一點也在楚簡文字中得到印證。

　　從以上 17 例中，可以看出所增加的聲符有以下特點。首先所增聲符本身就是常見表音構件（如果是生僻字，必然影響表音功能〔註130〕）。二是所增聲符並不完全標音，有時候只是韻同或韻近。

　　楚簡文字在這裡表現出與其他時代文字不同的特徵。楚簡文字增加聲符產生的新字，除了沿用金文的用字習慣之外，還有一些與通假習慣有關。楚簡「喪」增加聲符「相」「忌」增加聲符「亓」，因為本身有「相」「亓」用為「喪」「忌」的通假存在。這種現象與我們以往的認識相反。戴震指出：「古字多假借，後人始增偏旁。……諧聲以類附聲，而更成字。」〔註131〕即認為古書假借太多，人們為了提示意義增加義符。而楚簡的特殊之處在於用字本身多通假，通假字的使用比傳世文獻廣泛得多。文字書寫時增加通假習慣用字來提示聲音，充分說明這不是單純的標音需求，而是用字習慣的投射。

　　文字中增加聲符，是為了提示聲音信息。李國英指出增加聲符的原因是「因為源字的構形理據淡化，標詞功能減弱，增加聲音信息，可以強化字形與它所標示的詞的聯繫」〔註132〕。孫中運具體指出增加聲符有三種情況：1. 因古今音變增加聲旁。2. 因方言殊異增加聲旁。3. 因同一個概念有兩種稱謂而增加聲旁。〔註133〕然而絕大多數楚簡文字象形性已經很低，「構形理據淡化」應該是普遍存在的現象，何以僅有少量字偶爾增加聲符？董憲臣調查東漢碑刻文字中的異體後指出碑刻文字聲符繁化具有一定隨意性，反映了人們求新、求異的造字心理。〔註134〕楚簡文字增加聲符是否也體現隨意性？

　　增加義符和增加聲符都屬於繁化形成的異體字。文字的簡化是為了書寫的方便，而繁化是為了易於識讀。〔註135〕王寧認為文字繁化可以歸結為三個原因：字形混淆求區別；多詞共用一字求分化；字形的類推。〔註136〕而增加義符

〔註129〕徐寶貴：《石鼓文考釋兩篇》，《中國文字學報》（第 5 輯），商務印書館，2014 年，第 118 頁。

〔註130〕裘博先指出聲符有幾種情況可能影響表音：字形變化、聲旁多音、聲旁生僻。引自蘇培成《二十世紀的現代漢字研究》，書海出版社，2001 年，第 374 頁。

〔註131〕戴震：《答江慎修先生論小學書》，《戴震集》，上海古籍出版社，2009 年，第 73 頁。

〔註132〕李國英：《小篆形聲字研究》，北京師範大學出版社，1996 年，第 12 頁。

〔註133〕孫中運：《漢字雜談》，吉林文史出版社，2013 年，第 81 頁。

〔註134〕董憲臣：《東漢碑刻異體字研究》，九州出版社，2018 年，第 106 頁。

〔註135〕王寧：《漢字構形學導論》，商務印書館，2015 年，第 26 頁。

〔註136〕王鳳陽：《漢字學》，吉林文史出版社，1989 年，第 808 頁。

和增加聲符兩種繁化方式中，增加義符具有可視高效的優點，所以楚簡文字用例更多。最能說明問題的是楚簡中的「喪」，是同一個字既有增加義符、也有增加聲符的字形。增加義符用例在數量上更多，且表意十分明確，就是與「死、亡」相關；增加聲符用例少，受通假習慣影響，且有分化地名用字之嫌。

第三節　改變義符

　　楊樹達《新識字之由來》中列舉識字途徑方法中有「義近形旁任作」，指出蹯與艸、儿與女、彳與止等義符通用。〔註137〕唐蘭指出「凡意義相近的字，在偏旁裡可以通轉」，並歸納三類通轉規律。〔註138〕裘錫圭定義了「形旁的代換」：「有不少形聲字的形旁，既可以用甲字充當，也可以用乙字充當；或者先用甲字，後來改用乙字。我們稱這種現象為形旁的代換。」〔註139〕裘先生的「形旁的代換」概念包含了歷時和共時兩種情況。劉釗稱為「形體的相通」，並列舉了古文字中 28 組可通用的表意偏旁。〔註140〕王寧指出相通的兩個義符可以是近義義符，也可以表示字所指事物不同的質地和類別，也可以是針對不同的角度選擇的義符。〔註141〕張靜把郭店楚簡文字中的「替換」分為方位互換、義符替換、聲符替換。〔註142〕吳國升對義符替換的定義是「古文字構形中用意義相近或相關的義符來代換合體字原有義符的現象」。〔註143〕黃文傑曾討論秦漢時期義近形旁換用現象時，將義近形旁換用分為三類：義近形旁換用、形近形旁混用、形義皆不近形旁混用。〔註144〕

　　通過對楚簡的研究，我們發現當時替換義符的情況更為複雜。有同一角度替換的義符，它們之間可能是同義、近義關係，也可能是不同的質地和類別；也有不同角度替換的義符；也有因類化而替換的義符。義符的改變，有利於對

〔註137〕楊樹達：《積微居金文說》（增訂本），科學出版社，1959 年，第 9～10 頁。

〔註138〕唐蘭：《古文字學導論》，齊魯書社，1981 年，第 241 頁。

〔註139〕裘錫圭：《文字學概要》（修訂版），商務印書館，2013 年，第 164 頁。

〔註140〕劉釗：《古文字構形學》，福建人民出版社，2006 年，第 335～337 頁。

〔註141〕王寧：《漢字構形學導論》，商務印書館，2015 年，第 157 頁。

〔註142〕張靜：《郭店楚簡文字研究》，安徽大學博士學位論文，2002 年。

〔註143〕吳國升：《春秋文字義符替換現象的初步考察》，《古籍研究》，2007 卷下，第 176～184 頁。

〔註144〕黃文傑：《秦漢時期形聲字義近形旁換用現象考察》，《康樂集》，中山大學出版社，2006 年，第 134～143 頁。

當時人們思維習慣的研究。〔註145〕

一、同一角度改變的義符

　　所謂「同一角度」，是指一個義符改變為意義相近或相關的另一個義符。張桂光曾對甲骨文、金文、戰國文字中這種現象分別進行過詳盡的討論，把同一角度替換的義符稱為「形旁通用」。他利用古文字材料證明了「人與卩不通用」「首與頁不通用」等結論。〔註146〕但當時較少結合楚簡材料討論，所以楚簡中同一角度改變的義符需要進行全面梳理。

（一）月—日

　　清華簡《五紀》中有一種承襲西周金文「歲」寫法的字形，見簡 67、68，字形作 ，意為「年」；同篇中「歲星」之「歲」作 。前者字形來源於西周金文的 （曶鼎），不過「止」寫為了一正一反。

　　楚簡中絕大多數的「歲」字作 （郭店簡《太一生水》簡 4），從月。也有「歲」將下部「月」替換為「日」作 （望山 M2-1），這種從日的「歲」僅一見。日、月都是計時單位，與歲也屬同一類別。曾憲通指出「歲本積日月以成，故字從日從月無別」。〔註147〕春秋金文中已出現了義符日、月的互換，比如「春」有從日和從月兩種寫法。

　　上博簡《亙先》簡 9 的晦字作 ，從日母聲。《融師有成氏》簡 8 該字作 ，也是從日母聲。但在清華簡《筮法》中，「晦」字從月不從日，字形作 。

（二）亡—死

　　「喪」字甲骨文作 ，分化自 （桑）。金文作 （毛公鼎），劉釗、趙平安等學者指出下部的「亡」是聲化偏旁。〔註148〕除了習見的 （郭店簡《語叢一》簡 98）形，戰國楚簡中有將下部的「亡」替換為「死」的 （郭店簡《老

〔註145〕相關研究如龐樸《郢燕書說──郭店楚簡及中山三器「心」旁文字試說》，《三生萬物──龐樸自選集》，首都師範大學出版社，2011 年；又如杜維明《郭店楚簡與先秦儒學思想的重新定位》，《中國哲學》第二十輯，遼寧教育出版社，1999 年。

〔註146〕張桂光：《古文字義近形旁通用條件的探討》，《古文字論集》，中華書局，2004 年，第 36～57 頁。

〔註147〕曾憲通：《長沙楚帛書文字編》，中華書局，1993 年，第 74 頁。

〔註148〕劉釗：《古文字構形學》，福建人民出版社，2006 年，第 110 頁；趙平安：《隸變研究》，河北大學出版社，2009 年，第 159 頁。

子丙》簡 9）。亡、死是同義詞，故可通用。〔註 149〕

（三）釒丮—攴

戰國文字中的「執」一般作 （上博簡《彭祖》簡 1），也有的字形將「丮」替換為「攴」作 （清華簡《命訓》簡 12）。

清華簡《繫年》簡 49 的「執」字作 ，因戰國楚簡中的「執」常作 （包山簡 81），蘇建洲認為如果說 是 的異體，卻幾乎沒見過「丮」與「攴」通用的平行例證。〔註 150〕其實包山簡也有字形右部為攴的「執」字如 （包山簡 120）。

丮和攴都與手部動作有關，故可相互替換。

（四）又—攴

楚簡中的「㫃」可讀為「詩」「志」等，字形作 （郭店簡《五行》簡 7），也有的右下部「又」改為「攴」如 （上博簡《從政甲》簡 7）。

「取」字常作 （郭店簡《老子甲》簡 7），同篇有「取」右部从攴不从又，如 （簡 30）。

从取得聲的「趣」大多寫作 （上博簡《志書乃言》簡 2），从辵、取聲。也有的「趣」字所从的「取」，其「又」旁改為「攴」如 （信陽一簡 42）。

楚簡中還有「緅」字，如 （天星觀簡）〔註 151〕、（信二簡 6）。聲符「取」所从「又」可以替換為「攴」作 （包山簡 270）。

「改」是从攴的字，如 （郭店《尊德義》4），也可以从又字形作 （上博《詩論》11）。

「攻」常見的字形作 （上博《曹沫之陳》57），也可以从又如 （上博《詩論》13）。

〔註149〕范常喜：《簡帛〈周易・夬卦〉「喪」字補說》，《出土易學文獻》，上海科學技術出版社，2010 年，第 426〜430 頁；禤健聰：《楚簡「喪」字補釋》，《中國文字學報》第三輯，商務印書館，2010 年，第 127〜135 頁；彭裕商：《「喪」字淺議》，《古文字研究》第二十九輯，中華書局，2012 年，第 203〜205 頁。

〔註150〕李松儒《清華簡〈繫年〉集釋》轉引蘇建洲《清華二〈繫年〉集解》，中西書局，2015 年，第 158 頁。

〔註151〕滕壬生：《楚系簡帛文字編》，湖北教育出版社，2008 年，第 1099 頁。

楚簡中常見的「陸」從又，字形如 （包山簡 138）、（上博簡《三德》簡 13）、（上博簡《周易》簡 26）。清華簡《四告》簡 40 的「陸」作 ，兩個「又」形變為一個「攴」。

以上諸例，既有「又」替換為「攴」的，也有「攴」替換為「又」的。由於「攴」佔據的空間大一些，所以在變為「又」旁後，字形往往伴隨著變換結構。「又」象手形，「攴」會以手持器義，意義相近，故可互通。

（五）手—攴

包山簡中有「搏」和「敷」，字形分別作 （簡 133）和 （簡 135），禤健聰指出此二字都是楚簡用來記錄「捕」之字[註152]。「攴」會以手持器義，義符「手」「攴」意義相近，故可互通。

郭店簡《緇衣》中的「放」，字形作 ；上博簡《緇衣》該字作 ，隸定為「扚」[註153]。

（六）攴—戈

楚簡的「救」有從攴和從戈兩種字形，前者如 （上博簡《容成氏》簡31），後者如 （包山簡 232）。清華簡《保訓》有「救中」，整理者認為此處是「求中」。[註154] 羅坤依鄭玄注《周禮》「故書求為救」，認為「救」是「求」的古文[註155]。

楚簡中「誅」大多作 或 ，從攴或戈，豆聲。《競公瘧》同篇簡 2 作 ，而簡 3 作 。

楚簡中的「攻擊」的「攻」可以寫作「攻」或「戏」，如 （上博簡《容成氏》簡 40），或從戈作 （郭店簡《成之聞之》簡 10）。

楚簡「敬」字作 （郭店《緇衣》20），右部從攴；清華簡《管仲》簡 25「敬」字從戈作 。

〔註152〕禤健聰：《戰國楚系簡帛用字習慣研究》，科學出版社，2017 年，第 51 頁。

〔註153〕李零：《上博楚簡校讀記（之二）：〈緇衣〉》，《上博館藏戰國楚竹書研究》，上海書店出版社，2002 年，第 408～416 頁。

〔註154〕清華大學出土文獻研究與保護中心：《清華大學藏戰國竹簡（壹）》，下冊，第 143 頁《保訓》釋文，中西書局 2010 年。

〔註155〕羅坤：《〈保訓〉「求中」「得中」解》，出土文獻（第三輯），中西書局，2012 年，第 22 頁。

楚簡中讀為「治」「司」的字寫法繁多，其中郭店《語叢一》作 （簡51），從攴、㠯聲；而《語叢三》作 （簡30），從戈、㠯聲。

「攴」會以手持器義，「戈」是武器的一種，故可相通。

（七）力—攴

楚簡的「務」可作 （上博《三德》15）和 （上博《季庚子問於孔子》簡2），前者從攴，後者從力。

「教」清華簡《皇門》簡7作 ，從攴從言、爻聲。信陽簡1-032「教」字作 ，從力、從言、爻聲。

「攴」會以手持器義，而手部動作與人力有關，故可相通。

「力」和「攴」在楚簡中構成一個單獨的字 ，出現在郭店簡《緇衣》、上博簡《仲弓》和清華簡《芮良夫毖》中。此字充當聲符的是「力」〔註156〕，說明楚簡中整治義的詞，在義符選取時，「攴」的優先級要高於「力」。

（八）力—又

上文提到上博簡《季庚子問於孔子》簡2的「務」作 ，從力、矛聲。而清華簡《程寤》簡8的「務」作 ，從又、矛聲。

安大簡《詩經》「作」有兩種寫法：（簡59）和 （簡83）。前者從力，後者從又。

手部可用力，故「力」與「又」意義相關。

（九）攴／又—戈

楚簡中的「敗」承襲金文作 （包山簡23），也有的右邊從又不從攴作 （包山76）。也有個別「敗」右部改從戈如 （信陽1-29）。

上文攴、又通用，攴、戈通用，這裡三者皆可互換。

（十）戈—刀

楚簡中從刀的「割」用為「害」，字形作 （上博《昔者君老》簡3）。而「割」右部偶有從戈作 （郭店簡《緇衣》簡37）。

郭店簡《語叢四》簡2有「往言 人」，「傷」字從刀、易聲。而上博簡《從

〔註156〕馮勝君：《郭店簡與上博簡對比研究》，線裝書局，2008年，第75頁。

政》（甲）簡9「君子不以流言人」中的「傷」从戈、易聲。

「」在楚簡中用為「列」，字形作（包山簡60），右部从刀。也可从戈，如（包山簡10）。

「戈」和「刀」都是武器，故「戈」「刀」可互通。

（十一）刀—攴

「豈」字常常从刀作（上博簡《魯邦大旱》簡6），也可將義符「刀」替換為「攴」作（上博簡《邦人不稱》簡13）。

甲骨文有「力」與「刀」旁的互換，如對貞的語言裡有「勣」「剺」，為同一字。〔註157〕

「刀」是武器，「攴」是以手持器。「刀」「攴」之通與「戈」「攴」之通道理相同。

（十二）刅—攴

楚簡中「荊楚」之「荊」作（包山簡162），「刅」為其聲符。右部並非「刃」，但有時也訛為「刃」如（包山簡132）。清華簡《鄭文公問太伯》甲篇簡10的「荊」字作，乙篇簡9卻作，右部改為了从攴的字。此字與義符「攴」互換的義符是「刅」之訛形「刃」，是偏旁訛混所造成的另一種形式通用的特例。

（十三）刀—斤

古文字的「折」基本均从斤作（小盂鼎）、（郭店簡《成之聞之》簡31）。但清華簡《厚父》簡3的「折」字作，右部該為从「刀」。趙平安指出把斤換作刀與《說命》中簡2、下簡8的「漸」从「刀」作屬於一路。〔註158〕

（十四）骨—肉—人

楚簡中的「體」字作（郭店簡《緇衣》簡8），从骨、豊聲。有的「體」字左部替換為了从肉的字形作（郭店《緇衣》簡8），或者从人作（上博簡《緇衣》簡5）。

〔註157〕黃天樹：《古文字研究——黃天樹學術論文集》，人民出版社，2018年，第32頁。

〔註158〕趙平安：《談談戰國文字中值得注意的一些現象》，《出土文獻與古文字研究》（第6輯），上海古籍出版社，2015年，第308頁。

新蔡簡中「肩背」之「背」有三種寫法，一作 （甲三 301），從肉、不聲；一作 （零 210），從骨、不聲；一作 （甲三 14），從人、不聲。楚簡中還屢見「伓」字用為動詞違背之「背」。禤健聰認為楚文字「背」從骨、從肉屬義近形符替換，而「伓」在楚簡中還表示向背、背叛之「背」，可能有分化作用。〔註 159〕

「膺」字楚簡作 （新蔡甲三 22），從肉、雁聲。而新蔡簡甲三 100 該字作 ，從骨、雁聲。義符由「肉」替換為了「骨」。

望山簡有從肉鼠聲的字：「胸 疾」（M1 簡 37）。清華簡《楚居》有 （簡 3），隸定為「髗」，從骨、鼠聲，是「臘」的異體字，在《楚居》篇中讀為「脅」，〔註 160〕與望山簡同。

荊州棗林鋪卜筮祭禱簡 1 的「胸」字形作 ，從骨；簡 3 該字寫作 ，從肉。〔註 161〕前字義符為骨，後字義符為肉。

「倦」有從人和從肉兩種字形，如 （上博《從政甲》12）和 （郭店《唐虞之道》26）。

張桂光指出戰國之前未見骨、肉形旁通用。〔註 162〕但隨著戰國楚簡文獻的公佈，「骨」「肉」通用有了越來越多的例證。「骨」和「肉」都是「人」身體重要的部分，故三者可通。另外，《說文》「膀」的或體作「髈」，也是義符「肉」變為了「骨」；《說文》「股，髀也」，同義詞義符一為肉、一為骨，也是骨、肉關係的體現。

（十五）肉—心

楚文字中的「倦」，義符可作肉或心。上博簡《中弓》簡 17「德教不 」，上博簡《相邦之道》簡 1「牧其 」，構形是從心。而郭店簡《唐虞之道》簡 26「四枳（肢） 墮（惰）」，從心改為從肉。楚簡中使用「悆」頻率明顯高於其他異體。

〔註 159〕禤健聰：《戰國楚系簡帛用字習慣研究》，科學出版社，2017 年，第 37～38 頁。

〔註 160〕清華大學出土文獻研究與保護中心：《清華大學藏戰國竹簡》（壹），中西書局，2010 年，第 184 頁。

〔註 161〕蘇建州：《荊州唐維寺 M126 卜筮祭禱簡釋文補正》，簡帛網，2020 年 1 月 14 日。

〔註 162〕張桂光：《古文字義近形旁通用條件的探討》，《古文字論集》，中華書局，2004 年，第 47 頁。

《尚書》、《詩經》中表敬慎貌的「濟濟」，郭店簡《性自命出》相應的「齊齊」「柔齊」的「齊」均作 ，共出現 6 次；上博簡《性情論》與之對應的「齊」字分別作 （簡 15）、（簡 29）、（簡 29），第一個字形可隸定作「懠」，第二個字形為「齊」，最後一個字形可隸定作「臍」。「懠」和「臍」為異體關係。李零懷疑「齊齊」「臍臍」意思不同。〔註163〕陳偉武認為「齊齊」表整齊、端莊的儀容，而「臍臍」表祭祀之禮中恭敬、肅靜的心態。〔註164〕上博簡《三德》簡 3 有「齊齊節節，外內有辨」，上博簡《君子為禮》也出現了「齊齊」:「庭則欲齊齊」，齊齊就是整肅貌。可見,《性情論》中的「懠」「臍」與「齊」用法實無區別，學者或求之過甚。

上博簡《弟子問》簡 19「庸庸如也」的「庸」作 ，从肉、喜聲；上博簡《曹沫之陳》簡 33「使人不親則不 」，从糸、喜聲；郭店簡《窮達以時》簡 15「君子 於恆（反）己」，从心、喜聲。从肉、从糸、从心的三個字為同字，均用為「庸」。

楚簡大部分的「肥」都是从肉、巳（範字所从聲符）聲的，如 （上博《容成氏》16）、（上博《容成氏》49）、（包山 250）、（望山 1-116）。上博簡《子羔》簡 1 的「肥」字作 ，从心不从肉。「肥」字从心，可能與上博簡《從政》「寬」字从心構意相同。

有的楚文字構形還兼有肉、心二旁，如上博《性情論》簡 24 的「篤」字作 ，嚴格隸定為「𥲤」；同篇也有省肉作 （簡 33）者。心是人體部位，肉是人體構成，兩個義符意義相關。

（十六）牛—肉

楚簡中的「牢」有从留得聲的寫法，字形作 （新蔡甲三 243）和 （新蔡甲三 304）。前者義符為牛，後者義符為肉。此字與上文提到的「虎」增加肉旁道理相同。跟動物義有關的字，楚簡文字使用肉作為偏旁的還有「肸（禽）」，字形作 （上博簡《容成氏》簡 5）。清華簡《祝辭》講不同的射箭目標與不同的射姿，簡 4 有「牉（將）敓（注）為肉……射禽也」，這裡的「肉」

〔註163〕李零：《上博楚簡校讀記（三）：〈性情論〉》，簡帛研究網，2002 年 1 月 14 日。
〔註164〕陳偉武：《上博楚簡識小錄》，《愈愚齋磨牙集》，中西書局，2014 年，第 105 頁。

即指代禽或泛指獵物。〔註165〕《吳越春秋》有「斷竹，續竹，飛土，逐肉」，「肉」也指代鳥獸。故此例中新蔡簡義符「牛」與「肉」的互換也是有根據的。

（十七）口—言

「嘉」字楚簡中作 （包山簡217），該字下部有時又替換為「言」如 （包山簡140）。李家浩認為此字即「訓」字異體。〔註166〕

楚簡中的「詩」字作 （郭店簡《語叢一》簡38），從言、寺聲；或從言、之聲作 （上博簡《孔子詩論》16）。但更常寫作從口、之聲如 （上博簡《緇衣》簡9）。

「譽」字可作 （郭店《老子丙》簡1）和 （郭店《窮達以時》簡14）二形，也是「口」和「言」的互換。楚簡中從言的「譽」數量上遠大於從口的字形。

「信」字常作 （郭店簡《五行》簡33），清華簡《命訓》「信」字作 （簡6），義符「言」替換為了「口」，同時聲符由「千」變為「身」。〔註167〕《命訓》這種從口的「信」楚簡僅此一見。

郭店《性自命出》簡22「徵」字作 ，而上博簡《采風曲目》簡3的「徵」字作 。前者從言，後者從口。

上博《昭王毀室》簡2的「召」作 ，從言、勺聲。清華簡《湯處於湯丘》簡4的「召」作 ，從口、勺聲，勺上增飾符「爪」。

上博簡《容成氏》簡2的「唫」字作 ，從口、金聲；同篇簡37作 ，雖然字形較模糊，但左部肯定不是從口，而是言〔註168〕。

言發自口，可以互通。王蘭在論述「表義形符的分化」中提到作為偏旁的「言」是從「口」中分化而來。〔註169〕「言」在構字時，常位於字形的左或者

〔註165〕《說文》「禽，走獸總名」。
〔註166〕李家浩：《談包山楚簡「歸鄧人之金」一案及相關問題》，《出土文獻與古文字研究》第1輯，復旦大學出版社，2006年，第20頁。
〔註167〕李家浩指出「信」可以「身」為聲符，詳見李家浩《從戰國「忠信」印談古文字中的異讀現象》，《北京大學學報》1987年第2期，第11～21頁。
〔註168〕李零：《〈容成氏〉釋文》，《上海博物館藏戰國楚竹書（二）》，上海古籍出版社，2002年，第279頁。
〔註169〕王蘭：《商周金文形體結構研究》，線裝書局，2013年，第133頁。

右，古文字中「口」卻很少位於字形的左或者右。所以「言—口」替換時，與「攴—又」替換一樣（「攴」不能像「又」一樣位置自由），這種替換是受限的。

（十八）艸—竹

楚簡大部分的「席」從竹、石聲，作 （包山簡 263）、（清華簡《耆夜》簡 12），上部偶也從艸作 （信陽簡 2-19）。

「疘病」的「疘」可作從疒、芥聲的字如 （新蔡甲三簡 198），也可以從竹聲。信陽簡 1-4「相保如苶」，上博簡《柬大王泊旱》簡 2：「龜尹智（知）王之庶於日而病 」，這裡的疘就是從竹的，並省去疒旁。

楚簡中的 （郭店《老甲》24）可讀為「篤」或「孰」，上部所從為竹。亦可以變為艸，如上博簡《競公瘧》簡 9 的 ，讀為「孰」。

「蓍」字天星觀簡作 [註170]，從艸、旨聲。而包山簡的「蓍」作 （簡 201），從竹、旨聲。林澐指出從艸和從竹的「蓍」為一字之異體。[註171]

望山簡 2-48 的 字，同簡又作 。前者從竹、关聲，後者從艸、关聲。

「艸」和「竹」都是可編織類植物，屬於同一類別，故可互通。「艸」和「竹」的互換也保留在了漢簡中。[註172]

（十九）艸—林

安大簡《詩經》簡 11「焚」字作 ，從火、從林；簡 72「焚」寫作 ，從火、從艸。是義符林和艸的互換。甲骨文中艸和林旁可以互通，如在「春」「暮」「蒿」等字中。楚簡「艸—木」換用少見。

（二十）艸—水

郭店《性自命出》簡 23「澤」作 ，從水、睪聲。上博簡《競公瘧》簡 8「澤」字作 ，從艸、睪聲。

楚簡中訓「寒」的「滄」可從艸，如郭店簡《老子乙》簡 15「槀（燥）勝

[註170] 滕壬生：《楚系簡帛文字編》，湖北教育出版社，2008 年，第 26 頁.

[註171] 林澐：《讀包山楚簡簡記七則》，《林澐學術文集》，中國大百科全書出版社，1998 年，第 20～21 頁。

[註172] 張顯成，王玉蛟：《秦漢簡帛異體字研究》，人民出版社，2016 年 6 月，第 46 頁。

，青（靜）勝然（熱）」,「滄」字作「蒼」。也可從水，如上博簡《從政甲》簡 29「飢而毋斂」,「滄」字從水。

「淄」本為水名，高誘注《淮南子》:「淄、澠，齊兩水名也」,而許慎注;「菑、澠，齊二水也」。〔註 173〕「淄」與「菑」是義符水與艸的替換。《說文》收「薄」字，裘錫圭指出此字有異體作「𦹩」,「薄」字水旁可能是後加的，〔註 174〕也能看出義旁水和艸的關係。

水和艸，前者流於地表，後者生長於地表，是意義相關的義符。

（二十一）米—术

楚簡中的「類」字作（上博《李頌》1 背），構形從米、從頁。但郭店簡《緇衣》的（簡 4），上博簡《緇衣》對應的字形作（簡 2）。是楚簡中「述」字所從。曾憲通結合金文字形等，論證了朱芳圃提出的象黍稷黏手之形。〔註 175〕此處以「术」替換「米」,也可印證曾先生觀點。〔註 176〕「米」和「术」還有形近的關係。

（二十二）木—术

楚簡中的「輔」常常借「榑」為之，字形作（包山簡 175）。清華簡《封許之命》簡 3 的「輔」作，義符「木」變為「术」。無斁認為「术」旁是訛形，〔註 177〕因為「术」和「木」確實形近，故也不排除為形訛。

（二十三）禾—米

楚簡「種」字作（包山簡 103），與今文字同。上博簡《用曰》簡 8 的「種」寫作從米童聲，字形作。《說文》「米，象禾實之形」,可見米、禾關係密切，故可互換。傳抄古文中「糧」字或作「䄻」,也是米與禾的互換。〔註 178〕

〔註 173〕李秀華:《〈淮南子〉許高二注研究》,學苑出版社，2011 年，第 343 頁。

〔註 174〕裘錫圭:《文字學概要》,商務印書館，1988 年，第 156 頁。

〔註 175〕曾憲通:《敦煌本〈古文尚書〉『三郊三逋』辨正》,《于省吾教授誕辰一百週年紀念文集》,1996 年，第 322~326 頁。

〔註 176〕也有學者認為是訛形。劉樂賢:《讀上博簡札記》,《上博館藏戰國楚竹書研究》上海書店出版社，2002 年，第 385 頁。

〔註 177〕詳見簡帛網論壇《清華伍〈封許之命〉初讀》,第 43 樓發言，2015 年 4 月 22 日。

〔註 178〕李春桃:《古文異體關係整理與研究》,中華書局，2016 年 19 月，第 284 頁。

（二十四）木─禾

楚簡「埶」通常作 （上博《彭祖》1），从木、从土、从卂，會人植樹義。上博簡《用曰》作 （簡 3）或 （簡 15）。該篇从禾的出現四次，而从木的僅出現一次。

上博《競公瘧》簡 1「梁」字作 ，下部木形可省，如上博《志書乃言》簡 1 作 〔註 179〕。所从「禾」也可替換為「木」，如 （上博《三德》18）。

「新」字楚簡常見的寫法作 （上博簡《曹沫之陳》簡 16），上部从「木」。而清華簡《治政之道》簡 21 該字寫作 ，上部改為「禾」。

禾與木都是植物，故可互通。同時「木」「禾」也存在形近關係。

（二十五）人─頁

楚簡中的「道」字可作 （郭店《老子甲》簡 6），象人在道路中。〔註 180〕郭店《語叢二》簡 38 有「道」字作 ，中間不从「人」，而以「頁」代替「人」。同篇之中兩種「道」使用完全無別，如郭店簡《老子》甲、《性自命出》《六德》多篇中都有同用的「道」

楚簡中「容貌」的「容」可以作頌，从公、頁聲，如郭店簡《緇衣》簡 17：「其頌不改」。也可以作「佟」，从人、公聲，如郭店簡《五行》簡 32「顏色佟佟（貌）」，「容」和「貌」義符都是「人」。

「頁」是突出了頭部的人形，二者是同一屬性，故可互換。

（二十六）女─頁

安大簡《詩經・桑中》篇有兩種「美」形的同用。前兩章「美孟姜兮」的「美」寫作 （簡 89）、（簡 90），義符為「頁」；第三章的「美孟姜兮」的「美」作 （簡 91），義符為「女」。此為同篇同用。

（二十七）宀─邑

國家的「國」，楚簡可以寫作「或」，如 （郭店《緇衣》9）；也可以从邑作 （郭店《緇衣》2），隸定為「鄭」。郭店簡《緇衣》簡 2 的「國」作 ，

〔註 179〕復旦吉大古文字專業研究生聯合讀書會：《上博八〈王居〉、〈志書乃言〉校讀》，復旦大學出土文獻與古文字研究網，2011 年 7 月 17 日。

〔註 180〕此字的另一種釋法詳見第 4 章第 1 節。

而簡 9 的「國」作 。西周金文中已見「國」字寫作「」。從宀和從邑都是楚簡「國」字常見寫法，「宀」象屋形，「邑」會城邑義，二者於邦國的構成都必不可少，所以可互換。一些學者也常把 處理為「或」增加了裝飾偏旁「宀」，故「宀」不是義符。但楚簡中有平行的「宀—邑」互換例（見下），所以本文還是處理為義符替換。

包山簡 190 的「君」，簡 153、154 作「君」。 與 應為一字之異體，前者從宀、彖聲，後者從邑、彖聲。

（二十八）死／歺—皋

包山簡常見厲鬼之名曰「不辜」，「辜」字作 （簡 217）。晏昌貴認為「不辜」即「無辜死者」[註181]。清華《繫年》簡 52「生人何辜」的辜字作 ，整理者隸定為「辜」。「辜」即今「辜」字的來源，不過「辜」下部的「皋」字省為了「辛」。「皋」的一種結果是「死」，如《管子》「大皋死」、《孟子》「若無皋而就死地」，故可通。

（二十九）井—田

郭店簡《窮達以時》簡 2、《成之聞之》簡 13 中的「耕」作「畊」，上博簡《周易》簡 20 的「耕」作「」。「井」和「田」都是農業相關，類別相同，故可互換。

（三十）月—夕

戰國楚簡中的「名」既可以從夕作 （包山簡 32），又可以從月作 （郭店簡《老子甲》簡 13）。林澐曾考證「月」「夕」同源，[註182] 說明二字音義具近且有共同來源，自然可以互換。

（三十一）宀—穴

楚簡中的「」可作 （上博簡《從政乙》簡 1），上部「穴」也可替換為「宀」，見於曾侯乙簡如 （簡 62）。

〔註181〕晏昌貴：《天星觀「卜筮祭禱」簡文輯校（修訂稿）》，武漢大學簡帛網，2005 年 11 月 2 日。

〔註182〕林澐：《王、士同源及相關問題》，《林澐學術文集》，中國大百科全書出版社，1998 年，第 24 頁。

清華簡《湯處於湯丘》簡2「九竅發」的「竅」字作 ![圖],從宀、交聲。包山簡245「占之：亙（恆）貞吉。疾變，病 ![圖]。」![圖] 舊以為「深」字訛形，事實上也是楚文字的「竅」，從穴、交聲。

但戰國楚簡文字中「宀」「穴」互換例遠不及秦漢簡中多，[註183] 也不如春秋金文多，如 ![圖]（邵黛鐘）字與 ![圖]（秦政伯喪戈）。

（三十二）鼠—毛

曾侯乙簡1「虎韔，![圖]聶」，![圖]字整理者隸定為「鼺」。簡8有「虎 ![圖]之聶」，![圖]從毛、莫聲，義旁由「鼠」變為了「毛」。鼠有毛，動物中的貂、鼺都是鼠類，都可以用於製作生活用品。

（三十三）羽—鳥

天星觀簡遣策有「![圖]首」[註184]，![圖]為「翠」字異構，從羽、睪聲。曾侯乙簡 6 的「![圖]首」，從鳥睪聲，應與 ![圖] 為同一字。將義符「羽」換為了「鳥」，王子揚認為從鳥的「翠」字是曾國文字獨特的寫法。[註185]

羽出於鳥上，《說文》：「羽，鳥長毛也。」所以可通。

（三十四）放—羽

曾侯乙簡有「朱 ![圖]」（簡65），下字可以隸定為「牆」。包山簡有「綉 ![圖]」（包二簡269），下字「![圖]」與「牆」應為同一字，義符由「羽」變為了「放」。「![圖]」字形被馬王堆帛書《十六經》沿用。

楚簡中「旗」字常見從羽作 ![圖]（上博《容成氏》2），隸定為「羿」。曾侯乙簡在其上增加放，字形作 ![圖]（簡100），或省為 ![圖]（簡80），後者與今「旗」字構形相同。清華簡《四告》簡23也有從放的「旗」，字形作 ![圖]，從放其聲，整理者讀為「期」。上文提到析鳥羽為旗，劉國勝指出楚簡中表示旌旗的字常從羽作可能是因為旗上有鳥羽飾。[註186] 「羽」「放」意義上關係密切，故可互換。

〔註183〕張顯成，王玉蛟：《秦漢簡帛異體字研究》，人民出版社，2016 年 6 月，第 41 頁。

〔註184〕滕壬生：《楚系簡帛文字編》，湖北教育出版社，2008 年，第 361 頁。

〔註185〕王子揚：《曾國文字研究》，北京師範大學出版社，2008 年，第 13 頁。

〔註186〕劉國勝：《楚簡車馬名物考釋二則》，《古文字研究》第二十九輯，中華書局，2012 年，第 478 頁。

（三十五）韋—革

楚簡有「韇」，字形作 ![字形](曾侯乙簡 3)（曾侯乙簡 3），曾侯乙簡該字又寫作 ![字形]（簡 113），將左部的「韋」替換為「革」。二者皆為獸皮革之屬，所以相通。

「縫」包山簡牘中異體較多，其中有作 ![字形]（牘 1），右部從革，左部為聲符董；也有作 ![字形]（簡 271），義符韋位於左部，右部是聲符董。整理者認為讀為「巾」，確切義待考。

曾侯乙簡中常見「鞁、轡」連言，「鞁」作 ![字形]（簡 18）。也有的作「![字形]、轡」，「鞁」改為從韋、皮聲之字。

包山楚簡 267 有 ![字形] 字，從糸、安聲，劉信芳讀為「鞍」。〔註187〕曾侯乙簡的「鞍」從革不從糸，字形如 ![字形]（簡 4）。

曾侯乙簡 69 有「貙（貂）![字形]」，![字形] 可隸定為「鞣」；簡 7 有「貙（貂）![字形]」，![字形] 可隸定為「韓」，曾侯乙簡中寫作「韓」更為常見。

「革」與「韋」互換早見於西周冊命金文，楚簡沿用，用例也是比較多的。《說文》中也保留了「韋」「革」作為義符的互換例，如「韝」的或體作「鞲」。傳抄古文「鞘」作 ![字形] 或 ![字形]，也是「韋」「革」互通例。〔註188〕

（三十六）韋—毛

曾侯乙簡中的「鞍」可作 ![字形]（簡 115），從韋、安聲；也可作 ![字形]（簡 21），從毛、安聲。

（三十七）韋—糸

楚簡「帽」除了寫作 ![字形]（包山二簡 277）之外，還有兩個異體字，一個作 ![字形]（仰天湖二五 11），另一個作 ![字形]（包山二簡 259）。前者從糸，後者從韋，二者均為製帽材質，故互通。〔註189〕

包山簡 270 有 ![字形]，從糸、臽聲。簡 273 作 ![字形]，義符「糸」變為了「韋」。劉信芳把此二字都讀為「旒」，〔註190〕字待考。

〔註187〕劉信芳：《包山楚簡解詁》，藝文印書館股份有限公司，1992 年，第 294 頁。

〔註188〕徐在國：《傳抄古文字編》，線裝書局，2006 年 11 月，第 273 頁。

〔註189〕張為認為從糸的「帽」是紡織品材質、從韋的「帽」是皮革材質，詳見張為：《楚簡專字整理和研究》，福建師範大學碩士學位論文，2014 年，第 55 頁。

〔註190〕劉信芳：《楚簡帛通假匯釋》，高等教育出版社，2011 年，第 105 頁。

包山簡 276 的 字，竹牘 1 該字作 。前者從韋、卑聲，後者從糸、卑聲。

上文提到「緷」包山楚簡作 （簡 259），從糸、菫聲。「糸」除了替換為「韋」，也可以替換為「革」。字形作作 （簡 273），從革、菫聲。

上文提到的「鞍」，包山簡作「綏」，天星觀簡作 ，從韋不從糸。

萬獻初指出《說文》中作為義符的「韋」「革」「毛」多用於車馬革具，而「糸」主要用於衣飾。〔註191〕但作為戰國楚簡文字構形義符，這些字常常是相通的。《說文》中也保留了「韋」「糸」作為義符通用互換之例，如「鞶」，《說文》或體作「縏」。

（三十八）革—金

「勒」字常見從革、力聲，字形如 （曾侯乙簡 44），包山楚簡 272 該字作 ，從金、力聲。義符由革變為金，同為材質，該物品的材質應既有革又有金。

（三十九）巾—衣

《說文》對「常」和「裳」字義的解釋都是「下裙也」。常，從巾、尚聲，本義與衣有關故從巾，如天星觀簡「玄羽之 」〔註192〕。下部「巾」也有換做「衣」，如包山簡 244「贛之衣 」。上曰衣、下曰裳，而「巾」本義為下裳，意義相關。

楚簡「幣」字構形可作從巾、釆聲，如 （上博《魯邦大旱》2）。下部也可以從衣，如 （上博《周易》44）。

楚簡中「表」字異體眾多，上博《彭祖》簡 2 作 ，從糸、衣，暴省聲。曾侯乙簡中的「表」均寫作 （簡 55），從巾、暴聲。從此字構形可看出楚文字「糸」「衣」「巾」的密切聯繫。另外，《說文》中仍保留大量巾、衣互通的異體，如從巾的「帬」「幝」「帗」字或體都從衣作。

（四十）糸—巾

楚簡中的「錦」從糸、金聲，如包山簡 263 有「王 之純」。曾侯乙簡

〔註191〕萬獻初：《〈說文〉字系與上古社會》，新世紀出版社，2012 年，第 272～283 頁。
〔註192〕滕壬生：《楚系簡帛文字編》，湖北教育出版社，2008 年，第 721 頁。

「錦」字从巾、金聲，將糸替換為了巾，如簡 67「紫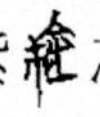之純」。

金文「純」作「屯」，戰國文字加「糸」已見於陳純釜（作），楚簡作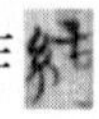（包山簡 261），也可从巾作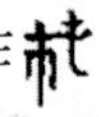（曾侯乙簡 65）。

絲可為制巾之材質，所以糸、巾可通。《說文》「給」的或體作「帢」，也是義符糸、巾互通例。「錦」「純」字从巾可能是曾國文字的結構特徵。〔註 193〕

（四十一）衣—麻

郭店簡《窮達以時》的「絰」字作（簡 3），隸定作「袓」，从衣、至聲。郭店簡《成之聞之》該字作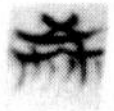（簡 8），（郭店《緇衣》26）是楚簡「麻」字所从，所以是从麻、至聲的字。「絰」是喪事首戴之麻織飾巾，字故可从衣作。

（四十二）糸—衣

義為車飾的「幢」，包山簡作（簡 272），从糸、童聲；曾侯乙簡作（簡 136），从衣、童聲。

望山簡有从糸、蜀聲的字，字形作（簡 2-48）。該字信陽簡作（簡 2-19），改為从衣、蜀聲。李家浩把望山簡「丹楸之緺」的「緺」字讀為「襡」，舉《禮記》「斂簟而襡之」，鄭玄注：「襡，韜也」。並指出文獻中或借「獨」為之，《逸周書．器服》：「纁裡桃枝，素獨。簟、蒲席，皆素獨。」「丹楸之緺」是裝席子的紅綢袋。〔註 194〕劉國勝指出江陵馬山一號楚墓出土有 3 件竹席，出土時，席卷成筒狀，裝在絹囊內，上口用絹帶拴系。

「裏」西周金文中是从「衣」的，字形作（毛公鼎）。楚簡中可从衣，也可从糸。如在包山簡 263 作，而在簡 268 作。

糸為衣之材質，故可互通。

巾、糸、麻都是製衣的材質，均可與「衣」互通。數量上看，「巾—衣」和「糸—衣」的替換較多。

〔註 193〕王子揚：《曾國文字研究》，北京師範大學碩士學位論文，2008 年，第 14 頁。

〔註 194〕李家浩：《信陽楚簡「澮」字及從「关」之字》，《著名中年語言學家自選集．李家浩卷》，安徽教育出版社，第 209 頁。

（四十三）羽—竹

「翠」字可寫作從羽、從妾的字如 （信陽 2-19），「羽」也可替換為「竹」：（望山 2-19）、（信陽 2-28）。

望山簡 2-9「耑（短）」， 從羽、矛聲，包山簡 277 有「二翠 」均用作武器名「矛」。仰天湖簡 16 字作 ，從竹、矛聲。

「羽」「竹」都是材質，二者替換說明物體材質有這兩種。

（四十四）竹—糸

信陽簡 2-23「寢筵」的「筵」從竹、㫃聲，字形為 ，與「席」一樣義符可為「竹」。仰天湖簡 21「席」，義符改為「糸」。

「糸」「竹」都是材質，二者替換說明「席」材質包含這兩種。

（四十五）羽—艸

曾侯乙簡有「一翼之翻」的「翻」作 ，簡 3 作「一翼之 」，上部從艸不從羽。

以上義符「羽」與「糸」「竹」「艸」互換。古代鳥羽可作為裝飾，而「糸」「竹」「艸」可為物品之材質，故可通。

（四十六）糸—革

包山簡從糸、昆聲的 （簡 268），或下部增加心旁作 （簡 268）。右部的糸旁也可替換為革，如簡 273 的 。

《毛詩・秦風・小戎》「靷」，安大簡字作「紳」，是義符糸與革歷時的替換。傳抄古文中的「緘」字形或作「鞁」，也是革、糸互換。[註195]「糸—革」的互換也是體現的物體材質多樣。

（四十七）土—石—木

楚簡中的「缶」除了寫作 （包山簡 85），還可以從土、石和木如 （包山簡 255）、（包山簡 255）、（包山簡 270）。[註196]都是強調其材質，故可互作。

[註195] 李春桃：《古文異體關係整理與研究》，中華書局，2016 年 10 月，第 149 頁。

[註196] 陳偉武：《新出楚系竹簡中的專用字綜議》，《愈愚齋磨牙集》，中西書局，2014 年，第 225 頁。

（四十八）石—金—貝

「重」在楚簡中常常寫作从主得聲的字，但其義符可為石，如 （郭店《成之聞之》18）；也可从金石聲，如 （新蔡甲三 220）；也可寫作从貝石聲，如 （信陽簡 2-16）。石和金是古人認為質量重之物，意義相反的「輕」是从羽，其造字方式相近。

（四十九）石—山

包山簡 46 人名「泟 」，同樣的人名簡 55 作「泟 」。前者从石、畏聲，後者从山、畏聲。《說文》：「石，山石也。」故「山—石」可互換，這與楚簡文字阜、土關係密切情況相似（見後文）。

（五十）欠—卂

「贛」字在曾侯乙簡中既作 ，又作 。前者从欠，後者从卂。楚簡「贛」即便都寫作从欠，从卂的「贛」僅 1 見。

「欠」「卂」均與人之動作有關，所以可通。

（五十一）止—又

劉釗通過列舉金文例，指出古文字中「止」和「又」相互之間易訛混〔註197〕。金文中的「止」作 ，「又」作 ，字形相近，故易混。但戰國楚簡文字「止」作 ，「又」作 ，字形已經不相近，故此處我們不把「止」和「又」的關係處理為訛混。

楚簡中常見的「相」作 （郭店簡《老子甲》簡 15），可以作為動詞「視」，見於上博簡《李頌》簡 1，曹錦炎師指出此「相」用為《說文》「省視」之義。楚簡「相」還有「輔佐、幫助」義，如上博簡「相邦之道」的「相」。另外「相」還可以作名詞，官職名。楚簡使用最多的「相」還有作代詞如「哀樂相生」（上博簡《民之父母》簡 4）。一些「相」增加「又」作 （郭店簡《窮達以時》簡 6）。因為「相」除了作代詞之外，還用作動詞，義為「助」。「又」強調動作。又或加「止」作 （清華簡《說命中》簡 3），也是強調動作。陳斯鵬認為是動詞「輔相」的專造字。〔註198〕我們對楚簡中「相」三種字形的

〔註197〕劉釗：《古文字構形學》，福建人民出版社，2006 年，第 337 頁。
〔註198〕陳斯鵬：《楚系簡帛中字形與音義關係研究》，中國社會科學出版社，2011 年，第

使用進行了統計：

	視	助	官 職	代 詞
相	2	5	3	49
𢠵	1	5	1	7
想	0	0	2	1

另外，楚簡常見的「亂」作 ▨（上博簡《孔子詩論》簡22），承襲金文，會雙手治絲意。也可將下部「又」替換為「止」，強調動作。如清華簡《周公之琴舞》簡4的「亂」作 ▨，簡3作 ▨，用法上沒有區別。清華簡《湯在啻門》簡10「五以相之」的「相」作 ▨，同篇簡11「五以相之」的「相」作 ▨。再如清華簡《廼命二》：

　　　　▨：以相為音德。（簡11）

　　　　▨：同心戮力，相收會也？（簡2）

以上的「相」也是同用的關係。

楚簡通假為「時」「詩」「待」「侍」的「寺」字形作 ▨（郭店《緇衣》1），從又、之聲。又也可替換為「止」，如 ▨（郭店《性自命出》1）。楚簡中的「作」字形為 ▨（郭店《老子甲》13），可分析為從又乍聲。也可增加人旁 ▨（郭店《老子甲》17）。范常喜指出表示動作的偏旁「又」也可以替換為「止」，如 ▨（郭店《三德》38）和 ▨（上博《競建內之》3）。[註199]

可見義符「止」、「又」造字時並非從「止」之字與足部行動相關、從「又」之字與手部行動相關，而是都強調動作，並不區別意義。

（五十二）口—工

楚簡「左」作 ▨（郭店簡《老子丙》簡8），也有的將下部的「口」變為「工」，如 ▨（清華簡《祝辭》簡2）。同樣，作為從「左」的「差」字也有兩種寫法：▨（郭店《窮達以時》簡4）和 ▨（清華簡《良臣》簡4）。「左」字中「工」與「口」的互換始於西周金文。王子揚認為從工的「左」和「差」是曾國文字構形特徵，[註200]劉剛認為從工的「左」是晉系文字的寫法[註201]。

　　　299～311頁。
〔註199〕范常喜：《簡帛探微——簡帛字詞考釋與文獻新證》，中西書局，2016年，第73頁。
〔註200〕王子揚：《曾國文字研究》，北京師範大學碩士學位論文，2008年，第16頁。
〔註201〕劉剛：《清華叁〈良臣〉為具有晉系文字風格的抄本補正》，《中國文字學報》第5輯，

張振林指出早期「左」「右」下部均為「口」，這個口是沒有區別意義的。而後期隨著漢字表義性的減弱，「左」下部變為「工」，是具有區別意義的。〔註202〕「左」字所從之「工」「右」所從之「口」許慎認為都是義符。「左」「右」二字「又」形下部構字本義不明。此處暫列為改變義符。

（五十三）水─雨

常見的「旱」作 （上博簡《魯邦大旱》簡1），也可以增加「水」旁作 （上博簡《柬大王泊旱》簡1）。「水」也可以替換為「雨」，如清華簡《說命中》簡4、《邦道》簡6的 。

義符「水」和「雨」的互換還體現在傳世文獻中。《左傳・宣公二年》「三進，及溜，而後視之」，其中的「溜」，孔穎達疏：「溜謂簷下水溜之處」，沈欽韓補注：「溜即霤。」〔註203〕「雨」是自然現象，但成分是「水」，《說文》「雨，水從雲下也」，所以可通。

（五十四）皀─食

常見的「既」作 （郭店簡《老子乙》簡1），右部可改為從食如 （包山202反）。

上博九《子道餓》簡2「飤」作 ，簡3作 。清華簡《湯處於湯丘》的「飤」字作 （簡2）和 （簡1）。該篇前種字形出現2次，後種字形出現6次，使用上沒有任何區別。

包山楚簡中有從心、既聲的字，字形如 （簡239），「既」是從皀、從旡的會意字。而包山簡207該字作 ，皀替換為了食。

「皀」是食器，「食」祗是「皀」加了蓋。故可互換。王蘭指出「食」在甲骨文時期是沒有構字能力的，春秋時期才分化。〔註204〕另外，此二字字形上是包蘊關係。

商務印書館，2014年，第99～107頁。
〔註202〕張振林：《郊右𣄤戟跋》，《古文字研究》（第19輯），中華書局，1992年，第87～88頁。
〔註203〕楊伯峻：《春秋左傳注》，中華書局，2009年，第657頁。
〔註204〕王蘭：《商周金文形體結構研究》，線裝書局，2013，第135頁。

（五十五）食—飤

包山簡「饋」字作（簡203），从食、貴聲。曹錦炎師指出義符也可以替換為「飤」作（簡243）。「飤」作為義符又見於上博簡《凡物流形》的「飽」字，字形作〔註205〕。

（五十六）鳥—隹

包山簡的「雞」字作（簡257），从鳥、奚聲。清華簡《繫年》簡82「雞」字作，从隹、奚聲。

包山簡的「雀」字作（簡202），从少、隹；也作（簡255），从少、鳥。

另外，「雌」「雄」二字楚簡均从鳥不从隹，如郭店《語叢四》中作、（簡26）。不過這是歷時的替換。《說文》中「雞」「雛」「雕」的籀文都从鳥，也是義符鳥和隹的互換。義符鳥和隹的歷時替換較多，共時替換較少。

（五十七）車—金

「勒」字包山簡272寫作，从金、力聲；望山2-10該字作，从車、力聲。

曾侯乙簡4的「」，曾侯乙簡10作「」。前者从金，隸定作「鎋」；後者从車，整理者指出二字為異體，即車轄之轄〔註206〕。

車器有的材質為金屬，故「車」「金」可互換。傳抄古文中的「輕」字或作「鋞」，也是義符「車」「金」的互換。

（五十八）車—木

楚簡中的「輔」作（清華簡《皇門》簡13），訓助，如《良臣》簡10「子產之輔」。也寫作「橎」，如郭店《老子》丙簡13「是以能萬物」，郭店簡《太一生水》簡1-4「太一生水，水反太一」，清華簡《趙簡子》簡8「得橎相周室」。范常喜通過出土文獻認為「輔」之本義當指「車轄」，也懷疑

〔註205〕曹錦炎：《〈凡物流形〉釋文》，《上海博物館藏戰國楚竹書（七）》，上海古籍出版社，2008年，第238頁。

〔註206〕裘錫圭、李家浩：《曾侯乙墓竹簡釋文與考釋》，《曾侯乙墓》附錄一，文物出版社，1989年，第508頁。

「夾輔」一詞中的「輔」可能也當作「車輄」解。〔註207〕「楠」和「輔」乃一字之異體，輔助義為其引申義。因此禤健聰指出「從車作者明其用，從木作者明其質」〔註208〕。

《毛詩‧魏風‧伐檀》「坎坎伐輻兮」的「輻」安大簡《詩經》寫作，即「樸」。也體現了戰國時期義符木和車的關係。《老子》「三十輻同一轂」，馬王堆帛書乙本作「福」，與安大簡使用同一義符；北大簡作「輻」，與傳世本同。

傳抄古文的「軛」字或作「枙」〔註209〕，「轏」的或體作「栈」〔註210〕，也是義符「車」和「木」的互換。《毛詩‧秦風‧小戎》「轂」字，安大簡作「椉」，戰國楚簡的義符「木」，傳世文獻從「車」作，也體現了義符車和木的關係。

（五十九）走—辵

楚簡中的（上博《昭王毀室》6）是常見的「趣」，從走、取聲。也可以寫作從辵、取聲，如（上博《志書乃言》2）。《上博楚簡文字聲系》指出齊、燕文字也有「趣」寫作從辵者。〔註211〕

楚簡中的「起」可作（新蔡簡甲三109），從走、己聲。但更常見的字形作（上博簡《內禮》簡8），從辵不從走。同篇之中出現兩種「起」同用例如清華簡《越公其事》：

（簡62）：吳師未起。

（簡63）：吳師乃起。

（簡62）：挑起怨惡。

（簡63）：武王起師。

（簡63）：越王起師。

以及清華簡《繫年》中多次出現的「记師」「起師」，都可見二者的同用關係。

清華簡《繫年》簡20「齊桓」的「桓」作，隸定為「趄」；郭店簡《窮

〔註207〕范常喜：《「輔車相依」新證》，武漢大學簡帛網，2008年1月8日。

〔註208〕禤健聰：《戰國楚系簡帛用字習慣研究》，科學出版社，2017年，第105頁。

〔註209〕李春桃：《古文異體關係整理與研究》，中華書局，2016年10月，第201頁。

〔註210〕黃金貴主編：《古代漢語文化百科詞典》，上海辭書出版社，2016年，第750頁。

〔註211〕徐在國：《上博楚簡文字聲系（一~八）》，安徽大學出版社，2013年，第1034頁。

達以時》簡6「齊桓」的「桓」作 ，隸定為「逗」。也是義符「走」和「辵」的互換。

「辵」會人行於道中之義，「走」象人行走之形，意義相近，故可以互換。

（六十）立—辵

古文字「須」象人臉頰長鬍鬚形，金文作 （易弔盨）。表「等待」義的「須」其實是通假字，比如上博簡《三德》簡1「卉木須時而句（後）奮」的「須」字形為 。清華簡《越公其事》簡65等待義的「須」字作 ，從立、須聲，與《說文》「頷」同。「頷」字之義符「立」也可表等待義，如上博六《慎子曰恭儉》3「德以妃」，妃也是等待義。上博八《李頌》1正有「妃時而作」。除此之外，清華簡《繫年》簡69有從辵、須聲的字，作 ，整理者指出讀作作「須」，訓為「待」。由此亦可推測上古表「等待」義可以寫作從立，故清華簡《說命中》簡7的字 讀為「誌」無問題，但本字可據此條解釋為「待」的異體。

（六十一）矢—辵

安大簡《詩經》簡6「傾」字字形作 ，整理者隸定為「𥎢」，整理者認為該字從矢、益省省。安大簡《詩經》簡35另有「傾」字寫作 ，隸定為「迤」，義符改為從辵。是義符「矢」和「辵」的互換，與「立—辵」互換的道理相近。

（六十二）彤—豕

楚簡「冡」常作 （郭店簡《窮達以時》簡3），可隸定為「冤」。也有的下部作「豕」，如 （望山2-6）。這裡是動物之形的互換。另外，上文提到卦名「蒙」，上博簡《周易》和清華簡《別卦》均從彤。《左傳》「狐裘尨茸」，《史記》《詩經》均作「蒙茸」[註212]。可見不僅彤、豕作為義符可以互通，彤和蒙聲韻也相近。

（六十三）豕—犬

張桂光討論過「逐獸類字的通用及條件」，指出卜辭中逐豕、逐兕、逐鹿、

〔註212〕郜同麟：《宋前文獻引〈春秋〉研究》，中國社會科學出版社，2015年，第190頁。

逐麋、逐兔等都是通用的。〔註213〕上博《從政》甲「教之以型則逐」的「逐」作（簡3），《競建內之》「驅逐畋弋」的「逐」作（簡10）。前者從豕，後者從犬。吳振武也曾指出戰國文字材料習見「逐」字「豕」「犬」之例。〔註214〕

豕和犬都是動物，故可互換。

（六十四）鼠—犬

曾侯乙簡4有「二綏」，從鼠、高聲；簡8、54等多處出現「二綏」，「鼬」變為從犬、高聲的字。

楚簡中的「狐」大多從鼠作，如安大簡50的，從鼠、瓜聲。而曾侯乙簡的「狐」都作，從犬、瓜聲。也是義符「鼠」和「犬」的互換。

鼠和犬都是動物，故可互換。傳世文獻中也可找到犬、鼠互換字例，如王念孫指出「獬」與「鼩」為異體〔註215〕。

（六十五）虫—它

「夏」字楚簡有一種字形省「頁」，寫作從日、從虫〔註216〕，如（上博簡《緇衣》簡18）。下部的虫也有的替換為「它」，如（上博簡《民之父母》簡5）。

郭店簡《唐虞之道》簡21和《忠信之道》簡2用作「化」的字分別作和，都是從虫、為聲的字，隸定為「蝸」。清華簡《程寤》簡2的，隸定為「蟨」，整理者指出是「化為」合文，從它、為聲。

楚簡中的「蜀」字作（郭店簡《五行》簡16），從目、從虫。上博簡《孔子見季桓子》簡15有，從目、從它，李銳認為是「蜀」的或體。〔註217〕

「虫」和「它」不僅意義同屬動物類，二者字形還相近。

〔註213〕張桂光：《古文字義近形旁通用條件的探討》，《古文字論集》，中華書局，2004年，第53頁。

〔註214〕吳振武：《陳曼瑚「逐」字新證》，《吉林大學古籍整理研究所建所十五週年紀念文集》，吉林大學出版社，1998年12月，第46～47頁。

〔註215〕王念孫：《廣雅疏證》卷十，江蘇古籍出版社，1984年，第386頁。

〔註216〕魏宜輝指出「虫」為手臂形之訛，詳見魏宜輝《試析楚簡文字中的「顯」「呈」字》，《江漢考古》2002年第2期，第75～76頁。

〔註217〕李銳：《〈孔子見季桓子〉重編》，武漢大學簡帛網，2007年8月22日。

（六十六）土—𩫏

金文「城」常作（班簋），楚簡承襲字形作（包山簡 2）、（清華簡《鄭文公問太伯》甲 7）。也可徑从土作（郭店《老子甲》16）。「城」字土、𩫏互通已見於春秋金文。〔註 218〕《說文》指出从「𩫏」的「城」字為「城」之籀文。

清華簡《殷高宗問於三壽》簡 28「補缺而救枉」的「缺」作，可隸定作𩫖〔註 219〕，《說文》對𩫖字的解釋是「古者城闕其南方謂之𩫖」。《三壽》一篇是作為「城闕」之「闕」借為「缺」。郭店簡《太一生水》簡 7「一缺一盈」的「缺」作，可隸定為「坱」。應即之異體，與今日簡化字「块」無關。

「𩫏」象城郭形，「土」是建城材料，故可互作。此與「車—木」「車—金」義符換用例原理相同。

（六十七）首—頁

「狀貌」之「狀」从首、爿聲，楚簡字形作（上博簡《融師有成氏》簡 5）。其義符「首」也可替換為「頁」，如上博簡《成王既邦》的（13）。首象人首形，頁象人形強調其頭部，義近故可互通。

（六十八）人—女

楚簡「保」一般作（上博二《孔子詩論》9），清華簡《厚父》中「人」旁替換為了「女」，作（簡 9）。義符「人」和「女」的替換在楚簡中用例並不多，《厚父》的「保」也極有可能並不是戰國始用，而是沿用自甲骨文〔註 220〕。《說文》中「傸」的或體作「嫉」「婧」的或體作「倩」，仍有「人」「女」互換的現象。

楚簡中常見的「幾」寫作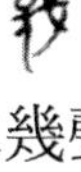（郭店《老子甲》簡 25），字形左下角是「人」；而安大簡《詩經》簡 49 从水幾聲的「濺」字形作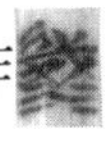，所从的「幾」旁左下角實際从「女」。

〔註 218〕吳國升：《春秋文字義符替換現象的初步考察》，《古籍研究》，2007 卷下，第 181 頁。

〔註 219〕此字又見於上博簡《周易》簡 52「閨其戶，亓亡（無）人」，今本作「闃」。

〔註 220〕蔣玉斌：《「包」字溯源》，《上古漢語研究》（第二輯），商務印書館，2018 年 6 月，第 10～14 頁。

上文提到「老童」之「童」可作「僮」，亦可從女、童聲作 （新蔡簡甲三 268），也是「人」「女」互換之例。

（六十九）人—貝

清華簡《繫年》有地名「榆關」寫作「關」（簡 126）和「關」（簡 127），字形右部所從均隸定為「睪」，即「牘」字。從「賣」之字戰國文字都從「牘」作。〔註 221〕上引《繫年》「榆關」之「榆」，前者隸定作「睰」，從貝（視）、睪聲；後者隸定作「偉」，從人、睪聲，曹錦炎師指出此即「償」字，故可讀為「榆」。

清華簡《治政之道》出現「盜賊」一詞，簡 7 的「盜」作 ，從貝兆聲；簡 18 的「盜」作 ，從人兆聲。是同篇之中的同用。

（七十）人—走

包山楚簡人名「卯」（簡 136），又作「卯」（簡 132）。前者從人，後者從走。人是走這個動作的主體，義符「人」「走」意義相關，故可互換。

（七十一）人—辵

上博簡《曹沫之陳》簡 18「便嬖」的「嬖」寫作 ，從辵卑聲；同篇簡 35「便嬖」的「嬖」作 ，從人、卑聲。禤健聰指出「逩」「俾」為一組異體。〔註 222〕

包山楚簡人名 （簡 131），又作 （簡 55）。前者從人，後者從辵。

清華簡《周公之琴舞》中的「宿」作 （簡 6），從人、囟。而上博簡《民之父母》簡 8 中的「宿」作 ，從辵、囟。以上「宿」均通假為「夙」。

上文提到「德」可增加義符「人」，如逵 （上博《孔子見季桓子》21）。在清華簡《攝命》中「德」作 ，從「辵」。

義符「人」作為動作或狀態的主體，與表示動作或狀態的義符相替換，也體現在《說文》裡。如《說文》卷二辵部「遴」的或體字作「僯」。《左傳·襄公十年》：「請伐偪陽」，《釋文》：「偪，本或作逼。」《左傳》《漢書》中的「偪」

〔註 221〕曹錦炎：《釋睪——兼釋續、瀆、竇，鄭》，《史學集刊》1983 年第 3 期，第 87～90 頁。

〔註 222〕禤健聰：《戰國楚系簡帛用字習慣研究》，科學出版社，2017 年，第 45 頁。

都用為「逼」，也是義符人、辵互通。《詩經・周南・關雎》「輾轉反側」的「輾轉」，是雙聲疊韻的連綿詞，安大簡《詩經》寫作「㢟偅」，也體現了戰國時期義符「人」和「辵」的關係。

（七十二）人—心

楚簡的「褱」除了承襲金文 （毛公鼎）作 （上博簡《三德》簡4）之外，還有增加「心」旁作「懷」，如 （郭店簡《尊德義》簡33）、（上博《用曰》6）。「懷」是一種思慮，故從心。楚簡中，「褱」出現12次，均讀如字；「懷」出現3次，2次讀如字，1次破讀為「壞」。增加「心」旁的作用是強調本義。楚簡也有的「懷」字寫作 （上博簡《天子建州甲》簡9），從人不從心。

楚簡「倦」字可從人作 （上博《從政甲》12），也可以從心，如 （上博《中弓》17）。

郭店簡《老子丙》簡1的「侮」字作 ，上部為矛下部為人，字形沿襲金文。楚文字中也有的「侮」字下部的人替換為「心」，如 （郭店《性自命出》47）。

上博簡《子道餓》簡2「偽」字作 ，從人、為聲，也見於睡虎地秦簡、馬王堆帛書等〔註223〕。楚簡中更常見的「偽」字從心作，如郭店簡《性自命出》、上博簡《性情論》、《曹沫之陳》，字形如 （上博簡《性情論》簡32）。

上文提到「倦」字可作「劵」「勝」，「背」也可作「伓」「肧」；「倦」可作「惓」，「背」也有從心的字形，如上博簡《孔子詩論》簡26的「背」作 ，從心、否聲。

楚文字中也有兼從人、心之字，如偲（，上博簡《武王踐阼》簡14）、愻（，上博簡《中弓》簡13）、㥚（，上博簡《鮑叔牙與隰朋之諫》簡6）。清華簡《治邦之道》簡13有詞「愚疲」字形分別作 和 ，二字都是兼從人、心。這也從一個側面體現了人旁和心旁的關係。

戰國楚簡的「恥」從耳、心，而馬王堆帛書中的「恥」從耳、人，是人旁和心旁歷時的互換。另外，《說文》也保留了人旁和心旁互通的字例，如「態」的

〔註223〕禤健聰：禤健聰《戰國楚系簡帛用字習慣研究》，科學出版社，第329頁。

或體作「能」。

（七十三）死／歺—人

戰國竹書中的「世」時有增加「死」或「歺」，如郭店簡《窮達以時》簡 2 作 ![字形]，上博簡《容成氏》也有從人的 ![字形]（簡 42）。死亡的主體可以是人，義符「人」和「死／歺」意義相關，故可互通。

（七十四）子—人

「孤」字可作 ![字形]（上博《吳命》4），上博簡《周易》簡 33 的 ![字形]，從人、瓜聲，今本作「孤」，李守奎云「疑即楚文字之『孤』」。〔註224〕子亦屬人，故可替換。

（七十五）匚—竹

金文的「匡」作 ![字形]（禹鼎），楚簡沿襲金文字形作 ![字形]（望山簡 2-48）。也有把「匚」替換為「竹」旁的，如上博簡《彭祖》簡 2 的「匡」作 ![字形]。

（七十六）水—皿

楚簡中的「瀉」承襲金文，作 ![字形]（郭店簡《緇衣》簡 9）。義符「水」也可以替換為「皿」，如 ![字形]（清華簡《命訓》簡 12）。「水」和「皿」的關係參見上文「益」「盈」的異體。

曾國文字也有水與皿互換例。如曾夫人㜏的「㜏」字作 ![字形]，曾子伯䛒㜏作 ![字形]〔註225〕，前者從水、它聲，後者從皿、它聲。

（七十七）水—火

楚簡中大多數「烖」從火，與小篆同，如 ![字形]（上博《三德》10）。郭店簡《唐虞之道》簡 28 的「烖」字作 ![字形]，下部是從水的。水、火皆可成災，故「烖」字可從水作。

（七十八）玉—金

楚簡中的「飾」字常作「珒」，從玉、弋聲，如曾侯乙簡 60「黃金之飾」

〔註224〕李守奎、曲冰、孫偉龍：《上海博物館藏楚竹書 1-5 文字編》，作家出版社，2007 年，第 398 頁。

〔註225〕孫啟燦：《曾文字編》，吉林大學碩士學位論文，2016 年，第 251 頁。

的「飾」作 ；而簡 77 卻作「黃金之 」，字左部從金。義符由玉變為金。

曾侯乙簡多次出現「賠」（簡 13），前字可隸定為「珦」。而簡 62 作「賠」，前字改作從金同聲的字，即「銅賠」。

金、玉皆為財寶，古語常常「金」「玉」連言，如郭店《老子甲》簡 38「金玉盈室」、郭店《五行》簡 19「金聲而玉振之」，故從金、從玉可互作。另外，《說文》「鈕」的古文作「珏」，也是義符「金」和「玉」的替換。

（七十九）玉—糸

楚簡中「佩玉」的「佩」可作 （包山簡 219），從玉、備聲；可以從糸備聲，如 （包山 24 號簽）。糸用來繫玉，故「佩玉」之「佩」可從糸或從玉。

（八十）土—缶

上博簡《周易》簡 44 的「瓶」作 ，信陽簡 2-21 的「瓶」作 。都是並聲，前者義符為「缶」，是其類別；後者義符為「土」，是其材質。

（八十一）木—戶

信陽簡中的「柜」字作 （2-3），從木、巨聲，與小篆同。曾侯乙簡該字作 （簡 6），從戶、巨聲。義符由「木」變為「戶」。「戶」與「木」關係甚密，如上文提到的陳胎戈、九店簡中「戶」增加木旁作「床」。

（八十二）竹—弓

曾侯乙簡中的「弦」有兩種寫法，一作 （簡 53），從弓、玄聲；一作 （簡 10），從竹玄聲。「弓」是種類，而「竹」是其材質，故可互作。

（八十三）行—邑

「巷」字楚簡作 （包山簡 142），義符為行，或增加止旁如 （上博《周易》32）。上博《采風曲目》簡 1 有「宮 」，後者亦為「巷」字，不過義符由行變為了邑。

同一角度替換義符，是異體產生的常見途徑，也是楚簡「同用」現象中最多的。與義符的增加相比，替換的數量成倍增長了。

二、不同角度改變的義符

裘錫圭指出:「為形聲字選擇形旁時,如果對文字所指的事或物有不同的著眼點,所選擇的形旁就會不一樣。」〔註226〕陳偉武曾列舉郭店簡、上博簡若干從心之字及其異文對比,上博《緇衣》8 個不從心的字,郭店《緇衣》都寫作從心。上博《性情論》5 個不從心的字,郭店《性自命出》均從心;上博《性情論》10 個從心的字,郭店《性自命出》均不從心。〔註227〕是不同書手的用字特點。

所謂「不同角度改變的義符」,是指義符改變為另一個義符,兩個義符本身意義既不相近也不相關。這種從不同角度替換的義符中,最為活躍的是義符「心」。龐樸曾對此現象有研究,並列舉了古文字中諸多從心的字。〔註228〕隨著楚簡材料更多地公佈,「心」與其他義符的替換越來越明顯。劉寶俊對比了楚簡從心、而《說文》不從心之字〔註229〕。但由於是與《說文》作對比,故其結論是義符歷時的演變。

以下列舉本類異體字,過去通常處理為「通假字」,因為以現在的思維來看一些義符是難以解釋的。但正如上文增加義符所列舉的異體字,像增加義符「心」,並不應該因為「難以解釋」而忽略其大量出現的事實。

本文「不同角度」與「同一角度」的區別在於:「同一角度」的義符雙方是可以單獨溝通的,不需要依據所構字建立聯繫,如「人」與「肉」,二者本身就相關。而「不同角度」的義符雙方是不能單獨溝通的,需要藉助所構字才能建立聯繫。如下文「貝」與「心」,兩個義符本身無法建立聯繫,需要藉助所構「貪」才知道其中的聯繫是「愛財」義從兩個角度(「愛」和「財」)進行的造字。

(一)貝—心

楚文字中的「貪」常寫作「念」或「愙」:荊門左塚漆梮「惻(賊)念(貪)」、

〔註226〕裘錫圭:《文字學概要》(修訂版),商務印書館,2013 年,第 164 頁。

〔註227〕陳偉武:《新出楚系竹簡中的專用字綜議》,《愈愚齋磨牙集》,中西書局,2014 年9 月,第 230~231 頁。

〔註228〕龐樸:《郢燕書說——郭店楚簡及中山三器「心」旁文字試說》,《三生萬物——龐樸自選集》,首都師範大學出版社,2011 年,第 366~376 頁。

〔註229〕劉寶俊:《論戰國楚簡從「心」之字與心性之學》,《中南民族大學學報》,2009 年,第 162~169 頁。

郭店簡《語叢二》簡 13「念生於欲，怀（倍）生於念」、上博簡《從政》（甲）簡 15「毋暴，毋虐，毋惻（賊），毋念」。也有的寫作「貪」和「賧」：郭店簡《語叢三》簡 19「地能貪之生之者，才（在）早」、上博簡《從政》（甲）簡 15、5「為利枉事則賧」。以及清華簡《治政之道》簡 17 和 23 都寫作 。「貪」的對象常與錢財有關，故可從貝；「貪」的主體是人，與心志有關，故可從心。

楚簡「難易」之「易」可寫作 （上博《從政甲》17），隸定為「惖」。陳斯鵬指出是「難易」之「易」專字。也可從貝作「賜」，字形如 （上博簡《容成氏》簡 33）。郭永秉指出：「『賜』本就是在『易』字上加注形旁分化出來的一個形聲字。」〔註 230〕董琨指出這可能是一個帶有地方特色的專用字。〔註 231〕另外。在包山簡中，人名也有「賜」與「惖」的異文也可證二字為異體：簡 163 有「周惖之人」，簡 65 有「周賜之大夫」。所以楚簡中的「賜」是「惖」之異體。

郭店簡《緇衣》簡 13「萬民賴之」的「賴」作 ，從貝萬聲。清華簡《治政之道》簡 29「日可見，月可知，歲可賴」的「賴」也寫作 。此處為沿用春秋金文的用字習慣。而上博簡《柬大王泊旱》簡 16「邦賴之」的「賴」作 ，從心、萬聲。

楚簡「恆」可從心，如郭店《尊德義》簡 39 作 。也可以從貝，如郭店簡《緇衣》簡 45 的 。

另外，上文提到的楚簡中「賊」字結構為從心、則聲，周波指出秦文字和三晉文字「賊」從貝。〔註 232〕也是心和貝的替換。義符「貝」和「心」的替換也體現在字形歷時演變中，如「忒」越王者旨於賜鐘作「貣」。明黃道周所撰其父墓誌中表遺留意的「貽」字形作「忈」〔註 233〕，也是義符「貝」換作了「心」。

（二）力─心

「勇」字楚簡常常寫作從戈，如 （郭店《成之聞之》21）。也有的義符

〔註 230〕郭永秉：《從〈容成氏〉33 號簡看〈容成氏〉的學派歸屬》，《出土文獻與古文字研究》第二輯，復旦大學出版社，2008 年，第 189～190 頁。

〔註 231〕董琨：《郭店楚簡〈老子〉異文的語法學考察》，《中國語文》，2001 年第 4 期。

〔註 232〕周波：《戰國時代各系文字間的用字差異現象研究》，復旦大學博士學位論文，2008 年，第 139 頁。

〔註 233〕李春桃：《古文異體關係整理與研究》，中華書局，2016 年 10 月，第 7 頁。

為「心」如 （郭店《性自命出》63）、（清華《芮良夫毖》簡11）。《說文》的「勇」也保留從心的字形，歸為古文。

楚簡中的「強」字作 （郭店《老子》甲6）；而「無彊」的「彊」字金文作 （小克鼎），楚簡文字承襲金文字形作 （上博《東大王泊旱》16），楚簡中可以通假為「強」，〔註234〕如郭店簡《語叢三》簡46：「 之敔（樹）也， 取之也」。在此基礎上，有的「強」增加「力」旁，如郭店簡《五行》簡41：「，義之方。不 不棣。不 不矛（柔）。」「弜」可增加「心」旁，如清華簡《子犯子餘》簡5「弜」作 ，隸定為「悶」；「彊」也可增加「心」旁，如郭店簡《語叢二》簡34「強」作 。

「敏」楚簡可承襲金文作「勄」，如上博《彭祖》8「朕孳不敏」的「敏」字作 ；也可作「愍」，如上博簡《君子為禮》簡1「韋（回）不敏」的「敏」字作 。前者從力、每聲，後者從心、每聲。

郭店簡《緇衣》簡8「邛」字作 ，可隸定為「悲」，構形是在忘字上增加「共」聲，該字上博簡《緇衣》作「功」。「心」替換為了「力」。

楚簡中「惰」有寫作從心的，字形作 （上博簡《仲弓》簡18）。清華簡《攝命》的「惰」寫作 （簡8），義符改為從力。

楚簡中也有同時從力和心的字，如清華簡《攝命》簡15中的「勤」字作 。

義符「心」和「力」的關係也體現在歷時的發展上，如楚簡的「勞」從心不從力，字形作 （郭店《六德》16），到了秦簡中才出現了從力的「勞」字。再如楚簡中的「勸」多寫作「懽」，周波指出秦文字作「勸」〔註235〕。也是義符心與力的互換。

進入「力—心」的詞具有共同點，如「勇」「敏」「強」和「勤」「勞」「勸」，往往是要使用勞力的，同時也是一種品德。

〔註234〕《說文》認為「彊」是「弓有力也」，是「強壯」的「強」本字；而訓「強」為「蚚也」。但金文「彊」均用為「疆」，因此周灝高，張日昇認為「彊孳乳為疆」，即「彊」為「疆」之本字，從古文字材料來看是可信的。詳見《金文詁林》，香港中文大學出版社，1975年，第7180頁。

〔註235〕周波：《戰國時代各系文字間的用字差異現象研究》，復旦大學博士學位論文，2008年，第145頁。

（三）子—心

楚簡中「慈」常常寫作（郭店簡《老子甲》簡 30），从心、絲聲。也有的寫作（郭店簡《老子丙》簡 3），从子、絲聲。

金文「賢」从貝作（賢簋），楚簡不从貝，作（上博簡《子羔》6），或增加一個義符「子」，如（上博《從政甲》4），與中山王壺同；同篇又或增加二「子」作（郭店《五行》48）。這種从子的「賢」字還見於中山王壺。清華簡《管仲》簡 13 的「賢」字作，下部改為从心。

「慈」與「賢」分別是與家國有關的品德，統治者又常常自稱民之父母，所以「賢」也可从子。義符「子」和「心」的互換保留到後世，如張家山漢簡《二年律令》簡 31 中的「懷」字作「㥗」。

（四）糸—心

戰國楚簡中的「終」常與「始」一樣从糸如郭店簡《語叢一》簡 49「有（終）有（始）。」上博簡《周易》簡 12「君子有終」的「終」的作，下部的「糸」換為了「心」。

楚簡習見「昏亂」一詞的昏字作（清華簡《三壽》簡 10）、絲（郭店簡《老子》丙簡 3），隸定為「緍」。而上博簡《競公瘧》簡 6「貪昏苟匿」的「昏」作，隸定為「惛」。

楚簡中的「勸」常从心作（上博《相邦之道》3），也有個別从糸，如上博《從政乙》簡 4「教之勸也」的「勸」作，雖字形不清，但左部从糸仍很明顯，張光裕隸定為「纏」。〔註236〕

「施」字楚簡可作（上博五《季庚子問於孔子》3），从糸、它聲。也有从心的字，如（上博《中弓》13），聲符也替換為了佗聲。

楚簡「治理」之「治」字形眾多，郭店簡《唐虞之道》作簡 10，从糸、㠯聲；也可从心兼从糸，如上博簡《從政》乙簡 1 作，可知前者是省形。「治」還可以从言，如（郭店《成之聞之》32）。

郭店《語叢一》簡 34「禮齊樂靈則戚」中的「靈」字寫作，是在「靈」

〔註236〕張光裕：《〈從政乙篇〉釋文考釋》，《上海博物館藏戰國楚竹書（二）》，上海古籍出版社，2002 年，第 236 頁。

上增加「心」。包山簡 268「靈光之紲」的「靈」作 ，是在「靈」之上增加「糸」。

楚文字的「恆」常作「亙」，形為 （郭店《老子甲》31），偶有從心作 （郭店《尊德義》39）。上博《周易》簡 28 的「恆」作 ，從糸、亙聲。同樣的情況也見於傳世文獻，如《詩經・小雅・天保》「如月之恒」，《釋文》：「恒，本亦作緪。」

楚簡中有一些字同時兼有「糸」「心」二旁的，如緦（ ，包山簡 268）。再如楚簡中用為「寬」的「緩」字，完整的字形作懃（ ，上博簡《中弓》簡 17）。有時候可省糸，作 （上博《從政甲》5）；有時候可省心，如 （上博簡《容成氏》簡 1）。同樣的情況也體現在楚簡的「慎」字上。曹錦炎師指出楚簡「斳」和「緫」等形，都是「緫」字省寫〔註237〕，這些「慎」的寫法，也有的同時從心和糸。戰國璽印中有「得緒」（《古璽匯編》4339），即「得志」，從心的「結」增加「糸」作繁構。

「糸─心」的關係還體現在歷時的義符替換上。郭店簡《老子丙》簡 7 的「纏」字，帛書乙本作「懻」。郭店簡《緇衣》簡 3 的 ，從糸、弋聲，今本作「忒」。又如清華簡《管仲》簡 27「或緩或急」的「緩」字作 ，與今「緩」字無別；「急」字作 ，從糸、亟聲，與「緩」意義相反，也從糸，今「急」字從心。再如清華簡《子產》簡 17「懈怠」的「懈」字作 ，從糸、解聲，今「懈」字從心。又如，楚簡中的「恥」字作 （郭店《語叢二》簡 4），從心、耳聲，《汗簡》和《古文四聲韻》中的「恥」作從糸、止聲〔註238〕。這五例都是心和糸旁關係體現在歷時的替換上。

另外，傳世文獻中的虛詞「維」「惟」也是糸旁與心旁的互作。

「糸─心」互換主要有如下幾類：一是直接與「絲」有關，比如「始」「終」，造字本義可指絲之始端與盡頭。二是與統治行為有關的詞，如「勸」「施」「治」「寬」。治絲與治理國家有相似性，如《左傳・隱公四年》「臣聞以德和民，不聞以亂。以亂猶治絲而棼之也」，就是把治理國家比作治絲。故二者存在引申關

〔註237〕曹錦炎：《蔡公子縝戈與楚簡中的「慎」》，《古文字研究》（第三十輯），中華書局，2014 年，第 174～177 頁。
〔註238〕李春桃：《古文異體關係整理與研究》，中華書局，2016 年 10 月，第 16 頁。

係。三是與人心智有關，後世字形常常从心，如「恆」「慎」「志」「靈」「惛」。這一種類別「糸」與「心」雖意義關聯性不明確，但為後世大量承用，如「淡」「忒」「緩」「急」「懈」「恥」都呈現歷時的「糸—心」相關性。

（五）疒—心

楚簡中的「狂」作（上博簡《陳公治兵》簡12）、（清華簡《楚居》簡4），可隸定作「性」。所从「心」可替換為「疒」，如（清華簡《厚父》簡13）、（清華簡《邦家處位》簡1）。

上博《武王踐阼》簡8「何傷」的「傷」作，从心、昜聲。這種从心的「傷」也見於清華簡《芮良夫毖》。楚簡也有从疒的「傷」，如《命訓》簡9的「傷」字从疒，字形作。

新蔡簡「心惔」的「惔」作凡20處，可嚴格隸定作「忞」。另有6次作「心」，義符从心改變為疒。〔註239〕

上博簡《周易》簡45「為我心塞」的「塞」寫作。望山1-17「既心免（惔），以塞」的「塞」作，劉凌指出楚簡中的「既……以」是並列關係〔註240〕，故望山簡此處表示的也是「心塞」，此「塞」字从疒。

這種疒與心通之例還見於其他戰國文字。楚簡習見的「憂」字作惪，如（郭店《老子乙》4）、（郭店《五行》9），而在戰國璽印中常見人名作「法（去）憂」如：

（《古璽匯編》0551）　　（《古璽匯編》0857）

（《古璽匯編》1062）　　（《古璽匯編》1552）

（《古璽匯編》2463）

以上璽印中的「憂」都寫作「疧」，義符由楚簡中的「心」替換為了「疒」。

〔註239〕統計見朱力偉：《兩周古文字通假用字時代性初探》，吉林大學博士學位論文，2013年，第533頁。

〔註240〕劉凌：《楚簡「既……以……」類並列句式討論——兼及連詞「以」的文獻分佈特點》，《中國文字研究》（第二十二輯），上海書店出版社，2015年，第192～199頁。

楚簡中也不乏同時兼有義符「疒」和「心」的，如楚簡「病」字作 ⿸疒丙（郭店《老子甲》36），也可增加「心」作 ⿸疒⿱丙心（上博《三德》13），這種現象在晉系文字中也存在。如侯馬盟書的人名 ⿸疒 和 ⿸疒 ，也寫作 ⿰忄 和 ⿰忄 。由此也可看出心旁和疒旁關係密切。《說文》「懰」的或體作「瘤」，是義符心與疒的互換。另外，《說文》「懝，駭也」、《方言》「癡，駭也」，段玉裁據《玉篇》指出《說文》「悸」「痵」為異體，也體現了義符心和疒的關聯。

「疒—心」互換有「傷」「憂」「塞」「狂」「病」，這些詞往往表現出來是心理的，實際上可能是病理的；或者反之。可能是「疒—心」互換的認知基礎。

（六）言／口—心

義符「言」「口」與「心」關係密切，如張政烺就曾指出「說文從言之字，古文多從心」，認為中山器中的「㤅」為「訓」之異體。〔註241〕

「忌」字楚文字常作 ⿱己心（郭店簡《語叢一》簡26），從心、己聲，也可以增加聲符「亓」作 ⿱己⿱亓心（郭店《尊德義》簡1）。上博簡《三德》中的「忌」是從言、亓聲如 ⿰言亓（簡2），義符從「心」變為了「言」。

清華簡《命訓》簡3的 ⿰言徵，釋為「徵（懲）」，義符為言。這種寫法的「懲」還見於《邦家處位》和《治邦之道》。清華簡《祭公》簡1「徵」字作 ⿱徵心，義符變為心。

郭店《性自命出》簡23有「 ⿰言季 女（如）也斯嘆（嘆）」，⿰言季 字從言、季聲。同句上博簡《性情論》簡15該字作 ⿰心季，從心、季聲。

新蔡簡「不為 ⿱尤心」（甲三10），從心、尤聲，整理者隸定為「憖」；也有「尚毋為 ⿱尤心」（甲三143），⿱尤心 即「尤」；還有「不為 ⿰言尤」（零204），可隸定為「訧」。楚簡中也有的「尤」祇從心，如 ⿱尤心（上博簡《志書乃言》6），可隸定為「忧」。「訧」和「忧」也是言旁和心旁的互換。

上博簡《天子建州》甲簡13「所不學於師者三：強行、忠 ⿱某心、信言。」曹錦炎師指出此「⿱某心」應讀為「謀」。〔註242〕清華簡《子儀》簡2的「謀」字作

〔註241〕張政烺：《中山王𨜶壺及鼎銘考釋》，《古文字研究》第1輯，中華書局，1979年，第212頁。

〔註242〕曹錦炎：《〈天子建州〉釋文》，《上海博物館藏戰國楚竹書（六）》，上海古籍出版社，2007年，第333頁。

[圖]，從口、母聲。上博簡《曹沫之陳》簡 13「有固謀，而無故城」的「謀」作[圖]，從心、母聲。義符分別是「心」「口」「言」，聲符均為「母」。

「惡」字楚文字形為[圖]（上博《緇衣》4），心旁可省。上博《周易》簡 32 該字下部從口作[圖]，另如清華《鄭武夫人規孺子》簡 2 作[圖]。

「恆」字楚簡從心互聲，字形如[圖]（郭店《魯穆公問子思》1）。下部心也可替換為口，如[圖]（包山簡 233）。

清華簡《保訓》簡 5 的「違」字作[圖]，隸定為「諱」。禤健聰指出以「諱」為「違」還見於齊叔尸鐘。〔註 243〕上博簡《民之父母》簡 10 的「違「字作[圖]，從心、韋聲。

戰國文字中的「鄰」作[圖]（郭店《老子甲》簡 9），上博簡《周易》中的「鄰」下部增加口旁作[圖]（簡 57），上博簡《曹沫之陳》「鄰邦」的「鄰」作[圖]，其下部是為口旁。禤健聰認為從口和從心之字借應為「隱」之異體。〔註 244〕

清華簡《說命下》簡 7、《芮良夫毖》簡 2「誖」字分別作[圖]和[圖]，隸定為「詙」。而《周公之琴舞》中的「毖」作[圖]，隸定為「怭」。禤健聰指出「言、心均與告誡義相關」〔註 245〕。

楚簡常將「愆」用為「過」，如清華簡《管仲》簡 19「乘其欲而緄其愆（過）」。臧克和認為此字乃戰國楚簡「過失」本字。〔註 246〕此外，「過失」之「過」還可寫作「訛」，如新蔡甲三簡 21-甲三簡 61「解訛（過）釋蚘」。

楚簡有一些字還兼從言、心，如「順」包山簡寫作[圖]（簡 217）〔註 247〕，常常省略言旁作[圖]（郭店《緇衣》12），也可以省略心旁作[圖]（郭店《尊德義》39）；再如郭店《性自命出》的「吟」字作[圖]。也反映了言、心兩個義符之間的關係。

〔註 243〕禤健聰：《戰國楚系簡帛用字習慣研究》，科學出版社，2017 年，第 328 頁。
〔註 244〕禤健聰：《戰國楚系簡帛用字習慣研究》，科學出版社，2017 年，第 201 頁。
〔註 245〕禤健聰：《戰國楚系簡帛用字習慣研究》，科學出版社，2017 年，第 41 頁。
〔註 246〕臧克和：《簡帛與學術》，大象出版社，2010 年 4 月，第 209 頁。
〔註 247〕「憗」又見於余訓壺，何琳儀認為是「訓」之繁文，讀為「順」。見何琳儀：《戰國古文字典》，中華書局，1998 年，第 1331 頁。謝明文指出「表示『順』這個詞的字在西周金文中用『譽』來表示，東周文字中常用『川』、『訓』、『巡』來表示。」見謝明文《說臨》，《出土文獻與古文字研究》第 6 輯，上海古籍出版社，2015 年，第 102 頁。

言為心聲，張桂光指出言、心商周時期區別明顯，一般不通用。〔註248〕隨著越來越多出土戰國材料的公佈可以看出，戰國時期言、心作為義符互通是很常見的。言旁和心旁的關係在漢簡中仍有遺留，「告訴」一詞，尹灣漢簡 129 作「告愬」。

「心─口／言」互換例中，按詞義分類有如下幾種：一是敬畏、謹慎相關義，如「忌」「愻」「懲」；二是不好的行為或結果，如「尤」「違」「過」；三是好的行為，如「悸」（《性自命出》23）。由於「口」是楚簡文字中常見的飾符（詳見下文），所以以上諸例中，「謀（母＋口）」「惡（亞＋口）」「恆（亟＋口）」「鄰（文＋口）」的「口」視為飾符亦可。

（七）戈／刀／攴／又─心

由於「戈─刀」「攴─又」兩組互換概率相當高，彼此之間也可交叉，所以此處進行了合併。

「害」除上文說到的作「割」和「轄」，楚簡中還可以寫作从心、害聲的字如 （郭店簡《尊德義》簡 38）。

楚簡中的「傷」大多从刀寫作 ，或从戈寫作 ；上博簡《武王踐阼》、清華簡《芮良夫毖》、安大簡《詩經‧召南‧草蟲》「傷」寫作从心的 。與「害」類似，「傷」既可以是身體的傷，也可以是心理的傷，所以義符从刀／戈可與心互換。

上文提到楚簡的「救」用為「求」，有从攴和从戈兩種，前者如 （上博簡《容成氏》簡 31），後者如 （包山簡 232）。也有从又的「求」字，如清華簡《子產》簡 20「求賢」之「求」作 。但在上博簡《凡物流形》甲簡 23 中，「求」字作 ，从心求聲。「求」既是一種動作，也是一種心理活動，所以可以从攴、戈、又，也可从心。

今本《緇衣》的「謹」字，郭店簡《緇衣》簡 6 作 ，从心、堇聲；而同句上博《緇衣》簡 4 从攴作 ，从攴、堇聲。

上文提到楚簡文字「盜」「賊」都可寫作从心的字，如上博簡《彭祖》簡 7「賊者自賊也」，前「賊」字作 ，从心、則聲；後「賊」字作 ，从戈、

〔註248〕張桂光：《古文字義近形旁通用條件的探討》，《古文字論集》，中華書局，2004 年，第 50 頁。

則聲，與《說文》小篆「賊」字結構同。清華簡《治政之道》「盜賊」一詞中的「賊」，簡 7 作 ，簡 18 作 。

郭店簡《窮達以時》簡 4「釋板築而佐天子」的「釋」作 ，可隸定作「叡」。郭店《老子甲》簡 3「渙乎其如釋」的「釋」作 ，郭店簡《成之聞之》簡 36「從允釋過」的「釋」作 ，此兩字均可隸定為「愯」。「釋」既是動作，也是心態，故從又和從心的「釋」字互作。

包山楚簡中的人名「滑」簡 249 寫作 ，從心、骨聲；簡 267、277 寫作 ，從戈、骨聲。

也有兼從戈、心之字，如上博《三德》20「不 」，讀為「不威」。「威」兼從戈和心，隸定為「戫」；也可省略，如 （上博《用曰》16）、（郭店《緇衣》45）。

李春桃指出傳抄古文和古籍中「惇」和「敦」關係密切[註249]，也是義符心和攴之互換例。

以上和「心」互換的戈、刀、又、攴例，按詞義分為：1. 武力類動作。如「害」「傷」「賊」「威」「救」。這些動作造成的結果也可能是心理的。2. 積極的行為動作。如「謹」「釋」。這些動作的過程也可以是心理的。所以存在與「心」的互換。

值得注意的是，「戈—心」還存在一例人名的同用。人名在語境中不表意，充分說明「戈—心」可以脫離詞義而同用，可能是當時的書寫共識。

（八）見（視）—心

楚簡中「迷惑」的「惑」可以寫作從見（視）的字，也可以寫作從心的字。因為迷惑與眼相關，也與心相關。如郭店簡《緇衣》簡 5 的「惑」作 ，而簡 4 的「惑」作 ；上博簡《緇衣》「惑」字均作 。同篇中或從心，或從見，用法無別，如郭店《緇衣》簡 4：「則君不 其臣，臣不 於君。」而簡 5「上人 則百眚（姓）」。

楚簡中「疑惑」的「疑」可作 （郭店簡《緇衣》簡 4），從心、矣聲，已見於上文。其中的義符「心」也可替換為「見（視）」，如 （清華簡《越公其

〔註249〕李春桃：《古文異體關係整理與研究》，中華書局，2016 年 10 月，第 367 頁。

事》簡 57）。

上博《凡物流形》簡 26 的「盜」作 ![字形]，从心、从人、兆聲，曹錦炎師指出郭店簡、上博簡「盜」作 ![字形]、![字形]，从見兆聲。〔註250〕不過此例也可能是人、頁（視）互換，加注「心」旁。楚簡中「盜」「賊」从心

陳偉武已指出「見」「心」二旁構字時相通：「目有所見則心以斷之，從心從見因可通。」〔註251〕范常喜指出馬王堆帛書中的「悟」或作「晉」，也是目、心相通例。〔註252〕

（九）辵／止—心

楚簡「從」作 ![字形]（上博《子羔》簡 5），「違」與「從」意義相反，與行走有關，除了从辵作 ![字形]（上博簡《三德》簡 8）、![字形]（清華簡《程寤》簡 5）之外，還有从心的異體字形作 ![字形]（上博簡《民之父母》簡 10）、![字形]（清華簡《八氣》簡 7）。濮茅左列舉了古書中「愇」「違」通用的例子，如《文選·幽通賦》「違世葉之可懷」，李善注曰「違或作愇」。〔註253〕

郭店簡《性自命出》「近」凡 8 見，作 ![字形]，「忻」凡 3 見，字形作 ![字形]。「近」和「忻」都用為「近」，屬於同篇同用。上博簡《性情論》均作「近」。清華簡《晉文公入於晉》簡 7 有「遠旗」「中旗」「近旗」，其中「近」寫作 ![字形]。也有雜糅兩種「近」的字形，如 ![字形]（清華簡《子產》8），从彳、心，斤聲，也用為「近」。

上文提到从心的「盜」字，上博《凡物流形》簡 26 的「盜」作 ![字形]，除此之外，「盜」還有从辵的，如 ![字形]（上博簡《容成氏》簡 42）。

郭店《語叢三》簡 45「犯難」的「犯」作 ![字形]，从止、軋聲。上博《從政甲》簡 12 作 ![字形]，从心、軋聲，也有省形逕作「軋」的。

楚簡中从心的「愳」和从止／辵的「趮」都可以用作「與」，如在上博簡《中

〔註250〕曹錦炎：《〈凡物流形〉釋文》，《上海博物館藏戰國楚竹書（七）》，上海古籍出版社，2008 年，第 267 頁。

〔註251〕陳偉武：《新出楚系竹簡中的專用字綜述》，《華學》第 6 輯，紫禁城出版社，2003 年，第 101 頁。

〔註252〕范常喜：《簡帛探微——簡帛字詞考釋與文獻新證》，中西書局，2016 年，第 27 頁。

〔註253〕濮茅左：《〈民之父母〉釋文》，上海博物館藏戰國楚竹書（二）》，上海古籍出版社，2002 年，簡 10，第 170 頁。

弓》中兩字的使用沒有清晰的界限，簡2的 ![](（懇）用作「與」，簡7的 ![](（懇）用作「赦」，簡9、10的 ![](（墾）用作「舉」，簡10的另一 ![](（墾）卻用作「赦」。同篇之中，「懇」和「墾」同用無別。

戰國竹書的「及」除了作 ![](（郭店簡《緇衣》簡5），也增加「止」或「辵」如 ![](（郭店簡《老子乙》簡7）、![](（郭店簡《語叢二》簡19）。「及」有「追及」義，故可從辵。清華簡《芮良夫毖》簡14有「以力及作，戀仇啟國。以武及勇，韋相社稷」，前一個「及」作 ![]，後一個「及」作 ![]，用法完全相同。但上博簡《鄭子家喪》甲、乙簡2「及於今而後」的「及」作 ![]，從心、及聲。

與「及」類似，「反」楚簡作 ![](郭店《太一生水》1），可增加辵強調其動詞義，字形如 ![](郭店《老子甲》37）。義符也可以用「心」，如郭店《窮達以時》簡15的「反」字作 ![]。龐樸指出反字下增加心，是「強調反躬自問的意思」〔註254〕。

楚簡中的「還」字形作 ![](包山簡10），清華簡《治邦之道》簡4「還」字從心作 ![]。此處與「返」同意。

清華簡《周公之琴舞》出現兩次「慎」字，一次作 ![](簡4），一次作 ![](簡5）。前者整理者隸定為「慗」，後者隸定為「遰」。是同篇同一個字心、辵互換之例。上文提到「謹」字楚文字有心、支互換之例，道理相同。

郭店簡《性自命出》和上博簡《性情論》中表喜悅義的「陶」字寫作「慆」，字形分別作 ![]和 ![]。上博簡《采風曲目》簡4「嘉賓陶喜」的「陶」作 ![]，從辵不從心。

楚簡中的「順」可從心如 ![](郭店《緇衣》12），而行氣玉銘中的「順」作「巡」。

金文「萬」經常增加辵寫作「邁」，戰國楚簡並沒有這種寫法。但上博簡《競公瘧》簡6「萬福」的「萬」作 ![]，「萬」增加義符「心」。體現了從辵到心的歷時演變。

〔註254〕龐樸：《郢燕書說——郭店楚簡及中山三器心旁文字試說》，《三生萬物——龐樸自選集》，首都師範大學出版社，2011年，第203～213頁。

俞樾《諸子平議》中指出：「遇與愚古通用。《詩‧巧言》：『遇犬獲之』，《釋文》曰：『愚，本作遇。』《莊子‧則陽》：『匿為物而愚不識』，《釋文》：『愚，本作遇』。」〔註255〕

上述例中，有兩個詞雖說也是動詞，但直接與人的心理有關，是「慎」和「陶」，這兩例有「辵／止—心」換用是最容易理解的。但大部分直接與行走相關，如「違」「近」「及」「反」「還」「順」，也有一些就是普通行為動詞如「盜」「犯」。以上各例中，能夠從身體行為引申至心理活動的有「違」「近」「反」「順」；「及」「還」「盜」「犯」難以從意義上對義符替換進行解釋，可能是「反」（返還→反對引申）的類推。古人以為人的行動皆由「心」支配，故在文字構形中辵、心可互換。

（十）頁—心

楚簡中的「疑」字常常寫作從心、矣聲的字，如 ![字形] （郭店《緇衣》4）。上博簡《周易》簡14的「疑」字作 ![字形] ，從頁、矣聲。劉寶俊認為「悉」表示心態的疑，「頴」表示臉色的疑，〔註256〕可備一說。

（十一）虫—心

「祥」楚簡常作 ![字形] （上博《三德》11），從心、羊聲。也可寫作從虫或從蚰，如清華簡《殷高宗問三壽》簡10「祥」字形為「羞」，簡14作「蟲」。呂亞虎在論述戰國時期巫術時，曾引古文獻中以「羔」為蠱者例，〔註257〕從戰國文字來看確有來源。

楚簡中「悳」可以用為「化」，如 ![字形] （郭店簡《語叢一》簡68）。而郭店簡《唐虞之道》簡21和《忠信之道》簡2用作「化」的字分別作 ![字形] 和 ![字形] ，都是從虫、為聲的字，隸定為「蟁」。

上文提到「愛」和「慶」楚簡字形有作 ![字形] （上博《孔子詩論》簡15）和 ![字形] （郭店《六德》11），兼從心、虫，雖然有學者指出虫形為訛變之形，但並不祇有一例，仍可推測書手認為二旁具有相關性。另外，楚簡中的「憂」多

〔註255〕俞樾：《諸子平議》，上海書店出版社，1988年，第480頁。
〔註256〕劉寶俊：《論戰國楚簡從「心」之字與心性之學》，《中南民族大學學報》，2009年第3期，第164頁。
〔註257〕呂亞虎：《戰國秦漢簡帛文獻所見巫術研究》，陝西師範大學博士學位論文，2008年，第152頁。

寫作「息」，楚帛書中的「無有相蠶」的「蠶」陳劍認為應釋「憂」。

（十二）犬－心

楚簡所見的「猛」有兩種異體，一為 （郭店《老子甲》33），一為 （上博《從政甲》8）。前者從犬、臣聲，後者從心、臣聲，[註258]「猛」與人動作有關，故可從「心」作。

《說文》「猛，多威也。從犬、去聲。杜林說猛從心」，「狂」字古文也從心，都是犬、心相通之證。段玉裁提到從犬的字「移以言人」的情況：「從犬之字，如狡、獪、狂、默、猝、猥、狦、狠、獷、狀、獳、狎、狃、犯、猜、猛、犹、狂、狟、戾、獨、狩、臭、獎、獻、類、猶卅字皆從犬，而移以言人。」（《說文解字注》卷二「哭」）此處「犬」與「心」的互換也是體現了相同的情況。

（十三）宀－心

楚簡文字中的「寵」從宀龍聲，如 （上博簡《景公瘧》9），《說文》：「寵，尊居也。從宀龍聲。」從「尊居」的角度，「寵」字從宀。也有的「寵」從心，如 （郭店《老子乙》5）。「寵」是人之行為，故亦可從心。因為「宀」在楚文字中是個常見飾符，故此處也可視作省形並增加飾符。

（十四）火－示－心

楚簡中「材」「忎」和「炎」三種字形都可以用作「災」。如上博簡《三德》簡2「天乃降材」、簡9「乃無凶材」、簡14「上帝憙之，乃無凶材」。上博簡《鮑叔牙與隰朋之諫》簡6「其為忎也深矣」、簡8「日妟亦不為忎，公蠱亦不為割（害）。」上博簡《周易》簡21：「邑人之炎」、簡56「是胃（謂）亦炎眚。」

楚簡中最常用為「禍」的是「惢」，字形如 （清華簡《治邦之道》簡5）。但「禍」本字是從示的字，從化得聲，如 （郭店《尊德義》2）。也是示旁與心旁的互換。

用為「畏」和「威」之字可從心，也可從示。如上博簡《從政》（甲）簡8

〔註258〕陳劍：《上博簡〈子羔〉〈從政〉篇的竹簡拼合與編聯問題小議》，簡帛研究網，2003年1月8日。

「[image]則民不導」，[image]隸定為「悤」；上博《民之父母》簡8、11「[image]（威）我（儀）巨=（遲遲）」，[image]隸定為「纍」。

西周金文中的「祈」字借「旂」字為之，从㫃、靳聲，如[image]（頌簋）。春秋時期作[image]（喬君鉦鍼），从㫃、斤聲。楚簡「祈」字或从示作[image]（上博《武王踐阼》12）；或从心作[image]（清華簡《五紀》簡78），或作[image]（上博《子羔》12），聲符為旂，沿襲金文。祈求與神有關，故可从示；也與人心所願有關，故可从心。

以上均為楚簡異體字中從不同角度義符替換為「心」之例，大部分都祇有一到兩例，頻率稍高的有「力—心」「戈／刀／攴／又—心」，最多的是「糸—心」。尤其是「糸」和「心」兩個偏旁之間的關係是以前的學者較少注意到的。

「心」作為構字偏旁，表示的意義範疇從「心理活動」擴大到「動作」，故能與力、戈／刀／攴／又、辵／止等義符互換。是一個活躍度較高的義符。

（十五）糸—戈

李守奎、肖攀指出楚簡中的「絲」常常作為「治理的對象」，如「亂」「斷」「絕」「繼」等。〔註259〕楚簡中「治理」之「治」常作絧，或省作訇。也有一些「治」增加義符「戈」，如郭店簡《語叢三》中「治」作[image]（簡30），也省作[image]（簡26），可以分別隸定作「戠」和「戔」。

（十六）刀—糸

「絕」字形作[image]（郭店簡《老子乙》簡4），會以刀斷絲義。由於「刀」形已不象形，所以楚簡中又見[image]（望山簡2-15），繁增義符「刀」，為了強調其斷絲本義。也可以增加「糸」作[image]（上博簡《用曰》6）。無論糸還是刀，都是疊加的義符。

（十七）糸—攴

仰天湖簡有織物名「繪」，字形作[image]（簡15）。信陽簡2-13有「一友齊緅之[image]」，[image]隸定為「斂」，从攴、會聲，應與「繪」為一字之異體，李家浩讀為「裕」。〔註260〕

〔註259〕李守奎、肖攀：《清華簡〈繫年〉文字考釋與構形研究》，中西書局，2015年，第181～185頁。

〔註260〕李家浩：《楚簡中的裕衣》，《著名中年語言學家自選集·李家浩卷》，安徽教育出版

（十八）糸―覞（視）

「著」字，郭店《緇衣》簡44作 ，從糸、毛聲。該字上博簡《緇衣》簡23作 ，從覞（視）、毛聲。義符由糸替換為了覞（視）。上舉多例義符糸與心替換之例，已知作為義符的「心」常常表動作義，雖然未知其故，但從糸之字也往往表動作。「著」字此處從糸，也表動作。

（十九）火―力

楚文字「血氣」之「氣」常見字形作 （郭店《老子甲》35），隸定為「燹」，從火、既聲。《玉篇》所收「炁，古氣字」，應即來源於此。義符「火」也可以換為「力」，如 （郭店《唐虞之道》11）。《呂氏春秋·審時》「其氣章」，高誘注：「氣，力也」，故「氣」亦可從力。從火和從力的「氣」楚簡中具體使用上無別。

（二十）口―力

楚簡中的「固」作 （上博《三德》6），從口、古聲。《說文》釋為「四塞也」，故義從口。清華簡《子產》簡2 字，從力、古聲，整理者釋為「固」[註261]。同簡另有「固」字作 ，與常見的「固」字無別。「劼（固）」從力，與楚文字「堅」可從力道理相同。

（二十一）言―辵

「藥」楚簡中常常讀為「樂」，在此基礎上增「言」為 （郭店簡《五行》簡29）。這種從言的「樂」目前只見於郭店《五行》；上博簡《內禮》同一支簡中的「樂」作 和 ，分別隸定作「樂」和「遫」。所以「樂」在楚簡中的同用有義符「言―辵」的互換。

訓「返」的「復」本從辵，如 （郭店《老子甲》12）。包山簡90的「復」作 ，從言、复聲，陳偉釋為「復」[註262]，白於藍認為是「復言」的專字。[註263]

社，2002年，第289～294頁。

〔註261〕清華大學出土文獻研究與保護中心：《清華大學藏戰國竹簡（陸）》，中西書局，2016年，第173頁。

〔註262〕陳偉：《包山楚簡初探》，武漢大學出版社，1996年，第24頁。

〔註263〕白於藍：《包山楚簡零拾》，《簡帛研究》第二輯，法律出版社，1996年，第39頁。

「遷徙」的「徙」楚簡从辵，字形如 （郭店《五行》17），清華簡《殷高宗問三壽》簡 15 的「徙」字作 ，从言。

「就」字戰國文字作 （上博簡《容成氏》簡 7），沿襲金文从辵。楚簡中也有義符為言的「就」，如 （上博簡《從政甲》簡 13）。

楚簡中的「趣」作 （望山簡 1-22）或 （上博《志書乃言》2），後者从辵、取聲。清華簡《湯處於湯丘》簡 12 的「趣」作 ，从言、取聲。

「囑託」的「囑」，清華簡《晉文公入於晉》簡 1 作 ，从辵、豆聲；而楚簡中大部分的「囑」字如《鄭武夫人規孺子》簡 6 字形作 ，从言、豆聲。

以上諸例分為兩類，第一類是與行走有關的動詞，如「復」「徙」「就」「趣」，第二類是與言語有關的動詞，如「囑」和「樂」。其中只有「復」詞義上具有行走往復和告訴兩個義項，能將兩種義符統一。其他例子都說明這種「止／辵—言」的互換是雙向的，表意範圍擴大也是雙向的，在這過程中可能類推機制起了作用。

秦公簋和秦公鎛中的「虩虩文武」，「虩虩」一詞清華簡《周公之琴舞》14 作「譴譴」，也是言旁和辵旁的互換。這種言和辵旁相通的情況還保留到了《說文》，如「速」字，《說文》籀文作「遬」，古文作「警」：《說文》小篆和籀文都是从辵，而古文是从言。清人指出「警」是訓「召」之「速」。〔註264〕還有《說文》中的「訝」，其或體作「迓」；《古文四聲韻》中「記」字作「迊」，也都是義符「言」變為「辵」。

（二十二）覞／目—辵

與上文提到的从見或从心的「惑」字不同，楚簡「迷惑」的「迷」常寫作从米聲，如 （郭店《語叢四》13）。「辵」也可以替換為義符「覞（視）」作 （上博《用曰》17）。另外，表「迷亂」義的「覵」「眠」「瞑」也都从目。《說文》「覵，讀若迷」。「覵」从見，是「眠」之異體。《廣雅》「眠，亂也」，王念孫指出「眠，字或作瞑……視不審之貌」。〔註265〕从辵是因其與動作有關，从覞

〔註264〕桂馥、王筠等對於此字的分析詳見丁福保《說文解字詁林》，中華書局，1988 年，第 2472～2474 頁。

〔註265〕〔清〕王念孫：《廣雅疏證》卷三上，江蘇古籍出版社，1984 年，第 79 頁。

（視）是因其與目視有關〔註266〕。

　　楚簡的「遠」字形作 （郭店《魯穆公問子思》7），从辵、袁聲。此字也可不从辵而从貝（視）。如郭店《五行》中「遠」字作 （簡36）和 （簡22），後者就从貝（視）。這種「遠」還見於新蔡簡如 （甲三43）。遠、近皆由目觀測，故「遠」可从貝（視）作。另外，字或作 （郭店《老子》甲9）雜糅了从辵和貝（視）的字形，隸定為「瞏」，文中假借為「渙」。

　　包山簡人名「番 」（簡46），又作 （簡55）。前者从貝，後者从辵。也是貝（視）與辵的互換。

　　以上三例，「遠」除了與行走有關，古書中也常常與「視」連用，如《韓非子》「遠聽而近視」。「遠」从貝（視）可以解釋，但从辵只能解釋為「辵」行走義到動作義的泛化。這種泛化也可以從人名義符替換中得到印證。

　　義符「貝（視）」與「辵」的關係還保留在《說文》裡。《說文》：「遘，遇也」，「覯，遇見也。」《詩經・邶風・柏舟》「遘閔既多」，《經典釋文》「遘，本或作覯。」宋易麟指出二字也是異體。〔註267〕

（二十三）車—辵

　　郭店簡《窮達以時》簡六「齊桓公」的「桓」字作 ，隸定作「逗」；清華簡《良臣》簡6「齊桓公」的「桓」作 ，隸定為「軭」。

　　楚簡中「轉」字可作 （郭店簡《語叢四》簡20），从辵、剸聲。周波指出秦文字「轉」从車〔註268〕，也反映了義符車和辵的關係密切。另外，楚簡中還有兼从止和車的字，如郭店簡《語叢三》「干犯」的「犯」作「堲」。

（二十四）攴／戈／刀—辵

　　「往」字常从辵表示行走，作 （郭店簡《語叢四》簡2）。上博簡《周易》簡33「可（何）咎」，其餘9例「往」均从辵作 ，同篇之內用法無別。

　　「侵」常寫作从戈、从帚的字，如 （上博簡《周易簡》13）、（清華

〔註266〕褚健聰指出「眛」既然指物入目中、視線模糊，那麼應即與「迷」同源。詳見《戰國楚系簡帛用字習慣研究》，科學出版社，2017年，第216頁。

〔註267〕宋易麟：《〈說文解字〉中的重文未疊字》，《異體字研究》，商務印書館，2004年，第272頁。

〔註268〕周波：《戰國時代各系文字間的用字差異現象研究》，復旦大學博士學位論文，2008年，第148頁。

簡《晉文公入於晉》簡6），上博簡《季庚子問於孔子》簡19的「侵」作 ，前者從戈，後者從辵。「侵」是戰爭行為，故其異體或從戈，或從辵。

楚簡中的「敝」作 （清華簡《程寤》簡2），右部從攴。而郭店簡《六德》簡46的「敝」作 ，將攴替換為辵。「敝」有「敗」義，故從攴。

「勤」字可作 （包山簡133）或 （包山簡135），從攴或戈。清華簡《管仲》的「勤」字從辵作 （簡17），從辵、堇聲。

郭店《老子甲》簡23「動而愈出」的「動」作 ，從辵、童聲。也可寫作從攴、童聲的字，如 （郭店簡《性自命出》簡10）。

「傷」的異體字有：（郭店簡《語叢四》簡2），從刀、昜聲；（上博簡《從政》甲簡9），從戈、昜聲；（上博簡《成王既邦》簡12），從辵、昜聲。義符刀、戈、辵通用無別。

楚簡中的「造」異體字很多，可以從辵作 （包山簡137），也可以從戈作 （信陽簡2-4）。

郭店簡《成之聞之》簡37「可近求而可遠措也」的「措」字作 〔註269〕，從昔辵聲。上博簡《三德》簡6的「措」作 ，從攴、昔聲。

楚簡中也有同時可言、攴、辵的字，如「就」作 （望山簡1-30），也可以從攴作 （上博簡《周易》簡47）。

從辵的「御」字甲骨文時期就用來表示「抵禦」義。〔註270〕楚簡中「御」字常作 （郭店簡《緇衣》簡23），有抵禦和治事義。上博簡《周易》簡1「寇利 」，同篇簡4「事」，分別使用這兩個義位。因為抵禦常常需要武器，所以辵可以換為「戈」，如 （清華簡《芮良夫毖》簡1）。

以上「攴／刀／戈」與「辵」互換例，分為三類：一是傾向於行走相關的動詞，如「往」「就」；二是傾向於手部動作的，如「敝」「傷」「措」「御」；三是兼容的，其中又分為兩種，其一為該動作是複合的，如「侵」「勤」「動」，即可以是手部、也可以是行走相關；其二為該動詞有兩個不同義項，如「造」，製作義是手部的，造訪義是行走的。

〔註269〕從劉釗說，詳見《讀郭店楚簡字詞箚記》，簡帛研究網，2003年5月31日。
〔註270〕王子楊：《甲骨文字形類組差異現象研究》，中西書局，2013年，第30～31頁。

（二十五）水—辵

「淫」常从水，清華簡「淫雨」指降雨時間過長，引申為過度、氾濫，如清華簡《保訓》簡4「勿淫」，郭店《緇衣》簡6「懂（謹）亞（惡）以澤民淫」。由於「淫」過度、氾濫常常是行為，故義符可換作「辵」強調其動作，如《競公瘧》簡12的「淫暴」之淫作 ，同時聲符也由「呈」訛變為了「巠」；清華簡《命訓》簡9「淫祭」的「淫」作 ，从辵、呈聲。从辵的「淫」字是為「淫雨」之「淫」的引申義所造的字。

（二十六）犬—辵

「舉禱」之「舉」，楚簡常常寫作从辵或止的字，如：

禱宮、行一白犬。（包山簡210）

禱束大王。（望山簡1-10）

禱北宗一環。（望山簡1-125）

此字又可从犬，如：

禱於宮地主一羖。（包山簡202）

禤健聰指出楚卜筮祭禱簡「舉禱」之「舉」，大多數从止，唯包山簡兩處从犬，且中山王方壺的「舉」也作「獎」。〔註271〕

（二十七）阝土—辵／止

阜和土的偏旁組合在古文字中很常見，如「阼階」的「階」作 （上博《昭王毀室》3）、「隰」作 （上博簡《孔子詩論》簡26）、「陵」字作 （上博簡《容成氏》簡6）〔註272〕、「障」字作 （上博簡《曹沫之陳》簡43）、「阪」字作 （上博簡《曹沫之陳》簡43）、「險」字作 （清華簡《殷高宗問於三壽》簡2）、「崩」字作 （清華簡《子犯子餘》簡13）、「陽」字作 （清華簡《越公其事》簡28）。阜象山形，山上有土，後世漢字仍有很多字形兼有阜、土兩個偏旁。楚簡文字阝土與辵、止互換之例習見。

〔註271〕禤健聰：《戰國楚系簡帛用字習慣研究》，科學出版社，2017年，第183頁。

〔註272〕此字釋為「陵」從程鵬萬、郭永秉說，詳見程鵬萬：《安徽壽縣朱家集出土青銅器銘文集釋》，黑龍江人民出版社，2009年，第296頁；郭永秉：《古文字与古文獻論集續編》，上海古籍出版社，2005年8月，第94頁。

　　郭店簡《緇衣》簡 38 的「格」字作 ，从辵、丰聲；上博簡《緇衣》簡 19 該字作 ，从阜、从土、丰聲。

　　「降」字金文作 （虢叔鐘），从阜、从二「夂」，會意字。楚簡沿襲作 （清華簡《繫年》簡 45），同篇也有增加土旁作 （清華簡《繫年》簡 68）。而楚簡中用為「登」的「陞」字可作 （包山簡 23）。因為「降」「陞」與行走有關，所以也可从「止」形如 （郭店簡《五行》簡 12）、（包山簡 2）。

　　「地」字完整字形作 （上博簡《容成氏》簡 8），从阜、从土、从它。在郭店簡《語叢一》中「地」有兩種寫法，均不从阜：（簡 12）和 （簡 6），可分別隸定為「徣」和「迱」。前者把阜替換為了彳，後者把整個阝土替換為了辵。

　　上博簡《彭祖》簡 6「述惕之心」的「述」作 ，義符為辵。清華簡《管仲》簡 30「余日三述之、夕三述之，為君不勞而為臣勞乎」的「述」字作 ，義符為阜、止。

　　楚簡中用為「隨」「惰」的「隓」字常作 （上博《周易》26），清華簡《祝辭》簡 3 該字作 ，左部的阜替換為了彳，辵之省形。

　　另外，楚簡文字中也不乏雜糅阜、辵之形者，如上博簡《三德》簡 14「隕」字作 、清華簡《成人》24「隨」字作 。從「隕」字可看出，土與止字形相近易混，故阝土與辵／止的替換，不排除由形似而致訛誤的可能性。

　　以上互換例也可分為三類：一是與行走義相關的動詞，如「格」「述」；二是與山相關的動詞，如「隓」；三是複合類動詞，如「降」「地」，與行走有關，同時也與山阜相關。

　　以上均為楚簡異體字中從不同角度義符替換為「辵」之例，例字最多的是「攴／戈／刀—辵」組。說明「攴」「戈」「刀」作為構字偏旁，表示意義範疇已從「手部動作」擴大為「動作」，辵也從「行走動作」擴大為「動作」，故可互換。《說文》中「撫」的古文是「𢺵」，也體現了手部動作和足部動作義符可互換。

（二十八）皿—示

　　金文「盟」字从皿、明聲，戰國楚簡有沿襲金文的字形 （上博簡《子

羔》簡2），也有將「皿」改成「示」如 （包山簡23）。吳國升認為從皿是「著眼於盟的形式」，而從示是「著眼於盟之事類」。[註273]

（二十九）人—示

林澐指出「位」是「立」的分化字，甲骨文就有「立」字，而從人的「位」字出現較晚[註274]。楚簡「位」可作 （清華《祭公》1），從人的「位」作 （郭店《老子丙》10）。陳斯鵬指出包山簡中的 （簡205）和 （簡224），分別隸定為「𥛬」和「位」，二者在楚簡中的用法完全相同：

> 臧敢為 ，既禱至命。（簡224）

> 邵吉為 ，既禱至福。（簡205）

這類「位」具體意義與祭祀有關故可從示。[註275]

（三十）歺—示

新蔡簡中出現從歺和從示的兩種「亡」：

> 歾：夏 特□（甲三86）

> 祦：夏 特牛、食（甲三243）

蕭毅、陳偉認為「歾」是「死亡」的「亡」的專字。[註276]楊華指出這裡的「亡」是亡魂之義，從「歺」表示死亡，從「示」表示受祭。[註277]死亡的犧牲，其作用是祭祀，故「歺」「示」可通。

（三十一）虫—示—疒

表「不祥」義的「祆」字可從示作 （上博簡《周易》簡16），從示、夭聲。義符也可以替換為「虫」，如 （清華簡《三壽》簡14）。

楚簡中的「暴虐」的「虐」字可寫作從示、虐聲的字，如上博簡《從政甲》簡15的「毋暴、毋虐」的虐作「襏」。也可下部從二虫，如清華簡《芮良夫毖》

〔註273〕吳國升：《春秋文字義符替換現象的初步考察》，《古籍研究》，2007卷下，第180頁。

〔註274〕林澐：《王、士同源及相關問題》，《林澐學術文集》，中國大百科全書出版社，1998年，第22～29頁。

〔註275〕陳斯鵬：《楚系簡帛中字形與音義關係研究》，中國社會科學出版社，2011年，第71頁。

〔註276〕蕭毅，陳偉：《楚簡文字研究》，武漢大學出版社，2010年，第60頁。

〔註277〕楊華：《新蔡簡祭禱禮制雜疏（四則）》，《簡帛》第1輯，上海古籍出版社，2006年，第208～209頁。

「自起殘盧」。上博簡《競公瘧》的「虐」作 ，隸定為「瘧」。

上博《鮑叔牙與隰朋之諫》簡8「公蟲亦不為害」的「蟲」陳劍認為是一種疾病〔註278〕，張富海推測可能是《玉篇》中的「瘝」〔註279〕。

在古人的意識中，疾病的產生與災異有關，故可從示。秦漢簡牘中也不乏會蟲、恙蟲、地蟲等作導致致疾病災異之例，〔註280〕故可從虫和疒。

（三十二）禾—示

《說文》「稷」字從禾，楚簡文字作 （上博《孔子詩論》24）。《說文》「稷，五穀之長」，故可從禾。因稷為穀神，故楚簡文字有從示的「禝」，如 （上博《柬大王泊旱》8）。筆者對楚簡中的「禝」和「稷」的具體用法作了統計：

	「后稷」之「稷」	「社稷」之「稷」	「黍稷」之「稷」
禝	2	17	0
稷	3	0	2

從上表可以看出，「禝」更多地用為「社稷」之「稷」（這種現象也見於漢簡，如張家山漢簡《蓋廬》簡4「社稷」的「稷」字也作「禝」），故「禝」可能是為引申義而專造的字。比如在有些篇章，如上博簡《子羔》中，社稷之稷從示作「禝」，而黍稷、后稷的稷才從禾作「稷」，是進行嚴格區分的。該篇簡12、13都有「后稷」，「稷」作 和 ；而簡6「社稷百姓」的「稷」作 。「示」為其從不同角度所替換的義符。

（三十三）肉—示

包山簡141「歸 於蔽郢之歲」，簡205作「歸 於蔽郢之歲」。 從示、乍聲， 從肉、乍聲，都是「胙」一字之異體。「胙」為祭肉，故可從「示」作。傳世文獻中「胙」和「祚」也是異形同詞的關係。

（三十四）戈—死

楚簡中常見的「戮」可作 （郭店簡《尊德義》簡3），從死、翏聲，與中

〔註278〕陳劍：《談談〈上博（5）〉的竹簡分編、拼合和編聯問題》，武漢大學簡帛網，2006年2月19日。

〔註279〕張富海：《上博簡五〈鮑叔牙與隰朋之諫〉補釋》，武漢大學簡帛網，2006年5月10日。

〔註280〕呂亞虎：《戰國秦漢簡帛文獻所見巫術研究》，陝西師範大學博士學位論文，2010年，第152頁。

山王鼎「戮」字結構相同。清華簡《越公其事》簡27「戮」字作，從戈、翏聲。與春秋時期秦政伯喪戈「戮」結構相同。兵戈之交可能會導致死亡，故戈、死此處互通。

（三十五）戈／刀—疒

郭店簡《語叢四》簡2有「往言人」，「傷」字從刀、易聲。而上博簡《從政》（甲）簡9「君子不以流言人」中的「傷」從戈、易聲。清華簡《命訓》簡9的「傷」字從疒，字形作。

「虐」除上文提到的從示外，還有從戈和從疒的字形。從戈如新蔡甲三64「害虐」的「虐」作〔註281〕；從疒如（上博《競公瘧》1）。

楚簡的「暴」字形作（清華簡《四告》簡2）、（清華簡《治政之道》簡36）。上博簡《從政》甲18的「暴」寫作，從戈、肉，暴省聲。該字上博簡《容成氏》簡37作、包山簡102作，均是從疒、暴聲之字。

（三十六）馬—攴

金文「驅」字作（多友鼎），清華簡《繫年》簡57作，承襲了金文。而上博簡《周易》裡的「驅」作（簡10），將「攴」替換為了「馬」。《說文》「驅」字的古文正作「敺」。

（三十七）馬—糸

曾侯乙簡中「馭馬」之「馭」作，從馬、又、午，可隸定作「駸」。信陽簡2-04「馭良馬」的「馭」作，可隸定作「緌」，從糸、又，午聲。御馬之繩需用「糸」，故可互作。

（三十八）口／言—攴／戈

楚簡的「命」「令」都寫作（上博簡《魯邦大旱》簡3），也有的增加攴旁，如包山簡（簡2）。劉信芳認為楚簡凡職官「令」多作「敏」，〔註282〕那麼增加義符「攴」就是起區別的作用。上博簡《陳公治兵》「命」共11見，

〔註281〕何琳儀：《新蔡竹簡選釋》，《新出楚簡文字考》，安徽大學出版社，2007年，第221頁。

〔註282〕陳偉等著《楚地出土戰國簡冊〔十四種〕》第5頁轉引，劉信芳《包山楚簡解詁》，藝文印書館，20013年1月。

其中 10 次都作 ，唯簡 11「命令」之「令」作 ，意義上並沒有區別。上博簡《民之父母》簡 8 雜糅了兩種字形。「命」本身從口，楚簡也可繁增口旁。郭店簡《語叢一》有 5 個「命」，其中 4 個作 ，祇有簡 2 增加「口」作 ，用法上沒有區別，增加義符「口」強調本義。另外，上博簡《有皇將起》簡 6 的「命」字贅增言旁作 〔註283〕。言發於口，義符「口」「言」互通（見上文）。

上文提到楚文字中的「誅」大部分寫作 （郭店《語叢四》8）或 （郭店《五行》35）。也可以將義符戈、攴替換為言，如上博簡《曹沫之陳》中的「誅」作 （簡 27），從言、豆聲，清華簡《子產》「誅」也如此作。中山王壺有「誅殺」的「誅」，字形作 ，也是從戈，聲旁換成了「朱」。安大簡《詩經》的「誅」也如此作。中山玉壺中的「屬」字作 〔註284〕，雜糅了言旁和又旁，與此例言與戈、攴的互換有相似處。由於《說文》「誅」從言，學界多認為本義為「聲討、譴責」，引申為殺、伐義（朱駿聲認為誅殺義是「誅」假借為「殊」）。〔註285〕但從戰國文字來看，從戈才是「誅」字主流，從言極少。周波指出從言的「誅」是秦文字的特點。〔註286〕

郭店簡《成之聞之》簡 29 的 ，隸定為「說」，讀為「悅」，楚簡僅此一見。這種用法廣泛用於秦漢簡。而楚簡更多的是以「敓」為「悅」，如郭店簡《魯穆公問子思》《語叢二》《語叢三》、上博簡《緇衣》《子羔》《孔子詩論》《容成氏》《曹沫之陳》、清華簡《天下之道》《治政之道》等諸篇，「悅」都寫作「敓」。另外，「傅說」之「說」清華簡中均作「敓」。後世文字學家常常把「說」「悅」視為古今字，如段注：「說釋即悅懌，說悅、釋懌皆古今字，許書無悅懌二字也。」董憲臣指出東漢碑刻文字也以「說」表喜悅義，後改從心作「悅」。〔註287〕但從戰國文字來看，喜悅用字以「敓」為主，另有「悅」「說」。大量以「說」為喜悅義發生在秦以後。

〔註283〕曹錦炎：《〈有皇將起〉釋文》，《上海博物館藏戰國楚竹書（八）》，上海古籍出版社，2011 年，第 282～283 頁。

〔註284〕白於藍：《釋中山王嚳壺中的「屬」字》，《古文字研究》第 25 輯，第 290～293 頁。

〔註285〕趙克勤：《古漢語詞彙概要》，浙江教育出版社，1987 年 4 月，第 117 頁。

〔註286〕周波：《戰國時代各系文字間的差異研究》，線裝書局，2012 年，第 67 頁。

〔註287〕董憲臣：《東漢碑刻異體字研究》，九州出版社，2018 年，第 132 頁。

放馬灘秦簡中動詞「作」寫作「詐」（乙260），也是「言」與表手部動作義符關係的體現。

以上互換例，「命」和「悅」更偏向於言語相關，而「詐」「作」更偏向與手部動作相關。對於「詐」過去的文字學家的做法是將之解釋為複合相關，即分為言語之聲討與兵戈之誅殺，然後再將二字按照秦文字的用法排一個先後，明顯是不妥的。如果非要這樣解釋，那「喜悅」義從「攴」要解釋為手部動作的喜悅嗎？「戈／攴—言」仍然可以看作義符「戈／攴」表動作義的泛化，不必字字落實。

（三十九）攴／戈—貝

楚簡「斂」從攴僉聲，字形如 ![字] （郭店《緇衣》26）。也可從貝、僉聲，如上博簡《從政乙》簡2「斂」作 ![字] 。從貝強調其「斂」之對象，從攴強調「斂」之動作。

包山簡中表官職的「令」可作 ![字] （簡85），從攴、命聲；也有的從貝不從攴，如 ![字] （簡91）。

「造」字曾侯乙簡寫作從貝、告聲，字形如 ![字] （簡150）；信陽簡2-4從戈作 ![字] 。

《詩經・大雅・抑》「無言不讎，無德不報」，郭店《語叢四》簡1該句作「非言不 ![字] ，非德亡（無）復」， ![字] 整理者隸定為「賸」，對應今本「讎」。郭店簡《尊德義》26「弗愛也，則 ![字] 也」， ![字] 可隸定為「戴」，裘錫圭指出此字讀為「讎」，仇敵也[註288]。

（四十）人—貝

楚簡中的「賤」字也是從貝、戔聲的，如 ![字] （上博《緇衣》10）。清華簡《芮良夫毖》簡8「民之賤矣」的「賤」作 ![字] （從整理者說），隸定為「俴」，義符由「貝」變為「人」。

（四十一）人—力

上博《性情論》簡31「任」字作 ![字] ，從人、壬聲；郭店《性自命出》簡2該字作 ![字] ，從「人」改為從「力」。

〔註288〕荊門市博物館：《郭店楚墓竹簡》，文物出版社，1998年，第175頁。

　　甲骨文「何」字作 ，象人負荷。西周時期仍保留其負荷貌，如何簋的「何」作 。楚簡字形分離為从人、可聲 （上博《鮑叔牙與隰朋之諫》7），上博簡《周易》「人」旁替換為「力」作 （簡23），可隸定為「䚇」。段玉裁《說文解字注》指出「茄古與荷通用」，「茄」所从聲符「加」可能是這種从力之「何」的訛變。

　　楚簡中的「傑」可寫作从人、桀聲，字形如 （上博《曹沫之陳》65）。包山簡中，「傑」字除了寫作 （簡132）外，也作 （簡141），後者从力、桀聲。義符替換為了力。

　　上博簡《從政甲》簡12的「倦」作 ，从人、关聲。上博簡《孔子見季桓子》簡20的「倦」作 ，从力、关聲。義符也由人替換為了力。

　　另外，在上博簡《曹沫之陳》中「死」字作為偏旁，其「人」也換作了「力」，字形為 （簡9）。

　　《說文》「儋」字，先秦文獻也作「擔」，有學者已指出古代从扌之字與从人之字往往互通。〔註289〕與楚簡義符「人」「力」互通道理同。

　　上博簡《周易》「虎視眈眈」的「虎」寫作 ，楚簡中語氣詞「乎」有時借「虎」字為之，增加區別符號作 （上博簡《民之父母》簡3）。清華簡《湯處於湯丘》《湯在啻門》《命訓》《管仲》諸篇中，讀語氣詞「乎」的「虎」作 （《命訓》簡18）。可明顯看出該字下部由近似人旁，變為了力。

　　清華簡《治邦之道》「信」兩見，簡3作 ，簡10作 。前者是「信」楚簡中的常見寫法，从言、千聲，「千」是在「人」形上增加區別符號。簡10的「信」左部从言，右部訛為「力」之後既不表音也不表義，構形失去理據。此例可以看出，不僅是「人」形，與之相關的「千」也極易訛為「力」。

（四十二）肉—林

　　上博簡《鶹鷅》簡1「梟」作 ，从林、勺聲，「林」是「麻」之省形。另《說文》「梟，麻也」。郭店簡《窮達以時》簡3「梟褐」之「梟」作 ，隸定為「脃」。此處是義符肉與麻的換用。

〔註289〕俞志慧：《〈國語〉韋昭注辨證》，中華書局，2009年12月，第86頁。

（四十三）人—糸

楚簡「疏」可寫作從糸、疋聲，如郭店簡《六德》簡27「疏斬布絰杖」的「疏」寫作 。偶爾寫作從人、疋聲的字，如仰天湖簡「疏羅之帶」的「疏」作 （簡23）。

望山簡中一種席的材質是「繝」，如簡2-49「席十又二，皆紡 」；「繝」字信陽簡作「褟」。而仰天湖簡13有「一 席」， 從人、蜀聲。

楚簡「筵席」的「筵」可作 （望山簡2-48）或 （仰天湖13）[註290]，前者從人、㫃聲，後者從糸、㫃聲。

本條是義符「人」與「糸」的替換，與上條「肉」與「林（麻）」的替換相近，可以視作一類。人和肉都是與人體相關，糸和麻都是製衣材質。岳曉峰在研究古文字「但」「袒」關係時指出：「二者（但、袒）也有可能是異體字，從人或從衣，僅是義旁互換而已」。[註291]過去都處理為通假，但「肉—林（麻）」「人—糸」「人—衣」義符替換並不是孤例，故看作戰國楚簡中特殊的異體為妥。

（四十四）糸—力—石

禤健聰指出楚簡中的｛堅｝記作「緊」「弩」「砮」，[註292]字形依次作 （上博簡《曹沫之陳》簡39）、 （包山簡172）、 （郭店簡《緇衣》簡41）。造字從糸強調糸繩之堅，從力強調力之堅，從石強調石之堅，但使用時無別。

（四十五）木—人

量詞「擔」在九店簡中大量出現，字形作 （56-1），從木、詹聲，可隸定為「檐」；而在包山簡中該字作 （簡147），從人、詹聲，義符變為了「人」。

望山簡2-45「一房几」的「几」作 ，從木、几聲。簡2-47「一靈光之

〔註290〕李家浩：《信陽楚簡「澮」字及從「关」之字》，《著名中年語言學家自選集‧李家浩卷》，安徽教育出版社，2002年，第206～210頁。

〔註291〕岳曉峰：《「但」「袒」探析》，《漢語史學報》第十五輯，第272～275頁。

〔註292〕禤健聰：《戰國楚系簡帛用字習慣研究》，科學出版社，2017年，第161頁。

几」的「几」作，从人、几聲。木為几之材質，而几為人所憑依，故可从人。

以上「肉─麻」「人─糸」「力─糸」「人─木」都是器、物與人體義符的互換。這種現象不見於後世文字。

（四十六）竹─支

望山簡 1-3「小」， 字从竹、周聲，隸定為箇，讀為「籌」；簡 9「小籌」之「籌」又作，从支周聲。「竹」是其材質，「支」強調算籌之動作。

傳抄古文「策」字形或作「敕」〔註 293〕，也是義符竹和支的互換。

（四十七）竹─卜

楚簡卜筮的「筮」字形作（郭店《緇衣》46），从竹、巫，口為裝飾偏旁。「竹」為卜筮工具的材質；上部也可从「卜」，表其門類，如（郭店《緇衣》46），隸定為「啙」。楚簡「筮」字可从卜，體現「卜」與「筮」意義之關聯。傳世文獻中還有「卜」和「筮」的異文。如《左傳》「陳侯使筮之」，《史記》作「陳厲公使卜完」；《左傳》「畢萬筮仕於晉」，《史記》作「厲萬卜仕於晉國」。〔註 294〕

（四十八）木─角

望山簡 2-62 有「二冠」，包山簡 259 有「一冠」。从角圭聲，隸定為「觟」。从木、圭聲，隸定為「桂」。《淮南子》有「楚文王服觟冠」。楚簡文字義符角可變為木。

（四十九）首─角

包山簡有一人名「陳」（簡 22），該人名又作「陳」（簡 24）。角長於動物頭上，故首、角可互換。

（五十）竹─車

曾侯乙簡 54「齒桶」的「桶」作，可隸定作「䈞」；簡 18「齒桶」的「桶」作，从車、甬聲。

〔註 293〕李春桃：《古文異體關係整理與研究》，中華書局，2016 年 10 月，第 198 頁。
〔註 294〕鄗同麟：《宋前文獻引〈春秋〉研究》，中國社會科學院出版社，2015 年，第 224 頁。

（五十一）攴—車

楚簡中的「獵」常見的寫法是从車、鼠聲，如 （包山簡 150）。也有的寫作从攴如 （郭店《語叢三》12）。「車」強調狩獵之乘具，「攴」強調狩獵之動作。

（五十二）車—几

「乘」楚文字或从几或从車，字形作 （上博《柬大王》2）和 （上博簡《容成氏》簡 51）。可作動詞，義為乘坐；可作名詞，一車四馬的總稱。上博簡《邦人不稱》簡 5「乃乘駟車五乘」，前「乘」是動詞，作 ；後「乘」是名詞，作 ，从車。在清華簡《禱辭》中也有相同的現象，簡 15、18 用作動詞的「乘」字形作 ，从几；同篇簡 21、22 用作定語的「乘」字形作 ，从車。可見該篇書手從字形上對兩個詞進行區別。但楚簡大部分書手仍然不區分此二種「乘」。郭店簡《語叢二》簡 26「乘生于怒，甚生于乘」，前一個「乘」字作「乘」，後一個「乘」字作「乘」，這裡明顯是記錄同一個詞。曾侯乙簡 44 例「乘」，無論是動詞還是名詞都寫作「乘」，新蔡簡 9 例動詞、名詞的「乘」都寫作「乘」。楚簡中也有寫作同時从几和車的，如 （清華簡《太伯乙》簡 4）。義符「車」和「几」的替換還見於燕系文字。〔註295〕

（五十三）羽—炊—攴

望山簡 2-13「冢 之首」，曾侯乙簡 9 有「白 之首」，包山簡 269「冒 之首」，包山 1 號牘「冢 頁（首）」，四個字形分別隸定作「毛」「攷」「毳」「翟」，都可讀為「旄」。〔註296〕毛表材質，从攴強調動作（與上文「繪」字作「敏」道理相同），从羽強調材質，从炊即強調其為繞飾，故可互作；而从攴，是與「糸—攴」「竹—攴」互換道理相同。

（五十四）冃—雨

楚簡「蒙」字可寫作从冃、豕聲，如望山簡 2-6 的「貍貘之 」、簡 23「魚皮之 」。而曾侯乙簡 3 有「豻首之 」，「冢」和「霥」是一字之異體。義符

〔註295〕徐寶貴：《同系文字中的文字異形現象》，《出土文獻與古文字研究》（第 5 輯），上海古籍出版社，2013 年，第 416 頁。

〔註296〕劉國勝：《楚喪葬簡牘集釋》，武漢大學博士學位論文，2003 年。

「曰」變為了「雨」。

　　楚簡中還有「黿」字，字形為 （新蔡甲三 172）。在新蔡簡中「小黿籠」是貞人所用的卜具，又作「小杉籠」。〔註297〕曾侯乙簡中有 （簡 97），隸定為「黿」。也是「曰」和「雨」的互換。

（五十五）宀—雨

　　上博簡《子羔》簡 1「小大肥 」， 從宀、黿聲。郭店簡《老子甲》簡 25「其脆也，易判也」的「脆」字作 ，從雨、黿聲。

　　以義符「雨」替換「宀」還見於字形的歷時演變，如金文中的「寡」字作 （毛公鼎），從宀、從頁。戰國楚簡常常省作 （郭店《魯穆公問子思》4）構形，為頁字增四點飾筆。郭店《語叢三》簡 31 的「寡」字作 ，「霣」字霣從雨、從頁。〔註298〕周波認為從雨的「寡」是齊系文字特點。〔註299〕

（五十六）水—邑

　　包山楚簡中地名「汇昜（陽）」中的「汇」從水、正聲，字形如 （簡124）、（簡 164）、（簡 172）。簡 125 作「昜」，義旁水變為邑。前者從水，是以水名為地名〔註300〕；後者從邑，強調其為城邑。是同一地以不同方式命名。義符「水」與「邑」的替換已見於金文〔註301〕。《說文》中的「鄯」「邗」「鱉」從邑的三字也兼用為水名，且有不少從邑之字亦可替換為從水。〔註302〕

（五十七）艸—邑

　　包山楚簡中地名「夷昜」，簡 109 作「昜」，簡 118 作「昜」。前

〔註297〕宋華強：《新蔡葛陵簡初探》，武漢大學出版社，2010 年，第 152 頁。
〔註298〕從雨的「寡」字，趙立偉、周波認為是字形從宀到雨的訛變，何琳儀、蘇建洲認為「雨」是聲化偏旁。諸家說詳見蘇建洲：《金文考釋二篇》，《中國文字研究》第 13 輯，大象出版社，2010 年，第 45～54 頁。
〔註299〕周波：《戰國時代各系文字間的用字差異現象研究》，復旦大學博士學位論文，2008 年，第 88 頁。
〔註300〕吳良寶從顏世鉉說把此字讀為「沮」，見《戰國楚簡地名輯證》，武漢大學出版社 2010 年，第 227 頁。
〔註301〕田煒：《西周金文字詞關係研究》，上海古籍出版社，2016 年，第 117～118 頁。
〔註302〕余風：《〈說文〉邑部專名構形用例探論》，《第二十八屆中國文字學國際學術研討會論文集》，台灣大學，2017 年，第 81～98 頁。

者從艸、棗聲，後者從邑、棗聲。

楚簡中的「郊」常常寫作從艸、高聲的字，如 （包山簡 211）。也可以寫作從邑、高聲的字，如 （清華簡《金縢》簡 13）。高誘注《呂氏春秋·制樂》：「邑外為郊。」

上文提到楚簡文字中義符「水」和「艸」可以互換。地名除了從水，也可從艸。如戰國地名「蒿陵」「蕽陵」「芸昜」等。再如《淮南子》中提到的地名「桃棓」之「棓」，本或作「部」〔註303〕，義符「木」變為「邑」。

（五十八）宀—艸—貝

楚簡中「藏」字異體很多，最常見的是從宀、臧聲作 （上博簡《孔子詩論》簡9）或從宀、從貝、爿聲如 （清華簡《程寤》簡9），隸定為「寑」。義符也可作艸，如上博簡《周易》中的 （簡40），與《說文》小篆字形同。宀義為藏於屋下，艸義為藏於草中，都屬於藏的位置。也有的「藏」字結構為從貝、臧聲，如上博《孔子詩論》簡 21「木瓜有藏願而不得達也」的「藏」作 ，貝強調的是藏的對象，禤健聰指出「藏」所從義符貝和宀均與收藏、隱匿義有關〔註304〕。

（五十九）艸—食

郭店簡《窮達以時》簡 13「噢（嗅）而不芳」的「芳」字作 ，從艸、方聲。上博簡《蘭賦》簡 4「蘭之不芳」的「芳」作 ，此「芳」是花草芳香。九店簡 44「芳糧」的「芳」也作此形，此「芳」是糧食芳香。故義符「艸」可換為「食」，如清華簡《湯處於湯丘》簡 1「芳旨」的「芳」作 ，曹方向認為可看成食物氣味芳香之「芳」的專造字〔註305〕。

不同角度替換的義符由於彼此之間的聯繫要通過所構字得以確認，所以常常被歸為「通假」。

是否「同一角度」，其替換動機應該是不同的。根據上面所舉，義符替換並沒有簡化書寫的作用。不同角度替換義符，應該是服務於表意準確性的。在不

〔註303〕李秀華：《〈淮南子〉許高二注研究》，學苑出版社，2011 年，第 127 頁。

〔註304〕禤健聰：《戰國楚系簡帛用字習慣研究》，科學出版社。2017 年，第 12 頁。

〔註305〕曹方向：《清華簡〈湯處於湯丘〉「絕芳旨而滑」試解》，《古文字研究》第 30 輯，中華書局，2016 年，第 389 頁。

同的語境中激活不同的詞義，利用字形變化進行區別。而同一角度替換義符，只能體現書寫者對詞義的理解。義符替換在異體字生成中有壓倒性優勢。

三、同化替換

有一些異體字的義符雖然確實改變了，但並不是從相同或不同角度替換的義符，而是因同化而選擇了形體相近的字，有時使該字構形失去理據。故也可理解為訛變。

（一）貝—員

「賤」字从貝戔聲，可作 （上博簡《緇衣》簡 10）。清華簡《良臣》簡 7 的「賤」字作 形，義符貝替換為了員。

也有「具」字上部由「鼎」訛為「貝」再省為「目」形，如 （上博《緇衣》9），上博簡《凡物流形》的「具」作 （甲 23）、（乙 15），構形本从鼎，後者改為从鼎（員）。

楚簡中的「實」作 （郭店簡《忠信之道》簡 8），从宀从兩貝。清華簡《子產》「虛實」之「實」作 ，从宀、从員。

這種替換沒有意義上的原因，是由於員和貝字形相近而形成這種變化。

（二）糸—木

楚簡中的「繇」字一般寫作下形：

（郭店簡《尊德義》簡 3） （上博簡《季庚子問於孔子》簡 13） （清華簡《鄭武夫人規孺子》簡 3） （清華簡《厚父》簡 2） （清華簡《殷高宗問於三壽》簡 19） （清華簡《芮良夫毖》簡 3） （清華簡《繫年》簡 80）

構形「肉」旁與「糸」旁相連，字形有較早來源〔註306〕。「繇」字也有作「歈」者，如 （郭店簡《尊德義》簡 9）。構形與「肉」相連从木，即義符糸／幺替換為木〔註307〕。楚簡中木和幺／糸也有類似的組合，如李家浩釋

〔註306〕 詳見曾憲通《說繇》，《古文字與出土文獻叢考》，中山大學出版社，2005 年，第 23～31 頁。

〔註307〕 裘錫圭指出「右旁訛似从木」，見武漢大學簡帛研究中心，荊門市博物館：《楚地出土戰國簡冊合集：郭店楚墓竹簡竹書》，文物出版社，2011 年，第 92 頁。

的「縣」字〔註308〕：（包山簡227）、（曾侯乙簡2）。上博簡《天子建州》亦有其例，作（上博簡《天子建州》甲6）、（上博簡《天子建州》乙6）。所以「緜」作「獻」形可能是這種組合的同化。

（三）牛—牧

新蔡甲三簡136「大牢」，字形作。「牢」即楚簡常見的从宀、从牛的寫法，沿襲自甲骨文、金文，姚孝遂分析甲骨文中的「牢」，指出是圈養的特殊的享牛，故从宀。〔註309〕而乙簡128作「大」，在原「牢」的基礎上增加義符攴，下部變為「牧」，攴為手持鞭形。〔註310〕此字理解為圈中牧牛不合常理。可能是古文字「宀」結構類型其他字的類化，如、。

王力指出在沒有形旁的字加上一個形旁就是類化造字法，〔註311〕黃文傑分析了戰國文字中的類化現象，指出「類化主要是偏旁的變換或增加」。〔註312〕劉釗把文字「趨同性」的規律成為「類化」。〔註313〕這些與此處的「類化」概念不同，以上所舉因類化而替換義符例，是改變義符的一種。但其原因並非有意義關聯，而是因改義符與另一字形近。這種因形近導致的義符替換即我們說的「同化替換」。

義符的功能是表意，但是類化正好是破壞表意，所以例子並不多。

王平《說文》重改變義符最常見的是表示與人相關的義符，然後依次是表示日用器具功能及製作材料的義符替換、表示動物的義符替換、表示自然物形體的義符替換、表示服飾及製作材料的義符替換、表示居住和宮室的義符替換。〔註314〕通過上文分析，楚簡文字中的義符「人」作為人體這個意義時，可與義符「肉」「骨」互換，也可與「女」「子」互換。義符「人」作為行為的主體，可與表動作的義符「見」「心」「走」「力」「死」互換。義符「人」作為物

〔註308〕 李家浩：《先秦文字中的「縣」》，《著名中年語言學家自選集·李家浩卷》，安徽教育出版社，2002年，第15～34頁。

〔註309〕 姚孝遂：《牢窂考辨》，《姚孝遂古文字論集》，中華書局，2010年，第215～223頁。

〔註310〕 于省吾：《甲骨文字釋林·釋牧》，中華書局，1979年，第260～262頁。

〔註311〕 王力：《漢語史稿》，中華書局，2013年，第43頁。

〔註312〕 黃文傑：《戰國文字中的類化現象》，《古文字研究》第26輯，中華書局，2006年，第450～455頁。

〔註313〕 劉釗：《古文字構形學》，福建人民出版社，2006年，第95～108頁。

〔註314〕 王平：《〈說文〉重文或體形聲字形符更換研究》，《古籍研究》2006卷下，安徽大學出版社，2006年。

品的使用者，可與表物品材質的義符「糸」「木」「貝」互換。義符「人」與物類的關係鮮見於後世文字。

　　通過以上楚簡文字通過改變義符形成的異體字例，我們還可以看出，楚文字的義符的表意範疇擴大。比如「又」「攴」「戈」「刀」作為義符除了表示手部動作之外，也可表示一般的行為動作；「止」「辵」作為義符除了表示足部動作之外，也可表示一般的行為動作。作為義符的「心」表示的概念意義已不光是心理動作，也可是一般的行為動作。「糸」可以與表示動作的「攴」「心」義符互換，「竹」也可以與表示動作的「攴」互換。王平指出「形符更換的範圍越廣，所概括的意義範疇越大；意義範疇越大，形符的分類區別性也就越低」，〔註315〕楚簡文字義符表意範疇擴大也造成其區別性降低。

　　異體字中的增加義符和改變義符兩種類型，也體現了造字中的類化。比如「春」「夏」二字原本從日，「秋」和「冬」在戰國楚簡中都增加了「日」，四季分別作萅、顕、秌、昗。

第四節　改變聲符

　　楊樹達把這種現象稱為「音近聲旁任作」〔註316〕。裘錫圭論述「聲旁的代換」提到歷時代換的聲旁「多數不同音」，有時候改換聲旁是為了儉省筆畫。〔註317〕劉釗認為聲符改換的原因可能是聲音變化或「受相同或相近的讀音的影響而發生類化，於是影響了字形上的改變」〔註318〕。黃文傑通過統計得出音近或音同是形聲字聲符換用的必要條件之一。〔註319〕

（一）匹—必
　　楚簡的「匹」或承襲金文寫法作 （清華簡《封許之命》簡6），或增加聲符「匕」作 （郭店簡《老子甲》簡10），也有的增加「馬」如 （曾侯乙墓簡129），或將「匕」聲替換為「必」作 （郭店簡《緇衣》簡42）。〔註320〕

〔註315〕王平：《〈說文〉重文或體形聲字形符更換研究》，《古籍研究》2006卷下，安徽大學出版社，2006年，第70頁。
〔註316〕楊樹達：《積微居金文說》（增訂本），科學出版社，1959年，第9～10頁。
〔註317〕裘錫圭：《文字學概要》（修訂本），商務印書館，2013年，第169頁。
〔註318〕劉釗：《古文字構形學》，福建人民出版社，2006年，第87頁。
〔註319〕黃文傑：《戰國時期形聲字聲符換用現象》，中山大學出版社，2002年，第247頁。
〔註320〕袁國華：《郭店楚墓竹簡從「匕」諸字及相關詞語考釋》，台灣中央研究院歷史研究

匹是滂母質部字，匕是幫母脂部，必是幫母質部字。聲符的聲鈕都是不送氣，所構字送氣；韻部「必」與所構字更相近。

（二）飤—訇

新蔡簡乙四 53「禱祠」，九店簡 56-41 作「禱祂」。聲符變「訇」為「飤」，楚簡中「訇」常讀為司、治等詞。司是心母之部字，治是以母之部字，飤是以母之部字，韻同聲可通。

（三）午—五

「馭」字異體較多，其中有 ▨（曾侯乙簡 67），可隸定作「馭」。曾侯乙墓簡中或把聲符「午」替換為「五」，如 ▨（簡 26）。午是疑母魚部字，五也是疑母魚部字，聲韻相同。李守奎指出楚文字「語」也可以替換作「午」聲。[註 321]

（四）遊—魯

包山簡「魯陽公」之「魯」簡 1 作 ▨，簡 4 作 ▨，後者從旅、從辵，是「旅」字異體。禤健聰指出曾侯乙簡中的「魯陽公」之「魯」也有以上兩種寫法[註 322]。清華簡《繫年》「魯陽公」的「魯」寫作 ▨（簡 129）。也寫作「旅」。旅和魯都是來母魚部字，此二字是常見的通假關係，如《左傳·隱公元年》「仲子生而有文在其手，曰『為魯夫人』」，孔穎達疏指出石經古文「魯」作「旅」。

（五）無—亡

楚簡中地名「鄦」字作 ▨（新蔡簡 187），從邑、無聲，同《說文》，「曰」為裝飾偏旁。其中「無」可替換為「亡」如 ▨（包山簡 129）。

「舞」字清華簡《周公之琴舞》作 ▨（簡 1），從止、無聲，這個從止的「舞」可追溯至春秋晚期的僕兒鐘，字形作 ▨，從辵、無聲。而郭店簡《性自命出》簡 34「舞」作 ▨，從辵、亡聲。「遮」和「迕」，聲符由「無」替換為了

所集刊，2003 年第 1 期。

〔註 321〕 李守奎：《讀〈上海博物館藏戰國楚竹書（二）雜識〉》，《上博館藏戰國楚竹書研究續編》，上海書店出版社，2004 年，第 478 頁。

〔註 322〕 禤健聰：《戰國楚系簡帛用字習慣研究》，科學出版社，2017 年，第 207～208 頁。

「亡」。上博簡《弟子問》簡13：「君子亡所不足，無所又（有）余。」上博簡《周易》簡21：「亡忘（妄）又（有）疾，無藥又（有）菜。」是無、亡同句之中同用的明證。

另外，吳振武指出古璽中「有無」之「無」或作「𣞤」〔註323〕。無是明母魚部字，亡是明母陽部字，聲同韻近。

（六）業—付

「僕」，早期字形作 （仲僕盤），後來象形部分簡化，作 （靜簋）。楚簡作 （上博簡《周易》簡53）、（安大簡《詩經》簡8），或省「人」作 （郭店簡《老子甲》簡2），从臣、業聲。也有異體作 （包山簡164）、（清華簡《廼命一》簡11）、（清華《治邦之道》簡26），改為从臣、付聲〔註324〕。僕是滂母侯部字，付是幫母侯部字，聲近韻同。「付」在楚簡中是個常用的聲符，如 （上博《周易》簡52）、（包山簡34）。上博簡《命》中能看到兩種「僕」字的同用：

《命》簡6	《命》簡8

（七）示—氏—旨

楚簡中的「視」字作 （郭店簡《老子甲》2）。上博簡《魯邦大旱》簡2的「視」作 ，从見（視）、示聲；上博簡《緇衣》簡1的「視」作 ，从目、氏聲；簡21作 ，从見（視）、旨聲。示、氏、旨都是加注聲符。示是群母支部字，氏見母耕部字，旨是見母脂部字，聲近韻通。《說文》「視」字古文作「眂」。

〔註323〕吳振武：《古文字中的「注音形聲字」》，《古文字與商周文明》，台北：中央研究院歷史語言研究所，2002年，第233頁。

〔註324〕裘大泉：《釋包山楚簡中的㝐字》，《簡帛研究》第三輯，廣西教育出版社，1998年，第30～34頁。

（八）朝—苗

楚簡中的「廟」可作 （郭店《語叢一》簡 88），字形沿襲自金文。按古文字「朝」字有兩種寫法，一種作 （盂鼎）形，楚簡字形作 （郭店簡《窮達以時》簡 5）；另一種右部從水如陳侯因脊敦作 。故 形下部為「朝」，構形分析為從宀、朝聲。但楚簡更常見的「廟」寫法作 （上博簡《周易》簡 42），從宀、苗聲。聲符由「苗」變為了「朝」。朝是端母宵部字，苗是明母宵部字，韻同。

（九）四—死—伊

上博簡《容成氏》「伊尹」的「伊」作 （簡 37），「伊、洛」的「伊」作 （簡 26），前者可隸定作「泗」，後者可隸定作「㳦」。清華簡《鄭文公問太伯甲》簡 7 該字作 ，從「伊」得聲。四是心母質部字，死是心母脂部字，伊是影母脂部字。

（十）尹—今

清華簡《五紀》有聲符「尹」替換「今」的偏好。如「禽」楚簡常作 （上博簡《周易》簡 8），從今得聲；《五紀》簡 33「禽」作 ，從尹得聲。楚簡「飲」作 （上博簡《容成氏》簡 3），《五紀》簡 35 作 ，從尹得聲。再如楚簡常見的「陰」字形作 （郭店簡《太一生水》簡 5），從今得聲；《五紀》簡 43 的「陰」寫作 ，從尹得聲。今是見母侵部字。

（十一）介—臼

上博簡《鮑叔牙與隰朋之諫》簡 3 讀為「潔」的字作 ，陳劍認為從見、心，介聲[註325]。但傳抄古文中的「㓗」字或作「親」，李春桃指出「絜」與「親」聲近韻同。[註326]所以「見」也應為 之聲符，此字宜分析為從心，見、介雙聲。清華簡《芮良夫毖》簡 18 的「潔」字作 [註327]，偏旁換了位置，但仍可看出是從心、見、臼雙聲的字。介是見母月部字，臼是群母幽部字，聲

〔註325〕從陳劍說，見《談談〈上博（五）〉的竹簡分編、拼合與編聯問題》，《戰國竹書論集》，上海古籍出版社，2013 年，第 171 頁。

〔註326〕李春桃：《古文異體關係整理與研究》，中華書局，2016 年 10 月，第 328 頁。

〔註327〕從鄔可晶說，見《讀清華簡〈芮良夫毖〉箚記三則》，《古文字研究》第 30 輯，中華書局，2014 年，第 408～414 頁。

紐皆為見系，月部、幽部雖不近，但在楚文字中不乏有相通例。〔註328〕

（十二）召—勺

上博簡《成王既邦》簡2「王在鎬，召周公曰」中的「召」作，从言、召聲。上博《昭王毀室》簡2的「召」作，从言、勺聲。聲符由「召」變為了「勺」。召是定母宵部字，勺是定母藥部字，聲同韻近。

（十三）少—勺

清華簡《繫年》中的「趙」字作（簡97）和（簡64、96）。二字皆从邑，前者从少聲，後者从勺聲。周波指出馬王堆帛書多用「勺」為「趙」。〔註329〕唐鈺明認為馬王堆帛書大量將「趙」寫作「勺」的原因是追求高雅脫俗的文化心理。〔註330〕另外，清華簡《趙簡子》的「趙」作，隸定為「盄」，也是从勺得聲的。少是明母宵部字，勺是定母藥部字，聲韻皆近。

（十四）我—戈

楚簡「餓」字（上博簡《子道餓》簡1），从食、我聲。上博簡《成王既邦》的「餓」字作（簡4），从食、戈聲。我是疑母歌部字，戈是見母歌部字，聲近韻同。

（十五）犬—川

楚簡「畎畝」之「畎」有兩種寫法，上博《慎子曰恭儉》簡5作，从田、犬聲；上博《子羔》簡8作，从田、川聲。犬是溪母元部字，川是溪母元部字，聲韻俱同。

（十六）气—既

「氣」字楚簡可作（上博《性情論》1），从火、气聲。或作（上博《亙先》2），从火、既聲。此字楚簡中大部分寫作「既」聲。气是溪母物部字，既是見母物部字。聲近韻同。

〔註328〕劉波：《出土楚文獻語音通轉現象整理與研究》，吉林大學博士研究生論文，2013年，第73～75頁。

〔註329〕周波《戰國時代各系文字間的用字差異現象研究》，復旦大學博士學位論文，2008年。

〔註330〕唐鈺明：《重論「麻夷非是」》，《著名中年語言學家自選集・唐鈺明卷》，安徽教育出版社，2002年，第102頁。

（十七）云—員

曾侯乙簡「圓」字作（簡 45），从匚、云聲。清華簡《筮法》字作（簡 58），从匚、員聲。另外，楚簡中「云曰」之「云」均寫作「員」。云是云母文部字，員是云母元部字。聲同韻近。

（十八）膚—夫

「皮膚」的「膚」楚簡可作（上博《魯邦大旱》4），「膚」是楚文字「莒（）國」的「莒」之聲符。《說文》「臚，皮也」，「膚」即「盧」省。也可作（上博《周易》33），隸定為「肤」，从肉、夫聲。曹錦炎師曾指出鳥蟲書戈的銘文「玄夫」也作「玄膚」，「夫」讀為「鏞」。〔註 331〕「盧」是來母魚部字，夫是幫母魚部字。韻同聲可通。

（十九）呈—夃

楚簡中的「浧」用為「盈」，字形作（郭店《老子甲》31），从水、呈聲。偶作（上博《周易》9），从水、夃聲。兩種「盈」字均有从皿之形，如（清華《孺子》3）和（清華《子儀》13）。趙平安結合甲骨文、金文指出「夃」是「股」的初文。〔註 332〕呈是以母耕部字，夃是見母魚部字，二字聲音為何相通，何琳儀、程燕、陳劍、宋華強、何景成等都有論述，但尚無定論。〔註 333〕另外，《左傳》人名「樂盈」，《史記》作「樂逞」〔註 334〕；「縕」《說文》或體作「緷」，都反映了「呈」「盈」之關係。

（二十）古—夃

清華簡《鄭文公問太伯甲》簡 5「股肱」之「股」作，乙本「股」字作，聲符由「古」替換為了「夃」。是同篇文獻、同一書寫者的同用。

包山簡的祭祀犧牲「羖」，从羊、古聲，字形如（簡 214）。該字在望山簡和新蔡簡中作（望山 1-55）、（新蔡甲二 29）。聲符也是由「古」變

〔註 331〕曹錦炎：《鳥蟲書通考》，上海辭書出版社，2014 年，第 24～33 頁。

〔註 332〕趙平安：《關於「夃」的形義來源》，《新出簡帛與古文字古文獻研究》，商務印書館，2009 年，第 101～103 頁。

〔註 333〕諸家說法詳見楊蒙生《釋「夃」（股）小史》，《出土文獻》第四輯，中西書局，2013 年，第 172～176 頁。

〔註 334〕郜同麟：《宋前文獻引〈春秋〉研究》，中國社會科學出版社，2015 年，第 168 頁。

為「及」。〔註335〕古是見母魚部字，及是見母魚部字。聲韻皆同。

（二十一）尃─白

楚簡中「薄」常常寫作「泊」，字形作 （上博《容成氏》35）。清華簡《越公其事》簡49與「重」相對的詞為「溥」，字形作 ，整理者釋為「薄」。尃是滂母魚部字，白是並母鐸部字，聲韻皆近，且都是楚簡文字常見聲符。

（二十二）方─丙

楚簡中的「病」字作 （清華簡《湯在啻門》簡15）、（清華簡《治政之道》簡40），從疒、方聲。也可增加義符「心」作 （上博簡《三德》簡13）。而楚簡中的「病」字也作 （清華簡《說命》簡7），從心、丙聲。方是幫母陽部字，丙也是幫母陽部字。二者中「方」構字頻率較高，楚簡中可作為芳、仿、訪、枋等字的聲符。

（二十三）兄─生

上文提到楚簡中的「兄」可增加義符「人」作 （上博簡《內禮》簡4），清華簡《芮良夫毖》簡8的「兄」作 。「生」和「兄」音近，也可組合為雙聲字 ，亦為「兄」之異體。

（二十四）兌─坨

清華簡《繫年》中的「奪」兼有兩種寫法，簡42、76、86作 ，簡116作 。前者從攴、兌聲，後者從攴、坨聲，「坨」是楚簡中的「地」字。兌是以母月部字，地是以母歌部字，聲同韻近。

「它」作為聲符的字可有「施」和「奪」兩種讀法。「攺」「紽」「貤」「埅」可以讀為「施」，「攺」「貤」「埅」「致」可以讀為「奪」。而「施」與「奪」恰好是意義相對的，即訓詁學所謂「施受同辭」。以上可知「攺」「貤」「埅」三種字形兼有「施」「奪」相對功能同用，用現代語言觀來看極易造成誤解。

而以「兌」作為聲符的字，除了讀為「奪」，還能讀與「悅」「說」這些字同用，詞義相差甚遠，可以通過語境辨別。所以楚簡更多的「奪」是以「兌」為

〔註335〕侯乃峰：《說楚簡「及」字》，武漢大學簡帛網，2006年11月9日；趙平安：《關於「及」的形義來源》，《新出簡帛與古文字古文獻研究》，商務印書館，2009年，第101～103頁。

聲符的，如郭店和上博簡《緇衣》、《曹沫之陳》《三德》《莊王既成》《周易》、包山簡、清華簡《治邦之道》等諸多篇目都是將「敓」讀為「奪」。

（二十五）为—化

楚簡中的「貨」寫作从貝、化聲，字形常見，作 ![字形] （上博簡《曹沫之陳》簡 17）、![字形] （上博簡《用曰》簡 13）、![字形] （清華簡《廼命二》簡 15）。清華簡《治政之道》簡 16「貨資」的「貨」作 ![字形]，从貝、为聲。为是以母歌部字，化是曉母歌部字，聲近韻同。

（二十六）予—巫

包山簡中的「舒」字作 ![字形] （簡 131）和 ![字形] （簡 132），前者从余、予得聲，這是楚簡最常見的「舒」寫法；後者从余、巫得聲。兩種字形均為雙聲字。予是以母魚部字，巫是明母魚部字。清華簡《繫年》簡 128 的「舒」字形為 ![字形]，从余、予、巫得聲，是少見的三聲字構形。「余」和「予」都是楚簡文字常見聲符，「巫」作為聲符用得較少。

（二十七）㠯（以）—圻

郭店《性自命出》簡 45「不又（有）夫互（恆）怡之志則縵」，「怡」字作 ![字形]，从心、㠯聲；上博簡《性情論》該字作 ![字形] （簡 37），隸定作「㥂」。「圻」是「近」字省形。㠯是以母之部字，近是群母文部字。[註336]

（二十八）矛—卯

「草茅」一詞楚簡習見，「茅」字常作 ![字形] （郭店《唐虞之道》16），从艸、矛聲，是楚簡中最為常見的「茅」。郭店簡《六德》簡 12「草茅」的「茅」字作 ![字形]。陳偉通過對字形的分析指出 ![字形] 字上部為卯，下部為屮而非山，故此字隸定為「茆」。[註337]後馮勝君、李零、劉釗多位學者改從陳偉之說。[註338]所以此處是聲符矛和卯之相互替換。矛是明母幽部字，卯也是明母幽部字，聲韻皆同。楚簡文字中「矛」作為聲符構字頻率比「卯」更高。

[註336] 「怡」「欣」「忻」的同源關係見郭永秉：《上博簡〈容成氏〉所記桀紂故事考釋兩篇》，《簡帛》第 5 輯，上海古籍出版社，2010 年，第 237 頁。

[註337] 陳偉：《郭店楚簡別釋》，武漢大學簡帛網，2005 年 11 月 2 日。

[註338] 諸家說法詳參劉傳賓：《郭店竹簡研究綜論——文本研究篇》，吉林大學博士學位論文，2010 年，第 138 頁。

（二十九）关—孫

郭店簡《緇衣》簡 26 的「愻」字作 ，從心、孫聲。上博簡《緇衣》簡 13 該字作 ，聲符由「孫」替換為了「关（关）」。「关（关）」與現代漢字「關」簡化之形體「关」無涉。沈培總結「关」得聲的字分為三組：一是侵部，如「朕」；二是蒸部，如勝、騰等；三是東部，如送等。〔註339〕程鵬萬指出戰國文字資料中，「关」常常讀作文部字。〔註340〕此處與「关」替換的「孫」是心母文部字。

（三十）串—絲

《詩經》篇名「關雎」的「關」，上博簡《孔子詩論》簡 10 作「闈」，從門、串聲；而安大簡《詩經》作「闥」，從門、絲聲。聲符一個是「串」，一個是「絲」。「串」是見母元部字，「絲」是來母元部字，聲近韻同。楚簡文字中「串」「絲」都常作為聲符參與構字。

（三十一）艸—兆

楚文字「笑」作 （郭店《老子》乙 9），從艸、從犬。而上博簡《競建內之》簡 8「外之為諸侯笑」的「笑」字作 ，從兆、從犬。曾憲通指出「芺」是以艸為聲符的〔註341〕。而季旭昇指出《競建內之》的「狄」從犬、兆聲。〔註342〕艸是清母幽部字，兆是以母宵部字，聲韻皆可通。楊建忠指出幽宵音近為楚方言特色。〔註343〕無論是古文字還是近現代漢字，以「艸」為聲符是比較少的。《周禮》注鄭玄引「酒糟」的「糟」皆作「蒩」，段玉裁認為此字即從酒、艸聲。另外時代較晚的《字彙補》收「遊」字，認為是古文「逃」，結構分析為從辵、艸聲。

〔註339〕沈培：《上博簡〈緇衣〉篇芺字解》，《新出土文獻與古代文明研究》，上海大學出版社，2004 年，第 132～136 頁。

〔註340〕程鵬萬：《劉家庄北 M1046 出土石璋上墨書「 」字解釋》，《古文字研究》，第二十七輯，2008 年 9 月，第 167 頁。

〔註341〕曾憲通：《楚帛書文字新訂》，《中國古文字研究》，第 1 輯，吉林大學出版社，1999 年，第 94 頁。

〔註342〕季旭昇：《上博五芻議（上）》，武漢大學簡帛網，2006 年 2 月 18 日。

〔註343〕楊建忠：《楚系出土文獻語言文字考論》，浙江大學出版社，2014 年，第 274 頁。

（三十二）身—信

楚簡中的「仁」常常寫作「息」，從心、身聲，如 （郭店簡《緇衣》簡12），而「信」通常作 （郭店簡《老子丙》簡2）。清華簡《殷高宗問於三壽》簡13、18的「仁」字均作 形，同篇「信」字三見，均作 ，故該篇「仁」字以「信」為聲符。郭店簡《性自命出》簡49的「仁」作 ，隸定為「息」；該字上博簡《性情論》作 ，隸定為「慇」。李家浩根據黃賓虹的說法，指出戰國「中身」璽即「忠信」璽，身、信音近古通，「躳」也有「身」音。〔註344〕楚簡裡的「仁」將上部的「身」替換為了「信」。身是曉母真部，信心母真部，聲近韻同。

（三十三）蘊—因

楚簡中大部分「溫」字都作 （郭店《語叢二》簡7），上部據劉釗考證為「蘊」之本字〔註345〕，金文和楚簡中常用為「溫良」之「溫」。但郭店簡《五行》該字作 （簡13），改為「因」作其聲符，但保留「蘊」的弓衣之形。因為影母真部字，蘊為影母文部字，聲同韻近。

（三十四）重—童

郭店《性自命出》的「動」凡五見，其中4次作「敱」，從攴、童聲，如簡10的 。1次作「敱」，從攴、重聲，見於簡10： 。楚簡中的「動」大多都是從童得聲的。童和重，聲音和字形都相近，所以既可以理解為字形訛混，也可理解為聲音相通。

（三十五）尔—埶—尼

與「遠」相反的詞「邇」楚文字可以寫作「迩」，字形如 （上博《緇衣》22）。聲符也可以替換為「埶」，如 （清華簡《治政之道》簡33）、 （郭店《緇衣》43），此字辵為彳。上博簡《從政甲》簡13「邇」字作 ，從尼得聲。尔是泥母歌部字，埶是疑母月部字，尼是泥母脂部。〔註346〕

〔註344〕李家浩：《從戰國「忠信」印談古文字中的異讀現象》，《北京大學學報》（哲學社會科學版），1987年第2期，第9～19頁。

〔註345〕劉釗：《釋慍》，《古文字考釋叢稿》，嶽麓書社，2005年，第149～156頁。

〔註346〕金文中的「埶」可讀為「邇」，詳見裘錫圭《釋殷墟甲骨文裡的「遠」『、「狄」（邇）及有關諸字』》，《裘錫圭學術文集·甲骨文卷》，復旦大學出版社，2012年，第167～176頁。

（三十六）柬—干

楚簡的「諫」從言、柬聲，字形如 （上博《內禮》7），又見於上博簡《內禮》《用曰》《武王踐阼》、清華簡《殷高宗問於三壽》《趙簡子》《鄭文公問太伯》諸篇。也可以作 （上博《競建內之》7），隸定為「訐」，聲符改為「干」〔註347〕。從干得聲的「諫」又見於《鮑叔牙與隰朋之諫》《鬼神之明》篇。柬是見母元部字，干是見母元部字，聲韻皆同。上博簡《鮑叔牙與隰朋之諫》能見此二字的同篇同用：

簡 5	簡 9

「干」和「柬」在楚簡文字中都可以作為聲符進行構字。

（三十七）弋—冑—兌

「鳶」字上博簡《競建內之》作 （簡 4），前者從鳥、弋聲；而清華簡《說命上》作 （簡 2），隸定為「鶻」，從鳥、冑聲；清華簡《良臣》作 （簡 1），隸定為「鴟」，從鳥、兌聲。弋是以母職部字（鳶是云母元部字），冑是影母元部，兌是以母月部字，聲韻皆近。

（三十八）戔—察

楚簡中的「淺」可作 （信陽簡 2.14），字形也見於楚帛書，從水、戔聲。郭店簡《五行》、上博簡《用曰》的「淺」作 ，聲符替換為了 。清華簡《子產》「淺」也與後者形近，作 （簡 1）。而楚簡中的「察」與 相近： （上博簡《融師有成氏》簡 6）、 （上博簡《鮑叔牙與隰朋之諫》簡 5）、 （上博簡《亙先》簡 4）。李零、陳偉、裘錫圭認為這些字形是「离」的訛變。〔註348〕安大簡《詩經》「淺」字作 （簡 52），讀為「殲」。楚簡文字

〔註347〕《競建內之》原句作「近臣不訐，遠者不方（謗）」。其中的「訐」有兩種讀法，陳佩芬、何有祖、陳劍讀為「諫」；季旭昇認為不破讀，直接釋為「訐」。諸家說法詳見朱艷芬：《〈競建內之〉與〈鮑叔牙與隰朋之諫〉集釋》，吉林大學碩士學位論文，2007 年，第 31 頁。

〔註348〕諸家說法詳見禤健聰《戰國楚系簡帛用字習慣研究》，科學出版社，2017 年，第 251 ～253 頁。

「戔」與都是常用構字聲符，但「淺」字更多是从得聲的。

（三十九）取—芻

上博簡《競建內之》簡 2 有「雉」作，从鳥、芻聲。清華簡《鄭文公問太伯》甲簡 2「雞雉」的「雉」从鳥、取聲。取是清母侯部字，芻是清母侯部字，聲韻皆同。「趨」和「趣」也是相同的聲符替換。

（四十）色—矣

楚簡中的「色」字除了作（郭店簡《五行》簡 13）之外，還可以增加義符「頁」作（郭店《語叢一》簡 47），隸定為「頏」。其中的「色」也可以替換為「矣」，如郭店簡《語叢一》簡 110 的「色」字作，可隸定為「頴」。李守奎指出「矣」是「疑」省聲。〔註349〕所以「色」由色聲變為矣聲。色是心母職部字，矣（疑）是疑母之部字，聲韻皆近。

（四十一）刀—卓

包山簡屢見人名用字（簡 226），从心、邵聲，禤健聰指出此字用為「悼」是典型的楚系文字〔註350〕。同一姓氏聲符「刀」可替換為「卓」如（簡 267）。包山竹牘 1 該字又作，从邑、卓聲。清華簡《管仲》中的「卓」形作。包山簡 267 的聲符形並非今之「早」，而是「卓」聲的省形。刀是端母宵部字，卓是端母藥部字，聲同韻近。刀、卓作為聲符原本就常常相通。〔註351〕

（四十二）至—弋

「桎梏」之「桎」楚簡作（上博簡《容成氏》簡 44），从木、至聲。郭店《窮達以時》簡 6 該字聲符改變，寫作从木、弋聲，字形為。至為端母質部字，弋為以母職部字。聲韻可通。

（四十三）皋—廘（甲）

甲骨文桎梏之「梏」作，楚簡沿襲作（上博簡《容成氏》簡 44）、

〔註349〕李守奎：《〈說文〉古文與楚文字互證三則》，《古文字研究》（第二十四輯），中華書局，2002 年，第 469 頁。

〔註350〕禤健聰：《戰國楚系簡帛用字習慣研究》，科學出版社，2017 年，第 82～83 頁。

〔註351〕陳劍：《楚簡「芻」字試解》，《戰國竹書論集》，上海古籍出版社，2013 年，第 375 頁注①。

（上博簡《鬼神之明》簡7）、（安大簡《詩經》簡113）形。楚文字也有的增加義符「木」作「楻」，如（上博簡《姑成家父》簡9）。而郭店簡《窮達以時》簡6作「樿」，字形為，從木、鏖聲。其聲符「鏖」在楚簡中用作「甲兵」之「甲」。皋（梏）是見母覺部字，鏖（甲）是見母葉部字。

（四十四）韋—回

曾侯乙簡有「賠」（簡122），也有「賠」（簡43）。和為同一字，前者從巾、韋聲，後者從巾、回聲。楚簡中「韋」和「回」聲音關係密切，顏回的回均寫作「韋」〔註352〕，圍城的圍均寫作「回」。《詩經·大雅·常武》「徐方不回，王曰還歸」，鄭箋：「回，猶違也。」王雲路、王誠指出「違」「圍」「回」三個詞有共同的核心義。〔註353〕楚簡文字「韋」是一個構字中常見聲符，「回」很少作為聲符。

（四十五）畏—胃

「喟如也」，郭店簡《性自命出》簡26作「女也」，上博簡《性情論》簡16作「女也」。從艸、胃聲，從艸、畏聲。胃是以母物部字，畏是影母微部字，聲韻皆近。

（四十六）畏—歸

望山簡1-13、54、63、94、106、107、173均有人名作「酖」，楚簡「歸」作（郭店簡《尊德義》簡20），明顯從邑、歸聲，不過其「歸」形省「辵」為「止」。而望山1-7有「酖」，同字從邑、畏聲。畏是影母微部字，歸是見母微部字。韻同聲可通。

（四十七）骨—化

楚簡中的「禍」可寫作「褐」，如（包山簡213）；也可寫作「祇」，如（上博簡《容成氏》簡16）。聲符由「骨」替換為「化」。骨為見母物部字，化為曉母歌部字，聲韻俱近。

〔註352〕同樣，楚靈王《左傳》稱「公子圍」，《史記》多作「公子回」。詳見郜同麟：《宋前文獻引〈春秋〉研究》，中國社會科學出版社，2015年，第175頁。

〔註353〕王雲路，王誠：《漢語詞彙核心義研究》，北京大學出版社，2014年，第212頁。

（四十八）万（丏）—命

高佑仁總結古文字中的「賓」的兩種寫法：一是从宀、从刀，二是从宀、从人，後者下部聲化為「万（丏）」，如楚簡中的 （郭店《語叢三》55），金文的「賓」或增加義符「貝」，楚簡作 （上博《孔子詩論》27）。﹝註354﹞蘇建洲認為上博簡《莊王既成》簡2中的 又見於包山簡，應隸定作「賓」，聲符變為命﹝註355﹞。丏是明母元部字，命是明母耕部字。

（四十九）几—幾

楚簡中「日期」的「期」字常从日、几聲，如 （新蔡甲三4）。也可寫作从日、幾聲，如 （新蔡零341）。几和幾都是見母脂部字。

（五十）必—米

楚簡中的「蜜」作 （上博《孔子詩論》28），从宀、甘，二必聲。上博簡《容成氏》簡46「密須氏」的「密」作 ，也即「蜜」字，聲符由二必變為了米。﹝註356﹞必是幫母質部字，米是明母脂部字。聲韻皆近。

（五十一）眾—立—亞—汲

甲骨文的「眾」字形作 ，金文的「眾」字形作 ，陳斯鵬曾詳細考證了古文字「泣」的源流，提出了「眾」為「泣」之初文，並指出楚簡「眾」下部往往有訛變，「㴆」字左部的水旁是增加義符強調其本義。﹝註357﹞郭店《五行》簡17有「 涕女（如）雨」， 字裘錫圭指出是「㴆」之訛字。﹝註358﹞此字又見於上博簡《有皇將起》簡4下，字形作 ，可見陳說有據。从水、立聲的形聲字「泣」出現時代較晚，是戰國時期產生的新造字，如上博簡《柬大王泊旱》簡14「王仰天吟而 」的「泣」，與《說文》「泣」字同。清華簡《金縢》簡20的「泣」作 ，隸定為「㳊」；上博簡《競公瘧》簡2的「泣」

﹝註354﹞ 高佑仁：《〈莊王既成〉二題》，復旦大學出土文獻與古文字研究中心網，2009年12月12日。

﹝註355﹞ 蘇建洲：《初讀〈上博（六）〉》，武漢大學簡帛網，2007年7月19日。

﹝註356﹞ 徐在國：《上博竹書（二）文字雜考》，《學術界》，2003年第1期，第100～101頁。

﹝註357﹞ 陳斯鵬：《「眾」為「泣」之初文說》，《古文字研究》第二十五輯，中華書局，2004年，第256～261頁。

﹝註358﹞ 見荊門市博物館：《郭店楚墓竹簡》，文物出版社，1998年，第152頁。

字作 〔註359〕，隸定為「㲻」。

以上「泣」字異體的義符均為「水」，聲符分別為眔、立、亟、彶。眔是以母緝部字，立是來母緝部字，亟是溪母職部字，彶是見母緝部字，聲韻可通。魏德勝指出《方言》《廣雅》都有「逯，及也」，秦簡中「逯」也用為「及」，〔註360〕亦可證楚文字「泣」聲符從「眔」或「彶」，二者存在語音上的關係。

（五十二）及—亟

郭店簡《語叢四》簡5有 ，隸定為「級」，從糸及聲，裘錫圭讀為「急」〔註361〕。清華簡《管仲》簡17「緩急」的「急」作 。及是群母緝部字，亟是溪母職部字，聲近韻可通。

（五十三）甫—父

「輔助」之「輔」常作 （郭店《老子丙》13），從木、甫聲。（郭店《性自命出》48），聲符改為「父」。「甫」字構形本從父，在戰國時期已不明顯。父和甫都是幫母魚部字。

（五十四）巳—已

楚簡中有兩個易混的字形。一是 、，即地支名「巳」，也是「祀」之聲符。 同時也用為句末語氣詞，這種用法更加常見，相當於傳世文獻中的「已」。對於語氣詞的用法，王挺斌說：

「巳」「也」形音有別，「巳」字恐不能直接讀為「也」。「巳」字有作為已止之詞的用例，「已」字形其實是「巳」的分化。〔註362〕「已」字在古書中也常常作為句末語氣詞出現，用法有時候同「也」，有時候同「矣」。〔註363〕「已」「矣」也有異文的例子，如今本《老子》第二章「天下皆知美之為美，斯惡已；皆知善之為善，斯不善已」，北大簡本則作「天下皆智美之為美，亞（惡）已；皆智善之為善，斯不善矣」。「已」寫作「」。或有學者認為類似用法的「巳」乃「矣」通假字。〔註364〕但是，「巳／已」的語氣詞用例既然那麼豐富，其實也

〔註359〕劉建民：《上博竹書〈景公瘧〉注釋研究》，北京大學碩士學位論文，2009年。

〔註360〕魏德勝：《睡虎地秦墓竹簡詞彙研究》，華夏出版社，2003年，第63～64頁。

〔註361〕荊門市博物館：《郭店楚墓竹簡》，文物出版社，1998年，第218頁。

〔註362〕季旭昇：《說文新證》，福建人民出版社，2010年，第979頁。

〔註363〕楊伯峻：《古漢語虛詞》，中華書局，1981年2月，第253、254頁。

〔註364〕白于藍：《戰國秦漢簡帛古書通假字彙纂》，福建人民出版社，2012年，第38頁。

可以保留其虛詞特性，不一定非得取消。〔註365〕

　　二是 ，可以用為天干名「己」；更常見增加口形用作「自己」之「己」，如郭店簡《緇衣》簡 7 的 。「起」字楚簡大多數與《說文》同，是从己的，如 （上博簡《容成氏》簡 41）、（郭店簡《語叢三》簡 10）、（新蔡簡甲三 109）。也有一些「起」聲符變為巳，如上博簡《用曰》中，簡 15 的「起」字作 ，而簡 18 的「起」字作 ，為同篇同用（且根據李松儒研究，《用曰》篇正文為同一書手書寫〔註366〕）。「巳」和「己」字形相近，聲音相通。可能是訛混，也可能是通假。巳是以母之部字（已是以母之部字），己是見母之部字（乙是影母質部字），聲韻皆近。

　　另外，古文字中的「改」都从「巳」得聲，但《說文》小篆及東漢簡牘文字从己，這是歷時的替換。

（五十五）介—芥

　　「疥病」的「疥」除了作 （包山簡 114）之外，還有的將「介」聲替換為「芥」聲，如 （新蔡甲三簡 198）。「芥」未見楚簡中單獨使用。

（五十六）長—張

　　新蔡簡中有 （甲三 219）和 （甲一 13），用法相同。前者可隸定為「痮」，後者可隸定為「痕」。「痕」出現 11 次，但「痮」衹出現 3 次。「張」和「長」楚簡中均可單獨使用，使用頻率來說是「長」比「張」更高。

（五十七）酉—奠

　　「猶」常見字形作 （上博簡《中弓》簡 18），郭店《語叢三》該字左部酉旁改為从奠 （簡 1）。「酉」本來是「猶」的聲符，變為「奠」之後，「猶」字从奠則失去理據。楚簡中的「奠」可用為「定」，「酉」用為地支或「酒」。但構字能力「酉」更強，楚簡中可構成酖、尊、醬、栖、酌、酓等，但多數時候作為義符；「奠」構字能力弱，如鄭，其中「奠」為其聲符。

〔註365〕清華大學出土文獻讀書會：《清華六整理報告補正》，清華大學出土文獻研究与保護中心網站，2016 年 4 月 16 日。
〔註366〕李松儒：《戰國簡帛字跡研究——以上博簡為中心》，上海古籍出版社，2015 年，第 401～404 頁。

（五十八）或—𢧄

楚簡「惑」字常作 （上博簡《緇衣》簡 3），也有的上部的聲符「或」加宀，如 （上博簡《容成氏》簡 20）。「𢧄」是楚簡中的「國」字異體，「惑」字由「或」得聲改為從「國」得聲。單獨使用時，頻率上「或」比「𢧄」出現得更多。

（五十九）分—貧

楚簡中常見的「紛」字形作 （郭店簡《老子甲》簡 27），從糸、分聲。曾侯乙簡中也有的右邊作貧聲，如 （簡 44）。楚簡中分、貧都可以單獨使用，但「分」可以作為忿、粉、芬的聲符，「貧」基本不具備構字能力。唯獨在曾侯乙簡中，另有個從攴貧聲的字多次出現，字形作 （簡 4）。所以以「貧」作為聲符可以看作僅是曾侯乙簡的字體構形特徵。王子揚指出「曾侯乙墓文字字形繁複是其比較突出的特點」，〔註367〕此處即其證。

（六十）直—悳

楚簡「植」多用為「直」，字形作 （上博簡《緇衣》簡 2），從木、直聲。也有的改變偏旁位置並增加「心」，構成從木、悳聲的字，如 （上博簡《姑成家父》簡 7）。這裡將「直」替換為了「悳」。郭店簡《五行》簡 34「中心辯然而正行之，植（直）也。悳（直）而述（遂）之，遂也」，其中的「植」和「悳」都是櫝的省形。楚簡中「直」通常讀為「德」，偶見讀為「得」和「十」；而「悳」均用為「德」。但總體來說，單獨使用的「悳」頻率遠遠大於「直」。

清華簡《五紀》中可見兩種「植」：

植	櫝	
（簡 13：禮行植，義行方。）	（簡 5：一植，二矩。）	（簡 6：植禮，矩義。）

〔註367〕王子揚：《曾國文字研究》，北京師範大學碩士學位論文，2008 年，第 16 頁。

（六十一）爿—戕／臧

楚簡中「葬」字从死、爿聲，「死」或省為「歺」，如（上博簡《容成氏》簡33）。也有的「葬」將聲符「爿」替換為「戕」或「臧」，如包山簡91同時有和。楚簡中「爿」不可單獨使用，「戕／臧」可以單獨使用。有以「爿」為聲符的字，也不乏以「臧」為聲符的字，「爿」「戕／臧」構字能力都很強。

（六十二）咼—骨

楚簡中的「禍」異體較多，其中一種寫法是从示、咼聲，如（清華簡《楚居》簡10），也有右部聲符變為「骨」作（清華簡《尹至》簡3），可隸定為「禍」。「骨」也是从「冎」得聲的字。楚簡文字中的「骨」一般作為義符，如「體」字；而「咼」一般作為聲符，如「禍」字。這裡將聲符「咼」變為「骨」。楚簡中「咼」不單獨使用，而骨可以單獨使用。咼還可以作為過的聲符，骨可以作為體的義符，構字能力沒有明顯強弱差異。

（六十三）午—卸

楚簡中表應允義的「許」字作（上博簡《亙先》簡12），从言、午聲。右部聲旁「午」可替換為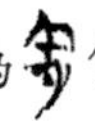作（清華簡《金縢》簡5）。是（御）字所从，本身是個从卩从辵五聲的偏旁，「卸」單獨不成字，祗作為構字偏旁，「卩」在「午」下字形稍有訛變。「午」可以作為馭、許等字的偏旁，而「卸」一般祗作為「御」的偏旁，構字能力來說「午」比「卸」強。

「御」字可作（郭店《緇衣》23），也可作（上博《姑成家父》4）。此處是「卸」省作「午」。

（六十四）矛—茅

楚簡中的「柔」字形作（清華簡《皇門》簡10），可讀作「柔」，也可讀作「懋」。聲符也可以替換為「茅」。清華簡《祭公之顧命》簡9「𦿝」字，字形作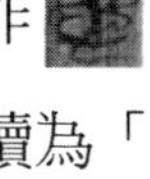；簡12作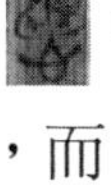，可隸定為「柔」。整理者讀為「懋」〔註368〕。楚簡「矛」可讀為「柔」「侮」，而「茅」讀如字用作「草茅」之「茅」。「矛」可以構字，

〔註368〕清華大學出土文獻研究與保護中心：《清華大學藏戰國竹簡》（壹），中西書局2010年版，第177頁。

楚簡中可以構成「矜」「矛」「柔」等字；而「茅」構字僅此一例。

（六十五）絲—茲

楚簡「慈」可作 （郭店《老子甲》簡31）、（清華簡《湯處於湯丘》14），從心、絲聲，讀作「滋」。聲符可以替換為「茲」，如 （上博《內禮》簡4）。「茲」是個從絲、才得聲的雙聲字，楚簡中「茲」和「志」都可用為「文字」之「字」。另外，「絲」和「茲」在楚簡中也都可單獨成字，「絲」可用作「緇」「茲」，「茲」可讀為「字」「災」「茲」「哉」，使用頻率上「茲」高於「絲」。

（六十六）才—戈

「才藝」之「才」，郭店簡《六德》作「 」，從木、才聲，如簡14「少（小）材藝者少（小）官」；清華簡《命訓》簡。上博簡《陳公治兵》簡10「不知臣之無才」的「才」作 ，隸定為「栽」，從木、戈聲。

楚文字「載」字作 （上博《孔子詩論》20），從車、戈聲。聲符也可替換為「才」，如 （上博《莊王既成》3），從車、才聲。

「戈」也是從才得聲的，「才」「戈」二字本可相通，如楚簡中皆可讀為「哉」；二字也均可構字，相比之下「戈」構字能力更強。

（六十七）干—旱

「竿」上博簡《三德》簡21作 ，《用曰》簡11作 。後者下部雖然模糊，但仍可看出是從旱而非干。楚簡中「干」除了讀如字，還可讀為「澗」「諫」，「旱」用為「旱澇」之「旱」。「干」可以作為「訐」「玒」「軒」的聲符，「旱」可以作為「桿」的聲符，構字能力「干」比「旱」強。《說文》「玕」的古文作「琱」「桿」的或體作「杆」，也是聲符「干」改變為「旱」。

（六十八）既—愛

上文提到楚簡「氣」可從火、既聲，字形作「燹」。上博簡《民之父母》「氣」凡3見，兩次作 （簡12、13），一次作 （簡10）。聲符由「既」變為「愛」。「愛」是楚簡中「炁（愛）」字之異體，也有直接用為「氣」之例，如上博《用曰》簡11「惡猷（猶），亂節（即）潛行」， 用為「氣」，[註369]

〔註369〕陳偉：《〈用曰〉校讀》，武漢大學簡帛網，2007 年 7 月 15 日。

是為 之省火。「既」在楚簡中可增加義符火、心、力構字，但「惡」除此處之外不見其具備構字能力。

（六十九）求—救

「賕」上博五《季庚子問於孔子》簡 15 作 ，從貝、求聲。而《三德》簡 13 的「賕」字作 ，從貝、救聲。聲符由「求」替換為了「救」。楚簡中「求」是逑、梂等字的聲符，而「救」構字能力弱。

（七十）帚—戜

郭店簡《性自命出》簡 30 的「瀳」，字形作 ，上博簡《性情論》簡 18 該字作 ，隸定為「浸」，聲符由「侵」替換為了「帚」。「戜」就是楚簡中的「侵」，「帚」楚簡中不單獨使用。「帚」可作為浧、婦等字的聲符，而「戜」構字能力弱。

（七十一）昏—睧

上博簡《競公瘧》簡 6「貪昏苛匿」的「昏」作 。《從政》乙的「昏」從心、睧聲，字形作 。聲符從「昏」變為了「睧」。「昏」是「迷亂昏聵」之昏，這種用法使用頻率較低，因為大多數時候「昏」都讀作「問」和「聞」；「睧」在楚簡中祇讀為「問」和「聞」。「昏」可以作為「緡」「惛」的聲符，而「睧」構字能力較弱。

（七十二）今／含—酓

郭店《語叢（二）》簡 13「貪生於欲，悋生於貪」的兩個「貪」分別作 和 。清華簡《治政之道》「貪」從「今」得聲，字形作 （簡 23）；清華簡《邦家之政》簡 4 的「貪」也從「含」得聲，字形作 。而清華三《內良夫毇》簡 4 有 ，從心、從酓，將「今／含」聲替換為「酓」聲。增加裝飾口旁的「含」是「今」的繁構，「酓」楚簡中讀作「含」「飲」「熊」。使用頻率「今／含」大於「酓」，構字能力也是「今／含」大於「酓」。

（七十三）亦—夜

楚簡中的月名有「冬奈之月」「夏奈之月」，字作 （包山簡 4）。也有的上部「亦」增加「月」或「夕」，聲符成為了「夜」，如 （新蔡甲三簡 87）。

楚簡「亦」單字使用頻率高於「夜」。

（七十四）龍—龏

楚簡「寵」從心、龍聲，字形作 （郭店《老子乙》5）。聲符「龍」也可以替換為「龏」，如 （上博《鄭子家喪甲》2）。「龏」在古文字中用為「恭」，「龍」是其聲符。「龍」具有構字能力，「龏」也能構字如郭店簡《老子丙》的 ，從糸、龏聲。

（七十五）朕—关

春秋金文的「縢」字作 （庚壺），從糸、朕聲。楚簡沿襲作 （曾侯乙簡 123），聲符「朕」也可省舟形作关，如 （包山 267），聲符也可替換為「券」如 （包山簡 270）。「朕」單獨成字，「关」在楚文字中構字能力很強。

（七十六）取—聚

曾侯乙簡 6、7、10、21、24、46、49、56 多次出現從革、取聲的字，字形作 。簡 80 該字作 ，從革、聚聲。聲符進行了繁化。「取」構字能力強，「聚」少見用於構字。「取」「聚」均單獨成字。

（七十七）力—加

古文字中的「勒」與小篆相同，從革、力聲，如曾侯乙簡 66「黃金之 」。同篇簡 64 的「勒」寫作 ，從革、加聲。古文字中「力」一般作為義符，而「加」作為聲符，「力」的構字能力強。

上博簡《中弓》簡 7「幼」字作 ，同篇簡 8 的「幼」作 。後者增加「口」，並無意義，因同化而加「口」。

（七十八）兌—敓

包山簡中的「祝」，字形作 （簡 214），從示、兌聲。也可寫作 （簡 203），從示、敓聲。「敓」也是從「兌」得聲的。「䇓」字或受 （祭）字影響而造。「兌」構字能力強。二者都可單獨成字，但「敓」使用頻率高於「兌」。

（七十九）害—割

望山簡 2-12 有「一紫 」， 從竹、害聲。信陽簡 2-04 有「紡 」，

從竹、割聲，此字又見於包山簡 152 。二字是同一個字的異體，何琳儀讀為蓋，認為即車蓋。[註370] 二者均可單獨成字，「害」比「割」構字能力強。

（八十）害—罶

楚簡中的「害」可增加心作 （郭店簡《尊德義》簡 38）。在上博簡《鮑叔牙與隰朋之諫》簡 6「必害公身」的「害」字所從增加「羽」作 。聲符由「害」變為「罶」。

（八十一）安—晏

曾侯乙簡中的「鞍」常作 （簡 21），從毛、安聲；簡 98 該字作 ，從毛、晏聲。聲符由「安」變為了「晏」。「安」和「晏」都單獨成字，也都可構字。

（八十二）青—靜

新蔡簡甲三 146 提到犧牲 ，從牛、青聲。甲三簡 111 相同犧牲名作 ，從牛、靜聲。聲符由「青」變為「靜」，「青」是「靜」的諧聲偏旁。楚文字「青」和「靜」構字能力都較強。

（八十三）叀—劃

上博簡《用曰》簡 10 的「轉」字作 ，隸定為連，從辵、叀聲。郭店簡《語叢四》簡 20 的「轉」字作 ，可隸定為「逫」，聲符變為「劃」。「劃」是楚簡中的「斷」字。「劃」單獨成字，「叀」構字能力強。

（八十四）各—客

上博簡《昭王毀室》簡 1 的「袼」字作 ，從示、各聲。簡 5 該字作 從示、客聲。後一種從「客」得聲的字也見於包山簡 202：、。

「茖」也有兩種形體：（郭店簡《窮達以時》簡 13）和 （包山簡 268）。前者從艸、各聲，後者從艸、客聲。

「各」和「客」都單獨成字，但「各」構字能力更強，可與水、辵、雨等義符構成新的形聲字。

[註370] 何琳儀：《信陽楚簡選釋》，《文物研究》第 8 期，黃山書社，1993 年，第 173 頁。

（八十五）我—義

清華簡《五紀》中三次提到「犧」，兩次作 （簡 60、115），从牛、我聲；一次作 ，从牛、義聲。戰國楚簡中「我」通假為「義」是比較多的，使用頻率也就高於「義」。

楚簡中一些字的聲符常常用另一個同諧聲偏旁的常用字代替：以聲符 A 替換聲符 B，而 A 本身就是 B 的諧聲偏旁。對於這種有包孕關係的聲符替換，有些學者歸為增加聲符。如上文提到的楚簡中的「慈」，从心、絲聲，也可作 （上博簡《內禮》簡 4）。孫合肥把這種歸為增加聲符「才」〔註 371〕，但「才」在戰國時期單獨成字，如 （郭店簡《老子甲》簡 21），所以這種現象歸為聲符的改變更為妥當。

從（五十五）到（八十五）的這 31 條，不是單純的聲符替換，而都是聲符替換為另一個以該聲符為聲符的形聲字，原本的聲符是變化後的聲符的諧聲偏旁。聲符通常是由一個簡單的字形變成了一個複雜的字形，從字形演變角度，這是繁化。曹錦炎師曾指出先秦形聲字的聲符與小篆有繁簡的不同〔註 372〕，張院利把這種聲符關係稱為有包孕關係的聲符替換〔註 373〕。楚系金文中也有這種現象，如楚公逆鐘的「錫」，而楚公家鐘作「錫」。《說文》中也有不少這种類型的「重文」，如「芹」和「茦」「蒹」和「蓮」「蜙」和「蚣」，《說文》中一個重要的概念「省聲」也與這種同用現象密不可分。

劉釗定義「類化」：「指在一個文字形體中，改變一部分構形以『趨同』於另一部分構形的現象。」〔註 374〕唐蘭提出古文字演變中的「尚同」與「別異」，並指出「許多簡化、繁化的字，是受了同化作用的關係」〔註 375〕。王鳳陽認為「類推」造成漢字的同化和異化，「在文字字形演進中，人們常常用熟悉的字形推演不熟悉的字形」〔註 376〕。有包孕關係的聲符替換，本質上也是一種類

〔註 371〕孫合肥：《戰國文字形體研究》，安徽大學博士學位論文，2014 年，第 165 頁。

〔註 372〕曹錦炎：《釋韋——兼釋繢、瀆、竇、鄭》，《史學集刊》1983 年第 3 期，第 87～90 頁。

〔註 373〕張院利：《戰國楚文字之形聲字研究》，華中科技大學博士學位論文，2012 年，第 97 頁。

〔註 374〕劉釗：《古文字構形學》，福建人民出版社，2006 年，第 95 頁。

〔註 375〕唐蘭：《中國文字學》，商務印書館，2005 年。

〔註 376〕王鳳陽：《漢字學》，吉林文史出版社，1989 年，第 776 頁。

化。但卻不是以「熟悉」代替「不熟悉」。因為我們在使用頻率和構字能力調查中發現：

31 例中，較複雜字形單獨使用頻率高的僅有 5 組，相比之下較簡單字形單獨使用頻率高的有 17 組，另外 9 組沒有明顯差別。較複雜字形構字能力強的僅有 1 組，而較簡單字形構字能力強的有 22 組，其餘 7 組沒有明顯差別。所以可見聲符由簡單到複雜，跟字的常用性、構字能力成反相關。也就是說書手選擇了更為複雜的聲符，通常情況下，這個複雜的聲符既不常用，構字能力也不強。

所以這種聲符繁化產生的原因，並非基於文字使用的經濟性考慮，而是有極大的隨意成分。張桂光在論述形旁通用時，也提到了書寫者統一意識不強，「以個人的思想觀念、理解角度、愛好習慣對形旁隨意改造」〔註377〕。上文所論述的類化而改變的義符和聲符，也都體現了書手的隨意性。

第五節　整體改變

除了增加義符、聲符，改變義符、聲符，還有一種異體字是通過整體改變形成的。這裡我們分為兩種類型：一是同時改變字的義符和聲符；二是改變字的結構類型。

一、同時改變義符和聲符

（一）壯—劍

楚簡中的「壯」常見寫作從士、爿聲，字形如 （郭店簡《窮達以時》簡10）、（清華簡《五紀》118）。也可同時改換聲符、義符作 （清華簡《管仲》簡19），從力、倉聲。

（二）毆—狗

清華簡《繫年》簡57「驅」字作 ，隸定為「毆」。上博簡《競建內之》簡10「驅逐」之「驅」作 （這樣的「驅」形也見於馬王堆帛書《戰國縱橫家書》），從辵、句聲。形聲字同時改變了義符和聲符，義符即上文提到的「攴

〔註377〕張桂光：《古文字義近形旁通用條件的探討》，《古文字論集》，中華書局，2004 年，第 42 頁。

—辵」互換。

（三）旱—殺

郭店簡《性自命出》簡30 ，隸定為「漖」；上博簡《性情論》簡18作 ，隸定為「焊」。義符「水」和「火」可互換，聲符「殺」和「旱」通。旱是匣母元部字，殺是心母月部字，月元對轉。

（四）禽—鎢

甲骨文中的「禽」作 （合集9225），西周金文沿襲作 （多友鼎），从厈（今訛作离）、今聲。楚簡「禽」有如下兩種形體：

含： （上博簡《周易》簡8）

（上博簡《周易》簡28）

（上博簡《陳公治兵》簡1）

（清華簡《祝辭》簡4）

肣： （上博簡《容成氏》簡5）

（上博簡《容成氏》簡16）

「含」仍然是从厈、今聲之字。「肣」義符省厈，增加義符「肉」。曹錦炎師指出上博《天子建州》甲簡8、乙簡11的「禽」字作 ，从鳥、金聲。〔註378〕義符、聲符都改變，義符「鳥」與「肉」的互換與上文「牛—肉」互換例相似。

（五）忌—訐

楚簡中「己」和「亓」聲音關係密切，上文提到「忌」可以加注「亓」聲。另外，二者還可以互相替換。如「忌」字可作 （上博簡《用曰》簡15），从心己聲；也可作 （上博簡《三德》簡2），从言、亓聲。「言」和「心」是互通義符，「己」和「亓」聲音相近。聲符義符都改變。

（六）簪—斝

金文的「爵」是象形字，作 （伯公父勺）。楚簡的「爵」可寫作 （郭

〔註378〕曹錦炎：《〈天子建州（甲本、乙本）〉釋文》，《上海博物館藏戰國楚竹書（六）》，上海古籍出版社，2007年，第323頁。

店簡《魯穆公問子思》簡7），从竹、雀聲〔註379〕。或可省「竹」徑作「雀」，如 （郭店簡《魯穆公問於子思》簡6）。上博《緇衣》簡15的「爵」作 ，从斗、少聲。〔註380〕「斝」的聲符「少」和「篧」的聲符「雀」之間有包孕關係。聲符義符都替換。

（七）鮊—鼲

包山簡217有「鼳 」，後字从鼠、莫聲。包山竹牘1記該詞作「鼳 」，變為从韋、白聲之字。前面提到「鼠」和「毛」是和通用的義符，「韋」也屬材質，故可互通。「白」「莫」是聲符的改變。莫為明母鐸部字，白為並母鐸部字，聲近韻同。

二、改變結構類型

（一）重—迬—䃯—鉒

楚簡中有一些「重」字承襲了金文的寫法，如 （郭店簡《成之聞之》簡10）。也產生了一些全新的字形，如 （上博簡《曹沫之陳》簡54），从貝、主聲。或 （郭店簡《老子甲》簡5）、 （清華簡《治邦之道》簡26），从石、主聲。新蔡簡「其重一鈞」的「重」字作 （甲三220），从金、主聲。迬、䃯、鉒三字皆从「主」得聲，同是「重」的異體字。

（二）幼—孾—勠

上文提到楚文字的「弱」可以从子，如 （包山簡5），也可以从力如 （上博簡《鮑叔牙與隰朋之諫》簡3）。與「弱」義近的「幼」有三種字形，一是从幺、从力作 （上博簡《子羔》簡4）、 （清華簡《繫年》簡50），一是从子、幽聲作 （郭店簡《成之聞之》簡34），另一種是从力、幽聲作 （清華簡《子儀》1），幽下增裝飾「土」。「幼」是會意字，「孾」和「勠」是形聲字。「子」有幼弱義，故从「子」。而幼子往往弱力，所以也可从「力」。楚簡中也有雜糅後兩種字形的「幼」，如新蔡簡甲三392的 。

〔註379〕《說文》「爵，禮器也。象雀之形」，不僅爵、雀聲音相近，還認為爵象雀形。
〔註380〕馮勝君疑「斝」是《說文》「籍」之異體，詳見《讀上博簡〈緇衣〉簡記二則》，《上博藏戰國楚竹書研究》，上海書店出版社，2002年，第452頁。

「幽」從戰國文字看僅僅是標音作用，但從歷時的角度，不僅有異文，還存在意義上的關聯。《老子》「窈兮冥兮」的「窈」，馬王堆帛書乙本作「幼」，北大簡本作「幽」。《詩經・小雅・隰桑》「其葉有幽」，海昏侯簡作「其葉有幼」。《詩經・周南・關雎》中的「窈窕」，毛傳訓「窈窕，幽閑也」，以「幽」釋「窈」，而「窈」恰好是从「幼」的。

（三）䃊—𥑮—敂

林澐考證金文「厚」字會意酒藏於山崖下〔註 381〕，李守奎、肖攀討論了「厚」在楚簡中的變化。〔註 382〕楚簡大部分的「厚」字構形从石、从「𩫖」，是會意字，字形作（上博簡《緇衣》簡 2）。有的「𩫖」訛變為「𦎧」，如（郭店簡《語叢一》簡 7）〔註 383〕、（清華簡《治政之道》簡 20）、（清華簡《成人》簡 20）；甚至「石」下完全訛變成「戈」形，如（郭店簡《語叢三》簡 22）。〔註 384〕也有的「厚」从石句聲如（郭店簡《老子甲》簡 36），和「重」一樣變為形聲字。李守奎、肖攀認為「厚」應該是受「重」影響而類化〔註 385〕，是非常有可能的。郭店簡《性自命出》簡 23、上博簡《性情論》簡 14 的「厚」字都作「敂」，从攴、句聲。

（四）扈—𢨋

清華簡《繫年》簡 62「扈」字作，从邑、戶聲，是個形聲字。清華簡《良臣》簡 2「扈」字作，隸定為「𢨋」，是一個从戶、瓜得聲的雙聲字。荊門左冢楚墓棋局有，从戶、瓜得聲，也應即「扈」字。

（五）陰—侌—𡖊—𦈡—淦

「陰」字金文作（敔簋），从阜、酓聲。師永盂「陰陽洛」之「陰」作，从水、酓聲，這個字形亦見於甲骨文〔註 386〕。清華簡《子儀》簡 15「陰陽」

〔註 381〕林澐：《說「厚」》，《簡帛》（第五輯），上海古籍出版社，2010 年，第 99～107 頁。

〔註 382〕李守奎、肖攀：《清華簡〈繫年〉文字考釋與構形研究》，中華書局，2015 年，第 70 頁。

〔註 383〕岳曉峰：《楚簡訛混字形研究》，浙江大學博士學位論文，2015 年，第 104～105 頁。

〔註 384〕陳偉：《楚地出土戰國簡冊〔十四種〕》，經濟科學出版社，2009 年，第 260 頁。

〔註 385〕李守奎、肖攀：《清華簡〈繫年〉文字考釋與構形研究》，中華書局，2015 年，第 70 頁。

〔註 386〕沈建華：《釋卜辭中方位稱謂「陰」字》，《古文字研究》第 24 輯，中華書局，2002 年，第 114～117 頁。

之「陰」作 ，从阜、侌聲，田煒指出春秋金文中已有作此形的「陰」〔註387〕。楚簡大多數「陰陽」的「陰」寫作「侌」，字形作 （郭店簡《太一生水》簡2），或聲符改為「尹」如《五紀》簡43的「陰」寫作 。《說文》訓「雲覆日」，故「云」是義符，字形結構為从云、今聲，是形聲字。而清華簡《繫年》簡54「陰」字作 ，變為从云从山的會意字。另外，上博簡《用曰》中陰陽的「陰」从水金聲，作 （簡4）。淦、陰和侌都是形聲字，而否是會意字。

義符阜與水的關係也體現在文字歷時發展中，如《容成氏》簡24「以波明者之澤，決九河之滐」中的「波」，李零指出即《尚書·禹貢》中「九澤既陂」之「陂」。〔註388〕

與「陰」相對的「陽」，卻沒有同等的字形變化，而是相對穩定。原因首先是「今」構字頻度高，而且上文提到「今」構字時形態可以是「含」和「貪」「龕」，變體很多，而「昜」本身構字頻度低，沒有變體；其次聲符「今」楚簡文字中活躍度高，可以與「金」「尹」互換，而「昜」活躍度低；最後是義符聯想方面，「陰」和「陽」在傳統訓詁中都可以用「山」「水」進行訓釋，但楚簡文字「陰」可以使用的義符有「阜」「水」「云」，「陽」的義符卻只能使用「阜」：原因是「昜」字形中本就有「日」，表意非常明確，無需再用其他義符強調表意。

（六）卲—詔

楚簡裡「昭王」之「昭」常常作「卲」，字形為 （上博簡《孔子詩論》簡15），是从卩、召聲的形聲字。清華簡《良臣》「楚昭王」的「昭」作 ，可分析為从召聲、朝省聲。楚簡文字中「朝」還可以做「廟」的聲符，與「苗」互換。

（七）表—緢—㠯

楚簡中「表」的異體字眾多。

从衣、从毛。會意： （上博簡《容成氏》簡22）

（包山簡262）

（九店簡56-36）

〔註387〕田煒：《西周金文字詞關係研究》，上海古籍出版社，2016年，第256頁。

〔註388〕李零：《〈容成氏〉釋文考釋》，《上海博物館藏戰國楚竹書（二）》，上海古籍出版社，2002年12月，第268頁。

從糸、暴聲。形聲：（上博簡《彭祖》簡2）

從艸、票聲。形聲：（上博《緇衣》9）

（郭店《緇衣》15）〔註389〕

除去第三種字形可能是通假關係，陳斯鵬肯定了「表」和「縹」是同一個字的兩個記錄形式。〔註390〕前兩種字形是會意字變為了形聲字。

（八）憸—贛

與「仁」「義」「禮」「聖」等與道德相關的字楚簡都從心相同，楚簡中的「憸」也可從心。如清華簡《子產》簡5「恭憸」的「憸」，從心、僉聲，作。而郭店《緇衣》簡21「吾大夫共（恭）且」，此「斂」字構形作從僉聲、贛省聲。〔註391〕清華簡《命訓》簡11的「斂」字形作字，可隸定為「韐」，即「贛」字省形，讀為斂。「憸」與「斂」有同源關係，「憸」是對人收斂不放肆〔註392〕，楚簡中的「僉」既用為「憸」又用為「斂」。增加複雜聲符的「斂」可能具有區別功能。

楚簡中「贛」還可以通假「坎」「陷」「貢」「黔」等字，無論是獨用還是構字都相當活躍。

（九）美—娧

上博簡《史蒥問於夫子》簡7作，從大、從羊的會意字。但楚簡裡最常見的「美」從女、岂聲，是形聲字，字形作。

（十）伐—戜

古文字的「伐」字從人、從戈會意，楚簡作（郭店《語叢二》51）。上博《鮑叔牙與隰朋之諫》簡8「晉人伐齊」的「伐」作，從戈、發聲，變為形聲字。《管子·四時》「求有功發勞力者而舉之」，戴望校正：「發、伐，古音同聲通用。」《逸周書·官人》「有知而弗發」，朱右曾校釋：「弗伐其智」。王

〔註389〕此字李零認為應釋「標」或「薰」，讀為「表」，詳見《郭店楚簡校讀記》，北京大學出版社，2002年，第64頁。

〔註390〕陳斯鵬：《簡帛文獻與文學考論》，中山大學出版社，2007年，第85頁。

〔註391〕音理的分析詳見蔡一峰《〈清華簡（伍）〉字詞零釋四則》，《簡帛研究》2016春夏卷，廣西師範大學出版社，2016年，第31～34頁。

〔註392〕曾昭聰引朱熹，見《形聲字聲符示源功能論述》，黃山書社，2002年，第217頁。

雲路、王誠指出兩例「發」都是「伐」的借字。〔註393〕另外,《詩經・商頌・長發》「武王載旆」。王引之《經義述聞》指出《荀子》《韓詩外傳》均作「武王載發」,而海昏侯墓竹簡《詩經》作「武王載閥」,與《荀子》《韓詩外傳》有「發—閥」的異文。

(十一) 好—肝

楚簡「好」承襲金文從女、從子會意,字形作 （郭店《老子甲》8）,也可以為上下結構如 （郭店《緇衣》6）。上博簡《緇衣》「好」字均作 ,變為從子、丑聲的形聲字。丑上古透母幽部字,好是曉母幽部字。從丑聲的「好」楚簡並不常見。

(十二) 軍—駒

古文字「軍」字從車、匀聲,形聲字,楚簡沿襲金文作 （郭店簡《老子丙》簡9）。郭店簡《語叢三》簡2「三軍」之「軍」作 ,是從兄、匀得聲的雙聲字。春秋金文中「鞏」也從「兄」得聲。軍是見母文部,匀是以母真部,兄是曉母陽部,鞏是見母東部。「兄」注音的「軍」「鞏」均為見母字,牙音;「往」聲母是喉音。

(十三) 愗—矗

郭店簡《緇衣》簡23的 ,隸定為「愗」,從心、𦣞聲,是個形聲字,對應的今本用作「疾」。上博《緇衣》同一個「疾」字形作 ,從𦣞聲、聿聲,是個雙聲字。疾、自都是從母質部字,聿是以母物部字。

(十四) 項—帞

楚簡「項」字作 ,如望山簡2-12、13有「靈光之童（幢）,纓纀 」,其中的「項」構形為從頁、工聲的形聲字。另外包山竹牘1有「繙芋結 」,亦即「項」之異體,從糸、工聲。而包山簡272作「靈光結 」,從巾、從頁會意,整理者隸定為「帞」,劉信芳認為讀為「項」,是指馬項下之纓。〔註394〕如成立,則「項」是形聲字,「帞」為會意字。

〔註393〕王雲路,王誠:《漢語詞彙核心義研究》,北京大學出版社,2014年,第112頁。
〔註394〕劉信芳:《楚簡帛通假匯釋》,高等教育出版社,2011年,第12頁。

（十五）牧—墨

古文字常見的「牧」是从攴、从牛的會意字，如 （郭店《性自命出》41）、（上博《相邦之道》1）。而郭店《窮達以時》簡 7「為伯牧牛」的「牧」寫作 ，从攴、墨聲，變為了形聲字。馬王堆帛書「黑」常讀為「牧」。清華簡《廼命二》簡 6 有 字，整理者讀為「默」訓「闇」，辭例為「而默政事民人善否」。

（十六）牢—䍪

甲骨文「牢」字是从宀、从牛的會意字，姚孝遂指出是經過特殊飼養用於祭祀的牛。〔註395〕楚簡常見的「牢」沿襲从宀从牛的字形，如 （包山簡97）、（曾侯乙簡 146）。新蔡簡有「牢」寫作 （零簡 013）形，从牛、留聲，變為了形聲字。

（十七）瀺—㰍

「津」字形从水焂聲，如 （郭店《窮達以時》4）。郭店簡《成之聞之》簡 35「梁爭舟」， 也用作津。〔註396〕才是增加聲符，變為从才、焂得聲的雙聲字。楚簡中的「焂」常常讀作「存」，如郭店《成之聞之》簡 9「存乎其詞」的「存」作 ；「才」也可讀作「存」，如清華簡《子產》簡 3「存亡在君」寫作「才亡才君」。後世「薦」字異體作「荐」，亦其例。津是精母真部字，才是從母之部字。

（十八）道—衟

古文字「道」是會意字，象人行於道中，人突出其頭部故作「首」。上博簡《采風曲目》簡 3「道」字作 ，是楚文字「道」很常見的寫法。而簡 4 的「道」字作 ，首替換為了聲符舀，使該字變為形聲字。

（十九）尌—樀

楚文字的「樹」作 （郭店《語叢三》46），字形沿襲甲骨文，木、攴會意，豆是聲符。〔註397〕九店簡 56-39「樹木」中的「樹」字作 ，右部是楚

〔註395〕姚孝遂：《牢䍪考辨》，《姚孝遂古文字論集》，中華書局，2010 年，第 215～223 頁。

〔註396〕從裘錫圭按語，見《郭店楚墓竹簡》，文物出版社，1998 年，第 170 頁。

〔註397〕季旭昇：《說文新證》，福建人民出版社，2010 年，第 409 頁。

簡「豎」字，新字形中整體作為「樹」的聲符。

（二十）危—隓

上博簡《緇衣》簡 16「民言不■行」，郭店簡《緇衣》簡 31 作「民言不■行」，對應今本《緇衣》則作「危」。「隓」字當从阤得聲，「阤」字又見於上博簡《容成氏》，何琳儀指出即「委」字異體。〔註 398〕所以「隓」是从心、阤（委）聲的形聲字。

（二十一）訶—冢

「歌」字清華簡《子儀》簡 5 作「冢」，簡 8 作「訶」。「訶」是楚簡「歌」字常見的寫法，从言、可聲的形聲字。孔家坡漢簡《日書》280「歌」字作「欧」，就是「訶」形替換義符形成的異體。而「冢」字此處首見，是从可、克的雙聲字（秦文字中用為「歌」的「哥」也是雙聲符字）。

（二十二）邶—𨛫—𡭖

清華簡《繫年》簡 97 的「趙」字作■，从邑、少聲，是個形聲字。簡 64 和簡 96 的「趙」字作■，是从邑、勺聲的形聲字，以上兩種異體已見於上文。《繫年》同篇另有五個「趙」都作■，是从少、勺得聲的雙聲字。少是書母宵部字，勺是章母藥部字。

（二十三）文—叟

「文」甲骨文字形作■，金文字形作■，象人身有錯畫。楚簡文字省簡為■（郭店簡《緇衣》簡 2），或增加兩撇作■（包山簡 203），或認為兩撇表紋飾義。楚簡中還有一種「文」寫作■（郭店簡《語叢三》簡 71），隸定為「叟」。另外，清華簡《子產》簡 5「文理」之「文」作■，隸定為「閔」；《汗簡》、《古文四聲韻》「閔」作「叟」；《左傳》之「閔」，《史記》多作「潘」〔註 399〕；《說文》「揞，撫也」，而「㦴」字下有「以巾搹之」，段玉裁指出「揞」「搹」為一字。陳劍指出「叟」可能是西周金文从目和从民兩類寫法的「敃」字的糅合體。〔註 400〕

〔註 398〕何琳儀：《第二批滬簡選釋》，《新出楚簡文字考》，安徽大學出版社，2007 年，第 165 頁。

〔註 399〕郜同麟：《宋前文獻引〈春秋〉研究》，中國社會科學出版社，2015 年，第 190 頁。

〔註 400〕陳劍：《甲骨金文舊釋「尤」之字及相關諸字新釋》，《甲骨金文考釋論集》，線裝書

（二十四）予—𠂤

楚簡中的「予」字作 （清華簡《祝辭》簡 1），何琳儀認為認為「予」是「呂」的分化字（「呂」字本身為象形字），「㠯」上部「八」為區別符號。[註401]清華簡《越公其事》中的「予」作 （簡 46），隸定為「𠂤」，是形聲字，从又、余聲。因「予」與手部動作有關，故可从又。從原本表意不明且多用途的字形，變為兼具形音的字形。

（二十五）印—䑋

楚簡中的「印（仰）」作 （上博簡《孔子見季桓子》簡 26）或 （上博簡《卜書》簡 1）、（清華簡《五紀》簡 36），禤健聰指出本義似為以手托人[註402]，即為會意字。上博簡《彭祖》與「俯」對言的字作 （簡 8），是個形聲字，从肉、襄聲。印疑母陽部字，䑋上古泥母陽部字。聲近韻同。

（二十六）飛—鵗

楚簡的「飛」字形作 ，《說文》認為是象形字。安大簡《詩經》簡 4「飛」字寫作「鵗」，是从鳥、悲聲的形聲字。飛是幫母微部字，悲也是幫母微部。

以上整體改變類型，其中會意字變為形聲字 12 組，象形字變形聲字 1 組，形聲字變為雙聲字 7 組，會意字變為雙聲字 1 組，形聲字變會意字 2 組，「予—𠂤」一組較特殊是假借字變形聲字。「變為形聲」14 組，「變為雙聲」8 組，這些改造看出楚簡文字在增加標音部件。與前文「增加聲符」（共 16 組）不同，「增加聲符」是對原有形體不加以破壞，增加標音部件，讓文字增加表意準確性，是優化；其他結構類型「變為形聲」或「變為雙聲」，是對原有形體的破壞，瓦解一部分表意形體，甚至是取消掉整個字的表意部件，成為只表音的符號。裘錫圭指出「形聲字比重的上升，是漢字發展的主要標誌」[註403]。可以看出，戰國楚簡文字明顯的形聲化和雙聲化趨勢，與之前學者的研究相合。

尤其值得注意的是改造後的雙聲符字。可以分為兩類，一種是標音的有效性得以提高。比如「儉」是群母談部，形聲字聲符「僉」是精母談部，聲符只

局，2007 年，第 71～74 頁。

[註401] 何琳儀：《戰國古文字典》，中華書局，1998 年，第 567 頁。

[註402] 禤健聰：《戰國楚系簡帛用字習慣研究》，科學出版社，2017 年，第 374 頁。

[註403] 裘錫圭：《文字學概要》（修訂本），商務印書館，2013 年，第 40 頁。

韻同。而楚簡雙聲符增加「贛」省聲,「贛」是見母侵部。見母和群母只是清濁的不同,同屬牙音。因此雙聲符的「螒」是高效標音的。同樣的情況還有「𦈏」「𦊚」,雙聲符一標聲、一標韻,與「自反字」的概念十分類似。

另一種是標音的有效性沒有提高。如「扈」中,作為形聲字的聲符「戶」原本已經與「扈」完全同音,《良臣》中的「𤲵」用聲符「瓜」替換掉義符「邑」,而「瓜」與「戶」「扈」的聲鈕是不同的,導致增加的聲符反而標音性不如原有聲符。同樣的情況還有「𥬇」「冕」「攜」「𧆑」。其中「𥬇」是特殊的,因為「少」與「勺」有作為聲符相互替換例,本身相關性很強,這個雙聲符字可能還受同化機制的影響。至於另外沒有提高標音有效性的雙聲符造字,甚至是佔了此類型的大多數,其原因尚未可知。

第六節 改變偏旁位置

裘錫圭「異體字」的概念包含了「偏旁相同但配置方式不同」的異體字,[註404] 也就是王寧說的「異位字」。楚簡中一些字有位置不同的異寫形式。姜亮夫指出古文字中有繁簡不定、位置不定現象。[註405] 胡志明指出「改變構件的相對位置一般不會造成字形構意的變化」。[註406] 在楚簡文字中尤為明顯,如「𩨗」,同樣的从革、由聲,楚簡中就有 ![字] (包山簡269)和 ![字] (天星觀簡)兩種結構方式。再如楚簡中的「𢾭」,郭店《性自命出》簡24作 ![字] ,《尊德義》簡9作 ![字] 。會意字的一些指示符號,常常顯示出位置的隨意性。比如「孔」字,有 ![字] (上博《相邦之道》簡4)、 ![字] (上博簡《民之父母》簡1)、 ![字] (上博簡《中弓》簡1)、 ![字] (上博簡《顏淵問於孔子》簡10)、 ![字] (清華簡《良臣》簡8)等多種寫法。[註407] 袁金平認為「吟」和「含」均是古文字中讀為「今」的字,並將《荀子·不苟篇》「盜跖吟口,名聲若日月,與舜、禹俱傳而不息」中的「吟口」解釋為「今」。[註408] 這是利用戰國

〔註404〕裘錫圭:《文字學概要》(修訂本),商務印書館,2013年,第200頁。

〔註405〕姜亮夫:《古文字學》,浙江人民出版社,1984年。

〔註406〕胡志明:《戰國文字異體現象研究》,福建師範大學博士學位論文,2010年,第52頁。

〔註407〕郭永秉:《楚地戰國簡帛與傳世文獻對讀之研究》,中華書局,2014年,第9頁。

〔註408〕袁金平:《利用楚簡文字校釋〈荀子〉一則》,《古文字研究》第二十九輯,中華書局,2012年,第616~620頁。

文字易位異體字重釋傳世文獻例。

異位字是廣義異體字中的一種。本文通過細緻分類觀測偏旁變化的規律：位置變化是否有據以及是否有偏好。

一、偏旁的「左—右」變換

邦：（郭店簡《老子甲》簡 30）　（清華簡《厚父》簡 2）

鄶：（清華《太伯甲》6）　（清華簡《太伯乙》5）

酄：（清華簡《太伯甲》8）　（清華《太伯乙》7）

鄔：（清華簡《太伯甲》7）　（清華簡《太伯乙》6）

鄱：（清華簡《太伯甲》7）　（清華簡《太伯乙》6）

鄝：（清華簡《太伯甲》7）　（清華簡《太伯乙》6）

温：（清華簡《太伯甲》8）　（清華簡《太伯乙》7）

陰：（清華簡《太伯甲》8）　（清華《太伯乙》7）

鄟：（清華簡《太伯甲》6）　（清華《太伯乙》5）

邱：（清華簡《太伯》甲 7）　（清華簡《太伯》乙 6）

郢：（清華《楚居》13）　（清華《禱辭》11）

穫：（清華簡《湯在啻門》簡 15）　（清華簡《湯在啻門》簡 14）

䎽：（上博簡《蘭賦》2）　（上博簡《王居》3）

社：（上博簡《吳命》5）　（上博簡《吳命》2）

（《姑成家父》3）

封：（清華《治政》41）　（清華《治政》41）

祱：（望山簡 1-24）　（望山簡 1-49）

祝：（上博《競公瘧》7）　（上博《競公瘧》7）

跬：（上博《逸詩》1）　（安大簡《詩經》74）

禍：（清華《繫年》131）　（清華《繫年》84）

社：（郭店《老子丙》2）　（上博《內禮》8）

禱：（包山簡 205）　　（望山橋簡 2）〔註 409〕

稷：（上博簡《吳命》5）　　（上博簡《吳命》5）

稻：（清華《越公其事》34）　　（清華《禱辭》14）

親：（上博《曹沫之陳》27）　　（上博《容成氏》24）

瞻：（上博《平王問鄭壽》7）　　（清華《四告》27）

顧：（郭店《緇衣》34）　　（清華《四告》27）

結：（上博《詩論》22）　　（上博《凡甲》21）

縞：（清華《子儀》12）　　（清華《子儀》16）

縺：（包山簡 273）　　（包山牘 1）

綌：（包山簡 254）　　（包山簡 262）

紿：（上博《用曰》20）　　（上博《用曰》18）

絹：（清華《攝命》22）　　（清華《攝命》23）

死：（郭店《窮達以時》9）　　（上博《競公瘧》11）

殤：（包山簡 222）　　（包山簡 225）

好：（清華《子產》23）　　（清華《管仲》21）

姚：（上博《競公瘧》9）　　（上博《天子建州》甲 3）

嬛：（新蔡甲三 204）　　（新蔡零 257）

婦：（郭店《六德》23）　　（郭店《成之聞之》32）

姬：（包山簡 176）　　（清華簡《繫年》31）

圭：（上博《魯邦大旱》2）　　（上博《緇衣》18）

牲：（新蔡簡零 207）　　（上博《周易》42）

牯：（包山簡 202）　　（包山簡 233）

駁：（包山簡 93）　　（包山簡 247）

狗：（上博《彭祖》8）　　（上博《彭祖》3）

幸：（清華《子犯子餘》5）　　（清華《禱辭》1）

〔註 409〕賈漢清等：《湖北荊州望山橋一號楚墓發掘簡報》，《文物》，2017 年第 2 期。

諫：[字形]（上博《鮑叔牙》9）　　[字形]（上博《內禮》7）

訓：[字形]（郭店《尊德義》39）　　[字形]（包山210）

信：[字形]（郭店《老子丙》1）　　[字形]（郭店《忠信之道》1）

諆：[字形]（上博《三德》2）　　[字形]（上博《民之父母》8）

訟：[字形]（清華《廼命二》8）　　[字形]（清華《治政》36）

詢：[字形]（清華《三壽》27）　　[字形]（清華《四告》40）

鳴：[字形]（上博《孔子詩論》23）　　[字形]（包山95）

頌：[字形]（上博《周易》27）　　[字形]（上博《周易》49）

酟：[字形]（包山22）　　[字形]（包山21）

窺：[字形]（上博《容成氏》10）　　[字形]（上博《孔子見季桓子》15）

盜：[字形]（清華《治政》20）　　[字形]（清華《治政》7）

遠：[字形]（郭店《五行》22）　　[字形]（新蔡甲三42）

繒：[字形]（清華《子儀》8）　　[字形]（清華《子儀》9）

相：[字形]（上博《民之父母》4）　　[字形]（上博《民之父母》11）

板：[字形]（郭店《緇衣》7）　　[字形]（安大《詩經》46）

桎：[字形]（包山144）　　[字形]（上博《容成氏》44）

樺：[字形]（清華簡《子犯子餘》12）　　[字形]（上博《姑成家父》9）

江：[字形]（上博《吳命》5）　　[字形]（新蔡甲三180）

波：[字形]（清華《楚居》1）　　[字形]（上博《容成氏》24）

堵：[字形]（清華《四告》20）　　[字形]（清華《四告》37）

　　以上偏旁左右變換的例子中，數量由多到少的義符分別為：「邑」11例，「示」8例，「𣆅」「言」6例，「糸」「女」5例，「木」4例，其餘不足4例。義符為「邑」和「示」的字均重複出現。以「邦」字為例，西周金文中的「邦」字的「邑」旁大多在右部，如[字形]（班簋）、[字形]（禹鼎）、[字形]（師袁簋），而戰國楚簡中「邦」的「邑」旁通常在左側。總體上，從邑的字西周時期「邑」旁通常在右部，春秋時期金文出現大量左部的「邑」，一直到戰國時期，大部分「邑」旁都在左部了。清華簡《鄭文公問太伯》甲乙兩篇為同一書手書寫，

而甲篇用字比乙篇更加規範。凡是乙篇邑旁在右的字，甲篇均改為在左。戰國楚簡中偶見的右部的「邑」，就是這種歷時變換的體現。

從「示」的字在西周金文中在左側和右側都有，以從示、畐聲的「福」字為例，西周時期的金文 25 例中，有 23 例「示」在左，2 例「示」在右。〔註 410〕而「祝」的「示」旁均在左。到了戰國楚簡中，有極大數量的「示」旁仍然在左側。偶有「示」在右側的情況，沿襲自金文。

「言」的左右變換同用在西周春秋時期也偶見，如與，大部分「言」旁還是位於字形左部。楚簡文字位於右部的「言」旁增多。

偏旁「見（視）」在金文中常常位於右部，如、、，戰國楚文字中通常位於左部，如、、。僅有上舉「親」字之「見（視）」即可在左部又可右部。徐寶貴指出侯馬盟書中的「眠」字，所從「見（視）」在左部或右部均有數例〔註 411〕，是晉系文字特徵。

二、偏旁的「上—下」變換

強：（上博《慎子曰恭儉》1）　　（上博《慎子曰恭儉》2）

期：（郭店《老子甲》30）　　（包山簡 22）

晨：（包山簡 186）　　（包山簡 37）

早：（郭店《語叢四》12）　　（郭店《語叢四》12）

磨：（上博《緇衣》18）　　（郭店《緇衣》36）

本：（郭店《成之聞之》10）　　（上博《曹沫之陳》20）

爭：（郭店《老子甲》21）　　（上博《鬼神之明》6）

以上 7 例中，有 3 例「日」旁的上—下變換。而且楚簡中日、几偏旁上下位置的變換，還見於楚文字中的「䚂（暑）」：（上博簡《緇衣》簡 6），（郭店簡《緇衣》簡 9）。

金文中未見「石」旁在下部之例，楚簡中可以移到下部。而「本」的「臼」旁是會意偏旁，楚簡中移到上部之後完全喪失造字理據。可見戰國時期書寫具

〔註 410〕統計依據董蓮池《新金文編》，作家出版社，2011 年，第 19～20 頁。

〔註 411〕徐寶貴：《同系文字中的文字異形現象》，《出土文獻與古文字研究》（第 5 輯），上海古籍出版社，2013 年，第 411 頁。

有隨意性。

三、偏旁的「右—下」變換

戔：（清華簡《耆夜》簡1）　　（清華簡《祭公》簡12）

夜：（上博簡《亙先》簡11）　　（上博簡《民之父母》簡8）

好：（郭店《老子甲》8）　　（郭店《老子甲》32）

取：（上博《昭王毀室》6）　　（上博《孔子詩論》23）

畋：（上博《周易》8）　　（上博《競建內之》10）

改：（上博《孔子詩論》10）　　（上博《孔子詩論》11）

攻：（郭店《老子甲》39）　　（上博《孔子詩論》13）

政：（清華《命二》14）　　（清華《治政》16）

海：（上博《容成氏》5）　　（上博《民之父母》7）

晦：（上博《亙先》9）　　（上博《融師有成氏》8）

吁：（郭店《語叢二》16）　　（郭店《語叢二》15）

親：（上博《曹沫之陳》33）　　（上博《緇衣》19）

恥：（郭店《緇衣》28）　　（上博《孔子詩論》8）

裳：（包山199）　　（包山244）

殘：（信陽1-1）　　（郭店《尊德義》3）

鱻：（新蔡甲三8）　　（新蔡甲一25）

這個類別中重複出現較多的是義符跟「又」有關的字，如取、畋、改、攻、政。其次是以「母」為聲符的字，既可以寫在右部，也可以寫在下部。

「好」字的義符「子」既可以在右，也可以在下。《說文》中義符「子」也有類似的現象，如「李」字正篆作，或體作。

四、偏旁的「左—下」變換

庫：（清華簡《繫年》簡89）　　（上博簡《容成氏》簡51）

贈：（上博簡《孔子詩論》簡27）　　（清華簡《封許之命》簡6）

責：［字形］（上博《孔子詩論》9） ［字形］（郭店《太一生水》9）

賤：［字形］（清華《五紀》31） ［字形］（上博《緇衣》10）

貧：［字形］（清華《筮法》31） ［字形］（上博《曹沫之陳》3）

資：［字形］（包山簡 115） ［字形］（包山簡 103）

購：［字形］（上博《孔子詩論》27） ［字形］（清華《治政》29）

賜：［字形］（清華《命二》7） ［字形］（清華《治政》7）

觀：［字形］（上博《李頌》1 背） ［字形］（上博《王居》1 正）

緇：［字形］（郭店《緇衣》29） ［字形］（上博《緇衣》15）

緂：［字形］（上博《曹沫之陳》16） ［字形］（上博《周易》37）

綾：［字形］（上博《用曰》19） ［字形］（上博《緇衣》10）

祖：［字形］（上博《彭祖》1） ［字形］（上博《競建內之》2）

福：［字形］（清華簡《子產》15） ［字形］（清華簡《治政》43）

神：［字形］（清華簡《禱辭》13） ［字形］（清華簡《治政》43）

祈：［字形］（包山簡 266） ［字形］（清華簡《治政》43）

唯：［字形］（上博《柬大王泊旱》12） ［字形］（上博《性情論》34）

時：［字形］（郭店《五行》7） ［字形］（清華《邦道》7）

彗：［字形］（上博《三德》2） ［字形］（上博《民之父母》8）

譌：［字形］（上博《姑成家父》6） ［字形］（上博《忠信之道》6）

請：［字形］（上博《用曰》15） ［字形］（清華《太伯》乙 2）

詞：［字形］（上博《柬大王》14） ［字形］（上博《子羔》12）

謀：［字形］（上博《有皇將起》2） ［字形］（上博《天子建州》13）

數：［字形］（上博《三德》10）〔註412〕 ［字形］（上博《君子為禮》2）

板：［字形］（上博《容成氏》7） ［字形］（上博《緇衣》4）

樸：［字形］（郭店《老子甲》32） ［字形］（郭店《老子甲》9）

〔註412〕此處用為「姑嫂」之「嫂」，見劉國勝：《上博（五）零札（六則）》，武漢大學簡帛
網，2006 年 3 月 31 日。

棠：[字形]（上博《陳公治兵》4）　　　[字形]（上博《孔子詩論》4）

淒：[字形]（郭店《成之聞之》25）　　[字形]（上博《周易》58）

清：[字形]（郭店《五行》9）　　　　[字形]（郭店《老子甲》10）

澤：[字形]（郭店《語叢四》7）　　　[字形]（上博《彭祖》6）

測：[字形]（清華《厚父》9）　　　　[字形]（清華《保訓》5）

精：[字形]（郭店《緇衣》39）　　　[字形]（郭店《老子甲》34）

蚘：[字形]（上博《融師有成氏》7）　[字形]（新蔡甲三簡143）

忍：[字形]（清華《孺子》11）　　　[字形]（郭店《語叢二》51）

憂：[字形]（郭店《老子乙》4）　　　[字形]（郭店《唐虞之道》16）

懂：[字形]（清華《邦道》13）　　　[字形]（郭店《窮達以時》3）

狂：[字形]（清華簡《楚居》簡4）　　[字形]（上博簡《陳公治兵》簡12）

璿：[字形]（上博《容成氏》38）　　[字形]（新蔡乙一13）

釜：[字形]（上博《申公臣靈王》9）　[字形]（上博《吳命》5）

錢：[字形]（包山265）　　　　　　[字形]（上博《鮑叔牙与隰朋之諫》3）

壺：[字形]（清華《處位》3）　　　[字形]（清華《處位》2）

增：[字形]（九店簡50）　　　　　[字形]（清華簡《四告》23）

這種偏旁從左部變換到下部的字例中，出現最多的是从「貝」的字，共 7
例；其次分別是从言、示、水、心的字。在西周金文中，未見一例偏旁「言」
「水」「糸」「貝」左部變化為下部〔註413〕；水旁在字形下方是楚系文字的特徵，
如鄂君啟節中的 [字形]、[字形]。但西周金文中確也存在一個「示」旁從左部換位為
下部之例：

福：[字形]（善夫克盨）　　　　　　[字形]（周乎卣）

另外，義符「心」的「左—下」變換也體現在《說文》裡。如「怛」的正篆
作 [字形]，或體作 [字形]。

〔註413〕《說文》「警」、「譬」字言旁在下部，而馬王堆帛書《戰國縱橫家書》257 的「警」
字作「讝」、馬王堆帛書《天下至道談》12「警」字作「讝」，言旁在左側與金文構
字習慣同。

　　無論是左部還是右部偏旁移到下部，都鮮見於西周金文，而流行於戰國楚簡。這除了與戰國楚簡文字書寫的隨意性有關以外，也和書寫材質有關。竹簡為狹長條形，上下結構比左右結構的字更易於書寫安排。

五、偏旁的「內—外」變換

被：（清華簡《皇門》簡7）　　（包山簡199）

禮：（曾侯乙簡133）　　（曾侯乙簡176）

奮：（清華簡《耆夜》簡5）　　（上博簡《三德》簡1）

哀：（上博《天子建州甲》9）　　（包山111）

襄：（上博《孔子詩論》7）　　（清華《邦道》9）

甚：（郭店《老子甲》簡36）　　（郭店簡《唐虞之道》簡25）

昌：（郭店簡《緇衣》簡30）　　（清華簡《湯在啻門》簡9）

栖：（包山簡24）　　（包山簡7）

　　「衣」旁的內外變化未見於西周金文，「衣」作為義符一般在外。在《說文》中「裸」和「裏」的「衣」旁位置不同，而分為二字。[註414]楚簡文字「衣」旁單獨提出，增加了書寫的便利性。

　　「甚」字西周金文作（甚𤲟君簋）、（晉侯對盨），口旁均在外不在內。而「昌」字春秋晚期蔡侯盤作，圓圈在內，而戰國兵器銘文「昌」字的圓圈在外。偏旁內外的變換也是春秋晚期到戰國時的字形特點之一。

六、偏旁的多方向變換

塙：（包山簡76）　　（包山簡27）

　　（包山簡32）

糧：（清華簡《越公其事》簡5）　　（九店簡56-44）

　　（上博簡《鮑叔牙與隰朋之諫》3）

被：（包山簡199）　　（包山簡214）

　　（清華《皇門》7）

〔註414〕裘錫圭：《文字學概要》，商務印書館，2013年，第163頁。

裞：（上博《陳公治兵》12）　　（新蔡甲2）

（清華《四告》30）

以上六類中，明顯有相關性的是「左—右」與「左—下」變換。甚至有些偏旁既可以「左—下」變換也可以「左—右」變換，如：

	「左—右」變換	「左—下」變換
「示」旁	社、祝、禍、礻、禱、稷	祖、福
「言」旁	諫、訓、信、諆	譬、譌、請、詞、謀、數
「系」旁	結、縞、縫、綸、紒	縉、繈、綅
「木」旁	相、桎、樺	板、樸、棠

這種既可以「左—下」變換也可以「左—右」變換的現象也偶見於後世文字。如「禾」旁，在作為「秋」的偏旁時可作「烐」，是「左—右」變換；在作為「稿」的偏旁時可作「稁」，是「左—下」變換。

以上所有易位字種類中，左右變換最多，其次是左下變換，再次是右下變換。上下變換和內外變換較少。左右變換繼承自西周金文，左下變換和右下變換是戰國楚簡文字的新現象。

第七節　省略偏旁

王鳳陽指出「人們總是要求文字簡單、方便，駕馭容易，使用效率高。我們把文字的這種注定的發展趨向叫作文字的『簡易律』。」〔註415〕並且指出簡化漢字的方法包括簡化舊字。〔註416〕王寧指出「漢字職能的發揮，是兩個不可缺少的環節合成的，這就是書寫和辨認。就書寫而言，人們終是希望符號簡單易寫；而就認識而言，人們又希望符號豐滿易識，」這種矛盾使字形調整從而實現「繁簡適度的優化造型」。〔註417〕湯余惠在《略論戰國文字形體研究中的幾個問題》中論述了戰國文字中筆畫、偏旁的省略。並指出「確有相當數量的字形因省略而混同為別一個字，從而導致異字同形的消極後果」。〔註418〕林澐把文

〔註415〕王鳳陽：《漢字學》，吉林文史出版社，1989年，第817頁。

〔註416〕王鳳陽：《漢字字形發展的辯證法》，《社會科學戰線》，1978年第4期，第328～341頁。

〔註417〕王寧：《漢字構形學導論》，商務印書館，2015年，第28頁。

〔註418〕湯余惠：《略論戰國文字形體研究中的幾個問題》，《古文字研究》（第十五輯），中

字的簡化分為總體性簡化、截除性簡化和並劃性簡化。〔註419〕裘錫圭指出把省略分為省聲和省形,認為原因是「為求字形的勻稱和書寫的方便」兩個。省聲是把字形繁複或面積太大的聲旁省去一部分、省出聲旁的部分安置形旁,而省形是把字形繁複的形旁省去一部分、省去形旁的一部分安置聲旁。〔註420〕黃德寬論述了簡化會造成省形和省聲。〔註421〕林清源把漢字簡化方式分為省圖義符、省略音符、省略同形、截取特徵、單字共用部件、合文共用部件。〔註422〕張靜把郭店異體字中的省簡分為筆畫簡省、偏旁簡省。偏旁省簡又細分為簡省義符、簡省聲符、省簡同形、符號代替、單字借用偏旁、和簡省偏旁。〔註423〕張新俊在論述上博楚簡文字簡化時將簡化分為重複偏旁的簡化、聲符的減省和義符的減省,其中義符的減省較多,列舉了省刀、省斤、省匕、省勺。〔註424〕

　　省形總體上包括簡省筆畫和簡省偏旁。但簡省筆畫之後通常並不形成新的字,所以與完整字形之間並非異體字關係,所以不在本文討論範圍。這裡的「省形」僅為異體字中省略偏旁之形。

　　省形是有時代性的。甲骨文「聲」𣄴可以省略口、攴旁而作𡔈。〔註425〕楚簡省略至𡔈(上博簡《柬大王泊旱》簡10),與甲骨文省形呈現出完全不同的形態。

　　在討論戰國楚簡文字中省略偏旁之前,要釐清幾個概念。

　　首先是通假與省略偏旁。一個形聲字與它的被諧字之間具有的音韻關係,也可以理解為省略形符的關係。楚簡中一個字常常省略到祇保留其諧聲偏旁,如「青」,同時是靜、情、清、精的省形〔註426〕,也用作顏色之本義。以往的處理方法是將之看作通假,因為青與靜、青與情等肯定是有語音關聯的。但不可

華書局,1986年,第9~19頁。

〔註419〕林澐:《古文字學簡論》,中華書局,2012年。

〔註420〕裘錫圭:《文字學概要》(修訂本),商務印書館,2013年,第156~161頁。

〔註421〕黃德寬:《古漢字形聲結構聲符初探》,《安徽大學學報(哲學社會科學版)》,1989年第3期,第100~107頁。

〔註422〕林清源:《楚國文字構形演變研究》,台灣東海大學博士學位論文,1997年。

〔註423〕張靜:《郭店楚簡文字研究》,安徽大學博士學位論文,2002年。

〔註424〕張新俊:《上博楚簡文字研究》,吉林大學博士學位論文,2005年。

〔註425〕黃天樹:《古文字研究——黃天樹學術論文集》,人民出版社,2018年,第22頁。

〔註426〕西周班簋已出現「靜」字,春秋時期者減鐘已出現「清」字,而「情」「精」「請」在楚簡已經出現。所以「青」可以說是這些字的省形。

忽略的是，與一般通假不同，這些字還存在字形關聯，並且有可能一個字是另一個字的省形，所以看作省略也無不可。這種情況本文均放在「省略」之下進行討論。

其次是增加偏旁與省略偏旁。與後世文字不同的是，先秦文字沒有標準字，所以甲對乙來說是省略偏旁，乙對甲來說就是增加偏旁。如果有更早的字形作參照，如甲骨文、金文，如果早期字形為簡，就是增加偏旁；如果早期字形為繁，就是省略偏旁。不過也有大量字形祗見於戰國時期，沒有更早字形作參照，還同時兼有繁形和簡形。這就增加了判斷難度。

再次是偏旁的省略與省略偏旁。偏旁的省略是指對偏旁進行局部減省，省略後的偏旁不再成字。如林清源〔註427〕、胡志明〔註428〕都曾提到楚簡中省略圓圈的「瞏」字，楚簡文字中還有從「瞏」之字亦可省去圓圈，如：

環：![字形]（望山簡 1-54）　　　![字形]（包山簡 214）

還：![字形]（上博簡《曹沫之陳》簡 12）　![字形]（郭店簡《成之聞之》簡 38）

嬛：![字形]（新蔡簡甲三 204）　　![字形]（曾侯乙簡 174）

鐶：![字形]（天策）〔註429〕　　　![字形]（望山簡 2-37）

遠：![字形]（郭店簡《老子甲》簡 10）　![字形]（郭店簡《緇衣》簡 43）

「瞏」和「袁」是這些字的聲符，省略圓圈之後並不成字。又如楚簡中的「賞」完整的字形作![字形]（上博簡《曹沫之陳》簡 35），從貝尚聲。「尚」可省口，作![字形]（郭店簡《六德》簡 11）。再如「堂」可作![字形]（清華簡《赤鵠》簡 3）或![字形]（郭店簡《老子甲》簡 10），從土或立，尚聲。其中聲符尚可省口作![字形]（清華簡《祝辭》簡 1），或省掉兩端豎筆作![字形]（上博簡《競建內之》簡 10）。曹錦炎師也曾指出楚璽「流」字本作![字形]，可省圓圈作![字形]，右部訛為![字形]；「毓（毓）」省略圓圈訛為「嫭」。〔註430〕

再如楚簡僉字作「![字形]」（郭店簡《老子甲》簡 5），中間的兩「口」形可省

〔註427〕林清源：《楚國文字構形演變研究》，東海大學中國文學系博士論文，1997 年。

〔註428〕胡志明：《戰國文字異體現象研究》，福建師範大學博士學位論文，2010 年，第 87 頁。

〔註429〕滕壬生：《楚系簡帛文字編》，湖北教育出版社，2008 年，第 1165 頁。

〔註430〕曹錦炎：《說流——從黃賓虹舊藏的一方古璽談起》，第三屆「孤山証印」西泠印社國際印學峰會論文，2011 年。

略，如清華簡《筮法》的「劍」字（簡47）。還有《緇衣》中的「砧（玷）」字，上博簡作（簡18），郭店簡該字作（簡35）。作為聲符的「占」之卜旁被省略，整個字的聲符由「占」變為「口」而不表聲，失去構字理據。〔註431〕

以上都是對偏旁的省略，許慎在《說文解字》中把這種現象表述為「某省」。

楚簡省略偏旁者眾，就像靜、情、清、精省為「青」一樣，會造成同形字。再如郭店簡《成之聞之》簡40「古（故）君子慎六立（位），以天常」，可隸定為巳，是祭祀之祀省略義符之形；上博簡《周易》簡41「橐（包）亡（無）魚，兇」，是（新蔡甲三簡144）即「起」字之省。「祀」和「起」均省略祇剩聲符「巳」，造成異字同形。這在以往的表述中，就是通假帶來的異詞同形。

偏旁的省略會破壞字的表義或表音功能，字形的變化造成理據的缺失，為認讀造成困難。如郭店簡《成之聞之》簡31「天大常」，字學界主要有兩種觀點：一種釋「茬」或「徵」省，有可靠的字形證據，以張光裕、李學勤、李零等學者為代表；一種釋「降」省，文意較通順，以郭沂、陳偉、劉釗等學者為代表。〔註432〕單育辰指出這個字既可以看做「茬」的省形，也可以看做「降」的省形，所以「祇能靠文義和書手書寫的習慣區分」。〔註433〕

研究楚簡文字省略偏旁現象有助於對偏旁性質的研究。如《說文》對「雀」的字形分析是「从小、隹」，即許慎認為「雀」是會意字。楚簡的「爵」記作「雀」，字形為（郭店簡《緇衣》簡28）。或增加竹頭，如（上博簡《容成氏》簡43），「雀」可省為「少」，如（清華簡《繫年》簡71）〔註434〕。

楚文字的省形，常見省略的是義符，已有學者對此有研究。〔註435〕但作為書寫符號，最終呈現的字形，也就是省略之後保留的構形符號，究竟如何記錄語言，是更需要研究的。至今學界沒有對戰國楚簡文字的最簡字形分析，故本

〔註431〕類似的省形還見於楚文字中的「肖」，此字各家說法詳見單育辰：《楚地戰國簡帛與傳世文獻對讀之研究》，中華書局，2014年，第60～61頁。
〔註432〕諸家說法見單育辰《〈成之聞之〉集釋》，《郭店〈尊德義〉〈成之聞之〉〈六德〉三篇整理與研究》，科學出版社，2015年，第194～197頁。
〔註433〕單育辰：《郭店〈尊德義〉〈成之聞之〉〈六德〉三篇整理與研究》，科學出版社，2015年，第197頁。
〔註434〕見禤健聰：《戰國楚系簡帛用字習慣研究》，科學出版社，2017年，第187頁。
〔註435〕可參孫合肥：《戰國文字形體研究》，安徽大學博士學位論文，2014年。

文著重研究省形之後的最簡字形。

楚簡中的「＝」可作為省形符號，但也有例外。如楚簡完整的「命」作 （此處為示意，實際見原文圖）（郭店簡《緇衣》簡 14），或可省略「口」作 （郭店簡《緇衣》簡 37）。下面兩橫常常理解為省略口旁的符號，但清華簡《程寤》簡 3 的「命」作 ，沒有任何省形情況卻增加「省形符號」。〔註436〕

省形中最為常見的是形聲字省略義符。

（一）喪

「喪」甲骨字形作 ，西周早期下部增加的「亡」為聲化偏旁，字形如 （祈作父戊鼎）。楚簡承襲金文作 （郭店簡《語叢一》簡 98），上部从桑得聲，下部為「亡」。也有的承襲甲骨文字形作 （上博《民之父母》6）、 （安大簡《詩經》簡 115），沒有聲化偏旁「亡」。

曹錦炎師指出此字省形繁多。〔註437〕大西克也對楚簡中的「喪」之省形作了梳理。〔註438〕可省略作 （上博《武王踐阼》22）， （上博《弟子問》7）、 （清華簡《命訓》4）、 （上博《天子建州》甲 4）、 （清華簡《湯處於湯丘》7）。在增加義符時，「喪」完整之形和省形都能參與構字，如 （上博《鮑叔牙》2）和 （上博《三德》16）、 （清華簡《邦政》簡 5）。上舉省形中，不能省略的是聲化偏旁「亡」，而義符或保留「喪」之二「口」、或保留木上之屮形。

光是清華簡《四告》《子產》同篇中就出現了不同的省形，雖然只有繁簡關係，但它們並不是同用：

清華簡《子產》	 06：所以知自有自喪也。	 21：桑丘

〔註436〕孟蓬生認為這個字實則是「冷」，＝是構字偏旁而非省形符號，詳見孟蓬生《說「令」——侵脂通轉例說之一》，《古文字研究》第二十九輯，中華書局，2012 年，第 701～702 頁。

〔註437〕曹錦炎：《〈天子建州甲本乙本〉釋文》，《上海博物館藏戰國楚竹書》，上海古籍出版社，2007 年，第 316 頁。

〔註438〕大西克也：《釋「喪」「亡」》，《第二十八屆中國文字學國際學術研討會論文集》，台灣大學，第 377～404 頁。

清華簡《四告》	 8：周邦之亡綱紀，畏聞喪文武所周邦刑法典律。	 45：遇天喪亂于我家。

（二）與

「與」完整字形作 ![字](郭店《緇衣》簡 22），可省兩「爪」形作 ![字](郭店《老子甲》簡 20），最簡字形是 ![字]（郭店《語叢三》簡 11），省略了兩「爪」形和「廾」。![字]即「牙」字，「牙」為「與」之聲符。「與」的省形可僅保留聲符。《五紀》同篇之中繁簡同用：

天為首，地 ![字] 四〔79〕宄 ![字] 行、明星、顓頊、司盟為脊，甲子之旬是司。高大、大川、大山 ![字] 月、婁、觻躬、少昊、司祿……〔80〕……甲戌之旬是司。大音、大石、稷匿 ![字] 日……

（三）壽

商代晚期的「壽」字作 ![字]（無壽觚），可隸定為「畤」；西周金文「壽」字增加義符「老」省，字形作 ![字]（師器父鼎）；也可省口作 ![字]（此簋）。金文「壽」字就經歷了由簡到繁、再由繁到簡的過程。楚簡中的「壽」字形作 ![字]（新蔡甲二 6）、![字]（安大簡《詩經》簡 51），從老省、畤聲。也可省作 ![字]（包山簡 94）、![字]（清華簡《迺命二》簡 15），保留其聲符。「壽」之省形亦可參與構字，如 ![字]（上博簡《吳命》簡 6）。作為聲符的「畤」還可以進一步省略「曰」作 ![字]（上博簡《天子建州乙本》簡 5）。

（四）顧

楚簡中的「顧」從貝（視）、寡聲，如 ![字]（郭店簡《緇衣》簡 34）、![字]（上博簡《弟子問》簡 8）。但大部分時候該字省略義符「貝（視）」，保留其聲符「寡」，如 ![字]（郭店《尊德義》15）。

會意字省減義符也是常見的省略方法。

（五）則

金文「則」作　（段簋），或省為　（何尊），是從刀、從鼎的會意字。孫常敘指出兩鼎一刀會「照樣作器」之意，為《說文》「則，等劃物也」所本。〔註439〕楚簡中的「則」字有如下幾種變體：

劓：　（上博簡《用曰簡》7）　　　　　（郭店簡《老子丙》簡6）

　　　（郭店簡《尊德義》簡13）　　　（上博簡《緇衣》簡4）

　　　（郭店簡《五行》簡13）　　　　（上博簡《子羔》簡6）

　　　（上博簡《競公瘧》簡7）

則：　（上博簡《緇衣》簡2）　　　　（上博簡《子羔》簡2）

　　　（上博簡《武王踐阼》簡14）

𠚎：　（上博簡《武王踐阼》簡14）

刞：　（郭店簡《老子丙》簡12）　　　（郭店簡《五行》簡6）

　　　（郭店簡《緇衣》簡1）　　　　（上博簡《競公瘧》簡12）

旦：　（郭店簡《老子甲》簡35）　　　（郭店簡《緇衣》簡31）

鼎：　（郭店簡《五行》簡46）　　　　（郭店簡《六德》簡48）

　　　（郭店簡《性情論》簡31）　　　（郭店簡《緇衣簡》4）

以上最簡之形為「旦」，且「旦」能參與構字（如「惻」字郭店簡《老子》甲簡1作　）。「鼎」形有些訛為了「貝」，甚至訛為「目」。刀可以省略，鼎足之形也可以省略。我們對楚簡中「則」的幾種省形進行了統計，以上博簡（一～九冊）為例，使用「劓」的共22篇，使用「刞」的12篇，使用「則」的10篇，使用「鼎」的有1篇，使用「𠚎」的有1篇，可見一斑。楚簡中也有同一篇同用繁簡兩種不同「則」的，比如：

同時使用劓和則：上博《緇衣》、上博《史蒥問夫子》

同時使用劓和刞：郭店《老子》（丙）

同時使用則和刞：郭店《五行》、上博《舉治王天下》、上博《鬼神之明》、

〔註439〕孫常敘：《則、灋度量則、則誓三事試解》，《古文字研究》，第7輯，中華書局，1982年，第7～24頁。

上博《競公瘧》、上博《吳命》、上博《曹沫之陳》

同時使用劋和旦：郭店《緇衣》

李松儒指出上博簡《緇衣》、《競公瘧》和《吳命》出自同一書手[註440]。跟少數省刀的「則」相比，使用「劓」以及簡化字形「劋」和「則」在戰國楚簡中是非常普遍的。省略的義符「刀」，「鼎」形訛為「貝」，「貝」又進一步省變，最簡字形「旦」已完全看不出構字理據。

因為「則」在使用時高頻作為連詞，極少使用本義。所以導致在楚簡文字字形減省嚴重。

（六）解

楚簡的「解」作 ![字形] （郭店《老子甲》簡27）、![字形]（清華簡《迺命一》簡12），從刀、牛、角，會以刀判牛角之意。楚文字也可省作 ![字形]（上博簡《孔子詩論》簡20），與「則」一樣省略刀旁。

清華簡《子產》簡17的「繲」字作 ![字形]，從糸、解聲。上博簡《曹沫之陳》簡16的 ![字形] 字釋讀有爭議。整理者、陳劍、李銳隸定為「縉」，李零隸定為「繲」，陳斯鵬、魏宜輝隸定為「縡」。[註441] ![字形] 右部從角、從牛，可視為「解」省形，因省形可參與構字，故從李零之說為妥。

張顯成、王玉蛟指出長沙東牌樓東漢簡50正2的「解」字作「觧」，這屬於減省的過程中，「省去一些不重要部件的例子」[註442]。「解」與上文的「則」一樣，都是省掉了義符「刀」。

（七）射

清華簡《赤鵠》簡1「射」字作 ![字形]，從弓、從矢、從夬，也可省作 ![字形]（郭店《窮達以時》簡8），清華簡《孫子》簡7省作 ![字形]，弓是不可省之偏旁。

以上幾例會意字中，使用頻率極高的「則」最簡字形已看不出造字理據，其他字形都保留較重要義符：「解」保留牛、角；「射」保留弓，矢或夬可省其中一個。

〔註440〕李松儒：《戰國簡帛字跡研究——以上博簡為中心》，上海古籍出版社，2015年。
〔註441〕諸家說法詳見單育辰《〈曹沫之陳〉文本集釋及相關問題研究》，吉林大學碩士學位論文，2006年，第114～115頁。
〔註442〕張顯成，王玉蛟：《秦漢簡帛異體字研究》，人民出版社，2016年6月，第80頁。

不少學者也提到，重複偏旁可省。如楚文字中的 ⿰⿱草、⿰⿱、⿰⿱、⿰⿱羽 等字都可省略重複偏旁。〔註443〕此處再舉幾例。

（八）皆

楚簡承襲金文的「皆」作 ⿰（上博《子羔》9），从二人；清華簡《繫年》52 省略一個「人」作 ⿰，兩「人」省為一「人」；或省「虍」作 ⿰（郭店《老子甲》15）。上博簡《季庚子問於孔子》簡 7 的「毋逆百事，⿰ 請行之」，何有祖直接釋為「皆」〔註444〕，也是兩人省為一人。

一些構形不明的字，研究其省形就相對比較困難。

（九）臨

「臨」西周金文作 ⿰，構形不明。林義光認為下部為「品」意為眾物，可備一說。楚簡文字完整寫法作 ⿰（清華簡《耆夜》簡 8），也可省作 ⿰（包山簡 79）、⿰（清華簡《廼命一》簡 18）或 ⿰（上博簡《弟子問》簡 9）。另外，清華簡《命訓》簡 12 有 ⿰，對應今本作「臨」，所以字形下部之 ⿰ 是雜糅了「靈」和「臨」的一部分〔註445〕。「臨」不可省之偏旁是兩口，人和臣或省。

（十）罷

郭店簡《六德》簡 19「能與之齊，冬（終）身弗改之矣」，陳偉指出此句與傳世古書對讀，可以確知「能」讀作「一」。〔註446〕所以「能」是楚簡「罷」之省。「罷」字構形理據不明，石小力認為是羽翼的「翼」的異體〔註447〕。此省略羽。

而偏旁較多的字，省減不同的偏旁，就會有不同的異體。

〔註443〕徐寶貴：《同系文字中的文字異形現象》，《出土文獻與古文字研究》（第 5 輯），上海古籍出版社，2013 年，第 385 頁。

〔註444〕何有祖：《〈季庚子問於孔子〉與〈姑成家父〉試讀》，武漢大學簡帛網，2006 年 2 月 19 日。

〔註445〕石小力：《談談清華簡第五輯中的訛字》，《出土文獻》第 8 輯，中西書局，2016 年，第 129 頁。

〔註446〕陳偉：《郭店楚簡別釋》，武漢大學簡帛網，2005 年 11 月 2 日。

〔註447〕石小力：《說戰國楚文字中用為「一」的「翼」字》，《中國語文》2022 年第 1 期，第 106～113 頁。

（十一）篤

楚簡中用為「篤」的字有如下幾種構形：

篤：（上博簡《性情論》簡 24）

（上博簡《性情論》簡 33）

筥：（郭店簡《老子甲》簡 24）　　（郭店簡《性自命出》簡 55）

（清華簡《管仲》簡 16）　　（安大簡《詩經》簡 27）

笪：（清華簡《越公其事》簡 14）

竺：（上博簡《容成氏》簡 9）

幾種字形中最簡字形為筥和竺〔註 448〕（「二」為省形符號），均由兩個偏旁構成：竹是必不可省的偏旁。而其餘字形中的肉、心可省。《說文》認為「篤」是从竹得聲的，所以這裡不可省的仍是聲符。

（十二）築

楚簡中用為「築室」的「築」字有如下諸形：

篁：（上博簡《容成氏》簡 38）

笙：（上博簡《周易簡》22）

筥：（郭店簡《窮達以時》簡 4）

笙：（清華簡《說命上》簡 2）　　（清華簡《周公之琴舞》簡 13）

竺：（九店簡 56-13）

另外，楚帛書中「築」字作 ，嚴一萍指出此字从攴、筥聲。〔註 449〕楚簡「築」字完整字形是「篁」（字形與《說文》古文同），最簡字形有「筥」「笙」和「竺」。其中從《周公之琴舞》中的「」字雖然整理者隸定為笙，但下部的「土」形是書手雜糅了「二」和「土」的一種訛形。「筥」字同為「篤」和「築」的省形，成為了同形字。而楚簡中「筥」和「竺」可以讀為「孰」和「熟」〔註 450〕，仰天湖簡中「竺」用為「竹」。「築」不可省的偏旁是聲符「竹」。「築」

〔註 448〕《說文》「竺，厚也」，「篤，厚也」，「筥，厚也」，段玉裁認為這些字是古今字的關係。

〔註 449〕詳見徐在國《楚帛書詁林》，安徽大學出版社，2010 年 8 月，第 408 頁。

〔註 450〕通假對應關係詳見陳斯鵬《楚系簡帛中字形與音義關係研究》，中國社會科學出版社，2011 年，第 17～19 頁。

和「篤」省略之後形成同形字。

（十三）懼

楚簡「懼」的完整寫法作 （清華簡《繫年》簡 106）。但最常省隹形作 （上博簡《姑成家父》簡 8）、（清華簡《五紀》簡 125）。「思」這種形體可能也是受楚簡「恐」（）類化影響。「懼」可省「心」作 （上博簡《邦人不稱》簡 8）。「眲」和「隹」實際上是一體的，省「隹」破壞其表意性。「思」和「瞿」都是「懼」的省形，「眲」是不可省的部件。這裡的「眲」不是金文中的 ，它是「瞿」省，應該是攜帶「瞿」的聲音信息的。因此「懼」不能省作「惟」形。

（十四）紳

西周金文「紳」字作 （伊簋），左部以手治糸形，東、田均為聲符。[註451] 春秋時期蔡侯申器該字作 ，東形省減下部。楚文字中較完整的「紳」作 （郭店《緇衣》37）、（清華簡《越公其事》簡 14）、（清華簡《命訓》簡 13），也可省作 （上博《莊王既成》8）或 （包山 150）、（清華簡《子產》簡 2）。最簡字形為「糸＋田＋田」或「糸＋中＋田」，可以推測楚簡文字在省形時是從整體考慮的。「田+田」的組合出現在字形 中，詳見下，而「疆」也可省作「土＋田＋田」。「緝」與「壃」右部來源不同，僅靠左邊部首區分。

（十五）疆

周早期金文中的「疆」寫作 （盂鼎），春秋時期增加義符土作 （秦公簋）。楚簡中有如下幾種「疆」形：

疆：（清華簡《楚居》簡 8）　　　（清華簡《程寤》簡 19）

　　（上博簡《曹沫之陳》簡 17）

畕：（上博簡《孔子詩論》簡 9）

摺：（清華簡《治政之道》簡 16）

[註451] 裘錫圭、李家浩：《談曾侯乙墓鐘磬銘文中的幾個字》，《古文字論集》，中華書局，1992 年，第 423 頁。

垣：（清華簡《治政之道》簡 41）

彊：（清華簡《芮良夫毖》簡 22）

彊：（清華簡《耆夜》簡 9）　　（上博簡《凡物流形乙》簡 7）

字形最完整的「疆」是《楚居》中的形，弓、田、土均不省，且二「田」形上下都有橫劃為界。最簡省的「疆」作「畕」，只保留田和一條橫劃作為界限，有圖像表義作用，是象形文字的遺留。從「土」可複增看出，「疆」構形中除了「田」外，最重要的義符就是「土」。

「彊」形中，雖然「田」上增加屮形，使得整個字形與「紳」右部接近，但由於有義符「土」（而「紳」是不會出現義符「土」的），所以此字是「疆」不是「紳」。〔註452〕

（十六）梁

楚簡中的「梁」的字有以下一些異體：

稞：（包山簡 163）　　　　（包山簡 165）

　　（包山簡 169）

邶：（包山簡 179）

梁：（清華簡《繫年》34）　　（清華簡《治邦之道》簡 22）

粱：（上博簡《競公瘧》簡 1）　　（清華簡《禱辭》簡 14）

秌：（包山簡 157）　　　　（上博簡《鮑叔牙》簡 1）

棶：（上博簡《三德》簡 18）

汖：（郭店簡《成之聞之》簡 35）

「汖」「秌」「棶」和「邶」是最簡字形，表聲的「刅」不可省，水、禾、木、邑旁均可表意。與金文汖作為聲符不同，楚簡中更加隨意，「刅」可單獨作聲符，「秌」「棶」也可整體組合作為聲符。

王子楊列舉金文中「稻粱」之「粱」，大多數是从米、刅聲的，或从米、汖聲。〔註453〕楚簡「飽粱食肉」之「粱」也可作（上博《魯邦大旱》6），也是

〔註452〕清華簡《周公之琴舞》簡 5 有，對於此字是「疆」還是「紳」學界尚有爭議。

〔註453〕王子楊：《甲骨文字形類組差異現象研究》，中西書局，2013 年，第 326～330 頁。

从木刃聲之字，此「杫」恰與「梁」之省形「杫」為同形字。

（十七）墮

西周銅器變公盨有「陸山濬川」，裘錫圭指出「陸」即《說文》「墮」字字頭，象用手使阜上之土墮落，是一個表意字。[註454] 李守奎、劉波對古文字中的「陸」的形音義有詳細的討論。[註455] 楚簡中的「陸」有如下幾種字形：

陸：（包山簡 138）　　（上博簡《三德》簡 13）

　　（上博簡《周易》簡 26）　（清華簡《管仲》簡 9）

　　（清華簡《四告》簡 40）

陸：（郭店簡《唐虞之道》簡 26）

陵：（上博簡《周易》簡 16）

陣：（郭店簡《老子甲》簡 18）

陷：（包山簡 171）

陸：（包山簡 163）

其中最簡的字形為「陸」和「陷」，都由三個偏旁構成：必不可少的偏旁是「阜」和「土」，二者都是義符。另外幾個字形中，可省略的偏旁是「又」「田」「山」。說明在「墮」「惰」「隨」等詞中，「手部動作」這個要素已經不再重要，也就是其本義在戰國時期不凸顯。而字形中的阜、土、田，其相關性在本文義符替換中已經分析，楚簡書寫者對這幾個義符的相關性是清楚的。很有可能楚簡書寫者並不清楚「陸」的造字本義。

（十八）阪

楚簡裡的「阪」有三種形體：

陸：（上博簡《曹沫之陳》簡 43）

坙：（安大簡《詩經》43）

阪：（安大簡《詩經》42）

〔註454〕裘錫圭《變公盨銘文考釋》，《裘錫圭學術文集・金文及其他古文字卷》，復旦大學出版社，2015 年 8 月，第 148 頁。

〔註455〕李守奎、劉波：《續論陸字構形與陸聲字的音義》，《古文字研究》，第二十九輯，中華書局，2012 年，第 654～660 頁。

第一種是「阪」的完整字形，也是楚簡最常見的字形。安大簡《車鄰》篇「阪」有後兩種省形。聲符「反」不可省，義符阜和土可留其一。這個例子也揭示了義符「阜」和「土」的相關性。

（十九）繽

曹錦炎師指出蔡公子繽戈中的「繽」字作［字形］，並指出相關字形均為「繽」之異體，讀為「慎」〔註456〕。楚簡中用為「慎」的字有如下幾種構形：

訢：［字形］（郭店簡《老子甲》簡11）　　［字形］（郭店簡《緇衣》簡30）

　　［字形］（上博簡《彭祖》簡2）　　　　［字形］（清華簡《孺子》簡13）

　　［字形］（安大簡《詩經》73）

釿：［字形］（郭店簡《老子丙》簡12）　　［字形］（郭店簡《成之聞之》簡19）

　　［字形］（上博簡《中弓》簡23）　　　　［字形］（清華簡《管仲》簡10）

　　［字形］（安大簡《詩經》74）

繸：［字形］（郭店簡《五行》簡16）　　［字形］（上博簡《孔子詩論》簡28）

　　［字形］（清華簡《治邦之道》13〔註457〕）

斬：［字形］（上博簡《三德》簡12）　　［字形］（清華簡《周公之琴舞》簡4）

　　［字形］（清華簡《管仲》簡23）

訴：［字形］（郭店簡《五行》簡17）

言：［字形］（上博簡《性情論》簡39）

以上互為異體的字，最繁字形是「繸」；較簡形式是「訢」「釿」「訴」，都由三個偏旁構成：其中必不可少的偏旁是「言」和「斤」。關於該字的聲符存在分歧，陳偉武認為聲符為「祈」，〔註458〕陳劍認為聲符為「斦」，〔註459〕裘錫圭

〔註456〕曹錦炎：《蔡公子繽戈与楚簡中的「慎」》，《古文字研究》第三十輯，中華書局，2014年，第174～177頁。

〔註457〕此字讀為「慎」，同篇簡22有不從心的［字形］，用為「順」。所以該篇中這兩種字形不同用。

〔註458〕陳偉武：《舊釋「折」及從「折」之字平議——兼釋「慎德」和「愼終」問題》，《古文字研究》第22輯，中華書局2000年，第251～261頁。

〔註459〕陳劍：《說「慎」》，《甲骨金文考釋論集》，線裝書局，2007年，第39～53頁。

認為此字為「丨」聲。〔註460〕「丨」「糸」「心」三個偏旁可以隨意組合；最簡字形作「言」，「丨」是聲符。「慎」西周金文中的異體也很多，但沒有一例是省略了「斤」的〔註461〕，「言」是楚簡文字獨有的省形。

（二十）璧

西周金文的「璧」寫作 ![字形]（琱生簋）。春秋時期洹子姜壺的「璧」作 ![字形]，從尸、辛、玉、○，「○」象玉璧之形，或省「○」作 ![字形]。而楚簡中的「璧」有如下幾種異體：

璧： ![字形]（新蔡簡甲三 181）　　　　![字形]（清華簡《治政之道》27）

壁： ![字形]（新蔡簡甲一 11）　　　　　![字形]（清華簡《五紀》簡 87）

辟： ![字形]（上博簡《魯邦大旱》簡 3）　　![字形]（清華簡《金縢》6）

玨： ![字形]（上博簡《競公瘧》簡 1）

「璧」沿襲西周金文為完整之形，「壁」省玉璧形，而「辟」省尸，玨為最簡字形。不可省之形為玉、辛，尸和○均可省略。其中「玉」形起區別性作用，與辟（![字形]）區別開，但「辟」不可省尸和○。第三種和第四種省「尸」的字形不見於西周金文〔註462〕。

（二十一）陵

楚簡「陵」可作 ![字形]（上博《柬大王泊旱》19）、![字形]（清華簡《四時》24）。「陵」作 ![字形]（包山 153）或 ![字形]（包山 154），所從的「陵」聲符不同。劉釗指出金文的「夌」完整字形作 ![字形]（夌姬鬲），「陵」作 ![字形]（陵尊），下部兩粗筆是聲符「冰」。〔註463〕![字形] 是最簡字形，義符阜不可省，聲符保留兩點的冰聲。

〔註460〕裘錫圭：《釋郭店〈緇衣〉「出言有丨，黎民所訂」——兼說「丨」為「針」之初文》，《裘錫圭學術文集·簡牘帛書卷》，復旦大學出版社，2012 年，第 389～394 頁。

〔註461〕詳見田煒：《西周金文字詞關係研究》，上海古籍出版社，2016 年，第 127～128 頁。

〔註462〕朱鳳瀚曾公佈一件觥，銘文中的 ![字] 字，郭永秉認為是「璧」字之訛。若此說不誤，那麼金文中便有「辟」形之「璧」。朱鳳瀚：《新見金文考釋（二篇）》，《出土文獻與古文字研究》（第 6 輯），上海古籍出版社，2015 年，第 123～142 頁。

〔註463〕劉釗：《金文考釋零拾》，《古文字考釋叢稿》，嶽麓書社，2005 年 7 月，第 120～122 頁。

（二十二）遲

「遲」字甲骨文時期已見，字形作 ![字形]（合集 14912），西周金文作 ![字形]（柞伯簋），從彳、從尸、從辛。「彳」也可以增加「止」作「辵」如 ![字形]（伯遲父鼎）。戰國早期的令狐君嗣子壺有「康樂我家，屖屖康盅」，「遲」省辵旁。總體來說「遲」字金文字形變化較為穩定，構字偏旁為彳/辵、尸、辛。楚簡中的「遲」異體較多，可以分為如下幾類：

遲： ![字形]（郭店簡《老子乙》簡 10）　　　 ![字形]（包山簡 198）

　　 ![字形]（天星觀簡）　　　 ![字形]（望山簡 1-62）

屖： ![字形]（上博簡《孔子詩論簡》2）

達： ![字形]（新蔡簡甲三 112）

㠯： ![字形]（上博簡《民之父母》簡 8）

以上可見楚簡中最完整的字形「遲」已經不再使用了，而最簡字形可作「㠯」。而「㠯」是一個多功能的表音符號，楚簡中又可以用為「夷」。「遲」都是辵、尸、辛三者的任意兩兩組合。

（二十三）遊

西周金文有「斿」字作 ![字形]（斿鼎），春秋時期有「游」作 ![字形]（莒平鐘），也有從辵的「遊」如 ![字形]（伯遊父鼎）。不可省之偏旁是「扸」和「子」。楚簡中「遊」字的異體有以下幾種：

遊： ![字形]（包山簡 35）　　　 ![字形]（郭店簡《性自命出》簡 33）

　　 ![字形]（郭店簡《語叢三》簡 12）　　 ![字形]（上博簡《子羔》簡 7）

　　 ![字形]（清華簡《子儀》簡 17）　　 ![字形]（清華簡《越公其事》簡 27）

　　 ![字形]（清華簡《四告》28）

迀： ![字形]（包山簡 277）

澄： ![字形]（上博簡《三德》簡 21）

清華簡《耆夜》簡 5「遨遊」合文作 ![字形]，「遨」的聲符「毛」佔據了「水」或「彳」的位置，辵省為止，可以看作沒有義符損耗。

「迀」是最簡之形，而使用最多的是「遊」。不可省的偏旁是「子」和「辵」，

「水」「㳄」可省。金文「游」沒有省「㳄」之形。

（二十四）窮

楚簡「窮」有如下幾種異體：

窮：（清華簡《楚居》簡 1）　　（清華簡《子儀》簡 5）

　　（清華簡《湯在啻門》簡 10）　（清華簡《四時》24）

窅：（安大簡《詩經》105）

窮：（郭店簡《成之聞之》簡 14）　（清華簡《攝命》1）

穿：（郭店簡《窮達以時》簡 11）

窮：（郭店簡《成之聞之》簡 11）

清華簡《五紀》同篇用法完全相同的「窮」：

　　　7　　　　　　24　　　　　35

「穿」是「窮」的最簡字形，「宀」和「身」是不可省的偏旁，「呂」「臣」可省。而楚簡中「躬身」的「躬」除了作「躬」之外，也作穿、窮形，應為聲音之通假。

作為「窮」這個詞的優先級義符「宀」和「身」，與另外兩個義符「呂」「臣」的組合有以下幾種結果結果：「宀」可以組合為「宮」「宦」「穿」；「身」可以組合為「躬」「軀」「穿」。以上 5 種減省結果，有 3 種已經是其他的詞（「宮」「宦」「躬」）。「軀」「穿」在理論上可能成為「窮」的最簡字形，目前楚文字還未見「軀」。

（二十五）瑤

珤：（包山簡 173）

柔：（上博簡《容成氏》簡 38）

楚簡中的「瑤」寫作「珤」，可省義符玉。「柔」也是「謠」和「搖」的聲符，楚簡「謠」字從言、柔聲，字形如（郭店簡《性自命出》簡 24）；「搖」從攴、柔聲，字形如（上博簡《君子為禮》簡 7）。

（二十六）深

趙平安對古文字中的「罙」進行過梳理，指出 演變為 。〔註464〕楚簡中的「深」以「罙」為聲符：

深：（郭店簡《老子甲》簡8）　（上博簡《魯邦大旱》簡8）

　　（清華簡《廸命一》10）

宋：（郭店簡《五行》簡46）

有時完全省為「罙／宋」，如 （清華簡《芮良夫毖》簡26）、（清華簡《子產》簡1）、（清華簡《湯處於湯丘》簡18）。〔註465〕

「宋」是「深」省略了 氵形，「罙」省略了水形，不可省略的偏旁是「宀」或「穴」。「宀」原本是和 氵一體的，但「深」的省形可以只剩「宀＋水」。從使用頻率上看，「深」要高於「宋」。

（二十七）新

甲骨文「新」作 （合集24951），西周金文作 （臣卿鼎）。春秋時期下部的木形分化出來，可位於上部，如新都戈的 。楚簡的「新」也有這幾種形體：

斳：（郭店簡《老子甲》簡28）　（郭店簡《緇衣》簡17）

　　（上博簡《曹沫之陳》簡16）

　　（上博簡《平王問鄭壽》簡2）〔註466〕

新：（上博簡《成王既邦》簡8）

新：（郭店簡《緇衣》簡25）　（包山簡16）

　　（仰天湖簡15）　（清華簡《繫年》簡47）

楚簡中使用最多的「新」字作「斳」，是完整形式，最簡字形為「新」，省略義符「木」，保留義符「斤」和聲符「辛」。目前未見僅有「木＋辛」的省形，

〔註464〕趙平安：《釋「罙」》，《新出簡帛與古文字古文獻研究》，商務印書館，2009年，第121～123頁。

〔註465〕清華簡《廸命一》中二者不同用，（簡10）用為「深」，（簡4）用為「探」。

〔註466〕清華簡《繫年》簡26有這個字形，作；簡47有。但並不同用，前者讀為「莘」，後者才是親自的「親」。

理論上這種省形也成立，見於秦漢簡。

（二十八）降

「降」甲骨文作 （合集 808），西周金文作 （虢叔鐘），从阜从二夊，是會意字。楚簡沿襲字形作 （清華簡《越公其事》簡 2），或疊加「止」作 （郭店《五行》12）、（清華簡《四時》13）。該字可省一夊作 （上博《容成氏》48），進一步省形可作 （郭店《成之聞之》31）。 隸定作夅，是「降」最簡省形：「夊」和「止」是不可省的偏旁，「阜」是可省的偏旁。可知在戰國時期書寫者「降」可以不凸顯字的本義（與山阜有關），只凸顯詞的本義（行走有關），符合經濟性原則。

（二十九）歙

「歙」字甲骨文作 （合集 4284），象人飲於器皿之形。西周金文作 （善夫山鼎），字形可分析為从欠、从酉、今聲。楚簡中有如下幾種異體：

歙： （上博簡《容成氏》簡 3）　（上博簡《曹沫之陳》簡 11）

　　（上博簡《三德》簡 12）　（上博簡《融師有成氏》簡 6）

　　（上博簡《昭王毀室》簡 1）　（清華簡《耆夜》簡 3）

　　（清華簡《耆夜》簡 4）

酓： （上博簡《周易》簡 50）　（九店簡 56-35）

　　（上博簡《弟子問》簡 8）　（安大簡《詩經》112）

　　（清華簡《病方》1）

歍： （上博簡《用曰》簡 8）

以上字形中使用頻率看「歙」和「酓」都很高。最簡字形為「酓」和「歍」，由兩個偏旁構成，其中前者保留了聲符「今」，後者保留了義符「欠」：不可省略的偏旁是「酉」。

（三十）嚴

裘錫圭指出甲骨文中的「㗊」作 ，从人、从三口，表多言義。西周時期金文有从㗊、敢聲的「嚴」字作 （㝬鐘）、（多友鼎），裘錫圭認為厂

是人的變形。〔註467〕戰國楚簡中,「嚴」有以下幾種異體:

嚴: (郭店簡《三德》簡 15)　　(清華簡《楚居》簡 6)

　　(清華簡《五紀》24)

嚴: (郭店簡《五行》簡 22)　　(郭店簡《五行》簡 36)

　　(清華簡《越公其事》簡 23)　(清華簡《五紀》8)

　　(清華簡《五紀》11)

厰: (郭店簡《語叢一》簡 64)　(郭店簡《語叢二》簡 2)

　　(清華簡《說命》上簡 2)　　(清華簡《周公之琴舞》簡 5)

　　(清華簡《三壽》簡 10)

敢: (郭店簡《老子》簡 9)

諸形中,「嚴」繼承金文寫法,三「口」形可省略一「口」,也可全部省略(「厰」形的「嚴」已見於西周晚期金文),「厂」形也可省。最簡字形是「敢」,僅保留聲符。省形「嚴」與「厰」已見於西周金文,「嚴」僅省為「敢」不見於西周金文〔註468〕。

（三十一）絧

楚簡中有一些用為「治」「始」「殆」「怠」「怡」「司」的字,這組字的形義關係較為複雜,禤健聰列出其對應情況如下:

{辭}:訇、恖、台

{怠}:恖、怠

{殆}:台、台、訇、恖、絧

{始}:台、訇

{治}:絧、訇、恖〔註469〕

難以判斷這組字孰為本字、孰為借字,所以這裡我們放到一起進行討論。字形上有繁有簡,羅列起來有如下幾種異體:

〔註467〕裘錫圭:《說「嚚」「嚴」》,《裘錫圭學術文集·甲骨文卷》,復旦大學出版社,2012年,第 155～159 頁。

〔註468〕田煒:《西周金文字詞關係研究》,上海古籍出版社,2017 年,第 134 頁。

〔註469〕禤健聰:《戰國楚系簡帛用字習慣研究》,科學出版社,2017 年,第 13 頁。

絇：（郭店簡《老子甲》簡 26） （郭店簡《老子乙》簡 1）

    （郭店簡《性自命出》簡 59） （上博簡《子羔》簡 1）

    （上博簡《容成氏》簡 43） （清華簡《治政之道》3）

繬：（上博簡《亙先》簡 8）

總：（上博簡《從政甲》簡 16） （上博簡《從政乙》簡 1）

紉：（郭店簡《唐虞之道》簡 26） （清華《治政之道》14）劸

劸：（上博簡《老子甲》簡 11） （上博簡《曹沫之陳》簡 45）

    （上博簡《從政甲》簡 9）

忽：（上博簡《中弓》簡 26）

怠：（上博簡《中弓》簡 26） （上博簡《三德》簡 2）

忘：（上博簡《三德》簡 16） （郭店簡《老子甲》簡 36）

    （郭店簡《性自命出》簡 45）

訇：（上博簡《容成氏》簡 2） （上博簡《相邦之道》簡 1）

    （上博簡《中弓》簡 26） （上博簡《性情論》簡 2）

    （上博簡《從政乙》簡 1） （上博簡《弟子問》簡 11）

訇：（郭店簡《成之聞之》簡 32） （上博簡《老子甲》簡 20）

    （上博簡《尊德義》簡 5） （上博簡《老子甲》簡 19）

    （郭店簡《老子丙》簡 12） （上博簡《亙先》簡 1）

以上字形中，「絇」「繬」和「總」為最繁字形，由四個偏旁構成，口和言與心是互通義符。「紉」「忘」是最簡字形，均由兩個偏旁構成，「糸」和「心」是互通義符。在清華簡《治政之道》中還可見「絇—紉」繁簡二形的同篇同用。所有字形中必不可少的偏旁是聲符。聲符容易與「丩」「牙」相混，所以寫作最簡字形時《治政之道》的書手對聲符字形有加橫劃進行區分作。

（三十二）

李零指出包山楚簡中有一個從「龜」的人名用字，異體繁多，如：

龜：（包山簡 115）

斤龜：（包山簡 125）　　（包山簡 85）

龜糸：（包山簡 103）

糸斤：（包山簡 97）

　　最繁的字形為「斤龜」，由於是人名，且與後世文字沒有對應，構形理據不明。但仍可看出由四個偏旁構成：炅（熱）[註470]、糸、斤、龜。另外三種字形都由三個偏旁組成，依次分別省糸、斤、龜，沒有省略的是「炅」。

（三十三）陸

　　商至西周金文「陸」字作（陸冊父庚卣）、（義伯簋），春秋時期增加義符「土」，如（邾公釛鐘）。楚簡中的「陸」有三種異體：

陸：（上博簡《周易》簡 50）

陝：（包山簡 62）　　　　　　（清華簡《越公其事》簡 34）

　　義符可省「土」，不可省「阜」。作為聲符的兩個「六」，在構形時可省為一個，如（包山簡 181），可隸定為「阞」，從邑，是地名用字；（上博簡《周易》39），今本作「陸」。

（三十四）雷

　　「雷」金文从四田作、形。戰國楚簡文字田形有不同程度的省略：

（安大簡《詩經》33）　　　　（上博《凡物流形》甲 11）

（清華簡《金縢》9）　　　　（清華簡《四時》5）

（清華簡《四時》41）

　　重複的偏旁可以省略。清華簡《四時》篇共有 7 個「雷」，其中 6 個省略為一個田形，僅有一個保留兩個田形。與「雷」字形類似的「靁」，一般只省略為兩個口，目前還沒有看到省略為一個口的：（包山簡 230）、（清華簡《繫年》53）。

（三十五）遷

　　楚簡中的「徙」字（有時也用為「沙」等其他詞），常見兩種寫法：

[註470] 李零：《古文字雜識（五則）》，《國學研究（第 3 卷）》，北京大學出版社，1995 年，第 268 頁。

遲：（郭店簡《五行》簡 17）　　（包山簡 78）

　　（包山簡 259）　　　　　（清華簡《繫年》簡 39）

　　（清華簡《楚居》簡 9）

屖：（上博簡《柬大王泊旱》10）　（包山簡 61）

此字逆鐘作 ，「屖」上承金文。義符「辵」可省，尸、毛、少是不可省之偏旁。清華簡《繫年》4 見，兩繁（9、39 號）兩簡（57、213 號），先寫了繁，再寫簡。

（三十六）瑕

楚簡中的「瑕」有以下幾種異體：

瓔：（新蔡乙一 017）

瑷：（新蔡甲三 166）

賏：（包山簡 27）

瑷：（上博簡《競公瘧》簡 12）　（曾侯乙簡 57）

以上諸形體中，「瓔」是最複雜字形，由玉、貝、晏三個偏旁構成。「賏」、「瑷」都由兩個偏旁構成，不可省之偏旁是「晏」。「玉」和「貝」本身是具有相關性的，與本例相似的還有「寶」字的結構。

（三十七）拘

楚簡中用為動詞「拘」的有以下三種異體：

徇：（包山簡 137 反）　　（包山簡 142）

佝：（包山簡 123）　　　　（郭店簡《窮達以時》簡 6）

敂：（上博簡《周易》簡 41）

　　（清華簡《晉文公入於晉》簡 2）

以上字形中，「徇」可省義符人作「佝」，不可省之偏旁為聲符「句」。禤健聰指出「拘」從人、宀「示人拘於宀內」，而從攵與從手義近。[註471] 目前還未見單「句」讀為「拘」者。

───────────────

〔註471〕禤健聰：《戰國楚系簡帛用字習慣研究》，科學出版社，2017 年，第 182 頁。

（三十八）望

楚簡中的「望」有以下幾種形體：

望：（郭店《語叢二》33）　　（上博《吳命》2）

　　（清華《攝命》32）

朢：（郭店《緇衣》3）　　（清華簡《程寤》3）

　　（安大簡《詩經》74）

望：（上博《孔子詩論》22）　　（上博《用曰》20）

頁：（上博《景公瘧》2）

𡨄／宔：（郭店《窮達以時》4）　　（郭店《語叢一》1）

　　（上博《緇衣》2）

以上可知，「望」字不可省的偏旁是聲符「亡」和與「人」相關之形（介、壬、貝），偏旁月、目均可省。「望」這個詞在戰國時期義符「月」表義需求降低。

清華簡《五紀》中有繁簡「望」的同用：出現在簡 39、44、73、74，出現在簡 74 和 94，在 74 同簡中有「合離相宔」和「萬生所望」。

（三十九）發

楚簡中「發」有如下幾種省形：

（上博簡《昔者君老》4）　　（清華簡《程寤》簡 3）

（清華簡《四時》14）　　（清華簡《四時》16）

（清華簡《祝辭》1）

（清華簡《保訓》2）

「止」可以省至兩個，中間的「十」形也可省，下部「又」形須在；若省，須得增加正反二「止」。可知「又」的表意優先級高，在構成「發」字中尤為重要。

（四十）彝

「彝」甲骨文作（《合集》36512），商代金文作（彭女甗），西周晚期

糸形偶爾從主體字形脫落，作（姬鼎），春秋時期或增加辵旁作（王子午鼎）。戰國楚簡文字省形情況如下：

（清華《四告》26）　　　　　　　　（清華《四告》29）

（清華《四告》35）　　　　　　　　（清華簡《四告》37）

（清華《攝命》20）　　　　　　　　（清華《攝命》19）

（清華《皇門》7）　　　　　　　　（清華《厚父》6）

（清華《封許之命》6）

所有的「彝」都保留動物形，另外保留辵、絲／糸、廾／又任意一形皆可。

以上字形中，最完整的字形包含同向四「止」「十」「又」，省形可省略兩個「止」，或從兩反向「止」「攴」，或如《保訓》省略又形保留反向四「止」和「十」。不可省略之行是「止」，要麼與「攴」組合，要麼與「十」組合表意。

從偏旁省略的例子可以看出，構造複雜的形聲字一般來說在省減時仍然會保留聲符，但也有例外，如「紳」省略聲符田、「歠」省略聲符「今」。這種現象具有時代性。秦漢簡文字常見省略聲符、保留義符，如上文提到戰國楚簡文字中的「葬」字有「囦」「羴」「㐱」三種形體，均未省略聲符；但秦簡作「葬」，武威漢簡的「葬」字作「莝」，額濟納漢簡的「葬」字作「坒」，都已經省略聲符。再如楚簡中用為「時」之字，有「峜」「旹」「㫑」「寺」幾種形體，但均未省略聲符「之」；但額濟納漢簡中「時」字作「时」，已省略聲符。這些都說明偏旁的省略具有時代性。

多個義符可保留最重要的義符，如：「紳」保留「糸」、「梁」保留「禾」或「木」、「繽」保留「言」、「陵」和「陸」保留「阜」、「歠」保留「酉」、「望」保留人形。

而構造複雜的會意字在省減偏旁時，必須保留的部分往往也是最重要的義符，如：「墮」「阪」字的阜和土、「懼」字的䀠、「窮」的宀和身、「游」的子和辵、「深」的宀或穴、「新」的斤和辛、「降」的夊和止。這反映了當時人們對字義的認識。

還有一些省形現象是戰國文字獨有的，如「璧」字省「尸」、「游」字省「㫃」。

第八節　增加飾符

清人王筠最早提出文字中的「文飾」。〔註472〕是因為古文字為了審美的追求，有時添加裝飾性筆畫或者部件，使字體整齊美觀、疏密勻稱。〔註473〕飾符，又稱為羨符，何琳儀將之分為「單筆裝飾符號」「複筆裝飾符號」〔註474〕。湯余惠稱之為「輔助性筆畫」。〔註475〕劉釗總結出二十一條關於飾筆的演變規律。〔註476〕蔣德平指出考釋文字時，在羨符的認定上往往存在問題。

飾符、羨符，顧名思義就是裝飾性的、多餘的符號。與義符、聲符不同的是，它在構字方面並沒有意義上的作用，古文字中另外有一些符號是有作用的，為區別符號。

張靜研究郭店楚簡時指出楚文字增添贅形包括增添飾件和增添飾筆兩類，增添飾件包括增加「口」「土」「宀」「又」「曰」「爪」「艸」「卜」。〔註477〕孫合肥把增加裝飾性偏旁和符號統稱為「增添贅旁」，列舉「口」「甘」「女（足趾形）」「一」「皿」「臼」「爪」「宀」「匕」等。〔註478〕所謂「贅旁」，字面意思是无作用偏旁，但女（足趾形）增加是有意义依据的，應排除在外。

楚簡文字中的裝飾筆畫，以楚文字中的裝飾撇為例，有以下多種形式：

余：【字形】（郭店簡《太一生水》簡14）　【字形】（郭店簡《尊德義》簡23）

周：【字形】（上博簡《緇衣》簡42）　【字形】（上博簡《曹沫之陳》簡41）

祑：【字形】（包山簡243）　【字形】（天卜）〔註479〕

大：【字形】（郭店《老子甲》簡14）　【字形】（包山簡229）

盍：【字形】（包山喪葬簡24）　【字形】（信陽簡2-14）

文：【字形】（郭店簡《緇衣》簡2）　【字形】（包山簡203）

【字形】（清華簡《程寤》8）

〔註472〕〔清〕王筠：《說文釋例》，武漢市古籍書店，1983年，第219頁。

〔註473〕張素鳳：《古漢字結構變化研究》，中華書局，2008年，第146～150頁。

〔註474〕何琳儀：《戰國文字通論》（訂補），江蘇教育出版社，2003年，第257～263頁。

〔註475〕湯余惠：《略論戰國文字形體研究中的幾個問題》，《古文字研究》（第十五輯），中華書局，1986年6月，第38頁。

〔註476〕劉釗：《古文字構形學》，福建人民出版社，2006年，第89頁。

〔註477〕張靜：《郭店楚簡文字研究》，安徽大學博士學位論文，2002年，第31～33頁。

〔註478〕孫合肥：《戰國文字形體研究》，安徽大學博士學位論文，2014年，第205～219頁。

〔註479〕滕壬生：《楚系簡帛文字編》，湖北教育出版社，2008年，第31頁。

章：（郭店簡《緇衣》簡 11）　　（郭店《語叢三》簡 10）〔註 480〕

曼：（郭店簡《語叢一》簡 88）　　（仰天湖二五簡 30）

西：（新蔡簡甲三 109）　　（新蔡簡甲三 46）

各：（上博簡《昔者君老》簡 4）

　　（上博簡《曹沫之陳》簡 65）〔註 481〕

且：（郭店簡《唐虞之道》簡 5）　　（清華簡《三壽》簡 12）

虔：（清華簡《繫年》119）　　（清華簡《繫年》124）

筆畫增加，但仍然同用，又如《五紀》簡 8 連用的 和 。但裝飾筆畫與裝飾偏旁不一樣，增加之後並不形成新的字，所以不在歸屬異體字之列。

下文飾符舉例优先選取同篇，以考察其增加裝飾符其義不變。

（一）口

裝飾「口」在古文字中非常常見。上博六《用曰》篇中增加「口」的 凡 10 見，而「呂」凡 3 見，用法上無任何區別。這種現象甚至存在於《用曰》同一枚簡中。〔註 482〕古文字「語」首見於春秋的余義鐘，字形作 ，從言、從二「五」，「五」為聲符。楚簡中既有「話」也有增加口的「語」形。在上博簡《天子建州》甲篇中「話」出現 5 次，「語」出現 1 次；乙篇「話」出現 4 次，「語」出現 2 次，用法上沒有區別。〔註 483〕上博《三德》簡 10 的「敢」作 ，該字簡 17 作 ，用法上也沒有區別，都屬於同用。

劋：（上博簡《魯邦大旱》簡 6）　　（上博《內禮》簡 8）

朐：（包山簡 194）　　（包山簡 278 反）

彭：（上博簡《彭祖》簡 7）　　（新蔡簡甲三 41）

〔註 480〕孫合肥指出右側彎曲筆畫增飾筆是晉系文字的特徵，詳見孫合肥《戰國文字形體研究》，安徽大學博士學位論文，2014 年，第 625 頁。

〔註 481〕王子揚指出「各」之「夂」形增加小撇從而與「升」混同是曾國文字的特徵，詳見王子揚《曾國文字研究》，北京師範大學碩士學位論文，2008 年，第 19 頁。

〔註 482〕李松儒：《戰國簡帛字跡研究——以上博簡為中心》，上海古籍出版社，2015 年，第 402 頁。

〔註 483〕李松儒認為是兩個書手抄寫的特徵，詳見李松儒《戰國簡帛字跡研究——以上博簡為中心》，上海古籍出版社，2015 年，第 412 頁。

組：![字](包山簡 272)　　　　　![字](曾侯乙簡 2)

敨：　　

蒼：![字](郭店簡《老子乙》簡 15)　![字](望山橋簡 2)〔註484〕

紀：![字](郭店簡《老子甲》簡 11)　![字](上博簡《彭祖》簡 5)

起：![字](清華簡《五紀》簡 16)　![字](清華簡《五紀》簡 18)

語：![字](上博簡《天子建州》甲 10)　![字](上博簡《天子建州》甲 9)

少：![字](清華簡《筮法》簡 38)　![字](清華簡《筮法》簡 41)

以：![字](上博簡《用曰》簡 2)　![字](上博《用曰》簡 1)

以上 9 例是底部平滑筆畫之下加「口」，以底部長橫畫下加口居多。

余：　

敘：![字](包山簡 138)　　　　　![字](郭店簡《尊德義》簡 3)

以上 2 例均為豎筆畫下增加口，且都是从余的字。甲金文中的「余」皆不加「口」。所以這是戰國文字的特徵。

復：![字](郭店簡《老子甲》簡 20)　![字](曾侯乙簡 162)

後：![字](郭店簡《五行》簡 46)　![字](包山簡 152)

婁：![字](清華簡《孫子》簡 10)　![字](清華簡《子儀》簡 2)

縷：![字](上博簡《周易》簡 45)　![字](清華簡《三壽》簡 25)

退：![字](郭店簡《唐虞之道》簡 27)　![字](郭店《老子甲》簡 39)

貪：![字](上博簡《語叢三》簡 19)　![字](上博簡《競公瘧》簡 6)

念（貪）：![字](郭店《語叢（二）》簡 13)

　　　　　![字](郭店《語叢（二）》簡 13)

雀：![字](郭店簡《緇衣》簡 28)　

〔註484〕賈漢清等：《湖北荊州望山橋一號楚墓發掘簡報》，《文物》，2017 年第 2 期，第 34 頁。

篗：[字形]（上博簡《容成氏》簡 43）　　[字形]（郭店《魯穆公問於子思》7）

缺：[字形]（郭店簡《太一生水》簡 7）　　[字形]（清華簡《管仲》簡 20）

凡：[字形]（郭店簡《成之聞之》簡 42）　　[字形]（上博簡《從政甲》簡 9）

弔：[字形]（上博簡《用曰》簡 20）　　[字形]（清華簡《楚居》簡 3）

文：[字形]（上博簡《競公瘧》簡 4）　　[字形]（上博簡《用曰》簡 16）

佼：[字形]（郭店簡《五行》簡 32）　　[字形]（上博簡《孔子見季桓子》簡 8）

鄰：[字形]　　（上博簡《曹沫之陳》簡 6）

　　[字形]（上博簡《周易》簡 57）

戰：[字形]（上博簡《陳公治兵》簡 4）　　[字形]（上博簡《陳公治兵》簡 2）

智：[字形]（郭店簡《老子甲》簡 1）　　[字形]（郭店簡《老子甲》簡 6）

飲：[字形]（郭店簡《語叢四》簡 11）

　　[字形]（上博簡《君人者何必安哉》乙簡 2）

林：[字形]（上博簡《容成氏》簡 31）　　[字形]（上博簡《競公瘧》簡 8）

我：[字形]（郭店簡《老子甲》簡 31）　　[字形]（郭店簡《忠信之道》簡 8）

亥：[字形]（清華《司歲》9）　　[字形]（清華《司歲》5）

　　以上 21 例均為交叉、左右包圍的豎筆或斜筆之間增加「口」，「口」的作用是為了填補空白。這種類型的飾符「口」是最常見的。

　　戰國晉系文字「寇」有增加飾符「口」之形，複姓「司寇」的「寇」寫作[字形]或[字形]，後者在義符「元」之下增加「口」，可能是受「亟」（[字形]）字形的類化影響。

　　增加飾符「口」也存在於文字的歷時演變中，如田煒認為「伓」字從不得聲，在「不」旁增益「口」旁，則為「㕻」字，故「伓」與「㕻」實際上是一對異體字。〔註 485〕清華簡《保訓》簡 8「有易伓厥皋」，整理者就指出「伓即㕻，讀為服」。

〔註 485〕田煒：《讀金文偶記二題》，《古文字研究》第二十九輯，中華書局，2012 年，第 289 頁。

（二）土

亂：（上博簡《陳公治兵》簡1）　（上博簡《陳公治兵》簡1）

攸：（郭店簡《老子乙》簡16）　（上博簡《蘭賦》簡2）

殷：（清華簡《繫年》簡13）　（清華簡《祭公》簡10）

反：（郭店簡《太一生水》簡1）　（上博《從政甲》簡4）

以上4例都是「又」旁下增加飾符「土」。但清華簡《繫年》中加「土」的「殷」，李守奎、肖攀懷疑下部「土」旁是區別形式。〔註486〕

豫：（上博簡《曹沫之陳》簡19）　（上博簡《姑成家父》簡1）

雷：（包山簡175）　（包山簡85）

以上2例是在圓形筆畫之下增加飾符「土」。

朋：（郭店簡《語叢一》簡87）　（上博簡《競建內之》簡5）

郡：（包山簡165）　（包山簡190）

綳：（曾侯乙簡62）　（天星觀簡）〔註487〕

豢：（包山簡206）　（新蔡簡甲三325）

難：（郭店簡《緇衣》簡5）　（郭店簡《老子甲》簡14）

鵝：（天星觀簡）　（天星觀簡）〔註488〕

我：（上博簡《舉治王天下》簡5）　（上博簡《舉治王天下》簡6）

萬：（郭店簡《老子甲》簡13）　（郭店簡《老子丙》簡13）

礪：（上博簡《周易》簡18）　（上博簡《曹沫之陳》簡39）

籤：（包山簡255）　（包山簡264）

贛：（安大簡《詩經》簡76）　（安大簡《詩經》簡79）

堯：（郭店簡《六德》簡7）　（郭店簡《唐虞之道》簡1）

〔註486〕李守奎、肖攀：《清華簡〈繫年〉文字考釋與構形研究》，中西書局，2015年，第162頁。

〔註487〕滕壬生：《楚系簡帛文字編》，湖北教育出版社，2008年，第1083頁。

〔註488〕滕壬生：《楚系簡帛文字編》，湖北教育出版社，2008年，第374頁。

禹：（上博簡《競建內之》簡7）　（上博簡《子羔》簡10）

弔：（上博簡《用曰》簡20）　（上博簡《平王問鄭壽》簡7）

纏：（上博簡《曹沫之陳》簡52）　（上博簡《曹沫之陳》簡18）

處：（清華《禱辭》23）　　（清華《禱辭》6）

以上 16 例都是交叉、左右包圍的豎筆或斜筆之間增加飾符「土」。其中的「我」「隹」「弔」也可以增加「口」，如「啟」作（郭店簡《老子乙》簡13）和（上博《曹沫之陳》44）；「弔」作（郭店簡《緇衣》簡39）和（上博簡《平王問鄭壽》簡7）；「我」作（郭店簡《忠信之道》簡8）和（上博簡《舉治王天下》簡6），「隹」也有增加「口」和「土」種形體是其例。

（三）爪

楚文字加「爪」，也見於楚系金文。如楚公家戈、楚公鐘等。

璛：（曾侯乙簡32）　　（曾侯乙簡212）

家：（郭店簡《唐虞之道》簡26）　（郭店簡《語叢四》簡26）

室：（上博簡《容成氏》簡38）　（望山簡1-17）

係：（上博簡《周易》簡16）　（新蔡甲三379）

卒：（望山簡2-47）

　　（上博簡《容成氏》簡13）〔註489〕

約：（郭店簡《性自命出》簡8）　（清華簡《管仲》簡36）

坐：（包山簡243）　　（上博簡《融師有成氏》簡6）

以上 7 例增加飾符「爪」，原字形特徵是上部均有左傾斜撇畫。

（四）宀

琴：（清華簡《周公之琴舞》簡2）　（《周公之琴舞》簡1）

銈：（郭店簡《緇衣》簡26）　（上博簡《弟子問》附簡）

〔註489〕劉洪濤認為楚文字中「衣」「卒」和「裏」「皐」是不同的，前者是「衣」，後者是「卒」，「爪」不是裝飾作用，而是區別意義的義符。見《形體特點對古文字考釋重要性研究》，商務印書館，2019 年，第 75 頁。

以上 2 例均為字形包含重複偏旁，而增加「宀」在其上。

目：（郭店簡《五行》簡 47）　　（郭店簡《五行》簡 45）

祖：（上博簡《彭祖》簡 1）　　（上博簡《舉治王天下》簡 9）

蜀：（郭店簡《性自命出》簡 54）　　（上博簡《性情論》簡 23）

以上 3 例為字形中包含「目」或近似「目」形，而增加「宀」在其上。（「祖」字右部的「且」，短橫與上部分離，與「目」形相近。）

中：（郭店簡《老子乙》簡 9）　　（郭店簡《五行》簡 5）

主：（上博簡《亙先》簡 7）　　（包山簡 202）

忠：（郭店簡《魯穆公問子思》簡 3）

　　（郭店簡《尊德義》簡 20）

宅：（包山簡 155）　　（新蔡甲三 11）

㝱：（郭店簡《語叢四》簡 16）　　（郭店簡《語叢四》簡 7）

以上 5 例均為字形上部有裝飾小短橫，而增加「宀」在其上。

憂：（郭店簡《五行》簡 12）　　（天星觀簡）[註490]

思：（郭店簡《魯穆公問子思》簡 1）

　　（新蔡簡乙三 061）

家：（郭店簡《緇衣》簡 20）　　（郭店簡《五行》簡 29）

今：（郭店簡《唐虞之道》簡 17）　　（清華簡《尹至》簡 5）

愄：（上博簡《從政甲》簡 5）　　（郭店簡《尊德義》簡 34）

聞：（郭店簡《老子丙》簡 5）　　（上博簡《民之父母》簡 3）

畜：（上博簡《民之父母》簡 14）　　（上博簡《曹沫之陳》簡 21）

慎：（清華簡《邦道》簡 16）　　（清華簡《邦道》簡 13）

以上 8 例均為字形上部起筆均為左傾斜筆畫，而增加「宀」在其上。

[註490]滕壬生：《楚系簡帛文字編》，湖北教育出版社，2008 年，第 922 頁。

青：[圖] （郭店簡《唐虞之道》簡11）　　[圖] （郭店簡《性自命出》簡62）

留：[圖] （上博簡《緇衣》簡21）　　　　[圖] （郭店簡《緇衣》簡41）

以上2例均為「中」形上部增加「宀」。

集：[圖] （上博簡《逸詩》簡3）　　　　[圖] （郭店簡《五行》簡42）

廷：[圖] （上博簡《周易》簡48）　　　　[圖] （上博簡《君子為禮》簡8）

弟：[圖] （郭店簡《唐虞之道》簡5）　　 [圖] （上博簡《君子為禮》簡10）

卑：[圖] （郭店簡《緇衣》簡23）　　　　[圖] （清華簡《繫年》簡15）

安：[圖] （上博簡《孔子詩論》簡3）　　 [圖] （上博簡《民之父母》簡4）

慎：[圖] （清華簡《治邦之道》簡13）　 [圖] （清華簡《治邦之道》簡13）

以上6例增加飾符「宀」，尚無法進行分類，原因有待研究。

郭店簡《六德》簡23、35「各行其職」的「各」寫作[圖]，楚簡本有「客」字，故《六德》的「客」不適合解釋為「各」增加飾符「宀」。

（五）曰

所謂「曰」旁，實際是在裝飾「口」旁中增加橫畫造成的，金文例子甚多。

友：[圖] （郭店簡《語叢四》簡22）　　[圖] （郭店簡《語叢一》簡80）

巽：[圖] （上博簡《孔子詩論》簡9）　 [圖] （上博簡《民之父母》簡11）

僉：[圖] （上博簡《顏淵》簡7）　　　　[圖] （上博簡《孔子詩論》簡3）

以上3例均在重複的、且下部為豎畫的偏旁之下增加「曰」。

以上所有增加飾符例中，數量上增加「口」旁最多，其次是增加「宀」，再次是增加「土」。

裝飾偏旁，也叫無義偏旁。但其實兩個概念仍有小別：無義偏旁，指的是沒有構字意義的偏旁；而裝飾偏旁的範圍更加狹窄，指無義偏旁中，起到裝飾作用的那部分偏旁。即該偏旁的增加，其內在驅動是審美。不過由於大多數無義偏旁的產生都是源起於裝飾，所以裝飾偏旁之稱常常也等同於無義偏旁。與無義偏旁相對的，是有意義的偏旁，起著區別作用，所以又常常被稱為區別符。何琳儀指出戰國文字中增繁無義偏旁的情況：「指在文字中增加形符，然而所

增形符對文字的表意功能不起直接作用。即便有一定的作用，也因其間關係模糊，不宜確指。」〔註491〕可見何先生把暫不能推測其義的偏旁也算作裝飾偏旁。比如他其後舉到的例子 （嘉），何先生認為右下「又」形即為裝飾偏旁。但隨著楚簡材料的公佈，我們發現此處的「又」其實更可能是類化繁增。上博簡《周易》簡 23 中的「爭」字作 ，上博簡《緇衣》簡 2「靜」字作 ，「嘉」字右下所從「又」明顯是受「爭」類化而繁增。其作用並不是裝飾，而其產生機制是類化。再如「相」字增加「又」作 （郭店簡《窮達以時》簡 6），何先生認為「又」是無義偏旁，〔註492〕但應該是強調動詞「相」的義符。

裝飾偏旁是很難從邏輯上得到驗證的，因為所謂的「無義」和「裝飾」，不能以現代人的思維為準，而一定要以文字使用時代的思維為準。現代人覺得無義，不一定戰國時期的楚國書手也覺得無義；現代人覺得這個偏旁祇能起到裝飾作用，不一定當時的書手書寫的時候就真的為了裝飾。「無義」極有可能是我們「未知其義」，更不要說論證一個偏旁的增加是「審美驅動」。以楚文字中贅加的偏旁「心」為例（如上文提到《別卦》卦名），龐樸雖然解釋過一部分从心之字，但很多字我們已經很難從意義上解釋為何增加。如梁十九年鼎的「舠」周波就認為右部的口旁有兩種可能：一是裝飾符；二是呂之省變。〔註493〕再如楚簡中用為「文」的「吝」字，是在「文」的基礎上增加「口」作 （新蔡甲三 267）。這裡有兩種看法，一種認為口是羨符，另一種是把口看作義符。〔註494〕所以，劉志基指出「這種所謂『無意』往往經不起推敲」〔註495〕。本文將楚簡中成批出現的、意義未知的偏旁增加，暫作為可能是裝飾作用的偏旁。上文的分析，也是從審美需求進行試探性論證。個別出現的偏旁現象，尚不能推測其義的，本文歸入「增加義符」或「增加聲符」。

〔註491〕何琳儀：《戰國文字通論》，江蘇教育出版社，2003 年，第 215 頁。

〔註492〕何琳儀：《戰國文字通論》，江蘇教育出版社，2003 年，第 219 頁。

〔註493〕周波：《戰國魏器銘文研究二篇》，《古文字研究》第二十九輯，中華書局，2012 年，第 449 頁。

〔註494〕陳斯鵬：《楚系簡帛中字形與音義關係研究》，中國社會科學出版社，2011 年，第 89 頁。

〔註495〕劉志基：《古文字異體字新輯芻議》，《中國文字研究》，2007 年第 2 輯，第 61 頁。

第三章 「同用」中的通假關係

　　段玉裁把假借分為「本有其字之假借」和「本無其字之假借」。不少學者又因許慎對假借「本無其字，依聲託事」的定義，把本有其字的稱為通假，本無其字的稱為假借。前者是用字之通假，後者是造字的假借。劉又辛梳理了清代小學家關於假借和通假的討論，指出通假和假借本質無別。〔註1〕本文探討的是戰國時期「同用」現象中的通假，屬於用字範疇。互相替代的字意義無關，祗有音同或音近的關係。對簡帛通假字進行研究，早期有錢玄〔註2〕、王美宜〔註3〕、劉方〔註4〕、王大年〔註5〕、趙誠〔註6〕等。周祖謨將秦漢楚帛書中的通假字分為四種情況：

　　一、原字跟以此為聲旁的形聲字不同。如冬通終。

　　二、兩個諧聲字聲旁相同而形旁不同。如賢與堅。

〔註1〕劉又辛：《通假概說》，巴蜀書社，1988年，第21頁。

〔註2〕錢玄：《秦漢帛書簡牘中的通借字》，《南京師大學報（社會科學版）》，1980年第3期，第44～96頁。

〔註3〕王美宜：《〈睡虎地秦墓竹簡〉通假字初探》，《寧波大學學報》，1982年第1期，第38～43頁。

〔註4〕劉方：《試析〈睡虎地秦墓竹簡〉中的同音假借》，《寧夏大學學報（人文社會科學版）》，1985年第4期，第80～87頁。

〔註5〕王大年：《讀古須需明通假之管見》，《楊樹達誕辰百週年紀念集》，湖南教育出版社，1985年，第160～167頁。

〔註6〕趙誠：《臨沂漢簡的通假字》，《音韻學研究》（第二輯），中華書局，1986年，第17～26頁。

三、兩個諧聲字形旁相同而聲旁不同。如信和伸。

四、兩個字在形體上完全不同。〔註7〕

我們把第一種通假字放到「省形」中進行討論，因為這種情況既可能有聲音的關係，也可能有字形的關聯。而第三種情況更多地是囊括了異體字，當然也有一部分通假字。所以我們將戰國楚簡的通假字歸併為兩類：1. 同諧聲偏旁的通假字；2. 非同諧聲偏旁的通假字。需要說明的是，本文所涉及的通假關係，都是共時的關係。一個字楚簡作 a，漢帛書本作 b，今本作 c，這之間的關係應為歷時音變，不屬於我們的研究範圍。

關於假借字之間語音的關係，王力認為通假字語音必須是相同或相近的。〔註8〕郭錫良則認為不一定完全同音〔註9〕，何九盈認為先秦兩漢的假借字，聲韻調相同的占大多數〔註10〕。裘錫圭認為通假字的音可以是相近的，不是完全相同。〔註11〕

在對假借進行判定的時候，有一些字看似假借，其實仍需具體考量。如楚簡中用作「集、止」義的「次」字常常寫作 （上博《周易》7），可隸定作宋，或可省宀。在清華簡《筮法》中，宋（次）字兩見。「宋於四立（位）之中」和「凶之所集於四位之中」，宋應與「集」意義相近。清華簡《鄭文公問太伯》中有鄭文公「就宋」，即「就位」，「宋」用為名詞。而楚簡中有另一種用作「次」之字：郭店簡《成之聞之》、上博簡《容成氏》、郭店簡《老子》（丙）中都是 （即）用為「比次」「其次」之「次」〔註12〕。雖然後世均寫作「次」，但「宋」是「集、止」義和「位」義，與「其次」義的「即」是兩種「次」，意義和用法有別，不滿足「同用」，所以我們暫不將之歸為通假。

類似的情況還有「顏」。楚簡中「顏淵」的「顏」都寫作「膏」，而「顏色」的「顏」都寫作「產」，雖然後世都作「顏」，但楚簡中二者並不同用。故「膏」

〔註7〕 周祖謨：《漢代竹書和帛書中的通假字與古音的考訂》，《周祖謨文選》，北京大學出版社，2010 年，第 11～30 頁。

〔註8〕 王力：《訓詁學上的幾個問題》，《王力語言學論文集》，2000 年，商務印書館，第 516 頁。

〔註9〕 郭錫良：《漢語史的分期問題》，《語文研究》1988 年第四期。

〔註10〕 何九盈：《古無去聲補證》，《音韻叢稿》，2002 年，商務印書館，第 197～198 頁。

〔註11〕 裘錫圭：《文字學概要（修訂本）》，商務印書館，2013 年，第 196 頁。

〔註12〕 裘錫圭提出，見荊門市博物館：《郭店楚墓竹簡》，文物出版社，1998 年，第 169 頁。

與「卨」並不屬於本文的通假關係。

傳世文獻中的「關」有「以木橫持門戶」和「引弓」之義，戴震認為「以戶關之關為開弓之關為音轉」〔註13〕。但在楚文字中二者並非通假關係，戶關之「關」作 （包山簡34），開弓之「關」作 （清華《說命上》2），使用有別，也不屬於通假的關係。

而有些字看似是異體，實則為假借。例如戰國楚簡用為「夙」的字有 和 ，後者是《說文》「夙」之古文。季旭昇指出前者是「夙」的異體，後者實為「宿」字。〔註14〕甚確，二者實際上是通假關係〔註15〕，清華簡《周公之琴舞》中「夙夜」的「夙」就寫作常見的「宿」形。

又如楚簡中的「栖」多用為干支用字，李運富認為是干支專字〔註16〕，李家浩認為此字即《廣韻》中的「柞栖」之「栖」，借為地支「酉」〔註17〕，陳斯鵬對此字作了窮盡性的調查，結果顯示81%的「酉」都寫作「栖」。〔註18〕《古文字通假字典》認為「栖」和「柳」是通假關係。〔註19〕但是「栖」字為何从木仍沒解決。清華六《子儀》簡6「楊柳」的「柳」作「栖」，可知「栖」是「柳」的異體字，借為干支的「酉」。《說文》「卯，古文酉」據此而來。又上博簡《容成氏》簡1「其德 清」，此處的「酋」字史杰鵬讀為「瀏」，「酋」从「酉」得聲。〔註20〕清華簡《鄭文公問太伯》甲簡7的地名「劉」作「」，「卯」和「酉」就是雙聲符。鄂君啟節中地名「柳焚」寫作「酉焚」。以上均可證戰國文字中卯、酉聲音關係密切。「柳」寫作「栖」，祗是聲符替換的異體關係；「栖」用作地支「酉」是通假。

本小節主要對戰國楚簡「同用」中的通假關係進行分類，剗除了歷時通假

〔註13〕 禤健聰：《楚簡用字習慣與文獻校讀舉例》，《簡帛研究》（2016春夏卷），廣西師範大學出版社，2016年6月，第4頁。

〔註14〕 季旭昇：《說文新證》，福建人民出版社，2010年，第574頁。

〔註15〕 黃天樹：《〈說文〉重文與正篆關係補論》，《語言》第1卷，首都師範大學出版社，2000年，第164頁。

〔註16〕 李運富：《戰國簡帛文字構形系統研究》，嶽麓書社，1997年，第131頁。

〔註17〕 湖北省文物考古所，北京大學中文系：《九店楚簡》，中華書局，2000年，第65頁。

〔註18〕 陳斯鵬：《楚系簡帛中字形與音義關係研究》，中國社會科學出版社，2011年，第165頁。

〔註19〕 王輝：《古文字通假字典》，中華書局，2008年，第198頁。

〔註20〕 史杰鵬：《上博簡〈容成氏〉字詞考釋二則》，《江漢考古》2007年第1期，第69頁。

和異體等其他關係，所以較過去的通假研究範圍更窄。

第一節　同諧聲偏旁的通假字

段玉裁提出「假借者多取諸同部」，從戰國楚簡來看，的確屬實。劉波在研究聲韻通轉時把這種通假字列在討論之外。〔註 21〕但諧聲關係對於上古音研究具有重要價值。

楚簡中的通假字具有很強的時代特徵。如「靜」楚簡中可借為「爭」，同時以「青」為諧聲偏旁的諧聲系列，與以「爭」為諧聲偏旁的諧聲系列，都可以借為「爭」：

楚簡用字	讀為字
從青：靜、鯖、精、請	爭
從爭：靜、諍、爭	爭

甚至在同篇中也有這種情形：清華簡《鄭文公問太伯》甲篇和乙篇出自同一書手，其中的「爭」甲簡 2 作「爭」，乙篇作「請」。這也體現在傳世文獻中，《公羊傳·文公三十年》「餞餞善諍言」，王逸《楚辭章句》引作「餞餞靖言」。

與之類似的情況如「羕」字，楚簡常常用為「永」，但也有時用為「祥」和「養」。「考」字，有時借為「老」，但也有時借為「巧」，在清華簡《殷高宗問於三壽》簡 18「孝慈而哀寡」的「孝」字作 𠄡，同篇簡 22「音色柔巧」的「巧」也作 𠄡。《說文》對「靜」的字形分析是「從青、爭聲」，對「羕」的字形分析是「從永、羊聲」，對「考」的字形分析是「從老省、丂聲」，但從楚簡文字的通假使用上來看，這幾個字兩個偏旁都已經兼可表聲。

「牆」字是《說文》「醬」之古文，從酉、爿聲，上文指出在楚簡中「牆」可用為「醬」和「將」，但在郭店簡《尊德義》簡 13「其德清牆」，從上博簡《容成氏》簡 7 有「其德酉清」可知「牆」也可讀「酉」。〔註 22〕 𡈼（清華簡《芮良夫毖》簡 4）為楚簡中的「𡈼」字，字形應分析為「之」增加義符「止」，𡈼是「往、到」義的「之」字異體。通常用為「止」，但也有時用為

〔註21〕 劉波：《出土楚文獻語音通轉現象整理與研究》，吉林大學博士學位論文，2013 年。
〔註22〕 黃人二指出，其說詳見孫飛燕《上博簡〈容成氏〉文本整理及研究》，中國社會科學出版社，2014 年，第 37 頁。

代詞「之」。〔註23〕李守奎指出「躬」字從右側「呂」（「宮」的初文）聲，則讀為「躬」；從左側「身」的讀音則讀為「信」。「牖」是「醬」，但可與「酉」通；「止」是「之」字異體，但其最常用法是用為「止」，偶爾用為「之」〔註24〕；「躬」既可以讀如字也可以從「身」讀「信」。這些都是戰國文字才出現的現象。

下表把戰國楚簡「同用」中的通假關係用韻分類。「讀為字」與楚簡用字之間是歷時關係，僅作為參考，並非本文研究範疇。有些字能確定它們之間是通假關係，但不確定其讀為字，也一併注出。此部分內容參考白於藍《簡帛古書通假字大系》。

下表左邊一欄的成分之間是「同用」關係。

楚簡文字字形	讀為字
之 部	
止、寺、時、侍	待
止、寺、志、時	侍
時、時、寺、陼、持、志、書	詩
時〔註25〕、貪、紊、時	持
之、音、噂、恃、等、寺、齮	志
止、音、時、寺	時
時、寺、志	恃
孳（慈）、絲、才	茲
甚、諆、亓	其
爭、哉、戈、才	哉
坴、釜、李	資
斤（旗）、昇、忌（忌）	期
又、友	友

〔註23〕陳斯鵬：《楚系簡帛中字形與音義關係研究》，中國社會科學出版社，2011 年，第22頁。

〔註24〕另外，楚簡中「之」和「止」也偶有相通例，如郭店簡《緇衣》「之」，上博簡《緇衣》簡17作 ，即「止」。林素清指出之、止音近可通。詳見林素清《郭店、上博〈緇衣〉簡之比較──兼論戰國文字的國別問題》，《新出土文獻與古代文明研究》，上海大學出版社，2004 年，第89頁。另外，季旭昇對「止」對後世文獻的影響也進行了闡述，見《從戰國文字中的「止」字談詩經中「之」字誤為「止」字的現象》，復旦大學出土文獻與古文字研究中心網站，2009 年 3 月 21 日。

〔註25〕楊建忠認為讀「時」為「持」是楚系獨有之通假，詳見楊建忠：《楚系出土文獻語言文字考論》，浙江大學出版社，2014 年，第 207 頁。

晦（晦）、浼	海
職　部	
直、十	十
㚏、放	服
腻、㬪	鬱
塞、賽	賽〔註 26〕
福、福、富	富
䎀〔註 27〕、䶂	翌
幽　部	
洓、恷、救	求
栖（柳）、莤、酉	酉
逰、郍、舟、俯	舟
䂇、穆	穆
䂇、悉	瞀
茅、䂇、敄、悉、柔、㣧、遬、孞、矛	務
䂇、矛、悉、孞、汥	侮
頁（羞）、頯	擾
考、攷、丂	巧
考、攷	考
造、告	告
俈、郜	造〔註 28〕
鄝、瘳、翏	廖
瘳、戮、翏	療
學（幼）、幽	幽〔註 29〕
條、攸	悠
朻、收、丩	收

〔註 26〕林志強：《字說三則》，《古文字研究》第 29 輯，中華書局，2012 年，第 662～663 頁。

〔註 27〕清華簡《子儀》簡 10「䎀明」，簡 19 作「䶂明」。整理者讀為「翌」。

〔註 28〕包山楚簡中有「俈室」「郜室人」，大西克也認為是「造室」，見大西克也《戰國楚系文字中的兩種「告」字——兼釋上博楚簡〈容成氏〉的「三俈」》，《簡帛》第一輯，上海古籍出版社，2006 年，第 81～96 頁。

〔註 29〕王雲路、王誠認為「幽」和「幼」是有意義聯繫的，都有「微小」義。從這個方面看，學（幼）和「幽」就不屬於簡單的聲音聯繫。王說詳見《漢語詞彙核心義研究》，北京大學出版社，2014 年，第 260～261 頁。

覺　部	
郮、復	父〔註30〕
祝、姨	鬻〔註31〕
浗、弔	淑
筮（築）、畜	畜
終　部	
冬、咎（冬）、炱	終
忠、中	中
絳、降	降
宵　部	
邵、詔	召
侯　部	
詑（誅）、豉、敷（樹）	樹
堣、遇、勯	遇
嘍、婁	僂
屋　部	
彔、麞、象	祿
浴（谷）、忩（欲）、绤、谷	俗
痺、瞽	速
東　部	
僮、歆、童	動
玒、攻	功
奉、豐	豐
遣、奉	逢
龏、共	恭
俑、戙	寵
埇、惥（勇）	勇
魚　部	
補、輔、尃、博	輔
昏、尻	處
蒢、虗	虛

〔註30〕地名，劉信芳疑讀為「父」，見劉信芳《楚簡帛通假匯釋》，高等教育出版社，2011
年，第129頁。

〔註31〕文獻中的「鬻熊」之「鬻」，新蔡簡甲三簡188作 ；包山簡217作 、望山1
～121作 。

奴、如、女	如
豫、㑟	逸
膴、無	無
晵、忞	毋
語、敔、俉、御	禦
悥、舉、與	與
悥、舉、與	舉
與、舉、舉	歟
鈲〔註32〕、堅	壺
于、雩（雨）	虞
寡、贖（顧）	顧
穌、虡	蘇
鐸 部	
夜、亦	亦
戜（庶）、戜（煮）	庶
夜、䜌、亦	赦
柰、郲	輿
怍、狅、怎、作、乍	作
陽 部	
明、昷、盟	明
康、庚	康
羕、盖、恙	祥
牆、壼	藏
臧、牂、牀、牁	臧
壯、臧、妝、牆、牁、牁、牁	莊
臧、藏、壼、奘	壯
牆、牁（狀）	將
羕、盖（祥）	祥
殤、陽	陽
倀、長	長
仿、旁、方	旁
紡、方	方
纕、壤、讓	讓

〔註32〕此字讀為「壺」參見劉國勝《楚喪葬簡牘集釋》，武漢大學博士學位論文，2003 年，第 60 頁。

桂（枉）、逞（往）	往
桂（枉）、悝（狂）	枉
裳，常，裳	裳
宄、忘、無	荒
宄、忘、妄、亡	忘
忘、亡	亡
支　部	
覘、閏	窺
董、斁	謹
囄、襑	難
錫　部	
俾、遷	嬖
纏、啻	敵
耕　部	
城、成	成
褃、生	眚
眚、生、青	姓
眚、生	性
眚、生	甥
請、清、寊、青、情	情
清、情、寊、青	靜
精、青	青
靜、鯖、稍、請	爭
靜、諍、爭	爭
型、莝、井	刑
型、莝、井	形
型、刑、畱	荊
型、刑	刑
興、繩	繩
涅、郢、經	盈
歌　部	
攲、鞁、皮	疲
褐、歊、謂	禍
俄、铧	義〔註33〕

〔註33〕人名。

我、義	我
陞（地）、敀	施〔註34〕
禾、和	和
墲、遷、厤	沙
月　部	
蔑、籔、穢、薂	沫
割、害	蓋
埶、埶	藝
說、敓、兌	悅
悅、敓、兌	說
元　部	
惧、戔、戔	踐
戁、難	歎
綏、安	安
嚾、觀	觀
宣、伹、趄、逗	宣
然、肰、庨	然
端、耑	端
笑、鄭	卷
患、惢	患
伎、誃、支	便
鑒（堅）、賢	賢
還、鄂（縣）	縣
膳、善	善
選、巽	選
刜（斷）、連	轉
脂　部	
祁、迡	遲
脂、耆、詣、餡	稽
膿（體）、豊	禮
質　部	
詖、莝	蔽〔註35〕

〔註34〕除了楚簡，中山王壺和秦嶧山刻石也是借「陀」為「施」的。

〔註35〕「詖」字從沈培說，詳見《從戰國簡看古人占卜的「蔽志」——兼論「移祟」說》，第一屆古文字與古代史學術研討會，台灣中央研究院歷史語言研究所，2006 年 9

利、莉	黎
敹、自	自
馻、佴	匹〔註36〕
真 部	
繻、緟、墜	陳
戔、申	陣
鈞、均	均
微 部	
韓、悥	違
唯、佳	雖
壞、懷、裏	懷
物 部	
炁、矯、惡（愛）	氣
真 部	
真、遉	顛
文 部	
瘒、鞋	靳〔註37〕
吝、鄰	吝
緝 部	
級、伋、汲	隰
蕈、槷、集	集
侵 部	
敨、菣、墊、熬、甜	郰
念、悥、貪、欽、僉	含
醰、鄲	沈

月。「堇」字從白於藍說，詳見《釋「𣪠」》，《古文字研究》第 24 輯，中華書局，2002 年，第 355～359 頁。

〔註36〕楚簡的「匹」大部分承襲金文寫法作 （郭店簡《老子甲》簡 10），也有的增加「馬」如 （曾侯乙墓簡 129）、「君子能好其 」（郭店簡《緇衣》簡 42）。上博簡《曹沫之陳》簡 34 有「佴（匹）夫寡婦之獄詞（訟）」。不過禤健聰認為佴是為「匹敵」之「匹」專造的字，其說詳見《戰國楚簡字詞研究》，中山大學博士學位論文，2006 年，第 15 頁。

〔註37〕瘒和鞋在包山簡中是同一人名，劉信芳認為讀作「靳」，見《楚簡帛通假匯釋》，高等教育出版社，2011 年，第 360 頁。

盍　部	
臘、鑞	獵
戬、戩	捷
墊、帮、槷、槸、聶	攝 1
槸、愶	攝 2 〔註38〕

在所有諧聲系列中，最為活躍的諧聲偏旁是之、月、青，能作為 5 個以上字的諧聲偏旁。就單字來看，通假形體最多的字依次是「務」（9 個）、「莊」（7個）、「詩」（7 個）、「志」（7 個）、「作」（5 個）、「鄩」（5 個）、「情」（5 個）、「侮」（5 個）、「含」（5 個）。除「鄩」是地名用字外，其餘都是楚簡中的常用字。

同諧聲偏旁通假中，可以觀測到有一些高重複同用集合。比如「與」和「舉」、「刑」和「形」同用集合就完全重合。上表可見類似高重複同用集合有「侮—務」，「侮」（5 條）全部屬於「務」（9 條）的子集；「靜—情」，「靜」（4條）全部屬於「情」（5 條）的子集；「待—侍—時」「侍—恃」「亦—赦」「亡—忘」這四組同用條數不多，但也屬於高度重合例。

這種高重複同用集合在傳世文獻中表現出來就是大量異文。如「形—刑」一組，《周禮疏》引鄭玄《易》「形」皆作「刑」；《荀子・臣道》「政令教化，刑下如影」，元刻本作「形」；《戰國策・魏策》「夫鄩，寡人固刑弗有也」，「刑」一作「形」。還有大量彼此互通之例，孫怡讓、王念孫等多個清代學者都指出此二字古通。首先先秦根本沒有字形寫作從彡的「形」。如果說造成「形—刑」異文、通假的原因是古文字中「形」這個詞常常寫作「刑」，但古文字中也常常寫作「井」，那為什麼傳世文獻中卻沒有大量保留「井—形」和「井—刑」關係呢？用上文「高重複同用集合」就能解釋這種現象。

楚簡文字字形	用　為
型、坓、井	刑
型、坓、井	形

「刑」「形」二詞的用字是完全一樣的，即這兩個詞使用完全相同的表音符號。這與「同篇同用」不一樣，「同篇同用」往往是反映一個書手的用字習慣；上表所反映的是戰國時代楚簡書寫，所有書手對字形的調用，「形」「刑」兩個

〔註38〕攝 1 是喪葬遣冊中提到的與弓矢有關之物，攝 2 是動詞，意為「持」。

詞很有可能是在同一個集合中調用字形。這也是二者後世關係密切的原因。

第二節 非同諧聲偏旁的通假字

（一）絲—紂

郭店簡「緇衣」的緇作「絲」，上博簡作「紂」。上文提到「絲」可用作「緇」「絲」，「爭」可讀為「字」「災」「茲」「哉」，從絲之字也可從爭，「才」是「絲」的疊加聲符，說明聲音相近。與此例類似，《說文》「鼐」之俗體作「鎡」。

（二）而—尔

楚簡中常見以「尔」作為第二人稱代詞，如上博簡《緇衣》簡 20「出內（入）自尔（爾）帀（師）」。「而」最常見的是作為連詞，也偶有借作第二人稱代詞。如上博簡《曹沫之陳》簡 7：「今異於而言。」上博簡《魯邦大旱》簡 3「出遇子贛（貢）曰：賜，而昏（聞）巷路之言，毋乃胃（謂）丘之答非與（歟）？」上博簡《中弓》簡 10「舉（舉）而所智（知）。」以上借「而」為「尔」的三篇中，「而」也同時用為連詞。《魯邦大旱》和《中弓》用筆多有相似之處，[註39] 從第二人稱通假用字習慣來看也相近。清華簡《祭公之顧命》簡 17「汝毋各家相而室，然莫恤其外」，整理者括注「而」為「乃」，這種用為定語的「而」已見於古書，按《尚書·洪範》「汝弗能使有好於而家」，清華簡《皇門》簡 13「而」作「尔」：「皆卹尔邦」。所以「而」與「尔」在楚簡中可通假。

（三）義—遁

「緝熙」之「熙」，郭店簡《緇衣》寫作 ▨（簡 34），從辵、臣聲。上博簡《緇衣》該字作 ▨（簡 17），借「義」為「熙」。

（四）司—訇

「司」字楚簡中字形為 ▨（郭店《窮達以時》8），上博簡《鮑叔牙與隰朋之諫》中「有司」的「司」作 ▨（簡 3），該字陳斯鵬徑釋為「嗣」，讀為「司」。[註40] 但楚簡「司」也有從「訇」得聲的：

〔註39〕 李松儒：《戰國簡帛字跡研究——以上博簡為中心》，上海古籍出版社，2015 年，第 277 頁。

〔註40〕 陳斯鵬：《讀〈上博竹書（五）〉小記》，武漢大學簡帛網，2006 年 4 月 1 日。

（郭店《語叢一》50）　　　（郭店《語叢一》52）

以上二字可分析為从攴、訇聲。「訇」在楚簡中可讀為「治」「殆」「始」等。此處與「司」是聲音之通假。

（五）得—直

上博簡《天子建州》甲簡 5、6「日月得亓（其）甫」的「得」字作，是楚簡中常見的「得」；乙本簡 4 該字作，可隸定為「直」，是「悳」之聲符。此處「直」借為「得」。

（六）史—思

「使動」之「使」可借「史」為之，也可皆「思」為之。「思」或省為「囟」。史、思都是心母之部字，聲韻皆同。

（七）迎—儗

郭店簡《性自命出》簡 45「又（有）亓為人之=女（如）也」，上博簡《性情論》簡 37 同句作「又（有）亓為人之=女（如）也」。字可隸定為迎，可隸定為「儗」，李零讀為「節節如也」。〔註41〕「迎」和「儗」是聲音之通假。

（八）宋（次）—事

「次」，甲本作「宋」，乙本作「事」。楚簡無「次」字。「宋」見於上博簡《周易》、《三德》，用為「次」，从宀、宋聲，為楚簡表「集、止」義的「次」之本字。清華簡《筮法》「宋」也讀作「次」。「事」是心母之部字，「次」是清母脂部字，聲韻俱近。清華簡《越公其事》末簡「越公其事」整理者用為篇題，王輝引《國語·越語》「余何面目以視於天下乎？越君其次也」指出「越公其事」之「事」讀為「次」。〔註42〕

（九）疾—息—蕭

郭店簡《語叢》簡 11「猷与色与疾」，上博簡《鮑叔牙與隰朋之諫》簡 5 有

〔註41〕李零：《郭店楚簡校讀記》，《道家文化研究》第 17 輯，三聯書店，1999 年 8 月，第 510 頁。

〔註42〕王輝：《說「越公其事」非篇題》，復旦大學出土文獻與古文字研究中心網站，2017 年 4 月 28 日。

「人之生（性）三：飲、色、息」。「疾」是從母質部字，「息」是心母職部字，此處「息」借為「疾」。

郭店簡《緇衣》簡 23「毋以卑御愍妝（莊）句（后），毋以卑士愍大夫卿士」，「愍」上博簡《緇衣》作「蕭」，今本《緇衣》作「疾」。清華簡《祭公之顧命》簡 16 相同一句作「女（汝）毋呂（以）俾（嬖）護（御）息尔（爾）臧（莊）句（后）」。「息」「愍」「蕭」都可讀為「疾」，上文提到「愍」和「蕭」是異體字，前者是形聲字，後者是雙聲符字。而「息」與此二字的關係是聲音是通假。

（十）守—獸

郭店《老子》甲簡 13「侯王能守之」的「守」作 。同篇還有三個「守」字，都寫作「獸」：

> 侯王如能獸之，萬物將自賓。（簡 19）

> 獸中，篤也。（簡 24）

> 金玉盈室，莫能獸也。（簡 38）

同篇簡 33「猛獸」的獸作 。以上三例以「獸」讀「守」。上博簡《容成氏》一篇中也有「獸」用作本字的同時讀為「守」。

（十一）由—繇—遊—秀—穀

楚簡中用為「由」的字繁多，據陳斯鵬的整理，相關字形共有 5 組。[註43]

第一，由組。字形如 （郭店《成之聞之》28）、（郭店《緇衣》19）、（上博《緇衣》17）。

第二，繇組。字形如 （郭店《語叢一》20）、（上博《弟子問》17）。

第三，遊組。字形如 （郭店《性自命出》33）。[註44]

第四，秀組。形如 （郭店《唐虞之道》8）、（郭店《唐虞之道》12），從爪禾聲。秦簡中也有「采」，裘錫圭指出是「秀」的初文或本字。[註45]

〔註43〕陳斯鵬：《楚系簡帛中字形與音義關係研究》，中國社會科學出版社，2011 年，第 190～200 頁。

〔註44〕此字從劉釗說，見《郭店楚簡校釋》，福建人民出版社，2003 年，第 99 頁。

〔註45〕裘錫圭：《甲骨文中所見的商代農業》，《古文字論集》，中華書局，1992 年，第 154～195 頁。

第五，彀組。字形如 （郭店《五行》28）、（郭店《五行》31）。

由、繇、游是以母幽部字，秀是心母幽部字，彀是來母屋部字，韻近聲可通。

（十二）咎—邵—咎

「皋陶」的「皋」在郭店簡《性自命出》和《窮達以時》中寫作 （《性自命出》簡 25），隸定作「邵」；上博簡《容成氏》中寫作 （簡 34），隸定作「咎」；清華簡《厚父》簡 2 作 ，隸定作「咎」。三字音近可通，在字形上也都从口。

（十三）咎—秀—繇

楚簡「皋陶」的「陶」也有三種寫法，上博《容成氏》簡 34 作 和 ，分別隸定作「咎」和「秀」；郭店《窮達以時》簡 3 作「繇」，字形為 ；清華簡《厚父》簡 2 作 ，與《窮達以時》用字相同。所以「咎」「秀」「繇」三者為聲音之通假。

值得注意的是，「皋陶」的「皋」，《厚父》篇作「咎」；「皋陶」的「陶」《容成氏》篇也作「咎」。

（十四）敵—曹

西周金文「曹」字作 （七年趞曹鼎），上博《弟子問》簡 4 的「曹」沿襲金文字形 。而上博《曹沫之陳》中的「曹」寫作 （簡 1），或从攴告聲，「敵」為「造」字異體；或增加「艸」作 （簡 13）。

（十五）臺（就）—述

上博簡《民之父母》簡 11「亡體之豊（禮），日述月相」，清華簡《周公之琴舞》簡 3「宿夜不兔（逸），日臺（就）月相（狀）」。今本《詩·周頌·敬之》、《禮記·孔子閒居》均作「日就月將」，《詩經·邶風·日月》作「日居月諸」，史惠鼎作「日臺月逜（將）」[註46]。就從母覺部，述群母幽部，聲近韻通。

〔註46〕陳致對此句有分析，詳見陳致《「日居月諸」與「日就月將「：早期四言詩與祭祀禮辭釋例》，復旦大學出土文獻與古文字研究中心網，2011 年 2 月 17 日。

（十六）戮—散

郭店《尊德義》簡3「殺戮」之「戮」作 ，下部从死，整理者隸定為「㺤」。上博簡《成王為城濮之行》簡1「不散一人」，《左傳》僖公二十七年作「不戮一人」，陳偉疑「散（敏）」與「戮」音近通假。[註47]

（十七）累—𦑰

郭店《性自命出》簡46「人之悅然可與和安者」的「脫」作 ，同句上博簡《性情論》該字作 （簡38），从糸、卯聲。史傑鵬認為「這個例子是對幽、物（月）可以相通的重要支持」。[註48] 本文「改變聲符」一節中提到楚簡文字「介」與「臼」作為聲符互換，也是月部與幽部的接觸。

（十八）孚—餃

上博簡《魯邦大旱》簡6的「飽」字作 ，从食、支聲，隸定為「餃」，為「飽」之異體。清華簡《趙簡子》簡10的「飽」字作「孚」。孚是滂母幽部字，飽是幫母幽部字，聲近韻同。

（十九）瑤—央

包山簡173「瑤」作 ，上博簡《容成氏》簡38「瑤臺」之「瑤」作 ，字形隸定作「柔」，省「玉」。上博簡《子羔》簡11「瑤臺」之「瑤」作 ，釋為「央」。整理者認為「央、瑤聲紐通轉而假借」[註49]。

（二十）要—謠—繇

郭店簡《性自命出》「聞歌謠」的「謠」作 ，隸定為「誄」，即「謠」之異體；該字在上博簡《性情論》中作 ，即「要」字。新蔡簡甲三31、清華簡《芮良夫毖》簡5的「謠」均作「繇」。誄（謠）是以母宵部字，要是影母宵部字，繇是以母幽部字，聲韻皆近。

（二十一）佼—宝

楚簡中的「貌」可寫為佼，从人爻聲，是「貌」之異體，郭店簡《五行》

〔註47〕 陳偉：《〈成王為城濮之行〉初讀》，武漢大學簡帛網，2013年1月5日。

〔註48〕 史傑鵬：《由郭店〈老子〉的幾條簡文談幽、物相通現象暨相關問題》，武漢大學簡帛網，2010年4月19日。

〔註49〕 馬承源：《上海博物館藏戰國楚竹書（二）》，上海古籍出版社，2002年，第196頁。

簡 32 有「顏色从（容）佟（貌）」。或作「宮」，則是「廟」字異體，如郭店簡《性自命出》簡 20、上博簡《性情論》簡 12 都作「頌（容）宮（貌）」。所以楚簡中的「宮（廟）」可通假為「佟（貌）」。

（二十二）療—藥

楚簡中「藥」字形作 （清華《程寤》5），从艸樂聲。楚簡「療」字形作 （包山簡 10），从广、翏省聲，可讀為姓氏「廖」。清華簡《說命》簡 4 出現了「藥」和「瘳」：「若藥，女（如）不眠（瞑）均（眩），邮（越）疾罔瘳」，「藥」「療」都讀如字。但清華簡《程寤》簡 5「女（如）天隆（降）疾，旨味既甬（用），不可藥，時（時）不遠」，此處的「藥」讀為「療」。〔註50〕

《詩·大雅·板》「多將熇熇，不可救藥」，王引之指出「藥」與「療」聲近，古書常互作。〔註51〕也是「藥」「療」相通之例。

（二十三）句—后—後—侯

上博簡《緇衣》簡 12 的 ，釋為「后」。郭店簡《緇衣》對應同字作 （簡 23），即「句」字。郭店《唐虞之道》簡 10「后稷」之「后」作 ，同篇簡 3「然後正世」的「後」亦作 。郭店《五行》中「然後」之「後」作 （簡 16、17、20），是以「句」為「後」。楚簡中的「后」「句」和「後」是通假關係。《說文》「詬」或體作「詢」，也體現了「后」「句」的密切聯繫。楊建忠指出「后」「句」之通為戰國楚系獨有。〔註52〕

地祇「后土」，包山簡作「土」，可釋為「侯土」；望山簡中作「土」即「句土」。「侯」和「句」也是聲音之通假。

（二十四）重—濁

古文字「濁」是从水、蜀聲的字，如 （郭店《老子甲》9）。楚簡中「輕重」的「重」異體眾多，其中一種寫作从石、主聲的字，如 （郭店《成之聞之》39）、（上博《緇衣》22）。上博簡《亙先》簡 4「旡（氣）生地，清旡（氣）生天」，這裡的「重」與「清」相對文，意義相反，是「重」

〔註50〕袁瑩：《清華簡〈程寤〉校讀》，復旦大學出土文獻與古文字研究中心網，2011 年 1 月 11 日。

〔註51〕〔清〕王引之：《經義述聞》卷十八，江蘇古籍出版社，1985 年，第 437 頁。

〔註52〕楊建忠：《楚系出土文獻語言文字考論》，浙江大學出版社，2014 年，第 245 頁。

用為「濁」。「重」是定母東部字,「濁」是定母屋部字,聲同韻近。

(二十五)戎—蓐

楚簡中最常見的「農」是借「戎」為之,字形作 (郭店簡《成之聞之》簡 13)。上博簡《三德》簡 15「農」字作 ,从林、辱聲,為「農」之本字,且有更早來源。西周金文「農」作 (農卣)或 (史牆盤),都是从辱得聲的。

(二十六)伕—專—敊

傳說之「傅」,上博《競建內之》簡 4 作 ,隸定為「伕」,从人、父聲;清華簡《說命上》簡 2 作 ,隸定為「專」;清華簡《良臣》簡 2 作 ,隸定作「敊」,乃「扶」字異體。「伕」是幫母魚部字,「專」是滂母魚部字,「敊(扶)」是幫母魚部字,聲近韻同。

(二十七)輔—敊

楚簡中的「敊」是「扶」之異體,除此之外「輔」也可假為「扶」:

譬如主舟,(輔)余于險,余于淒(濟)。(清華簡《皇門》簡 13)

童載以行,陟險莫之 (敊)道。(清華簡《芮良夫毖》簡 6)

《皇門》一句,《逸周書・皇門》作「譬若眾畋,常扶于險,乃而予于濟」。也證「輔」讀為「扶」。對於「甫」和「夫」之通假,施謝捷就指出《淮南子》同時兼有「榑桑」和「扶桑」兩種寫法。並且認為秦漢私印當中的「郑蘇」「蒲蘇」是相同的人名。〔註 53〕「輔」是並母魚部字,與「扶」聲近韻同。

(二十八)府—匐

上博簡《卜書》簡 1「俯首」合文作 ,何有祖認為所从之「九」實為「勹」之訛形,「勹」為聲符。〔註 54〕另外,楚簡中「府」可讀為「俯」,如清華簡《說命中》簡 6「俯視」的「俯」作 。上博簡《彭祖》簡 7 的 字,陳斯鵬、袁金平、劉洪濤都認為此字从首、府聲,釋為「俯」〔註 55〕。「匐」改變聲符即

〔註 53〕 施謝捷:《江陵鳳凰山西漢簡牘與秦漢印所見人名(雙名)互證(之一)》,《古文字研究》第三十輯,中華書局,2014 年,第 458 頁。

〔註 54〕 何有祖:《讀〈上海博物館藏戰國楚竹書(九)〉札記》,武漢大學簡帛網,2014 年 1 月 6 日。

〔註 55〕 諸家說法詳見劉洪濤《上博楚簡〈凡物流形〉釋字二則》,《簡帛》第 6 輯,上海古

為「幕」。府是幫母侯部字，勹是幫母幽部字，聲同韻近。

（二十九）悎／壓—夜

上文提到楚簡中的「悎」和「壓」都可用為「赦」，如：

中弓曰：惑（宥）怂（過）悎辠。（上博簡《中弓》簡7）

上博簡《季庚子問於孔子》簡20「大辠則赦之以型」的「赦」字作，此處即借「夜」為「赦」。另外，新蔡簡「平輿君」都寫作「坪夜君」，清華簡篇名「耆夜」之「夜」裘錫圭讀為「舉」〔註56〕，也是「夜」與「舉」相通之證。

（三十）孤／瓜—沽

戰國楚簡中的「沽」常用為「涸」，如上博簡《魯邦大旱》簡5「水將」的就用為「涸」。「沽」也偶爾用作「湖」，如郭店《語叢四》簡10「不見江湖之水」的「湖」作。

而楚簡中「孤」常寫作「孤」，如（上博《吳命》4），也可作「瓜」，如上博簡《周易》簡33的。但上博簡《弟子問》簡16「寡聞則孤」的「孤」字作。是借「沽」為「孤」。

從古之字與從瓜之字常互通。如《詩經‧衛風‧碩人》「施罛濊濊」，《說文》引詩該句「罛」作「罟」。

（三十一）攴女—專

大盂鼎、師克盨、秦公鐘、癲鐘等有「匍有四方」，王国維認為金文「匍有」即「敷有」：「『敷有四方』，知『佑』為『有』之假借，非佑助之謂矣。」「敷有」即「廣泛地擁有」，持有相同看法的還有徐中舒〔註57〕、馬承源〔註58〕、葉正渤〔註59〕。楊樹達提出「敷」是「撫」的假借字，「敷佑」亦當讀為「撫有」，並引《左傳》「撫有蠻夷，淹征四海」「撫有晉國」「撫有爾室」。〔註60〕

籍出版社，2011年，第295～297頁。

〔註56〕引自復旦大學出土文獻與古文字研究中心研究生讀書會《清華簡〈耆夜〉研讀札記》，復旦大學出土文獻與古文字研究中心網，2011年1月5日。

〔註57〕徐中舒：《西周墙盤銘文箋釋》，《考古學報》，1987年第2期，第139頁。

〔註58〕周寶宏《西周青銅器重器銘文集釋》，天津古籍出版社，2007年，第233～237頁。

〔註59〕葉正渤：《西周標準器銘文疏證（一）》，《中國文字研究》第七輯，2006年，第154頁。

〔註60〕楊樹達：《積微居金文說 ‧全盂鼎五跋》，上海古籍出版社，2007年，第96頁。

在戰國楚簡中，寫法更加多變。上博簡《曹沫之陳》簡 3 作「改又（有）天下」，清華簡《金縢》作「專又（有）四方」，清華簡《繫年》簡 2 有「專政天下」。以上「改」「專」都讀為「撫」。

隨州文峰塔 M1 出土的曾侯曎（與）編鐘銘文「罷斁天下」，范國棟釋為「撫定天下」[註61]。另外，楚帛書的「敦奠四極」中的「敦」也讀為「撫」表安定義。[註62] 皆可證楊樹達說法。

（三十二）亡—無

「亡」和「無」關係密切，二者互換可以上推至西周金文[註63]：「無疆」「無期」大多用「無」，偶爾用「亡」；「無尤」「無不」大多用「亡」，很少用「無」。戰國楚簡中，用作否定副詞時二字完全無別。上博簡《弟子問》簡 13：「君子亡所不足，無所又（有）余。」上博簡《周易》簡 21：「亡忘（妄）又（有）疾，無藥又（有）菜。」兩例都是前句用「亡」、後句用「無」，交替使用。作為聲符二者也可互通。

（三十三）語—御

楚簡「語」除了用本義「言語」之外，還可假借為「禦」，如郭店簡《五行》簡 34「彊（強）語」，帛書《五行》作「禦」。楚簡中常見的「禦」字多作「御」或「敔」，如 （郭店《緇衣》23）、（包山簡 124）。

（三十四）尻—疋

上博《容成氏》簡 23「舜聽政三年，山陵不疏」的「疏」作 ，[註64] 可隸定為「尻」，是楚文字的「處」字，有時也用為「居」（詳見第四章）。而上博簡《舉治王天下》簡 30 的「疏」作「疋」。「尻」和「疋」音近可通。

（三十五）於—亞

「於」是「烏鴉」之「烏」的象形本字，金文「嗚呼」的「嗚」常常寫作

〔註61〕凡國棟：《曾侯與編鐘銘文柬釋》，《江漢考古》，2014 年第 4 期，第 62 頁。

〔註62〕郭永秉：《清華簡〈耆夜〉詩試解二則》，《古文字與古文獻論集續編》，上海古籍出版社，2015 年，第 257 頁。

〔註63〕甲骨文中「有無」之「無」衹用「亡」，不用「無」。

〔註64〕此處「尻」讀為「疏」是李零說，陳劍、陳偉、白於藍等學者認為此字不破讀也可通。詳見單育辰：《新出楚簡〈容成氏〉研究》，中華書局，2016 年，第 124～126 頁。

「於」，是為假借。「於」用作「嗚呼」的「嗚」一直沿用到戰國時期的楚簡中，如上博簡《成王既邦》簡 5 的「嗚」就寫作![字形]。同時《成王既邦》簡 2 的「嗚呼」之「嗚」又寫作![字形]，隸定作「亞」，此字楚簡中常常讀為「惡」。經李松儒考證，《成王既邦》篇簡 5 和簡 2 為不同書手抄寫，抄寫簡 5 的抄手水平較好，而抄寫簡 2 的抄手字跡潦草、水平較差。〔註65〕這也與簡 2 的書手寫了一個不常用的通假字的現象相符。

（三十六）溥—泊

楚簡中「薄」常常寫作「泊」，字形作![字形]（上博《容成氏》35）；而上博簡《競公瘧》簡 4「薄情而不渝」的「薄」作![字形]，即「溥」字。清華簡《子儀》簡 1 的「三謀輔之」的「輔」字也借「溥」字。在用作「厚薄」之「薄」時，「泊」與「溥」是通假關係。

（三十七）雩—郕（越）

楚簡中的「越」可寫作「郕」，周波指出「楚文字用「郕」表示國名、地名和姓氏｛越｝，楚簡多見。晉系文字用「雩」為越國之｛越｝，如晉璽孫雩（越）人（《戰印》1783）、中山王鼎：「昔者吳人並雩（越）、雩（越）人修教備信」〔註66〕。蘇建洲指出清華簡《越公其事》之「越」均寫作「雩」，與三晉用字習慣相同。〔註67〕

（三十八）石—厇（宅）

望山簡 1-115 有楚縣名「東石」，「石」字作「![字形]」。包山簡 190 有地名作「東宅」，「宅」字作![字形]，「厇」即古文字的「宅」，也常常借為「度」。也可增加「邑」作![字形]（包山簡 167）。「東石」與「東宅」為同一地，〔註68〕「石」與「厇（宅）」為通假關係。

〔註65〕李松儒：《戰國簡帛字跡研究——以上博簡為中心》，上海古籍出版社，2015 年，第 503 頁。

〔註66〕周波：《戰國時代各系文字間用字差異性現象研究》，復旦大學博士學位論文，2008 年。

〔註67〕蘇建洲：《談清華七〈越公其事〉簡三的幾個字》，復旦大學出土文獻與古文字研究中心網站，2017 年 5 月 20 日。

〔註68〕吳良寶：《戰國楚簡地名輯證》，武漢大學出版社，2010 年，第 259 頁。

（三十九）相—䀠（狀）

上面提到習語「日就月將」的「將」，上博《民之父母》簡 11 作「相」，清華簡《周公之琴舞》簡 3 作「䀠」。「䀠」從首省，爿聲，是楚簡中「狀」之異體。「相」「狀」都是陽部字，屬於聲音之通假。

（四十）丈—倀

上博簡《周易》中「丈夫」的「丈」作 （簡16），《卜書》中「丈夫」的「丈」作 （簡4），即「倀」。「倀」在楚簡中幾乎都用為「長者」之「長」。「丈」「倀」聲韻相近，是通假關係。

（四十一）璧—俾

「毋以璧御疾莊后」句楚簡中多次出現，該句中的「璧」，上博《緇衣》作 ，即古文字中常見的「璧」字；郭店《緇衣》此字作 （簡23），即「卑」字；清華簡《祭公之顧命》簡 16 作 ，即「俾」。故「璧」「卑」「俾」三字通假。

郭店簡《五行》簡 47 以 （即「璧」字）讀為「譬」，楚簡中也常以「卑」讀「譬」，如清華簡《皇門》簡 17「女（如）戎夫」，「卑」讀為「譬」。此處也是「璧」「卑」相通例。

（四十二）愓—弋

上博簡《鮑叔牙與隰朋之諫》「易牙」的「易」作 （簡6），可隸定為愓，從心傷聲。但上博簡《競建內之》簡 10「易牙」之「易」作 ，是從亥、弋得聲的雙聲符字。易是以母錫部字，亥是群母之部字，弋是影母質部字。

（四十三）冋—涅—奚

上博簡《君子為禮》簡 7「肩毋撥（廢）毋傾」的「傾」作 ，隸定作「冋」。清華簡《繫年》齊頃公的「頃」作 ，字形上承金文「冋」，整理者讀為「頃」。郭店《老子》甲簡 16「高下之相傾」的「傾」字作 ， 是在楚簡中讀為「盈」。另外，上博《民之父母》簡 6「傾耳而聽之」的「傾」作 ，即「奚」字。冋是見母耕部字，涅是以母耕部字，奚為匣母支部字，三字聲韻俱通。

（四十四）是—氏

中山王器中多次出現的「氏」，張政烺讀為連詞「是」〔註69〕。楚簡「是」字字形為 （郭店《老子甲》7），而郭店簡《忠信之道》、上博簡《孔子詩論》、《緇衣》、《彭祖》、《季庚子問於孔子》、《融師有成氏》、《慎子曰恭儉》、《申公臣靈王》、《凡物流形》、《蘭賦》、《李頌》諸篇都以 （氏）字用作「是」。曹錦炎師曾列舉了「是」「氏」之相通數例加以說明。〔註70〕以上篇目中，上博簡《緇衣》、《季庚子問於孔子》、《凡物流形（甲）》同時也使用「是」之本字。可見在同篇之中也常常「是」「氏」並用，本字與通假字共存。

（四十五）左—此

上博簡《中弓》簡19「日月星辰猶左」，陳劍讀「左」為「差」。〔註71〕上博簡《卜書》中「凡三族有此，三末唯吉，如白如黃」、清華簡《筮法》簡61中「日月有此」的「此」也均可讀為「差」。〔註72〕此是清母支部字，差是清母歌部字。

（四十六）岑—軫

郭店簡《六德》簡32有「小而 多也」，《五行》該句作「小而 者也」， 即「軫」字。多位學者指出 為「慎」字《說文》古文， 隸定為「岑」，即「炅」，通假為「慎」，也讀為「軫」。〔註73〕炅是見母支部字，軫是見母文部字。

（四十七）酓—能

楚先祖「穴熊」，新蔡簡作「穴能」，包山簡作「媸酓」，清華簡《楚居》作「穴酓」。裘錫圭指出並不是簡單的通假現象，而是「帶有減弱甚至掩蓋楚人與

〔註69〕張政烺：《中山王嚳壺及鼎銘考釋》，《古文字研究》第1輯，中華書局，1979年，第213頁。
〔註70〕曹錦炎：《〈凡物流形〉釋文》，《上海博物館藏戰國楚竹書（七）》，上海古籍出版社，2008年，第264～265頁。
〔註71〕陳劍：《上博竹書〈仲弓〉篇新編釋文 zv》，《戰國竹書論集》，上海古籍出版社，2013年，第107頁。
〔註72〕《筮法》中「日月有此」的「此」讀為「差」由網友鳲鳩提出，見《初讀清華簡（四）筆記》，武漢大學簡帛網論壇，2014年1月8日。
〔註73〕說詳見單育辰《郭店〈尊德義〉〈成之聞之〉〈六德〉三篇整理與研究》，科學出版社，2015年，第294～301頁。

熊的關係的意圖」〔註74〕。能是泥母蒸部字，酓是影母侵部字。

（四十八）束一宵

楚簡中的「靜」常常省作「青」，陳斯鵬甚至認為「宵」是楚簡「靜」的本用字形。〔註75〕而戰國楚簡「束」也可以用為「靜」，如郭店《老子甲》簡9「孰能濁以束」。束是清母錫部字，宵（靜）是從母耕部字，聲韻皆近。

（四十九）嘂一荓

清華簡《繫年》簡18「旁設出宗子，以作周厚[字形]。」清華簡《顧命》簡13作「旁建宗子，不惟周之厚[字形]」。嘂是滂母耕部字，荓是並母耕部字，聲近韻同。

（五十）靁一㓼

上博簡《緇衣》「非用靁」，郭店簡《緇衣》作「非用㓼」。今本《禮記·緇衣》作「命」，而《尚書·呂刑》作「靈」。上博簡《弟子問》附簡「考（巧）言㓼色」，可知「㓼」是讀為「令」之字。所以上博簡《緇衣》中的「靁」與郭店簡的「㓼」之間是聲音相通的關係。

（五十一）義／我一宜

西周金文中常見「義」讀為「儀」或「宜」〔註76〕。戰國楚簡中「仁義」的「義」作[字形]（郭店簡《老子丙》簡3）；「我」也可讀作「義」，如郭店簡《語叢一》簡22「悬（仁）生於人，我（義）生於道」。也常常假「宜」為之，如郭店簡《六德》簡1：「可（何）胃（謂）六德？聖、智也，悬（仁）、宜也，忠、信也。」郭店簡《性自命出》作「義」之處，上博簡《性情論》皆作「宜」。「宜」在甲骨金文中也常用作祭名或「適宜」之「宜」。田煒認為「合於儀者為『宜』，故『適宜』之{宜}是從{儀}派生出來的，進一步引申出當『應該』講的{宜}」〔註77〕，也可備一說。

〔註74〕裘錫圭，《「東皇太一」與「大[字形]伏羲」》，《簡帛·經典·古史》，上海古籍出版社，2013年8月，第9頁。

〔註75〕陳斯鵬：《楚系簡帛中字形與音義關係研究》，中國社會科學出版社，2011年，第126頁。

〔註76〕全廣鎮：《兩周金文通假字研究》，台灣學生書局，1989年，第177頁。

〔註77〕田煒：《西周金文與傳世文獻字詞關係之對比研究》，《出土文獻與古文字研究》（第6輯），上海古籍出版社，2015年，第210～213頁。

另外，楚簡中的「我」也可假「義」為之，如郭店簡《語叢三》簡 65「亡意，亡古（固），亡義（我），亡必。」

（五十二）購／萬—訣

「一人有慶，萬民賴之」的「賴」，郭店簡《緇衣》簡 13 字，隸定作「購」，從貝、萬聲；而上博簡《緇衣》簡 8 作 ，隸定作訣，從言、大聲。清華簡《湯在啻門》簡 13-14 有「起事有獲，民長萬之」句，「萬」也讀作「賴」。賴是來母月部字，大是定母月部字，購是來母月部字，三字音近可通。

（五十三）剌—萬

周厲王之「厲」楚簡常常寫作 （清華簡《繫年》簡 2），或作 （上博簡《姑成家父》簡 1），禤健聰指出可能是「剌」的異體，在金文、楚簡中常常用為「烈」。周厲王的「厲」楚簡還可以寫作「萬」，如 （上博簡《鬼神之明》簡 2）。〔註78〕剌是來母月部字，萬是明母元部字，韻近聲可通。

（五十四）薎—𡎚

上博簡《曹沫之陳》中「曹沫」之名「沫」字，可寫作「薎」，字形作 （簡 64）；也可寫作「𡎚」，字形作 （簡 5），是「萬」增加贅旁「土」。薎是明母月部字，萬是明母元部字，聲同韻近。

（五十五）鳶—妷／鴩

商武丁時名臣「傅說」之「說」，上博簡《競建內之》作「 」，隸定為「鳶」；清華簡《良臣》「傅說」之「說」作 （簡 1），隸定為「鴩」；清華簡《說命》「傅說」之「說」作 ，隸定為「妷」，並闡述了「得妷（說）于專（傅）廠（巖）」（簡 2）。「鴩」和「妷」皆從兌得聲，故可相通；鳶是以母元部字，與妷、鴩聲韻皆近。

（五十六）倦—患

上文提到楚簡「倦」字可從人、关聲，也可以從心关聲，如 （上博《中弓》17）。楚簡中的「患」字從心、串聲，如 （郭店《老子乙》7），而上博《性情論》簡 31「憂患」的「患」作 。故楚簡中可假借「悁（倦）」為「患」。

〔註78〕禤健聰：《戰國楚系簡帛用字習慣研究》，科學出版社，2017 年，第 197 頁。

（五十七）贉（遠）—餒／舜

郭店《老子》甲簡9的「逺」字作，這是楚簡中的「遠」字異構（見上文）。上博《周易》「渙卦」的「渙」作「餒」和「舜」，分別是從睿和爰得聲的字。睿是云母月部字，爰是以母元部字，遠是以母元部字。三者聲同韻近。

（五十八）官—笑

楚簡「管仲」的官可借「官」為之，如清華簡《金縢》簡7作。上博簡《季庚子問於孔子》簡4作，隸定為「笑」，從竹、关聲。

（五十九）旬—畎

上文提到楚簡「畎畝」之「畎」有兩種寫法：作（上博《慎子曰恭儉》簡5）和（上博《子羔》簡8），從田、犬聲或川聲。上博《容成氏》簡14「畎畝」之「畎」作「旬」。「畎」和「旬」韻近聲可通，是通假關係。

（六十）員—云

楚簡「云說」之「云」或作員，如郭店簡《緇衣》、上博簡《緇衣》、清華簡《耆夜》，或作「云」，如郭店簡《緇衣》、上博簡《君人者何必安哉》。禤健聰指出秦石鼓文也使用「員」。〔註79〕「員」和「云」不僅本身可通假，作為構字聲符，也可互換（見第2章第4節）。

（六十一）屖—俤

上博簡《民之父母》簡1引《詩經》「幾俤君子，民之父母」，上博簡《曹沫之陳》簡22引作「幾屖君子，民之父母」。「俤」是楚簡「兄弟」之「弟」的繁構；「屖」是楚文字「遲」之省。弟、遲聲近韻同。

（六十二）齊—妻

郭店《緇衣》簡24「齊之以禮」的「齊」作，是為楚簡中最常見的寫法。郭店簡《語叢一》簡34「禮齊樂靈則戚」的「齊」作，是楚簡中的「妻」字，此處「妻」與「齊」是聲音之通假。齊、妻聲音關係密切，楚簡中的「濟」字均寫作「淒」。

〔註79〕禤健聰：《戰國楚系簡帛用字習慣研究》，科學出版社，2017年，第409頁。

（六十三）剴—幾

楚簡中的「豈」常寫作「剴」，但在上博簡《中弓》、《彭祖》、《競建內之》、《季庚子問於孔子》、《吳命》、《李頌》、清華簡《鄭武夫人規孺子》中，「豈」都寫作「幾」。豈是溪母微部字，幾是見母脂部字。

（六十四）幾—僟

今本《緇衣》「緝熙」之「緝」字，郭店簡《緇衣》作 （簡34），隸定作「僟」；上博簡《緇衣》此字作 （簡17），即「幾」字。〔註80〕緝是清母緝部字，幾是見母脂部字。

（六十五）散—非—幾

楚簡「微」可作 （郭店簡《六德》38），此字楚簡中常借為「美」。《老子》「微妙玄達」的「微」郭店簡《老子》甲本簡8作「非」；同篇「其微也，易散也」的「微」作 （郭店《老子甲》25），即「幾」字。微是明母微部字，非是幫母微部字，幾是見母脂部字。聲韻可通。

（六十六）非—飛

「飛鳥」的「飛」，上博簡《周易》簡56作 ，清華簡《子儀》簡8作 ，是用其本字。清華簡《筮法》簡52「飛鳥」的「飛」作 ，即「非」，是用其通假字。除了聲音關係外，「非」和「飛」字形上也非常相近。

（六十七）季—惠

楚簡中「惠」字作 （上博《緇衣》21），即「惠」，構形與小篆同。而清華簡《命訓》簡11「秕之以季，和之以均」，今本作「撫之以惠」，「季」讀為「惠」。季是見母質部字，惠是以母質部字，聲近韻同。

（六十八）必—扒

楚簡中「必」有兩種字形，一作 ，一作 。後者從才、匕，「匕」為其聲符，較為特殊。郭店簡《緇衣》中的「必」，上博簡《緇衣》均作扒。郭店簡《語叢三》簡16、60作 ，簡65作 。其詞義有別，前者用為「必行，

〔註80〕單育辰據此把清華簡《子儀》簡9的「鞴」讀為「及」，見武漢簡帛論壇《清華六〈子儀〉初讀》8樓，2016年4月16日。

員（損）」「豊（禮）必兼」，後者用為「亡（毋）必」。在清華簡《命訓》簡 15 中，同有「必」和「朼」：「尚（賞）不朼中……行不必濫」，兩字用法則完全無別。陳斯鵬指出「從目前所掌握的材料來看，以朼表必多出現在郭店簡《唐虞》、《忠信》和《上一・緇衣》這少數非楚色彩濃重的篇章，很可能不屬於楚人的固有作風。」[註81]另外，上博簡《孔子見季桓子》、《史蒥問於夫子》、《卜書》、清華簡《楚居》、《鄭武夫人規孺子》諸篇也以「朼」讀「必」。李松儒曾指出《孔子見季桓子》和《史蒥問於夫子》兩篇為同一書手抄寫，且都不是典型的楚系文字，[註82]與陳斯鵬所言合。周波認為「朼」可能反映了齊系文字的特點。[註83]

（六十九）奠—正—貞

「奠」金文作 （叔向簋），从示从酉會意。金文中可讀為國名「鄭」，也可讀作「定」，如叔向簋：「用奠保我邦我家。」郭店簡《性自命出》中「凡人唯又（有）眚（性），心亡奠志」的「奠」，上博簡《性情論》作「正」，「奠」「正」均讀為「定」。隨州文峰塔 M1 出土的曾侯 編鐘銘文有「達（撻）殷之命，羅敫天下」，清華簡《系年》簡 2 有「專政天下」，此處「敫」也與「政」通，讀為「定」。奠是定母真部字，正也是端母耕部字，聲韻皆近。

另外，上博簡《容成氏》簡 28「天下之民居奠」的「奠」也讀為「定」，同篇簡 5「四海之內貞」的「貞」讀為「定」。貞是端母耕部字，與奠、正聲韻俱近。

（七十）貧—棥

曾侯乙簡 45 有「貧尾（柜）」，「貧」字作 ；仰天湖簡 8 有「棥柜」，「棥」字作 。曾侯乙簡的「貧」與仰天湖簡的「棥」可能是假借關係。[註84]

〔註81〕陳斯鵬：《楚系簡帛中字形與音義關係研究》，中國社會科學出版社，2011 年，第 255～256 頁。

〔註82〕李松儒：《戰國楚簡字跡研究——以上博簡為中心》，上海古籍出版社，2015 年，第 365～378 頁。

〔註83〕周波：《戰國時代各系文字間的用字差異現象研究》，復旦大學博士學位論文，2008 年，第 33 頁。

〔註84〕劉信芳：《楚簡帛通假匯釋》，高等教育出版社，2011 年，第 195 頁。

（七十一）迠—戇

九店簡 56-16 日值名「戇」，睡虎地秦簡作「陷」和「窖」。〔註85〕上博《曹沫之陳》簡 60「毋冒以 」，「迠」李零讀為「陷」〔註86〕，從構形上看是「陷」之異體。戇是見母侵部字，陷是群母談部字，聲韻皆近。

上博簡《用曰》簡 17「戇戇險險，亓自視之泊」，又簡 20「又（有）戇戇之紒（豿）」，其中的「戇戇」讀為「坎坎」。〔註87〕「坎」和「陷」之間關係密切，裘錫圭指出「臽應該就是從坎分化出來的一個字」。〔註88〕

〔註85〕 李家浩：《〈九店楚簡〉釋文與考釋》，中華書局，2000 年，第 64 頁。

〔註86〕 李零：《〈曹沫之陳〉釋文》，《上海博物館藏戰國楚竹書（四）》，上海古籍出版社，2005 年，第 282 頁。

〔註87〕 張光裕：《〈用曰〉釋文》，《上海博物館藏戰國楚竹書（六）》，上海古籍出版社，2007 年，第 294 頁。

〔註88〕 裘錫圭：《甲骨文字考釋（八篇）》，《裘錫圭學術文集·甲骨文卷》，復旦大學出版社，2015 年，第 83 頁。

第四章 「同用」中的同義換讀

　　同義詞互相換用的現象早已引起學者的注意，顏師古在《匡謬正俗》中指出兩字義同可通。陳第《讀詩拙言》中提到古人讀「贈」為「貽」、讀「戎」為「武」屬於「義有可解，不妨其音之殊也」〔註1〕。對此進行詳細闡釋的是沈兼士，他把這種現象稱為「義同換讀」〔註2〕。呂叔湘指出義同換讀接近於術語「訓讀」。〔註3〕李榮稱之為「同義字互相替代」「同義替代」。〔註4〕裘錫圭在《文字學概要》中把這種情況稱為「同義換讀」，並列舉了很多古文字中同義換讀的例子。〔註5〕楊軍指出義同換讀現存最早的例子見於漢代，但最初應與經籍異文有關，因為義同可以換用，故有換讀。〔註6〕嚴學宭認為訓讀產生的原因之一就是用口語中常用的詞去讀書面上常見的同義詞。〔註7〕林澐認為同義導致的一形多用就是轉注。〔註8〕洪颺指出古文字考釋中不少歸為「通假」

〔註1〕〔明〕陳第著，康瑞琮點校：《毛詩古音考》，中華書局，1988年，第202頁。
〔註2〕參見史學明《論沈兼士文字訓詁學成就》，浙江大學碩士學位論文，2010年，第28～30頁。
〔註3〕呂叔湘：《語文常談》，三聯書店，1980年，第31頁。
〔註4〕李榮：《語音演變規律的例外》，《中國語文》1980年第1期，第10～11頁。
〔註5〕裘錫圭：《文字學概要（修訂本）》，商務印書館，2013年，第210～213頁。
〔註6〕楊軍：《「義同換讀」的產生與消亡》，《漢語史學報》第二輯，上海教育出版社，2002年，第49～53頁。
〔註7〕嚴學宭：《漢語中的訓讀現象》，《語言文字學術論文集》，知識出版社，1989年，第444～457頁。
〔註8〕林澐：《古文字轉注舉例》，《林澐學術文集》，中國大百科全書出版社，1998年，第35～43頁。

的字，其實是義同換讀的關係。〔註9〕曹文亮把「同義換讀」分為文字使用和注釋上的「義同換讀」和導致音變的「義同換讀」。〔註10〕白於藍在《戰國秦漢簡帛古書通假字彙纂》一書中特別標出了「通假」中屬於同義換讀的字，但仍歸為「通假」。

　　裘錫圭舉的例子都是歷時產生的同義換讀。這樣的情況古文字研究的學者多有討論，如陳偉指出上博簡《容成氏》簡26的「耦州」即後世的「並州」〔註11〕。又如郭店簡和上博簡《緇衣》中的「美」，今本作「賢」；郭店簡和上博簡《緇衣》中的「敼」「懂」（謹），今本作「慎」；郭店簡《緇衣》中的「改」，今本《緇衣》作「貳」；郭店簡、上博簡《緇衣》中的「萬」，今本作「兆」；郭店簡《老子》的「川」，今本《老子》作「水」；郭店簡《老子》的「形」，今本作「較」；上博簡《內禮》「愛」，今本《大戴禮記》作「忠」；清華簡《命訓》「冒（帽）」，今本作「絻」，皆其例。

　　本文所探討的是戰國時代「同用」現象中的同義關係，即共時的同義換讀，其產生機制與歷史產生的同義換讀相同。雖然數量較少，但也不乏這種現象的討論，如李家浩曾討論戰國文字中的異讀現象〔註12〕。朱鳳瀚曾指出西周金文中存在「肇」「啟」互換的情況〔註13〕。新蔡簡有記日詞「癸嬛」「乙嬛」，武家璧指出嬛和巳都有復返義而相通。〔註14〕吳筱文認為上博簡《武王踐阼》簡8「溺於宋」的「宋」應為「泉」，泉、淵義近而換讀。〔註15〕魏宜輝認為燕國陶器上的「缶」是「陶」的同義換讀，「缶攻」即「陶工」。〔註16〕清華簡《厚父》中的「淵」，趙平安指出該字用為「深」是同義換讀現象。〔註17〕謝明文

〔註9〕洪颺：《古文字考釋通假關係研究》，福建人民出版社，2008年，第149～154頁。

〔註10〕曹文亮：《論古漢語兩種不同性質的「義同換讀」》，《求索》，2009年第9期，第174～176頁。

〔註11〕陳偉：《竹書〈容成氏〉所見的九州》，張建民主編《武漢大學歷史學集刊》第三輯，湖北人民出版社，2005年，第258～275頁。

〔註12〕李家浩：《從戰國「忠信」印談到古文字中的異讀現象》，《北京大學學報》1987年第2期，第11～21頁。

〔註13〕朱鳳瀚：《論西周金文中「肇」字的字義》，《北京師範大學學報（人文科學版）》，2000年第2期，第24頁。

〔註14〕武家璧：《葛陵楚簡曆日「癸嬛」應為「癸巳」解》，《中原文物》，2009年第2期。

〔註15〕吳筱文：《〈郭店·五行〉簡46「泉」字考釋》，復旦大學出土文獻與古文字研究中心網，2010年7月23日。

〔註16〕魏宜輝：《說「匋」》，復旦大學出土文獻與古文字研究中心網站，2011年9月29日。

〔註17〕趙平安：《談談戰國文字中值得注意的一些現象——以清華簡〈厚父〉為例》，《出

指出金文中的「爵」可同義換讀為「觴（觴）」。〔註18〕余紹宏、王婭瑋列舉了古文字「墉」與「郭」、「達」與「通」的同義換讀，並指出楚簡中存在先換讀再通假的現象。〔註19〕

陳斯鵬論述的「一字形表多音義」包含同義換讀現象，並且指出同義換讀可看成意義上的假借。〔註20〕同義換讀容易與其他「同用」情況混淆，典型的例子就是楚簡中「滄」和「寒」的使用：郭店簡《緇衣》簡 10「晉冬旨 （滄）」，上博簡《緇衣》簡6作「晉冬耆 （寒）」，今本作「資冬祁寒」。裘錫圭認為前者是「寒」字的誤摹，〔註21〕李零將前一字釋為「寒」，認為楚文字倉、寒形近。〔註22〕馮勝君認為楚簡中的「滄」就是「寒」，另列舉了「倉然」「饑滄」「蒼」「暑」對文，認為這些都應釋為「寒」。〔註23〕單育辰也認為「倉、寒」二字是形近混用。〔註24〕郭永秉詳細考證，指出此二字確實是字形的訛混〔註25〕。

同義換讀與同源的區別在於，同源有音、義兩方面的聯繫，而同義換讀僅僅有詞義的關聯。同義換讀與異體的區別在於，異體有字形方面的聯繫。所以理論上來說同義換讀應是只有意義關聯。但是楚簡中的「同用」，是書寫者主觀上認為可以互換，竹簡書手是否能意識到「同源」這種現代的語言學概念呢？也許古人能把字割裂為形、音、義已經很難了，所以本文並沒有把音義相近專列「同源」一類，同時順序上把比較直觀的、外在的「形」（異體）放在

土文獻與古文字研究》（第六輯），上海古籍出版社，2015 年，第 303～309 頁。

〔註18〕謝明文：《曾伯克父甘婁簋銘文小考》，復旦大學出土文獻與古文字研究中心網，2016 年 10 月 30 日。

〔註19〕余紹宏、王婭瑋：《同義換讀及其複雜性初探──以楚簡文字為例》，《中國語文》2017 年第 2 期，第 229～233 頁。

〔註20〕陳斯鵬：《楚系簡帛中字形與音義關係研究》，社會科學出版社，2011 年，第 77～82 頁。

〔註21〕裘錫圭：《談談上博簡和郭店簡中的錯別字》，《華學》第六輯，紫禁城出版社，2003 年，第 50 頁。

〔註22〕李零：《郭店楚簡校讀記》，北京大學出版社，2002 年，第 23 頁。

〔註23〕詳說見洪颺：《古文字考釋通假關係研究》，福建人民出版社，2008 年，第 151～154 頁。

〔註24〕單育辰：《楚地戰國簡帛與傳世文獻對讀之研究》，中華書局，2014 年，第 190～191 頁。

〔註25〕郭永秉：《從戰國文字所見的類「倉」形「寒」字論古文獻中表「寒」義的「滄／滄」是轉寫誤釋的產物》，載《出土文獻與古文字研究》第六輯，上海古籍出版社，2015 年，第 375～377 頁。

前，最後論及「義」（同義換讀）。

（一）衍（行）—道

舊多以「衍」為「道」的異體。郭店簡《性自命出》的「道」字共 22 見，除簡 22、55（2 見）、56、57 寫作「道」外，其餘皆寫作「衍」。「衍」，上博簡《性情論》與之對應的字都寫作「道」，劉釗認為「衍」是「行」字異體，同義換讀為「道」〔註26〕。清華簡《繫年》簡 56「乃行穆王，思（使）敺（驅）眔（孟）者（諸）之麋，𡉈（徙）之徒菖。」中「行」字對應今本有關文獻的「道」字。蘇建洲結合甲骨文、石鼓文「衍」用為「行」，指出《繫年》之「行」釋「道」，解為「引導」。〔註27〕

「行」和「道」不僅意義相近可互換，其字形也易混。

（二）弜（強）—剛

楚簡「強」字習見，字形作 （郭店《老子》甲 6），隸定為「弜」。上博簡《慎子曰恭儉》簡 1：「堅強以立志」。「堅」「強」同義連用。「強」也可以增加義符「力」，如上博簡《從政》乙簡 5：「君子 行」，郭店簡《老子》甲簡 22：「吾使獘曰 」。上博《李頌》「強悍」的「強」作 （簡 2）。

郭店簡《五行》簡 41：「，義之方。不 不桀。不 不矛（柔）。」帛書本 205 作：「不勮不救，不剛不柔。」 是「強」字； 從力、彊聲，這裡用為「強」，但二字明顯用法相別。魏啟鵬釋 為「強」，認為 借為「剛」，郭店簡《五行》這句話讀為「不強不桀，不剛不柔」。〔註28〕而且，在清華簡《越公其事》簡 9 中也有「柔以弜」的表述。

郭店簡《語叢三》簡 48「思無疆」作「思亡 」。 即「疆」字，字形沿襲自金文。「疆」楚簡中確實可以通假為「強」，如郭店簡《語叢三》簡 46：「 之數（樹）也， 取之也」，郭店簡《性自命出》簡 8：「剛之梪也，剛取之也。柔之約也，柔取之也」，「剛」字作 （郭店《性自命出》8），從刀、罔聲。既然《五行》中的 確釋「強」，那麼 用為「剛」也沒有問題。

〔註26〕劉釗：《郭店楚簡校釋》，福建人民出版社，2003 年，第 8 頁。

〔註27〕蘇建洲：《讀〈繫年〉劄記》，復旦大學出土文獻與古文字研究中心網，2012 年 12 月 8 日。

〔註28〕魏啟鵬：《簡帛文獻〈五行〉箋證》，中華書局，2005 年。

所以郭店簡《五行》中「強」用為「剛」屬於同義換讀。另外，《說文》、《古文四聲韻》都用「弜」為「剛」。李春桃指出「剛」和「強」除了是同義換讀的關係，二者語音也極其相近。〔註29〕

（三）家—室

望山簡 1-17 有「以保（寶）🔹為悼固貞」，🔹字隸定為「窒」，「室」字加裝飾符「爪」。但從同篇文例上看，「窒」應用為「家」：〔註30〕

以愴（寒）豢（家）為悼固貞（簡1）

以賸（寶）豢（家）為悼固貞（簡13）

以賸（寶）豢（家）為悼固貞（簡14）

以賸（寶）豢（家）為悼固貞（簡15）

清華簡《鄭武夫人規孺子》簡4「尻（處）於衛三年，不見亓邦，亦不見亓室。女（如）毋有良臣，三年無君，邦家亂巳（也）。」前面「邦」「室」對言，後面「邦」「家」連言。可證望山簡中以「室」為「家」，應為同義換讀。

（四）國—方

上博簡《緇衣》簡7「四或順之」，「或」楚簡中可讀為「國」，此處即讀為「四國順之」。郭店簡《緇衣》同句該字作「方」。是「方」「國」互換，屬於同義換讀。「方」「國」的同義關係在西周晚期的金文中也有體現，南宮乎鐘有「畯永保四方」，㝬鐘有「沈保四國」。

但「四方」和「四國」之義略有不同。上博簡《民之父母》簡11有「亡聲之樂，塞于四方」、簡12有「亡體之禮，塞于四海」；簡12「亡聲之樂，它（施）及子孫」、簡13「亡服之喪，它（施）及四國」。「四方」和「四國」搭配的動詞、介詞都不同。

《詩經·小雅·節南山》「四國無政」，鄭玄箋：「四方之國無政治者」。《詩經·大雅·蕩之什》「聞于四國」，鄭玄箋：「四國猶言四方也」。

另外，傳抄古文中的「國」字或作「囜」，也是受此影響。〔註31〕

〔註29〕李春桃：《古文異體關係整理與研究》，中華書局，2016年10月，第294頁。

〔註30〕從李零說，詳見《包山楚簡研究（占卜類）》，《中國典籍與文化論叢》第1輯，中華書局，1993年，第433頁。

〔註31〕李春桃：《古文異體關係整理與研究》，中華書局，2016年10月，第150頁。

（五）敗—伐

郭店《五行》簡 35「不以小道害大道」，郭店《緇衣》簡 22 作「毋以小謀敗大圖」，上博《緇衣》簡 12 作「毋以小謀敗大圖」，傳世本《禮記·緇衣》作「毋以小謀敗大作」。而郭店《語叢二》簡 51「小不忍，伐大勢」，《論語·衛靈公》「小不忍，則亂大謀」。裘錫圭讀《語叢二》的「伐」為「敗」；湯余惠、吳良寶認為「伐」讀作「廢」；〔註32〕陳偉武認為「伐」就是「傷」義，與「敗」義近。〔註33〕上博簡《內禮》簡 10 也有類似的語句作「在少（小）不靜（爭），在大不亂」。這裡從裘、陳二位所言，「伐」「敗」義近。

《詩經·賓之初筵》：「醉而不出，是謂伐德。」鄭玄箋：「醉至若此，是誅伐其德也。」王念孫：「德不可以言誅伐。伐者，敗也。《微子》曰『我用沉酗于酒，用敗亂厥德于下』是也。」〔註34〕清華簡《厚父》簡 13「酉（酒）非食，隹神之鄉（饗），民亦隹酉（酒）用敗威義（儀）。」正是用「敗威儀」，可證王說。「伐」「敗」義近可通。

（六）丘—山—啓（茅）

郭店簡《窮達以時》簡 2「舜耕於鬲山，匋笥於河浜」，上博簡《容成氏》簡 13 作「舜耕於鬲丘，匋於河賓」。鄭玄注《周禮·大司徒》「積石曰山」「土高曰丘」，「山」「丘」義近。清華簡《保訓》簡 4「昔舜久作小人，親耕于鬲茅」。陳偉把《保訓》的「茅」讀為「啓」，訓「丘」。〔註35〕蘇建洲徑讀「茅」為「丘」。〔註36〕「茅」「丘」聲韻不相近，陳偉之說可信。

（七）是—此

郭店簡《尊德義》簡 36「下之事上也，不從其所命，而從其所行。上好是勿（物）也，下必有甚安者」，郭店《緇衣》簡 15 作「下之事上也，不從其

〔註32〕湯余惠、吳良寶：《郭店楚簡文字拾零（四篇）》，《簡帛研究2001》，廣西師範大學出版社，2001 年，第 199 頁。

〔註33〕陳偉武：《試論簡帛文獻中的格言資料》，《簡帛》（第四輯），上海古籍出版社，2009年，第 272 頁。

〔註34〕〔清〕王引之：《經義述聞》卷六「是謂伐德」條，江蘇古籍出版社，1985 年，第156 頁。

〔註35〕陳偉：《〈保訓〉詞句解讀》，武漢大學簡帛網，2009 年 7 月 13 日。

〔註36〕蘇建洲：《〈保訓〉字詞考釋二則》，復旦大學出土文獻與古文字研究中心網，2009年 7 月 15 日。

所以命，而從其所行。上好此勿（物）也，下必有甚安者矣」。《尊德義》的「是」，《緇衣》作「此」，是同義換讀。

（八）弗—不

據武振玉統計，金文中「不」154 例，「弗」50 例。〔註37〕而據李明曉統計，楚簡中否定副詞「不」1259 見，而「弗」作為否定詞僅 154 見。〔註38〕郭店簡《緇衣》簡31「可言不可行，君子弗言；可行不可言，君子弗行」，上博簡《從政甲》簡11 同句作「可言而不行，君子不言；可行而不可言，君子不行」。「不」和「弗」同見於《緇衣》篇中：

則民情不忒。（郭店簡《緇衣》簡 3）

則君不疑丌臣。（郭店簡《緇衣》簡 4）

則君不勞。（郭店簡《緇衣》簡 7）

如丌弗克見。（郭店簡《緇衣》簡 19）

君子弗言。（郭店簡《緇衣》簡 37）

吾弗信之矣。（郭店簡《緇衣》簡 44）

可見「弗」和「不」用法無別，屬於同義換讀。

（九）皆—並

郭店簡《性自命出》簡15「丌（其）始出 $\textbf{皆}$ 生於人」， $\textbf{皆}$ 即「皆」字沒有問題。上博簡《性情論》同句該字作 $\textbf{並}$（簡8），一些字編把後者歸到「並」字之下。〔註39〕李天虹指出可能因為「皆」「並」義近而形訛。〔註40〕「並」字作 $\textbf{並}$（上博《曹沫之陳》4）。「並」與「皆」不僅意義相同，而且字形相近，故亦可視為訛混。〔註41〕字形上來看， $\textbf{並}$ 可視作「並」（ $\textbf{並}$）增加飾符「曰」，也可釋為「皆」（ $\textbf{皆}$）增加裝飾筆畫。

〔註37〕武振玉：《試論兩周金文同義詞的特點》，《古文字研究》第 30 輯，中華書局，2016 年，第 151 頁。

〔註38〕李明曉：《戰國楚簡語法研究》，武漢大學出版社，2010 年 3 月，第 146～152 頁。

〔註39〕李守奎：《上海博物館藏楚竹書 1-5 文字編》，上海古籍出版社，2007 年 12 月，第 403 頁。

〔註40〕李天虹：《郭店竹簡〈性自命出〉研究》，武漢大學教育出版社，2003 年，第 211 頁。

〔註41〕岳曉峰：《楚簡訛混字形研究》，浙江大學博士學位論文，2015 年，第 176～177 頁。

與「皆—並」字形發展關係相似的情況還可見於楚簡中的「僉」字。「僉」金文字形作，楚簡該字可增加裝飾橫畫連接中間兩個「人」形，如（上博九《顏淵》簡 7）。也可在「僉」下部增加飾符「曰」，如（上博《孔子詩論》3）；中間兩個人形亦可加兩橫作。由此可見楚簡文字類似字形增加飾符「曰」和增加飾筆兩橫都是合理的。如果《性情論》的是「並」字，那麼與《性自命出》的「皆」就是同義換讀。

從使用上來看，「皆」後常接名詞或動詞性謂語，「並」皆用於修飾動詞性謂語。〔註42〕

（十）分—半

天星觀卜筮簡「夜過分有間」，不少學者指出「夜過分」即「夜過半」。〔註43〕戰國文字「分」作（郭店《窮達以時》1），「半」字作（秦公簋蓋），都是從八的字。「分」「半」因意義相近互換。

（十一）如—若

「慎終如始」，郭店簡《老子甲》簡 11 作「慎終女始」，《老子丙》12 作「慎終若始」。「如」和「若」都可作動詞，表示「好像」，此處因義近換讀。王力指出二者在「如果」的意義上是同源。〔註44〕傳世文獻也有互相替換的例子，如《尚書·秦誓》「如有一介臣」，鄭玄注《禮記》引作「若有一介臣」。再如《孔子家語·五儀解》「吾國小而能守，大則攻，其道如何」，《說苑·指武篇》同句作「吾欲小則守，大則攻，其道若何」。

另外，楚簡中「若」可用為「諾」，如上博《競公瘧》簡 13「安（晏）子許（若）」，也可增加言旁作（上博《柬大王泊旱》15）。而在郭店簡《五行》中，卻以「如」為「諾」：「心曰唯，莫敢不唯。，莫敢不」（簡 45）。所以在「允諾」這個意義上，楚簡中的「如」和「若」也是可以互換的。

（十二）亡—蔑

郭店簡《六德》簡 36「而沾會繇（由）作也」，同篇簡 24 作「而沾會

〔註42〕 李明曉：《戰國楚簡語法研究》，武漢大學出版社，2010 年 3 月，第 214～223 頁。

〔註43〕 詳見陳斯鵬《楚系簡帛中字形與音義關係研究》，中國社會科學出版社，2011 年 3 月，第 81 頁。

〔註44〕 王力：《同源字典》，中華書局，2014 年 10 月，第 157 頁。

亡緐（由）迮（作）也」。劉釗指出 （蔑）字典籍訓為「無」，又可讀為「靡」。
〔註45〕上博簡《詩論》簡9「其得彔（祿） 畺（疆）」，「 畺（疆）」即「無疆」。

清華簡《皇門》「蔑有耆耇慮事屏朕位」，《逸周書》今本該句作「克有耇老據屏位」，黃懷信指出「蔑，無；克，能：二者義相反。……今本「克」字當誤。」〔註46〕清華簡《皇門》的「蔑」也訓「無」。

（十三）保—寶

金文中的「保」承襲甲骨文作 （史牆盤），也可增加「玉」作 （克盂）。戰國晚期十年陳侯午敦的「保」增加聲符「缶」作 ，與「寶」字形接近。而「寶」字省「貝」流行時間較長，商末周初就有。〔註47〕西周金文中也有很多「保」用為「寶」，全廣鎮認為是通假關係〔註48〕。

與金文情況相似，楚簡中的「保」和「寶」字形上也有較緊密的聯繫。常見的「保」字作 （郭店《老子甲》10），但「寶」字有如下多種寫法：

（包山221）　　　　　（上博《三德》9）

（包山226）　　　　　（清華《管仲》8）

（清華《管仲》14）　　（清華《管仲》22）

（包山212）　　　　　（清華《命一》2）

（清華《治政》7）

不少字形雜糅了「保」與「寶」形，甚至很難判斷應為二者中何字之異體。但西周金文中的「寶」都是以「缶」為聲符，沒有以單獨的 （「保」省）為聲符的。包山簡中「寶」字作 ，是以 為聲符；清華簡《管仲》中的「寶」作 ，是以「缶」、 為聲的雙聲符字，這兩種「寶」的寫法導致「寶」「保」更難區分。

上文列舉清華簡《管仲》篇中「寶」多次出現， 作為「寶」，與「保」字

〔註45〕劉釗：《郭店楚簡校釋》，福建人民出版社，2005年，第118頁。

〔註46〕黃懷信：《清華簡〈皇門〉校讀》，武漢大學簡帛網，2011年3月14日。

〔註47〕王帥：《西周金文字體演變的類型學觀察——以「寶」為例》，《古文字研究》二十九輯，中華書局，2012年，第364頁。

〔註48〕全廣鎮：《兩周金文通假字研究》，第149頁。

形衹是有「宀」與無「宀」的差別。

用法上來看，在庇佑、庇護義上，有換讀的情況。如：

君王保邦。（上博簡《平王問鄭壽》簡6）

冬（終）殜（世）保邦。（上博簡《邦人不再》簡8）

前又（有）道之君可（何）以寶邦？（清華簡《管仲》簡14）

是可以羕（永）寶社稷。（清華簡《治政之道》7-8）

女（汝）迺能寶厥室家。（清華簡《𦁍命一》簡2）

金文也習見「保某邦」語，以「寶」替換「保」並不見於金文，始見於戰國楚簡。清華簡《皇門》簡12的「天用弗𡤺」，今本《皇門》作「天用弗保」，也是「寶」與「保」的同義替換。

（十四）遠—遊（失）

郭店簡《老子》甲簡10有：「為之者敗之，執之者遠之。是以聖人無為，古（故）無敗；無執，古（故）無失。」同句郭店簡《老子》丙簡11作：「為之者敗之，執之者 ▨ （失）之。聖人無為，古（故）無敗也；無執，古（故）□□□。」「遠」，帛書乙本和今本老子都作「失」。彭浩指出「遠」有疏離義〔註49〕，楊澤生認為「遠」的意義當與「失」相同或相近〔註50〕。

（十五）泉—淵

包山簡3「澴邑」，簡19、簡143均作「泉邑」。「澴」，李運富釋為「淵」〔註51〕，劉信芳認為應釋為「源」〔註52〕，李守奎釋為「澴」〔註53〕。吳振武釋為「泉」，並列舉古代以「泉」代「淵」同義換讀之例，指出燕戈中的地名用字「朏」也應是「泉」、《楚帛書》的「黃淵」即古書常見的「黃泉」〔註54〕。吳振武說可信。

〔註49〕彭浩：《郭店楚簡〈老子〉校釋》，清華大學出版社，2001年，第22～23頁。

〔註50〕楊澤生：《戰國竹書研究》，中山大學出版社，2009年，第62頁。

〔註51〕李運富：《戰國楚簡文字構形系統研究》，嶽麓書社，1997年，第107頁。

〔註52〕劉信芳：《包山楚簡解詁》，台灣藝文印書館，2003年，第11頁。

〔註53〕李守奎：《楚文字編》，華東師範大學出版社，2003年，第11頁。

〔註54〕吳振武：《燕國刻銘中的「泉」字》，《華學》第二輯，中山大學出版社，1996年，第47～52頁。

（十六）身—躳

李家浩詳細討論過「躳」字，指出「躳」有「身」的讀音〔註55〕，楚簡中常見「躳身」連言。上博簡《周易》簡 48 有「不獲其身」，「身」指身體；簡 49「艮其躳」，「躳」，今本《周易》作「身」，這裡也是指身體。所以楚簡中，「躳」和「身」在「身體」這個意義上可換用。

「身」與「躳」還有更多歷時的換讀，如清華簡《說命中》「唯干戈生乎身」，今本《尚書·兌命》作「唯干戈省厥躳」。《說文》：「躳，身也。」

（十七）喪—亡

傳世文獻中，「存」和「喪」可作為一組反義詞，「存」和「亡」也可作為一組反義詞。「得」和「亡」可作一組反義詞，「得」也和「喪」可作一組反義詞。〔註56〕同樣，「興」可以和「喪」作為一對反義詞，如《莊子·繕性》「世喪道矣……世亦何由興乎道哉」；「興」也可以和「亡」作為反義詞，如《左傳·莊公三十二年》「國將興，聽於民；將亡，聽於神」。〔註57〕《說文》「喪，亡也。」「喪」和「亡」關係是極其密切的。

「亡」字甲骨文字形作 ![字形]，金文字形作 ![字形]。「喪」字甲骨文作 ![字形]，西周金文下部訛變聲化為「亡」〔註58〕，字形作 ![字形]（毛公鼎）。武振玉指出金文中的「喪」和「亡」在「喪失」義上構成同義詞，「亡皆不帶賓語，喪以不帶賓語為主。亡的對象皆為器物，而喪的對象除了器物，還可以是其他。」〔註59〕

楚簡中的「喪」字作 ![字形]（郭店《語叢一》98），其省形為 ![字形]（上博《周易》32）。「亡」字形作 ![字形]（郭店《老子甲》1）。大西克也指出「喪」和「亡」用法上，前者可釋為「喪事」、而後者可讀為否定詞「無」，在這點上是不同的。在秦簡中，「喪」只用來表「喪事」義。〔註60〕喪和亡作為構字偏旁也是有別的。

〔註55〕 李家浩：《從戰國「忠信」印談到古文字中的異讀現象》，《北京大學學報》1987 年第 2 期，第 11～21 頁。

〔註56〕 賈芹：《上古漢語反義詞研究》，浙江大學出版社，2016 年，第 48 頁、153 頁。

〔註57〕 賈芹：《上古漢語反義詞研究》，浙江大學出版社，2016 年，第 122～123 頁。

〔註58〕 季旭升：《說文新證》，福建人民出版社，2010 年，第 105 頁。

〔註59〕 武振玉：《試論兩周金文同義詞的特點》，《古文字研究》第三十一輯，中華書局，2016 年，第 152 頁。

〔註60〕 大西克也：《釋「喪」「亡」》，《第二十八屆中國文字學國際學術研討會論文集》，台灣大學，第 377～404 頁。

如上文提到的「喪禮」之喪作 （郭店簡《老子丙》簡9），從喪、死。上博簡《曹沫之陳》「沒身就死」的「死」在上部作 （簡9），從亡、死。

但楚簡中「喪」常常用為「亡」，如郭店簡《緇衣》中「喪」與「廢」對言，學者多讀「喪」為「亡」。〔註61〕實際使用中還常常見到「喪」的獨特用法，如郭店簡《語叢四》簡6「邦喪」、上博簡《平王問鄭壽》簡5「邦必喪」、上博簡《吳命》簡5「喪尔社稷」、清華簡《管仲》簡20「邦以卒喪」、清華簡《殷高宗問於三壽》簡12「不知邦之將喪」。出土文獻中表「國家的敗亡」往往用「喪」不用「亡」，這與毛公鼎「乃唯是喪我或（國）」用法一致。楚簡中用「亡」僅見於上博簡《三德》簡13「邦且亡」和清華簡《厚父》簡6「亡㞷邦」，清華簡《子犯子餘》既有「喪邦」也有「亡邦」：簡13「邦乃述（遂）喪」、簡14「欲起邦……，欲亡邦……」。楊華指出「喪邦」見《尚書》、《論語》等文獻。〔註62〕嶽麓秦簡《奏讞書》有「盜去邦亡」。「喪」與「亡」是同義換讀。

（十八）笑（管）—龠

管仲之名在楚簡中出現數次，郭店簡《窮達以時》簡6作「寺虗」，上博簡《季庚子問於孔子》簡4作「中」，清華簡《管仲》一篇中作「中」，依次可釋為「笑（管）寺（夷）虗（吾）」和「笑（管）中（仲）」。但清華簡《良臣》簡6作「寺虗」，字形為「龠」，劉剛認為是「蓳」字之誤，借為「管」。〔註63〕但從字形看，與蓳字形較遠，誤字可能性較小。清華簡《虞夏殷周之治》簡1有「 」一詞，石小力讀為「竽管」〔註64〕，范常喜認為此處的「管」對應古書中的「龠」，都是樂器名。〔註65〕

〔註61〕范常喜：《簡帛〈周易·夬卦〉「喪」字補說》，《出土易學文獻》，上海科學技術出版社，2010年，第430頁。

〔註62〕楊華：《〈天子建州〉禮疏》，「2007中國簡帛學國際論壇」論文，台灣大學中文系，2007年。何有祖《上博簡〈天子建州〉的初步研究》第65頁引用。「喪」字之釋又見禤健聰《楚簡「喪」字補釋》，《中國文字學報》第三輯，商務印書館，2010年，127～136頁。

〔註63〕劉剛：《清華叁〈良臣〉為具有晉系文字風格的抄本補正》，《中國文字研究》，第五輯，商務印書館，2014年，第104頁。

〔註64〕石小力：《清華簡〈虞夏殷周之治〉與上古禮樂制度》，《清華大學學報（哲學社會科學版）》，2018年第5期，第58～60頁。

〔註65〕范常喜：《清華簡〈虞夏殷周之治〉所記夏代樂名小考》，簡帛網，2018年9月24日。

「龠」字見於金文，字形作 （散氏盤）。也常作為「龢鐘」之「龢」的偏旁，克鼎有「霝龠鐘鼓」，「龠」讀為「龢」。《說文》「龠，樂之竹管，三孔，以和眾聲也」，王筠認為「龠者，竹管之統名也」，〔註66〕郭沫若認為「龠」象編管之形。〔註67〕典籍中「管」也有鑰匙義，常常「管籥」並稱。故「龠」與「管」義近，可與「管」互換。李銳對此有詳細論證。〔註68〕

《集篆古文雲海》「蕭」作，李春桃隸定為「籯」，並指出傳抄古文中的另一種異體作「籲」〔註69〕。除此之外，傳抄古文中的「篪」作「龥」〔註70〕。都是義符「竹」和「龠」的互換。

（十九）逸—失

楚簡中的「安逸」的「逸」常寫作「𣳚」，如上博簡《三德》簡11「毋𣳚（逸）亓身而多亓言」。而「失去」的「失」的字形較為獨特，作 （郭店《老子丙》11）〔註71〕，隸定為「遊」。清華簡《子產》一篇中有「𣳚」也有「遊」，前者用為安逸的「逸」，後者用為失去之「失」，用法有所區別。

上博簡《孔子見季桓子》簡3有「（遊）人」，釋為「失人」，陳偉疑為「逸人」。〔註72〕清華簡《鄭文公問太伯》「亦不𣳚（逸）斬伐」，逸，原整理者云：「訓為放失」。單育辰認為應讀「失」〔註73〕。所以在失去這個義位上二者存在同義換讀的現象。《廣雅·釋詁》「逸，失也。」王念孫指出「逸、佚、軼、失並通。」

（二十）處—居

李家浩根據包山楚簡「居尻」連言指出楚簡中的「尻」是作為「處」字來用的。但隨著公佈的材料日益增多，學者們發現實際使用中「尻」有時用為

〔註66〕〔清〕王筠：《說文解字句讀》，中華書局，1988年，第73頁。

〔註67〕周灋高，張日昇：《金文詁林》，香港中文大學出版社，1975年，第1118頁。

〔註68〕李銳：《讀簡札記二則》，《出土文獻研究》（第12輯），中西書局，2013年，第72～73頁。

〔註69〕李春桃：《古文異體關係整理與研究》，中華書局，2016年10月，第17～18頁。

〔註70〕同⑤，第100頁。

〔註71〕趙平安認為這種字形的「失」就是「逸」的本字，詳見《戰國文字的遊與甲骨文夆為一字說》，《古文字研究》第二十二輯，中華書局，2000年，第275～277頁。

〔註72〕陳偉：《讀〈上博六〉條記之二》，簡帛網，2007年7月10日。

〔註73〕清華簡《〈鄭文公問太伯〉初讀》11樓發言，武漢大學簡帛網論壇，2016年04月17日。

「處」，有時用為「居」。王志平、孟蓬生、張潔對楚簡中的「尻」進行了如下分類：

    （一）有相應今本對照的簡本

        1. 確當讀為居

        2. 居、處均有據，但讀居更好。

    （二）無相應今本對照的簡文

        1. 確當讀為處

        2. 確當讀為居

        3. 語義上讀處稍好

        4. 語義上讀居稍好

        5. 語義上處、居均可[註74]

可見楚簡「居」和「尻」（處）都可以用作「居」，二者除了聲音、字形相近，還有義近關係。

（二十一）淵—深

清華簡《厚父》簡12「若山乓高，若水乓 ⬛」，趙平安隸定 ⬛ 為「淵」字古文，在這裡同義換讀為「深」。[註75]高佑仁指出楚簡文字中 ⬛ 形的「深」與 ⬛ 形的「淵」字形亦有相近之處，故同意趙平安說法。[註76]

以上諸例中，有一些同義關係是伴隨音近的，如「強—剛」「是—此」「如—若」「亡—蔑」「保—寶」「喪—亡」「弗—不」等。也有的伴隨形近，如「皆—並」「保—寶」。從歷時角度看，形近都是戰國時期對字形的改造，其改造原因可能正是二者音、義聯繫。這都體現了楚簡書寫者對文字的多角度關注。

與異體、通假相比，「同用」中的同義換讀並不多。同義換讀是兩個不同的語詞進行替換，是屬於修辭性的同用。[註77]這種同用對底本忠實度低的「同

〔註74〕王志平，孟蓬生，張潔：《出土文獻與先秦兩漢方言地理》，中國社會科學出版社，2014年，第120～141頁。

〔註75〕趙平安：《談談戰國文字中值得注意的一些現象——以清華簡〈厚父〉為例》，《出土文獻與古文字研究》（第六輯），上海古籍出版社，2015年，第303～309頁。

〔註76〕高佑仁：《清華五〈厚父〉釋文新研》，《第二十八屆中國文字學國際學術研討會論文集》，台灣大學，第69頁。

〔註77〕真大成在對中古異文進行研究時將異文分為校勘性異文、用字性異文和修辭性異文。詳見真大成：《中古文獻異文的語言學考察》，上海教育出版社，2020年。

用」現象存在，但數量不多──也許是底本不同，也許正體現了楚簡書寫者的
抄寫可以進行一定的改動的抄寫原則。

結　語

下面對本文的研究從四個方面進行總結。

一、楚簡文字中「同用」現象中所佔比例最多的是異體關係。通過義符、聲符的增減和變換產生大量異體字。這些異體關係反映了楚簡文字以下的特徵：

1. 義符的表意範疇擴大。從義符的增減和替換中，可以看出一些楚文字獨有的特點：如從「心」之字有時與人的心志有關，有時與動作有關；從「糸」之字可能與布帛衣屨有關，也可能與動作有關；「言」和「視」作為義符可廣泛地強調動作；與「疾病」有關的詞，字形可能從疒、心或虫；表材質的「韋」「糸」「革」「毛」「巾」與表類別的「衣」可互換，表材質的「羽」「竹」「艸」「糸」與表類別的「丮」可互換。和楚簡文字的義符與甲骨、金文以及後世文字的義符相比，其所標識的「總類屬性」更加抽象。義符「人」作為人體這個意義時，可與義符「肉」「骨」互換，也可與「女」「子」互換。義符「人」作為行為的主體，可與表動作的義符「見」「心」「走」「力」「死」互換。義符「人」作為物品的使用者，可與表物品材質的義符「糸」「木」「貝」互換。義符「人」與物類的關係鮮見於後世文字。

2. 義符具有很強的類化功能。楚簡文字的義符有比其他時代文字更強的類化功能。如「強」「壯」「幼」「弱」，在楚簡文字中都有從「力」的異體字；「春」「夏」「秋」「冬」，在楚簡文字中都有從「日」的異體字；「顏」「色」都可從「頁」，「容」「貌」都可從「人」；「詛」「祝」都可從「示」；「型」「罰」

皆可从「网」；「祆」「祥」皆可从「虫」；「難」「易」均可从「心」；「道」「路」均可从「辵」；「顧」「觀」「望」皆可从「見（視）」。強大的類化功能使楚簡文字相比於其他時代的文字更加具有系統性。

3. 從楚簡文字聲符的增減和替換中，可以看出「聲化」趨勢：象形字和會意字變形聲字、形聲字變雙聲字、雙聲字變三聲字；新造形聲字；文字省形之後可僅保留聲符，很少省略聲符。「聲化」趨勢貫穿古文字發展過程，並非楚簡文字獨有特徵。

4. 替換聲符的異體字中，所佔比例最大的是有包孕關係的聲符替換，嚴重影響了聲符的區別功能。比如在後世文字中，「干」和「旱」「取」和「聚」「各」和「客」作為聲符參與構字時，可形成完全不同的字。但在戰國楚簡中，「竿」與「箪」互為異體，「鞭」與「鞿」互為異體，「袼」與「褡」互為異體，這樣使得楚簡文字造字效率低。

5. 楚簡文字隨意改變偏旁位置。楚簡文字的系統性並不反應在偏旁位置上，其偏旁位置的安排跟金文比起來具有更大的隨意性。原因有：（1）這個時期文字的象形性降低，比如很少需要利用義符的位置來表意；（2）書寫者水平參差不齊、書寫習慣不同；（3）書寫者出於對審美的追求對偏旁位置進行調整。另外，雖然「部首」概念始於許慎《說文解字》，但從戰國楚簡文字偏旁位置的改變以邑、水、言、木、禾、示等後世的「部首」為主來看，我們可以推測當時已經有了表意偏旁類屬的概念。

6. 審美心理是漢字結構變化的原因之一。唐蘭從歷時的角度講到古文字演化中的「致用」和「美觀」兩股趨勢。[註1]也正是書寫者對於美觀的追求，楚簡文字出現了大量裝飾符。通過本文的研究，可以看出裝飾符的增加不是沒有規律的。裝飾符通常是為了使字形平衡，比如字形下端交叉的斜畫或垂直的豎畫，可增加「口」「土」「曰」使文字下部變得平滑；字形上端重複的偏旁或突出的尖銳起筆，可增加「宀」；左傾斜筆畫可增加「爪」。但增加飾符也見於甲骨文和金文，並非楚簡文字獨有現象。不過楚簡文字飾符種類更加豐富，增加飾符「爪」也被視為楚文字的特徵。

7. 構造複雜的形聲字一般來說在省減時仍然會保留聲符，但也有例外，如「紳」省略聲符田、「歙」省略聲符「今」。這種現象具有時代性。秦漢簡文字

〔註1〕唐蘭：《中國文字學》，商務印書館，2005 年，第 107～109 頁。

結　語

常見省略聲符、保留義符，如上文提到戰國楚簡文字中的「葬」字有「圂」「薆」「㞢」三種形體，均未省略聲符；但秦簡作「葬」形，武威漢簡的「葬」字作「葊」，額濟納漢簡的「葬」字作「坓」，已經省略聲符。再如楚簡中用為「時」之字，有「㞢」「旹」「時」「寺」幾種形體，但均未省略聲符「之」；但漢簡中「時」字作「时」，都已省略聲符。這些都說明偏旁的省略具有時代性。

8. 從偏旁活躍度看，義符「心」可以和21個義符相替換，「攴」有20個，活躍度相當高。能與之匹敵的只有「口」了，但是以往我們一般把這種高活躍度的「口」看作裝飾性偏旁。這是因為「心」與其他義符的替換是「可解釋的」，可解釋帶有一定主觀因素。頻次再往下依次是「人」「糸」「艸」「竹」「辵」「又」這幾個義符，與人或人常利用的自然物有關，即《說文解字‧敘》中所謂的「近取諸身，遠取諸物」。

聲符活躍度只有義符的一半，也就是書手在書寫時更傾向於認為替換義符是「不影響表義」的，即潛意識中承認是「同用」的。聲符增加、替換例中，頻次在3次的有「必」「兌」「今」「予」，聲母分別是唇音、舌音、牙音、喉音，韻部分別是質部、月部、侵部、魚部。頻次為2次的就比較多了，如「白」「才」「爿」「悳」「干」「化」「求」「巳」「少」「勹」「弋」「幽」等。

二、楚簡文字中有大量通假字，大部分是同諧聲偏旁的通假關係。產生的原因有：

1. 上面提到的楚簡文字造字效率低。比如楚簡中「忩」「欲」「慾」都是表意願之「欲」的異體，卻沒有「習俗」之「俗」的專字，就用「忩」「欲」「裕」「谷」「浴」等字來讀為「俗」。〔註1〕〔註2〕

2. 楚簡文字義符區別功能較弱。上文提到的義符表意範圍擴大和系統性加強，帶來的直接影響就是義符區別功能變弱。「止／辵」原本表示「足部動作」擴大到表示「動作」，「攴／戈／又」由原本表示「手部動作」擴大到表示「動作」。由於心旁、又旁、止旁的字都可能有動作義，故從心之聲的「志」、從又之聲的「寺」、從止之聲的「㞢」之間的區別也變小，以至於這些以「之」為諧聲偏旁的字都可以讀為「志」「詩」等。

由於造字效率低、義符區別功能弱，這使楚簡文字比其他時代的文字都更

〔註1〕〔註2〕　　西周晚期表示意願的「欲」也可寫作從人的「俗」，如毛公鼎中「俗我弗作先王憂」。

‧243‧

依賴上下文。對上下文依賴，會更加忽視形義關係的對應，導致通假字的使用越來普遍。

3. 而在同諧聲偏旁的通假「同用」中，恰好與 3 頻次增加、替換聲符中的兩例合：念、意、貪、欽、龡幾種字形同用為「含」；說、敓、兌同用為「悅」、悅、敓、兌同用為「說」。這種一致性提醒我們，通假與聲符的增加、替換應該進行統一考察。其機制都是建構表音符號。

三、楚簡文字「同用」現象中，同義換讀較少。

與異體、通假相比，「同用」中的同義換讀整體較少。同義換讀是兩個不同的語詞進行替換，是屬於修辭性的同用。因為楚簡文本的性質是抄寫文本，而不是創作文本。同義換讀是一種不忠於底本的方式，所以使用較少。

四、楚簡文字複雜的「同用」關係仍待進一步研究，首先是關係不明的對應。有些字雖然能確定互相之間是「同用」關係，但不能確定是形、音、義哪一方面或哪些方面的關係。其次是文中列舉出的一些現象我們尚不能解釋。比如義符「宀」和「雨」「冃」和「雨」的替換；副詞和卦名增加「心」；義符「糸」與表動作義符的替換；「辟」金文不可省尸、而楚簡文字可省，「游」金文不可省㫃、而楚簡文字可省。

另外，楚簡文字「同用」現象可啟發對一些先秦語言現象的重新認識。如楚簡大量的「同用」體現出了極大的用字隨意性，正好與傳統訓詁學中的「連綿詞」概念相似。例如「皋陶」的寫法在楚簡中寫法比傳世文獻更多樣，「皋」可寫作「咎」「邵」「咎」，而「陶」可寫作「咎」「秀」「繇」，疊韻、寫法多變、不可分訓，符合「連綿詞」定義。還有楚簡中的另一人名「傅說」，「傅」字可作「仪（父）」「專」「敉（扶）」，「說」字可寫作「鳶」「敓」「鳰」：「傅」「說」寫法多變，也符合「連綿詞」定義。但人名是否能為「連綿詞」是值得懷疑的，一個有力的證據就是清華簡《說命》描述傅說外形「鵑肩如椎」，所以傅說之名從鳥的「鳶」字應即本字〔註3〕，「說」「敓」均為通假字。〔註4〕關於連綿詞

〔註3〕 多位學者指出甲骨文中的「雀」就是傅說，故楚簡文字從鳥無論是從文意上還是字形源流上均有依據。見林小安：《殷王卜辭傅說考芻議》，《古文字研究》第 29 輯，中華書局，2012 年，第 113～119 頁；張卉：《文獻中的「傅說」與卜辭中的「雀」》，復旦大學出土文獻與古文字研究中心網，2016 年 11 月 1 日。

〔註4〕 《吳越春秋》以「干將」為人名，但王念孫指出「干將、莫邪皆連語以狀其鋒刃之利，非人名也」（《廣雅疏證・釋器》），認為「干將」「莫邪」並非人名，理由有二：這兩個詞是連語（連綿詞）；西漢之前此二詞均非人名。現在看來第一個理由是不

的來源，目前學術界認為其中一種方式是雙音節實詞變化而成，或稱「義合式」。〔註5〕也有學者直接質疑連綿詞「不可分訓」的理論，批評信守派不辨通假、不識或體舉出連綿詞例。〔註6〕而出土戰國楚簡文字「同用」相關材料是有助於我們進一步探討連綿詞的來源與辨析連綿詞理論。〔註7〕同時，這樣的材料也提醒我們在研究古文字時應注重形、音、義的綜合考察。

能作為論據的，上古人名確實有雙聲、疊韻例。

〔註5〕 王寧等編：《古代漢語通論》，北京師範大學出版社，1996 年，第 76 頁。王雲路：《釋「零丁」與「伶俜」——兼談連綿詞的產生方式之一》，《古漢語研究》2007 年第 3 期，第 25～28 頁。

〔註6〕 黨懷興：《連綿字理論問題研究》，商務印書館，2013 年。

〔註7〕 已有學者利用古文字材料對連綿詞進行研究，如蕭旭對「委隨」一詞進行考證，來國龍、陳致對「從容」一詞進行考證，都對舊有觀點提出了挑戰。見蕭旭：《《說文》「委，委隨也」義疏》，復旦大學出土文獻與古文字研究中心網，2011 年 8 月 22 日；來國龍：《建字補釋——兼論通假字韻部「通轉」的謬誤和聯綿詞「從容」的來源與本義》，武漢大學簡帛網，2014 年 10 月 31 日；陳致：《「逍遙」與「舒遲」——從連綿詞的幾種特別用法看傳世經典與出土文獻的解讀》，《簡帛研究》（2015 春夏卷），廣西師範大學出版社，2015 年 6 月。

參考文獻

一、古今著作

1. 〔明〕陳第著，康瑞琮點校，毛詩古音考〔M〕，北京：中華書局，1988。

2. 〔清〕王筠，說文釋例〔M〕，武漢：武漢市古籍書店，1983。

3. 〔清〕王筠，說文解字句讀〔M〕，北京：中華書局，1988。

4. 〔清〕王念孫，廣雅疏證〔M〕，南京：江蘇古籍出版社，1984。

5. 〔清〕王引之，經義述聞〔M〕，南京：江蘇古籍出版社，1985。

6. 〔清〕俞樾，諸子平議〔M〕，上海：上海書店出版社，1988。

7. 白於藍，戰國秦漢簡帛古書通假字彙纂〔M〕，福州：福建人民出版社，2012。

8. 曹錦炎，鳥蟲書通考〔M〕，上海：上海辭書出版社，2014。

9. 陳楓，漢字義符研究〔M〕，北京：中國社會科學出版社，2006。

10. 陳斯鵬，簡帛文獻與文學考論〔M〕，廣州：中山大學出版社，2007。

11. 陳斯鵬，楚系簡帛中字形與音義關係研究〔M〕，北京：中國社會科學出版社，2011。

12. 陳偉，包山楚簡初探〔M〕，武漢：武漢大學出版社，1996。

13. 陳偉，郭店楚竹書別釋〔M〕，武漢：湖北教育出版社，2003。

14. 陳偉，楚地出土戰國簡冊〔十四種〕〔M〕，北京：經濟科學出版社，2009。

15. 陳燕，漢字學概說〔M〕，天津：天津人民出版社，2013。

16. 陳震寰，音韻學〔M〕，長沙：湖南人民出版社，1986。

17. 黨懷興，連綿字理論問題研究〔M〕，北京：商務印書館，2013。

18. 丁福保，說文解字詁林〔M〕，北京：中華書局，1988。

19. 董蓮池，新金文編〔M〕，北京：作家出版社，2011。

20. 范常喜，簡帛探微——簡帛字詞考釋與文獻新證〔M〕，上海：中西書局，2016。

21. 馮勝君，郭店簡與上博簡對比研究〔M〕，北京：線裝書局，2007。

22. 高平玉，楚簡文字與先秦思想文化〔M〕，北京：中國社會科學出版社，2016。

23. 郜同麟，宋前文獻引《春秋》研究〔M〕，北京：中國社會科學出版社，2015。

24. 何琳儀，戰國古文字典〔M〕，北京：中華書局，1998。

25. 何琳儀，戰國文字通論（訂補）〔M〕，南京：江蘇教育出版社，2003。

26. 河南省文物考古研究所編著，新蔡葛陵楚墓〔M〕，鄭州：大象出版社，2003。

27. 洪颺，古文字考釋通假關係研究〔M〕，福州：福建人民出版社，2008。

28. 湖北省博物館，曾侯乙墓〔M〕，北京：文物出版社，1989。

29. 湖北省荊沙鐵路考古隊，包山楚簡〔M〕，北京：文物出版社，1991。

30. 湖北省文物考古研究所、北京大學中文系，望山楚簡〔M〕，北京：中華書局，1995。

31. 湖北省文物考古研究所，北京大學中文系，九店楚簡〔M〕，北京：中華書局，2000。

32. 湖南省博物館、湖南省文物考古研究所、長沙市博物館、長沙市文物考古研究所，長沙楚墓〔M〕，北京：文物出版社，2000。

33. 黃德寬，古文字學〔M〕，上海：上海古籍出版社，2015。

34. 黃文傑，戰國時期形聲字聲符換用現象〔M〕，廣州：中山大學出版社，2002。

35. 黃錫全，汗簡註釋〔M〕，武漢：武漢大學出版社，1990。

36. 季旭昇，說文新證〔M〕，福州：福建人民出版社，2010。

37. 賈芹，上古漢語反義詞研究〔M〕，杭州：浙江大學出版社，2016。

38. 姜亮夫，古文字學〔M〕，杭州：浙江人民出版社，1984。

39. 蔣紹愚，古漢語詞彙綱要〔M〕，北京：商務印書館，2005。

40. 荊門市博物館，郭店楚墓竹簡〔M〕，北京：文物出版社，1998。

41. 李春桃，古文字異體關係整理與研究〔M〕，中華書局，2016 年 10 月。

42. 李零，郭店楚簡校讀記〔M〕，北京：北京大學出版社，2002。

43. 李零，上博楚簡校讀記之二：《緇衣》〔M〕//上博館藏戰國楚竹書研究，上海：上海書店出版社，2002。

44. 李明曉，戰國楚簡語法研究〔M〕，武漢：武漢大學出版社，2010。

45. 李守奎，楚文字編〔M〕，上海：華東師範大學出版社，2003。

46. 李守奎、曲冰、孫偉龍，上海博物館藏楚竹書 1-5 文字編〔M〕，北京：作家出版社，2007。

47. 李守奎、肖攀，清華簡《繫年》文字考釋與構形研究〔M〕，上海：中西書局，2015。

48. 李松儒，戰國簡帛字迹研究：以上博簡為中心〔M〕，上海：上海古籍出版社，2015。

49. 李松儒，清華簡《繫年》集釋〔M〕，上海：中西書局，2015。

50. 李學勤，古文字學初階〔M〕，北京：中華書局，1985。

51. 李學勤，包山楚簡「蜜梅」與楚曆建正〔M〕，《簡牘學研究》第 4 輯，蘭州：甘肅人民出版社，2004。

52. 李運富，戰國簡帛文字構形系統研究〔M〕，長沙：嶽麓書社，1997。

53. 廖名春，郭店楚簡老子校釋〔M〕，北京：清華大學出版社，2003。

54. 林義光，文源〔M〕，上海：中西書局，2012。

55. 林澐，古文字學簡論〔M〕，北京：中華書局，2012。

56. 林澐，古文字研究簡論〔M〕，長春：吉林大學出版社，1986。

57. 劉傳賓，郭店竹簡文本研究綜論〔M〕，上海：上海古籍出版社，2017。

58. 劉又辛，通假概說〔M〕，成都：巴蜀書社，1988。

59. 劉信芳，楚簡帛通假匯釋〔M〕，北京：高等教育出版社，2011。

60. 劉釗，郭店楚簡校釋〔M〕，福州：福建人民出版社，2003。

61. 劉釗，古文字構形學〔M〕，福州：福建人民出版社，2006。

62. 呂叔湘，語文常談〔M〕，北京：三聯書店，1980。

63. 陸宗達，說文解字通論〔M〕，北京：北京出版社，1981。

64. 陸宗達，王寧，訓詁方法論》，北京：中國社會科學出版社，1983。

65. 馬承源，上海博物館藏戰國楚竹書（一）〔M〕，上海：上海古籍出版社，2001。

66. 馬承源，上海博物館藏戰國楚竹書（二）〔M〕，上海：上海古籍出版社，2002。

67. 馬承源，上海博物館藏戰國楚竹書（三）〔M〕，上海：上海古籍出版社，2003。

68. 馬承源，上海博物館藏戰國楚竹書（四）〔M〕，上海：上海古籍出版社，2005。

69. 馬承源，上海博物館藏戰國楚竹書（五）〔M〕，上海：上海古籍出版社，2005。

70. 馬承源，上海博物館藏戰國楚竹書（六）〔M〕，上海：上海古籍出版社，2007。

71. 馬承源，上海博物館藏戰國楚竹書（七）〔M〕，上海：上海古籍出版社，2008。

72. 馬承源，上海博物館藏戰國楚竹書（八）〔M〕，上海：上海古籍出版社，2011。

73. 馬承源，上海博物館藏戰國楚竹書（九）〔M〕，上海：上海古籍出版社，2013。

74. 聶中慶，郭店楚簡《老子》研究〔M〕，北京：中華書局，2004。

75. 潘悟雲，漢語歷史音韻學〔M〕，上海：上海教育出版社，2000。

76. 彭裕商，吳毅強，郭店楚簡老子集釋〔M〕，四川：巴蜀書社，2011。

77. 清華大學出土文獻研究與保護中心，清華大學藏戰國竹簡（壹）〔M〕，上海：中西書局，2011。

78. 清華大學出土文獻研究與保護中心，清華大學藏戰國竹簡（貳）〔M〕，上海：中西書局，2012。

79. 清華大學出土文獻研究與保護中心，清華大學藏戰國竹簡（叄）〔M〕，上海：中西書局，2013。

80. 清華大學出土文獻研究與保護中心，清華大學藏戰國竹簡（肆）〔M〕，上海：中西書局，2013。

81. 清華大學出土文獻研究與保護中心，清華大學藏戰國竹簡（伍）〔M〕，上海：中西書局，2015。

82. 清華大學出土文獻研究與保護中心，清華大學藏戰國竹簡（陸）〔M〕，上海：中西書局，2016。

83. 清華大學出土文獻研究與保護中心，清華大學藏戰國竹簡（柒）〔M〕，上海：中西書局，2017。

84. 裘錫圭，文字學概要（修訂本）〔M〕，北京：商務印書館，2013。

85. 邱修德，上博楚簡《容成氏》注釋考證，台北：台灣古籍出版有限公司，2003。

86. 全廣鎮，兩周金文通假字研究〔M〕，台北：台灣學生書局，1989。

87. 容庚，金文編〔M〕，北京：中華書局，1985。

88. 單育辰，楚地戰國簡帛與傳世文獻對讀之研究〔M〕，北京：中華書局，2014。

89. 單育辰，郭店《尊德義》《成之聞之》《六德》三篇整理與研究〔M〕，北京：科學出版社，2015。

90. 單育辰，新出楚簡《容成氏》研究〔M〕，北京：中華書局，2016。

91. 商承祚，戰國楚竹簡彙編〔M〕，濟南：齊魯書社，1995。

92. 沈建華，曹錦炎，甲骨文字形表〔M〕，上海：上海辭書出版社，2008。

93. 沈祖春，《馬王堆漢墓帛書（壹）》假借字研究，成都：巴蜀書社，2008。

94. 宋華強，新蔡葛陵簡初探〔M〕，武漢：武漢大學出版社，2010。

95. 孫飛燕，上博簡《容成氏》文本整理及研究〔M〕，北京：中國社會科學出版社，2014。

96. 孫玉文，上古音論叢〔M〕，北京：北京大學出版社，2015。

97. 唐蘭，古文字學導論〔M〕，濟南：齊魯書社，1981。

98. 唐蘭，中國文字學〔M〕，北京：商務印書館，2005。

99. 滕壬生，楚系簡帛文字編〔M〕，武漢：湖北教育出版社，2008。

100. 田煒，西周金文字詞關係研究〔M〕，上海：上海古籍出版社，2016。

101. 萬獻初，《說文》字系與上古社會〔M〕，北京：新世紀出版社，2012。

102. 王鳳陽，漢字學〔M〕，長春：吉林文史出版社，1989。

103. 王輝，古文字通假字典〔M〕，北京：中華書局，2008。

104. 王蘭，商周金文形體結構研究〔M〕，北京：線裝書局，2013。

105. 王力，漢語史稿〔M〕，北京：中華書局，2013。

106. 王力，同源字典〔M〕，北京：中華書局，2014。

107. 王寧，訓詁學原理〔M〕，北京：中國國際廣播出版社，1996。

108. 王寧，漢字構形學講座〔M〕，上海：上海教育出版社，2002。

109. 王寧，漢字構形學導論〔M〕，北京：商務印書館，2015。

110. 王雲路，王誠，漢語詞彙核心義研究〔M〕，北京：北京大學出版社，2014。

111. 王子楊，甲骨文字形類組差異現象研究〔M〕，中西書局，2013。

112. 王志平，孟蓬生，張潔，出土文獻與先秦兩漢方言地理〔M〕，北京：中國社會科學出版社，2014。

113. 魏啟鵬，簡帛文獻《五行》箋證〔M〕，北京：中華書局，2005。

114. 魏德勝，睡虎地秦墓竹簡詞彙研究〔M〕，北京：華夏出版社，2003。

115. 武漢大學簡帛研究中心、河南省文物考古研究所，楚地出土戰國簡冊合集（二）·葛陵楚墓竹簡、長臺關楚墓竹簡〔M〕，北京：文物出版社，2011。

116. 武漢大學簡帛研究中心，荊門市博物館，楚地出土戰國簡冊合集：郭店楚墓竹簡竹書〔M〕，北京：文物出版社，2011。

117. 吳良寶，戰國楚簡地名輯證〔M〕，武漢：武漢大學出版社，2010。

118. 蕭毅，楚簡文字研究〔M〕，武漢：武漢大學出版社，2010。

119. 徐在國，楚帛書詁林〔M〕，合肥：安徽大學出版社，2010。

120. 禤健聰，戰國楚系簡帛用字習慣研究〔M〕，北京：科學出版社，2017。

121. 楊建忠，楚系出土文獻語言文字考論〔M〕，杭州：浙江大學出版社，2014。

122. 楊樹達，積微居金文說（增訂本）〔M〕，北京：科學出版社，1959。

123. 楊澤生，戰國竹書研究〔M〕，廣州：中山大學出版社，2009。

124. 虞萬里，上博館藏楚竹書《緇衣》綜合研究〔M〕，武漢：武漢大學出版社，2009。

125. 于省吾，甲骨文字釋林〔M〕，北京：中華書局，1979。

126. 曾憲通，長沙楚帛書文字編〔M〕，北京：中華書局，1993。

127. 詹鄞鑫，漢字說略〔M〕，瀋陽：遼寧教育出版社，1991。

128. 趙平安，隸變研究〔M〕，保定：河北大學出版社，2009。

129. 張素鳳，古漢字結構變化研究〔M〕，北京：中華書局，2008。

130. 張顯成，王玉蛟，秦漢簡帛異體字研究〔M〕，北京：人民出版社，2016。

131. 張玉金，夏中華，漢字學概論〔M〕，桂林：廣西教育出版社，2001。

132. 周灝高，張日昇，金文詁林〔M〕，香港：香港中文大學出版社，1975。

133. 朱力偉，衣淑艷，郝繼東，文字學專題研究〔M〕，哈爾濱：黑龍江人民出版社，2007。

二、研究論文

（一）單篇論文

1. 白於藍，包山楚簡零拾〔J〕，簡帛研究（第 2 輯），1996。

2. 白於藍，釋「𢼸」〔J〕，古文字研究（第 24 輯），2002。

3. 蔡一峰，《清華簡（伍）》字詞零釋四則〔J〕，簡帛研究（2016 春夏卷），2016。

4. 曹方向，清華簡《湯處於湯丘》「絕芳旨而滑」試解〔J〕，古文字研究（第 30 輯），2016。

5. 曹峰，《三德》研究四題〔J〕，簡帛研究，2008。

6. 曹錦炎，釋𠦪——兼釋續、瀆、竇、鄠〔J〕，史學集刊，1983 年第 3 期。

7. 曹錦炎，楚簡文字中的「兔」及相關諸字〔J〕，新出土文獻與古代文明研究，2004。

8. 曹錦炎，讀上海博物館藏楚竹書劄記（二則）〔J〕，簡帛（第 2 輯），2007。

9. 曹錦炎，越王鐘補釋〔M〕//吳越歷史與考古論叢，北京：文物出版社，2007。

10. 曹錦炎，說巟——從黃賓虹舊藏的一方古璽談起〔J〕，第三屆「孤山証印」西泠印社國際印學峰會論文，2011。

11. 曹錦炎，蔡公子縜戈與楚簡中的「慎」〔J〕，古文字研究（第 30 輯），2014

12. 曹文亮，論古漢語兩種不同性質的「義同換讀」〔J〕，求索，2009（9）。

13. 陳惠玲，上博六《競公瘧》釋「疖」及「旬又五公乃出見折」〔OL〕，武漢大學簡帛網。

14. 陳斯鵬，「罘」為「泣」之初文說〔J〕，古文字研究（二十五輯），2004。

15. 陳斯鵬，讀《上博竹書（五）》小記〔OL〕，武漢大學簡帛網。

16. 陳斯鵬，楚簡中的一字形表多詞現象〔J〕，出土文獻與古文字研究（第 2 輯），2008。

17. 陳劍，上博簡《子羔》《從政》篇的竹簡拼合與編聯問題小議〔OL〕，簡帛研究網。

18. 陳劍，談談《上博（5）》的竹簡分編、拼合和編聯問題〔OL〕，武漢大學簡帛網。

19. 陳劍，說「慎」〔M〕//甲骨金文考釋論集，北京：線裝書局，2007。

20. 陳劍，《上博（三）·仲弓》賸議〔M〕//戰國竹書論集，上海：上海古籍出版社，2013。

21. 陳劍，談談《上博（五）》的竹簡分編、拼合與編聯問題〔M〕//戰國竹書論集，上海：上海古籍出版社，2013。

22. 陳偉，郭店楚簡別釋〔OL〕，武漢大學簡帛網。

23. 陳偉，竹書《容成氏》所見的九州〔J〕，武漢大學歷史學集刊（第三輯），2005。

24. 陳偉，上博五《三德》初讀〔OL〕，武漢大學簡帛網。

25. 陳偉，《用曰》校讀〔OL〕，武漢大學簡帛網。

26. 陳偉，《成王為城濮之行》初讀〔OL〕，武漢大學簡帛網。

27. 陳偉武，戰國秦漢同形字論綱〔M〕//于省吾教授百年誕辰紀念文集，長春：吉林大學出版社，1996。

28. 陳偉武，舊釋「折」及從「折」之字平議——兼釋「慎德」和「愻終」問題〔J〕，古文字研究（第 22 輯），2000。

29. 陳偉武，試論簡帛文獻中的格言資料〔J〕，簡帛（第四輯），2009。

30. 陳偉武，新出楚系竹簡中的專用字綜議〔M〕//愈愚齋磨牙集，上海：中西書局，2014。

31. 陳偉武，上博楚簡識小錄〔M〕，愈愚齋磨牙集，上海：中西書局，2014。

32. 陳昭容，從古文字材料談古代的盥洗用具及相關問題——自淅川下寺春秋楚墓的青銅水器自名說起〔J〕，中研院歷史語言研究所集刊，2000。

33. 陳致，日居月諸」與「日就月將」：早期四言詩與祭祀禮辭釋例〔OL〕，復旦大學出土文獻與古文字研究中心網。

34. 陳致,「逍遙」與「舒遟」——從連綿詞的幾種特別用法看傳世經典與出土文獻的解讀〔J〕,簡帛研究（2015春夏卷）,2015。

35. 程鵬萬,劉家庄北 M1046 出土石璋上墨書「✿」字解釋〔J〕,古文字研究（第二十七輯）,2008。

36. 程鵬萬,安徽壽縣朱家集出土青銅器銘文集釋〔M〕,哈爾濱:黑龍江人民出版社,2009。

37. 程少軒,試說戰國楚地出土文獻中歌月元部的一些音韻現象〔OL〕,復旦大學出土文獻與古文字研究中心網〔2009-6-10〕。

38. 大西克也,戰國楚系文字中的兩種「告」字——兼釋上博楚簡〈容成氏〉的「三佸」〔J〕,簡帛（第1輯）,2006。

39. 大西克也,釋「喪」「亡」〔C〕,第二十八屆中國文字學國際學術研討會論文集,台北:台灣大學,2017。

40. 丁若山,讀清華三懸想一則〔OL〕,武漢大學簡帛網〔2013-1-12〕。

41. 董琨,郭店楚簡《老子》異文的語法學考察〔J〕,中國語文:2001（4）。

42. 董琨,楚系簡帛文字形用問題〔C〕,康樂集——曾憲通教授七十壽慶論文集,廣州:中山大學出版社,2006。

43. 杜維明,郭店楚簡與先秦儒學思想的重新定位〔J〕,中國哲學（第二十輯）,沈陽:遼寧教育出版社,1999。

44. 董珊,試說山東滕州莊里西村所出編鎛銘文〔J〕,古文字研究（第三十輯）,北京:中華書局,2014。

45. 范常喜,新蔡楚簡「畀禱」即「罷禱」說〔OL〕,武漢大學簡帛網〔2006-10-17〕。

46. 范常喜,「輔車相依」新證〔OL〕,武漢大學簡帛網〔2008-1-8〕。

47. 范常喜,簡帛《周易·夬卦》「喪」字補說〔J〕,出土易學文獻,上海:上海科學技術出版社,2010。

48. 凡國棟,曾侯與編鐘銘文柬釋〔J〕,江漢考古:2014（4）。

49. 馮勝君,讀上博簡《緇衣》箚記二則〔C〕,上博藏戰國楚竹書研究,上海:上海書店出版社,2002。

50. 復旦大學出土文獻與古文字研究中心研究生讀書會,《上博七·武王踐阼》校讀〔OL〕,復旦大學出土文獻與古文字研究中心網站,〔2008-12-30〕。

51. 復旦大學出土文獻與古文字研究中心研究生讀書會,清華簡《耆夜》研讀札記〔OL〕,復旦大學出土文獻與古文字研究中心網〔2011-1-5〕。

52. 復旦吉大古文字專業研究生聯合讀書會,上博八《王居》、《志書乃言》校讀〔OL〕,復旦大學出土文獻與古文字研究網〔2011-7-17〕。

53. 高開貴,略論戰國時期文字的繁化與簡化〔J〕,江漢考古:1988（4）。

54. 高佑仁,《莊王既成》二題〔OL〕,復旦大學出土文獻與古文字研究中心網〔2009-12-12〕。

55. 高佑仁，清華五《厚父》釋文新研〔C〕，第二十八屆中國文字學國際學術研討會論文集，台北：台灣大學，2017。

56. 郭錫良，漢語史的分期問題〔J〕，語文研究：1988（4）。

57. 郭錫良，反訓不可信〔C〕，漢語史論集（增補本），北京：商務印書館，2005。

58. 郭永秉，從《容成氏》33號簡看《容成氏》的學派歸屬〔J〕，出土文獻與古文字研究（第二），上海：復旦大學出版社，2008年。

59. 郭永秉，說「鷹悉」〔OL〕，復旦大學出土文獻與古文字研究中心網站〔2014-1-8〕。

60. 郭永秉，清華簡《耆夜》詩試解二則〔C〕，古文字與古文獻論集續編，上海：上海古籍出版社，2015。

61. 郭永秉，從戰國文字所見的類「倉」形「寒」字論古文獻中表「寒」義的「滄／凔」是轉寫誤釋的產物〔C〕，出土文獻與古文字研究（六輯），上海：上海古籍出版社，2015。

62. 韓麗亞，九店楚簡通假字聲母初探〔J〕，安徽文學：2006（10）。

63. 何丹，建國以來關於假借理論的探討〔J〕，語文導報：1986（8）。

64. 何琳儀，包山楚簡選釋〔J〕，江漢考古：1993（4）。

65. 何琳儀，信陽楚簡選釋〔J〕，文物研究（第8期），合肥：黃山書社，1993。

66. 何琳儀，新蔡竹簡選釋〔C〕，新出楚簡文字考，合肥：安徽大學出版社，2007。

67. 何琳儀，滬簡〈詩論〉選釋〔C〕，新出楚簡文字考，合肥：安徽大學出版社，2007。

68. 何琳儀，第二批滬簡選釋〔C〕，新出楚簡文字考，合肥：安徽大學出版社，2007。

69. 何九盈，古無去聲補證〔M〕，音韻叢稿，北京：商務印書館，2002。

70. 何有祖，《季庚子問於孔子》與《姑成家父》試讀〔OL〕，武漢大學簡帛網〔2006-2-19〕。

71. 何有祖，讀《上博六》箚記〔OL〕，武漢大學簡帛網〔2007-7-9〕。

72. 何有祖，讀《上海博物館藏戰國楚竹書（九）》札記〔OL〕，武漢大學簡帛網〔2014-1-6〕。

73. 何有祖，讀清華簡（六）札記二則〔OL〕，武漢大學簡帛網〔2017-8-17〕。

74. 侯乃峰，說楚簡「及」字〔OL〕，武漢大學簡帛網〔2006-11-9〕。

75. 黃德寬，古漢字形聲結構聲符初探〔J〕，安徽大學學報（哲學社會科學版）：1989（3）。

76. 黃德寬，形聲結構的聲符〔M〕，開啟中華文明的管鑰——漢字的釋讀與探索，北京：北京師範大學出版社，2011。

77. 黃懷信，清華簡《皇門》校讀〔OL〕，武漢大學簡帛網〔2011-3-14〕。

78. 黃天樹，《說文》重文與正篆關係補論〔J〕，語言（第1卷），北京：首都師範大學出版社，2000。

79. 黃文傑，秦漢時期形聲字義近形旁換用現象考察〔J〕，康樂集，廣州：中山大學出版社，2006。

80. 黃文傑，戰國文字中的類化現象〔J〕，古文字研究（第 26 輯），北京：中華書局，2006。

81. 黃錫全，利用《汗簡》考釋古文字〔J〕，古文字研究（第 15 輯），北京：中華書局，1986。

82. 黃艷平，關於「同字」的認定〔J〕，綿陽師範學院學報：2011（9）。

83. 季旭昇，上博五芻議（上）〔OL〕，武漢大學簡帛網〔2006-2-18〕。

84. 季旭昇，上博五《鮑叔牙與隰朋之諫》試讀〔M〕，楚地簡帛思想研究（三），武漢：湖北教育出版社，2007。

85. 季旭昇，從戰國文字中的」字談詩經中「之」字誤為「止」字的現象〔OL〕，復旦大學出土文獻與古文字研究中心網站〔2009-3-21〕。

86. 賈漢清等，湖北荊州望山橋一號楚墓發掘簡報〔J〕，文物：2017（2）。

87. 蔣玉斌，「包」字溯源〔J〕，上古漢語研究（第二輯），北京：商務印書館，2018。

88. 金小平，「亂」是{治}{亂}同詞嗎〔J〕，浙江師範大學學報：2009（5）。

89. 金國泰，論專字的本質及成因〔J〕，北華大學學報（社會科學版）：2003（1）。

90. 來國龍，「建」字補釋——兼論通假字韻部「通轉」的謬誤和聯綿詞「從容」的來源與本義〔OL〕，武漢大學簡帛網〔2014-10-31〕。

91. 李春桃，說何簋銘文中的「亂」字〔OL〕，復旦大學出土文獻與古文字研究中心網〔2010-12-17〕。

92. 李家浩，從戰國「忠信」印談古文字中的異讀現象〔J〕，北京大學學報：1987（2）。

93. 李家浩，包山楚簡研究（五篇）〔C〕，第二屆國際中國古文字學研討會論文集，香港：香港中文大學中國語言及文學系，1995。

94. 李家浩，楚簡中的裕衣〔C〕，著名中年語言學家自選集·李家浩卷，合肥：安徽教育出版社，2002。

95. 李家浩，先秦文字中的「縣」〔C〕，著名中年語言學家自選集·李家浩卷，合肥：安徽教育出版社，2002。

96. 李家浩，信陽楚簡「澮」字及从「夬」之字〔C〕，著名中年語言學家自選集·李家浩卷，合肥：安徽教育出版社，2002。

97. 李家浩，談包山楚簡「歸鄧人之金」一案及相關問題〔J〕，出土文獻與古文字研究（第 1 輯），上海：復旦大學出版社，2006。

98. 李家浩，戰國文字中的「匋」字〔J〕，出土文獻與古文字研究（第 6 輯），上海：上海古籍出版社，2015。

99. 李零，古文字雜識（五則）〔J〕，國學研究（第 3 卷），北京：北京大學出版社，1995。

100. 李零，上博楚簡校讀記（之二）：《緇衣》〔J〕，簡帛研究網，2002 年 1 月 12 日。

101. 李零，上博楚簡校讀記（三）：《性情論》〔J〕，簡帛研究網，2002 年 1 月 14 日。

102. 李鵬輝，清華簡陸筆記二則〔OL〕，復旦大學出土文獻與古文字研究中心網〔2016-4-20〕。

103. 李銳，《用曰》新編（稿）〔OL〕，武漢大學簡帛網〔2007-7-13〕。

104. 李守奎，包山卜筮文書書跡的分類與書寫的基本狀況〔J〕，中國文字研究（第 1 輯），鄭州：大象出版社，2007。

105. 李守奎，《說文》古文與楚文字互證三則〔J〕，古文字研究（第 24 輯），北京：中華書局，2002。

106. 李守奎，劉波，續論陸字構形與陸聲字的音義〔J〕，古文字研究（第 29 輯），北京：中華書局，2012。

107. 李守奎，系統釋字法與古文字考釋——以厂、石構形功能的分析為例〔J〕，吉林大學社會科學學報：2015（7）。

108. 李崇興，說「同形字」〔J〕，語言研究：2006（4）。

109. 李國正，說「亂」〔J〕，古漢語研究：1998（2）。

110. 李榮，語音演變規律的例外〔J〕，中國語文：1980（1）。

111. 李銳，《孔子見季桓子》重編〔OL〕，武漢大學簡帛網〔2007-8-22〕。

112. 李天虹，《性自命出》與上海簡書〈性情論〉校讀〔M〕，郭店竹簡〈性自命出〉研究，武漢：湖北教育出版社，2003。

113. 李天虹，郭店楚簡文字雜釋〔OL〕，簡帛研究網〔2003-5-31〕。

114. 李運富，論出土文本字詞關係研究的考證與表述〔J〕，古漢語研究：2005（2）。

115. 林素清，郭店、上博《緇衣》簡之比較——兼論戰國文字的國別問題〔M〕，新出土文獻與古代文明研究，上海：上海大學出版社，2004。

116. 林澐，釋箬〔M〕，林澐學術文集，北京：中國大百科全書出版社，1998。

117. 林澐，讀包山楚簡箚記七則〔M〕，林澐學術文集，北京：中國大百科全書出版社，1998。

118. 林澐，王、士同源及相關問題〔M〕，林澐學術文集，北京：中國大百科全書出版社，1998。

119. 林澐，古文字轉注舉例〔M〕，林澐學術文集，北京：中國大百科全書出版社，1998。

120. 林澐，說「厚」〔J〕，簡帛（第 5 輯），上海：上海古籍出版社，2010。

121. 林志強，字說三則〔J〕，古文字研究（第 29 輯），北京：中華書局，2012。

122. 林志強，漫談「專字」研究〔J〕，古文字研究（第 30 輯），北京：中華書局，2016。

123. 劉寶俊，論戰國楚簡從「心」之字與心性之學〔J〕，中南民族大學學報：2009（3）。

124. 劉寶俊，楚國出土文獻異形文字形義關係研究〔J〕，語言研究：2015（3）。

125. 劉方，試析《睡虎地秦墓竹簡》中的同音假借〔J〕，寧夏大學學報（人文社會科學版）：1985（4）。

126. 劉剛，清華叁《良臣》為具有晉系文字風格的抄本補正〔J〕，中國文字學報（第 5 輯），北京：商務印書館，2014。

127. 劉國勝，曾侯乙墓 E61 號漆箱書文字研究——附「瑟」考〔C〕，第三屆國際中國古文字學研討會論文集，香港：香港中文大學，1997。

128. 劉國勝，郭店竹簡釋字八則〔J〕，武漢大學學報（哲學社會科學版）：1999（5）。

129. 劉國勝，上博（五）零札（六則）〔OL〕，武漢大學簡帛網〔2006-3-31〕。

130. 劉國勝，楚簡車馬名物考釋二則〔J〕，古文字研究（第 29 輯），北京：中華書局，2012。

131. 劉洪濤，上博楚簡《凡物流形》釋字二則〔J〕，簡帛（第 6 輯），上海：上海古籍出版社，2011。

132. 劉樂賢，《說文》「法」字古文補釋〔J〕，古文字研究（第 24 輯），北京：中華書局，2002。

133. 劉凌，楚簡「既……以……」類並列句式討論——兼及連詞「以」的文獻分佈特點〔J〕，中國文字研究（第 22 輯），上海：上海書店出版社。

134. 劉信芳，包山楚簡解詁〔M〕，台北：藝文印書館股份有限公司，1992。

135. 劉信芳，荊門郭店楚簡《老子》文字考釋〔J〕，中國古文字研究（第 1 輯），長春：吉林大學古文字研究室，1999。

136. 劉興林，甲骨文田獵、畜牧及與動物相關字的異體專用〔J〕，華夏考古：1996（4）。

137. 劉釗，讀郭店楚簡字詞箚記〔OL〕，簡帛研究網〔2003-5-31〕。

138. 劉釗，釋慍〔M〕，古文字考釋叢稿，長沙：嶽麓書社，2005。

139. 劉釗，金文考釋零拾〔M〕，古文字考釋叢稿，長沙：嶽麓書社，2005。

140. 劉釗，《上博五·融師有成氏》「耽淫念惟」解〔OL〕，武漢大學簡帛網〔2007-7-25〕。

141. 劉釗，「卤」字源流考〔OL〕，復旦大學出土文獻與古文字研究中心網站〔2014-10-20〕。

142. 劉志基，古文字異體字新輯芻議〔J〕，中國文字研究（第 2 輯），鄭州：大象出版社，2007。

143. 劉志基，簡說古文字異體字的發展演變〔J〕，中國文字研究（第 1 輯），鄭州：大象出版社，2009。

144. 劉志基，楚簡「用字避複」芻議〔J〕，古文字研究（第 29 輯），北京：中華書局，2012。

145. 劉志生、黃劍寧，近二十餘年以來「反訓研究綜述」〔J〕，長沙電力學院學報：2003（5）。

146. 羅坤，《保訓》「求中」「得中」解〔J〕，出土文獻（第 3 輯），上海：中西書局，2012。

147. 羅衛東，春秋金文異體字考察〔J〕，古文字研究（第 26 輯），北京：中華書局。

148. 孟蓬生，《三德》零識〔J〕，簡帛（第四輯），上海：上海古籍出版社，2009。

149. 孟蓬生，說「令」——侵脂通轉例說之一〔J〕，古文字研究（第 29 輯），北京：中華書局，2012。

150. 聶中慶，李定，郭店楚簡《老子》通假字研究〔J〕，語言研究：2005（2）。

151. 龐樸，郢燕書說——郭店楚簡及中山三器「心」旁文字試說〔M〕，三生萬物——龐樸自選集，北京：首都師範大學出版社，2011。

152. 裘大泉，釋包山楚簡中的鼉字〔J〕，簡帛研究（第 3 輯），桂林：廣西教育出版社，1998。

153. 彭浩，郭店楚簡《老子》校釋〔M〕，北京：清華大學出版社，2001。

154. 彭裕商，「喪」字淺議〔J〕，古文字研究（第 29 輯），北京：中華書局，2012。

155. 錢玄，秦漢帛書簡牘中的通借字〔J〕，南京師大學報（社會科學版）：1980（3）。

156. 清華大學出土文獻讀書會，清華六整理報告補正〔OL〕，清華大學出土文獻研究与保護中心網站〔2016-4-16〕。

157. 裘錫圭，論「歷組卜辭」的時代〔J〕，古文字研究（第 6 輯），北京：中華書局，1981。

158. 裘錫圭，李家浩，談曾侯乙墓鐘磬銘文中的幾個字〔M〕，古文字論集，北京：中華書局，1992。

159. 裘錫圭，李家浩，曾侯乙墓竹簡釋文與考釋〔M〕，曾侯乙墓（下），北京：文物出版社，1989。

160. 裘錫圭，釋古文字中的有些「息」字和从「息」、从「兌」之字〔OL〕，復旦大學出土文獻與古文字研究中心網站〔2008-12-15〕。

161. 裘錫圭，談談上博簡和郭店簡中的錯別字〔J〕，華學（第 6 輯），北京：紫禁城出版社，2003。

162. 裘錫圭，「東皇太一」與「大龘伏羲」〔M〕，簡帛·經典·古史，上海：上海古籍出版社，2013。

163. 裘錫圭，虢公盨銘文考釋〔C〕，裘錫圭學術文集·金文及其他古文字卷，上海：復旦大學出版社，2015。

164. 裘錫圭，說「喦」「嚴」〔C〕，裘錫圭學術文集·甲骨文卷，上海：復旦大學出版社，2015。

165. 裘錫圭，釋殷墟甲骨文裡的「遠」『、「狋」（邇）及有關諸字』〔C〕，裘錫圭學術文集·甲骨文卷，復旦大學出版社，2015。

166. 裘錫圭，甲骨文字考釋（八篇）〔C〕，裘錫圭學術文集·甲骨文卷，上海：復旦大學出版社，2015。

167. 裘錫圭，釋郭店《緇衣》「出言有丨，黎民所訆」——兼說「丨」為「針」之初文〔C〕，裘錫圭學術文集·簡牘帛書卷，上海：復旦大學出版社，2015。

168. 裘錫圭，《戰國文字及其文化意義研究》緒言〔J〕，出土文獻與古文字研究（第 6 輯），上海：上海古籍出版社，2015。

169. 單育辰，甲骨文「隹」及「鳥」字形研究〔J〕，出土文獻研究（第十七輯），中西書局，2018。

170. 沈培，上博簡《緇衣》篇枲字解〔C〕，新出土文獻與古代文明研究，上海：上海大學出版社，2004。

171. 史傑鵬，包山楚簡研究四則〔J〕，湖北民族學院學報：2005（3）。

172. 史傑鵬，上博簡《容成氏》字詞考釋二則〔J〕，江漢考古：2007（1）。

173. 史傑鵬，由郭店《老子》的幾條簡文談幽、物相通現象暨相關問題〔OL〕，武漢大學簡帛網〔2010-4-19〕。

174. 施謝捷，江陵鳳凰山西漢簡牘與秦漢印所見人名（雙名）互證（之一）〔J〕，古文字研究（第30輯），北京：中華書局，2014。

175. 宋易麟，《說文解》中的重文未疊字〔M〕，異體字研究，北京：商務印書館，2004。

176. 蘇建洲，初讀《上博（六）》〔OL〕，武漢大學簡帛網〔2007-7-19〕。

177. 蘇建洲，《保訓》字詞考釋二則》〔OL〕，復旦大學出土文獻與古文字研究中心網〔2009-7-15〕。

178. 蘇建洲，金文考釋二篇〔J〕，中國文字研究（第13輯），鄭州：大象出版社，2010。

179. 蘇建洲，由《繫年》重新認識幾個楚文字〔OL〕，復旦大學出土文獻與古文字研究中心網，學術論壇〔2012-1-9〕。

180. 蘇建洲，讀《繫年》箚記〔OL〕，復旦大學出土文獻與古文字研究中心網，〔2012-12-8〕。

181. 蘇建洲，《封許之命》研讀札記（一）〔OL〕，復旦大學出土文獻與古文字研究中心網站〔2015-4-18〕。

182. 蘇建洲，談清華七《越公其事》簡三的幾個字〔OL〕，復旦大學出土文獻與古文字研究中心網站〔2017-5-20〕。

183. 孫常敘，則、灋度量則、則誓三事試解〔J〕，古文字研究（第7輯），北京：中華書局，1982。

184. 孫德宣，美惡同詞例釋〔J〕，中國語文：1983（2）。

185. 孫亞兵，宋鎮豪，濟南市大辛莊遺址新出甲骨卜辭探析〔J〕，考古：2004（2）。

186. 孫玉文，「鳥」「隹」同源試證〔J〕，語言研究：1995。

187. 湯余惠，略論戰國文字形體研究中的幾個問題〔J〕，古文字研究（第15輯），北京：中華書局，1986。

188. 湯余惠，吳良寶，郭店楚簡文字拾零（四篇）〔J〕，簡帛研究，桂林：廣西師範大學出版社，2001。

189. 唐鈺明，重論「麻夷非是」〔C〕，著名中年語言學家自選集‧唐鈺明卷，合肥：安徽教育出版社，2002。

190. 唐元發，《逸周書》詞彙研究〔M〕，杭州：浙江大學出版社，2015。

191. 陶曲勇，談談古文字編編纂中的幾個問題〔J〕，國學學刊：2015（3）。

192. 田煒，讀金文偶記二題〔J〕，古文字研究（第 29 輯），北京：中華書局，2012。

193. 田煒，西周金文與傳世文獻字詞關係之對比研究〔J〕，出土文獻與古文字研究（第 6 輯），上海：上海古籍出版社，2015

194. 汪維輝，上博楚簡《孔子詩論》管窺〔J〕，漢語史學報專輯（第三輯），上海：上海教育出版社，2003。

195. 王大年，讀古須需明通假之管見〔C〕，楊樹達誕辰百週年紀念集，長沙：湖南教育出版社，1985。

196. 王鳳陽，漢字字形發展的辯證法〔J〕，社會科學戰線：1978（4）。

197. 王輝，也談清華簡《繫年》「降西戎」的釋讀——兼說「降」「隓」訛混的條件及「升」「坒」之別〔M〕，清華簡〈繫年〉與古史新探，上海：中西書局，2016。

198. 王輝，說「越公其事」非篇題〔OL〕，復旦大學出土文獻與古文字研究中心網站〔2017-4-28〕。

199. 王力，訓詁學上的幾個問題〔C〕，王力語言學論文集，北京：商務印書館，2001。

200. 王連成，也談楚簡中的「罷」字〔OL〕，武漢大學簡帛網〔2006-10-29〕。

201. 王美宜，《睡虎地秦墓竹簡》通假字初探〔J〕，寧波大學學報：1982（1）。

202. 王寧，清華簡六《子儀》釋文校讀〔OL〕，復旦大學出土文獻與古文字研究中心網〔2016-6-9〕。

203. 王平，《說文》重文或體形聲字形符更換研究〔J〕，古籍研究（2006 卷下），合肥：安徽大學出版社，2006。

204. 王帥，西周金文字體演變的類型學觀察——以「寶」為例〔J〕，古文字研究（29 輯），北京：中華書局，2012。

205. 王文耀，先秦文字特有重文例證〔J〕，古文字研究（第 5 輯），北京：中華書局，1981。

206. 王雲路，釋「零丁」與「伶俜」——兼談連綿詞的產生方式之一〔J〕，古漢語研究：2007（3）。

207. 魏宜輝，試析楚簡文字中的「顯」「虽」字〔J〕，江漢考古：2002（2）。

208. 魏宜輝，說「匋」〔OL〕，復旦大學出土文獻與古文字研究中心網站〔2011-9-29〕。

209. 吳國升，春秋文字義符替換現象的初步考察〔J〕，古籍研究：2007（卷下）。

210. 吳琳，清華簡《厚父》篇集釋〔OL〕，復旦大學出土文獻與古文字研究中心〔2015-7-26〕。

211. 吳振武，陳曼瑚「逐」字新證〔C〕，吉林大學古籍整理研究所建所十五週年紀念文集，吉林大學出版社，1998。

212. 鄔可晶，讀清華簡《芮良夫毖》箚記三則〔J〕，古文字研究（第 30 輯），北京：中華書局，2014。

213. 鄔可晶，上古漢語中本來是否存在語氣詞「只」的問題的再檢討——以出土文獻所見辭例和字形為中心〔J〕，出土文獻與古文字研究》（第6輯），上海：上海古籍出版社，2015。

214. 吳建偉，《性情論》與《性自命出》中的不同用字研究〔J〕，中國文字研究（第8輯），2007。

215. 吳筱文，《郭店·五行》簡46「泉」字考釋〔OL〕，復旦大學出土文獻與古文字研究中心網，〔2010-7-23〕。

216. 吳振武，燕國銘刻中的「泉」字〔J〕，華學（第2輯），廣州：中山大學出版社，1996。

217. 吳振武，古文字中的「注音形聲字」〔C〕，古文字與商周文明，台北：中央研究院歷史語言研究所，2002。

218. 武家璧，葛陵楚簡曆日「癸㛤」應為「癸巳」解〔J〕，中原文物：2009（2）。

219. 武振玉，試論兩周金文同義詞的特點〔J〕，古文字研究（31），北京：中華書局，2016。

220. 夏鳳梅，反訓所指的歷時性考察〔J〕，中南大學學報（社會科學版）：2004（4）。

221. 蕭旭，《說文》「委，委隨也」義疏〔OL〕，復旦大學出土文獻與古文字研究中心網站〔2011-8-22〕。

222. 謝明文，說臨〔J〕，出土文獻與古文字研究（第6輯），上海：上海古籍出版社，2015。

223. 謝明文，曾伯克父甘婁簋銘文小考〔OL〕，復旦大學出土文獻與古文字研究中心網〔2016-10-30〕。

224. 徐寶貴，同系文字中的文字異形現象〔J〕，出土文獻與古文字研究（第5輯），上海：上海古籍出版社，2013。

225. 徐富昌，上博楚竹書周易異體字簡考〔J〕，古文字研究（第27輯），北京：中華書局，2007。

226. 徐在國，楚國璽印中的兩個地名〔J〕，古文字研究（第24輯），北京：中華書局，2002。

227. 徐在國，《上博竹書（二）》文字雜考〔J〕，學術界：2003（1）。

228. 徐在國，安徽大學藏戰國竹簡《詩經》詩序與異文〔J〕，文物：2017（9）。

229. 徐中舒，西周墻盤銘文箋釋〔J〕，考古學報：1987（2）。

230. 禤健聰，楚簡「喪」字補釋〔J〕，中國文字學報（第3輯），北京：商務印書館，2010。

231. 禤健聰，楚簡用字習慣與文獻校讀舉例〔J〕，簡帛研究（2016年春夏卷），桂林：廣西師範大學出版社，2016。

232. 晏昌貴，天星觀「卜筮祭禱」簡文輯校（修訂稿）〔OL〕，武漢大學簡帛網〔2005-11-2〕。

233. 顏世鉉，郭店楚簡散論（一）〔OL〕，簡帛研究網〔2003-5-31〕。

234. 嚴學宭，漢語中的訓讀現象〔C〕，語言文字學術論文集，北京：知識出版社，1989。

235. 楊伯峻，古漢語虛詞〔M〕，北京：中華書局，1981。

236. 楊華，新蔡簡祭禱禮制雜疏（四則）〔J〕，簡帛（第1輯），上海：上海古籍出版社，2006。

237. 楊蒙生，釋「爲」（股）小史〔J〕，出土文獻（第4輯），上海：中西書局，2013。

238. 楊軍，「義同換讀」的產生與消亡〔J〕，漢語史學報（第2輯），上海：上海教育出版社，2002。

239. 姚孝遂，牢宰考辨〔C〕，姚孝遂古文字論集，北京：中華書局，2010。

240. 葉正渤，西周標準器銘文疏證（一）〔J〕，中國文字研究（第7輯），桂林：廣西教育出版社，2006。

241. 雍宛苡，謝小麗，淺析《上海博物館藏戰國楚竹書（八）》中的聲調通假〔J〕，科學導刊：2012（5）。

242. 余風，《說文》邑部專名構形用例探論〔C〕，第二十八屆中國文字學國際學術研討會論文集，台北：台灣大學，2017。

243. 余紹宏，王婭瑋，同義換讀及其複雜性初探——以楚簡文字為例〔J〕，中國語文：2017（2）。

244. 于省吾，陳世輝，釋庶〔J〕，考古：1959（10）。

245. 于省吾，甲骨文字釋林〔M〕，北京：中華書局，1979。

246. 于省吾，莊子新證〔M〕//雙劍誃群經新證 雙劍誃諸子新證，上海：上海書店出版社，1999。

247. 袁國華，郭店楚墓竹簡從「匕」諸字及相關詞語考釋〔J〕，台北：台灣中央研究院歷史研究所集刊：2003（1）。

248. 袁金平，利用楚簡文字校釋〈荀子〉一則〔J〕，古文字研究（第29輯），北京：中華書局，2012。

249. 袁瑩，清華簡《程寤》校讀〔OL〕，復旦大學出土文獻與古文字研究中心網站〔2011-1-11〕。

250. 岳曉峰，「但」「袒」探析〔J〕，漢語史學報（第15輯），上海：上海教育出版社，2015。

251. 曾憲通，敦煌本《古文尚書》「三郊三遂」辨正〔C〕，于省吾教授誕辰一百週年紀念文集，長春：吉林大學出版社，1996。

252. 曾憲通，楚帛書文字新訂〔J〕，中國古文字研究（第1輯），長春：吉林大學出版社，1999。

253. 曾憲通，說繇〔M〕，古文字與出土文獻叢考，廣州：中山大學出版社，2005。

254. 張富海，上博簡五《鮑叔牙与隰朋之諫》補釋〔OL〕，武漢大學簡帛網〔2006-5-10〕。

255. 張桂光，古文字義近形旁通用條件的探討〔C〕，古文字論集，北京：中華書局，2004。

256. 張惟捷，賓組卜辭文字「異體分工」現象略探〔C〕，第二十三屆中國文字學國際學術討論會論文，2011。

257. 張政烺，中山王䝮壺及鼎銘考釋〔J〕，古文字研究（第1輯），北京：中華書局，1979。

258. 趙誠，臨沂漢簡的通假字〔J〕，音韻學研究（第2輯），北京：中華書局，1986。

259. 趙平安，秦漢簡帛通假字的文字學研究〔J〕，北大學學報：1991（4）。

260. 趙平安，戰國文字的遊與甲骨文拳為一字說〔J〕，古文字研究（第22輯），北京：中華書局，2000。

261. 趙平安，夬的形義和它在楚簡中的用法——兼釋其他古文字資料中的夬字〔C〕，新出簡帛與古文字古文獻研究，北京：商務印書館，2009。

262. 趙平安，關於「及」的形義來源〔M〕，新出簡帛與古文字古文獻研究，北京：商務印書館，2009。

263. 趙平安，釋「罙」〔M〕，新出簡帛與古文字古文獻研究，北京：商務印書館，2009。

264. 趙平安，談談戰國文字中值得注意的一些現象——以清華簡〈厚父〉為例〔J〕，出土文獻與古文字研究（第6輯），上海：上海古籍出版社，2015。

265. 周寶宏，西周青銅器重器銘文集釋〔M〕，天津：天津古籍出版社，2007。

266. 周波，戰國魏器銘文研究二篇〔J〕，古文字研究（第29輯），北京：中華書局，2012。

267. 周祖謨，漢代竹書和帛書中的通假字與古音的考訂〔C〕，周祖謨文選，北京：北京大學出版社，2010。

268. 朱鳳瀚，論西周金文中「肇」字的字義〔J〕，北京師範大學學報（人文科學版）：2000（2）。

269. 朱鳳瀚，新見金文考釋（二篇）〔J〕，出土文獻與古文字研究（第6輯），上海：上海古籍出版社，2015。

（二）學位論文

1. 傅銘，《上博館藏戰國楚竹書（一）》通假字淺析〔D〕，廣州：華南師範大學，2004。

2. 韓同蘭，戰國楚文字用字調查〔D〕，上海：華東師範大學，2003。

3. 賀福凌，上古音諧聲研究：諧聲譜、諧聲理論和古韻再分部的討論〔D〕，南京大學，2004。

4. 何翃玫，頻率視角的楚簡古書類文獻用字通假整理與研究〔D〕，上海：華東師範大學，2015。

5. 胡志明，戰國文字異體現象研究〔D〕，福州：福建師範大學，2010。

6. 林清源，楚國文字構形演變研究〔D〕，台中：台灣東海大學，1997。

7. 劉波，出土楚文獻語音通轉現象整理與研究〔D〕，長春：吉林大學，2013。

8. 劉傳賓，郭店竹簡研究綜論——文本研究篇〔D〕，長春：吉林大學，2010。

9. 劉國勝，楚喪葬簡牘集釋〔D〕，武漢：武漢大學，2003。

10. 劉洪濤，論掌握形體特點對戰國文字考釋的重要性〔D〕，北京：北京大學，2012。

11. 劉建民，上博竹書《景公瘧》注釋研究〔D〕，北京：北京大學，2009。

12. 呂亞虎，戰國秦漢簡帛文獻所見巫術研究〔D〕，西安：陝西師範大學，2008。

13. 單育辰，《曹沫之陳》文本集釋及相關問題研究〔D〕，長春：吉林大學，2006。

14. 史學明，論沈兼士文字訓詁學成就〔D〕，杭州：浙江大學，2010。

15. 孫合肥，戰國文字形體研究〔D〕，合肥：安徽大學，2014。

16. 孫俊，殷墟甲骨文賓組卜辭用字情況的初步考察〔D〕，北京：北京大學，2005。

17. 譚生力，楚文字形近、同形現象源流考〔D〕，長春：吉林大學，2014。

18. 田成方，東周時期楚國宗族研究〔D〕，武漢：武漢大學，2011。

19. 田穎，上博竹書「一形對應多字」現象研究〔D〕，上海：復旦大學，2010。

20. 王子揚，曾國文字研究〔D〕，北京：北京師範大學，2008。

21. 禤健聰，戰國楚簡字詞研究〔D〕，廣州：中山大學，2006。

22. 岳曉峰，楚簡訛混字形研究〔D〕，杭州：浙江大學，2015。

23. 張靜，郭店楚簡文字研究〔D〕，合肥：安徽大學，2002。

24. 張青松，郭店楚簡通假字初探〔D〕，廣州：華南師範大學，2002。

25. 張琴，《上海博物館藏戰國楚竹書（一）～（九）》異體字整理與研究〔D〕，上海：華東師範大學，2020。

26. 張為，楚簡專字整理和研究〔D〕，福州：福建師範大學，2014。

27. 張新俊，上博楚簡文字研究〔D〕，長春：吉林大學，2005。

28. 張院利，戰國楚文字之形聲字研究〔D〕，武漢：華中科技大學，2012。

29. 周波，戰國時代各系文字間的用字差異現象研究〔D〕，上海：復旦大學，2008。

30. 朱力偉，兩周古文字通假用字習慣時代性初探〔D〕，長春：吉林大學，2013。

31. 朱艷芬，《競建內之》與《鮑叔牙與隰朋之諫》集釋〔D〕，長春：吉林大學，2007。

後 記

　　本書是在我的博士論文《楚簡「一詞多形」現象研究》基礎上修改而成。當時撰寫論文從開題算起用了三年時間，經歷了題目的改換、研究角度的調整、大篇幅的刪減以及多次的校改。在此過程中，最應該感謝的是恩師曹錦炎教授。老師治學嚴謹，要求嚴格，論文每寫一部分就需打印交與老師。每次去取老師返還的論文稿時我都很緊張。一來當然是怕被訓，二來是因為幾乎每頁都有老師的修改建議——大到論文框架，小到標點符號。直到預答辯完畢，老師還一再提醒我論文仍有很多地方沒改好。由於我資質駑鈍，學識有限，畢業時只能倉促成稿，尚不能達到老師要求。

　　畢業後工作之餘，我對論文有增補和修改。除了增加新公佈的材料之外，最大的改動是題目。「一詞多形」本身是跨層級的表述，既有字的現象，也有詞的現象。考慮到古人沒有現代語言學的字詞觀念，我們能從出土文獻中直接觀測到的，是字的使用。因此我將論文題目由「一詞多形」改為「同用」，將這種意義和功能相似、語法位置相同、在楚簡中可以互換的字詞現象稱為「同用」。著眼於字詞的「使用」，標準更加統一，且比「一詞多形」的表述更能涵蓋本文要討論的問題。

　　再次感謝恩師曹錦炎教授。正是由於曹老師的推薦，本書才得以出版。

陳夢兮

2022 年 9 月於湘潭